Gaby Kaden
Küstennächte

Bibliografische Information der Deutschen Nationalbibliothek
Die Deutsche Nationalbibliothek verzeichnet diese Publikation in der Deutschen Nationalbibliografie; detaillierte bibliografische Daten sind im Internet abrufbar über http://dnb.ddb.de

4. Auflage 2019
www.niemeyer-buch.de

Umschlaggestaltung: Carsten Riethmüller
Der Umschlag verwendet Motive von shutterstock.com.
Underwater ... Ase 2015, Old Bible Sorin Popa 2015
Druck und Bindung: Nørhaven, Viborg
Printed in Denmark
ISBN 978-3-8271-9438-1

Gaby Kaden

Küstennächte

CW Niemeyer

Die Geschehnisse, sämtliche Handlungen und Charaktere sind frei erfunden.

Über die Autorin:
Gaby Kaden lebte über 50 Jahre in Hessen, hat einen erwachsenen Sohn und zog 2011 mit ihrem Mann an die Nordsee, nach Carolinensiel. „Veränderungen sind wichtig, nur sie bringen mich weiter, machen mich offen. Stillstand ist Rückschritt", sagt sie. In der alten Heimat arbeitete sie im kaufmännischen Bereich, war Betriebsrätin, Schiedsfrau und folgte zusätzlich ihrer Berufung, der spirituellen Arbeit mit Menschen. Nach Kurzgeschichten und Meditationen veröffentlichte sie 2010 ihr erstes Buch „Schluss mit Angst und Panik".
Obwohl schriftstellerische „Spätzünderin", hat sie mit ihren beiden Küstenkrimis „Die Tote im Siel" und „Küsten Haie" schnell auf sich aufmerksam gemacht. Sie sammelt wahre, dem Volk vom Munde abgeschaute Geschichten, die mit Erfundenem, Humor und ein wenig „Lokalkolorit" verschmelzen.
Gaby Kaden ist ehrenamtlich im „Deutschen Sielhafenmuseum" in Carolinensiel tätig und seit 2015 Mitglied im „SYNDIKAT".
Mehr über Gaby Kaden unter: www.gaby-kaden.de

Bleib du selbst, stehe zu dir,
lass dich nicht verbiegen.

Auch wenn ich Kriminalromane schreibe,
die Sehnsucht nach Liebe, Frieden und Harmonie
überwiegt!

Dass ich einen dritten Kriminalroman schreiben durfte, habe ich Ihnen/Euch, meinen Leserinnen und Lesern, zu verdanken. Dafür vorab ein dickes Dankeschön. Danke für ganz viel Feedback, auf welchem Weg auch immer.

Und es gilt noch mehr „Danke" zu sagen.

Danke, dass ich in diesem Kriminalroman das „Deutsche Sielhafenmuseum in Carolinensiel" als Ort der Tat nehmen und erwähnen durfte.

Danke auch denjenigen, die mir erlaubt haben, sie mit ihrem wirklichen Namen zu nennen:
Jürgen Wolff mit zwei „ff", dem Seewolf,
Gesche und Thomas von der Insel Spiekeroog,
Achim, dem Skipper der „Hoop op Zegen",
Ilka und Enrique.

Danke an:
Werner, Sascha und Sandra dafür, dass es euch gibt, Tomke Janssen für die Hilfe bei den plattdeutschen Sätzen, Wolfgang Straub für die Fotos, Irina, die immer wieder unerbittlich darauf achtet, dass ich ermittlungs-

und kriminaltechnisch korrekt arbeite sowie Kerstin für kritische Einwände.

Danke auch den Mitarbeiterinnen und Mitarbeitern des CW Niemeyer Verlages für ihre Hilfe und Unterstützung, besonderen Dank an Carsten Holzendorff für sein Vertrauen, Carsten Riethmüller für die Covergestaltung, Brigitte Pacholeck für das Lektorat und ihre Geduld und Rebecca Frankowitz für die Herstellungsbetreuung.

Ohne EUCH wäre alles NICHTS!

Danke aber auch für die Steine, die mir ab und an in den Weg gelegt werden, sie zu überwinden macht mich stark.

Danke Ostfriesland, dass ich hier leben darf!

Und natürlich möchte ich erwähnen, dass alles in diesem Buch frei erfunden und ausschließlich meiner Fantasie entsprungen ist. Alles andere wäre Zufall!

„Oma, so geht das nicht! Ihr müsst mit euren Aktionen aufhören, sonst bekommt ihr riesigen Ärger. Was heißt bekommt, ihr habt ihn ja schon. Das ist kein Spaß mehr. Wenn es euch egal ist, dann denkt wenigstens an mich. Ich sitze auf dem Kommissariat in Wittmund und bekomme alles ab."

Tomke Evers saß mit ihren beiden einzigen Verwandten, Oma Jettchen und Tant' Fienchen am Küchentisch. Der alte Küchenofen bollerte, auf dem Tisch stand eine Kanne mit schwarzem Tee.

Oma und Tant' Fienchen hatten hochrote Köpfe; Tomke war der Verzweiflung nahe. Sie wusste einfach nicht mehr, wie sie den beiden störrischen alten Frauen beibringen sollte, dass ihre Aktionen so einfach nicht gingen.

Ihre letzten Aktivitäten hatten den beiden zwei Anzeigen beschert, die vor Gericht endeten.

„Ach, du schnackst von Spaß, Tomke? Nee, is dat moi. Soll ich der Frau Kommissarin einmal erzählen, was uns keinen Spaß macht?"

„Hauptkommissarin, wenn schon."

„Schnack nich! Zum Beispiel, wenn hier die Autos durchrasen, die Lkws sich gegenseitig überholen und überbreite Traktoren, groß wie Hochhäuser und so breit, dass sie fast beide Straßenseiten benötigen, zur Erntezeit bis nachts um zwei Uhr Wettrennen veranstalten. Und nicht nur dann!

Dat mokt ken Spaß, mien Deern!

An manchen Tagen ist es so schlimm, dass uns in der Stube die Gläser in den Schränken tanzen.

Dat mokt ken Spaß!

Und wenn man dann denkt, jetzt ist langsam Ruhe, dann geht es auch schon wieder los. Morgens um vier Uhr nämlich.

Dat mokt ken Spaß!

Wenn man Angst haben muss, dass Kinder durch vorbeirasende Traktoren von ihren Fahrrädern geweht werden, oder sie nur mit viel Mühe die Straße überqueren können, auch das macht keinen Spaß!"

Oma hatte sich in Rage geredet.

Ihr Kopf war rot wie der alte Leuchtturm von Wangerooge und so langsam ging ihr die Luft aus. Darum fuhr Tant' Fienchen fort: „Am allerschlimmsten ist, dass sich keiner darum schert. Keiner auf den Ämtern, kein Bürgermeister interessiert sich dafür und ihr von der Polizei auch nicht. Die scheinheiligste Antwort, die wir bekommen haben, war: ‚Es ist ja noch nichts passiert'.

Dat mokt ken Spaß!

Selbst unseren Landrat interessiert es nicht. Der reagiert ja noch nicht einmal auf unsere Briefe.

Dat mokt ken Spaß!

Soll ich noch mehr erzählen? Weißt du eigentlich, wie gefährlich der Schulweg für die kleine Marie und auch andere Kinder hier entlang der Bahnhofstraße ist? Und wenn man als mündiger Bürger etwas dagegen tut, wird man auch noch bestraft. Und noch eines! Wenn es ganz schlecht läuft, müssen wir die Reparatur unserer Straßen, die eindeutig von diesen Riesen beschädigt werden, auch noch bezahlen."

Auch Tant' Fienchen musste absetzen, um Luft zu holen.

Tomke nutzte die Gelegenheit und ging dazwischen.

„Eure Demo in der Bahnhofstraße vor knapp zwei Jahren oder die Blumenkübel, die ihr letztes Jahr über Nacht aufgestellt habt, waren gelinde gesagt noch harmlos und die Behörden haben alle vorhandenen Augen zugedrückt! Aber eure letzten beiden Aktionen waren der Hammer; die eine war Freiheitsberaubung und die andere Eingriff in den Straßenverkehr und das geht gar nicht!"

Die letzten Worte sprach sie betont langsam aus.

„Über die Strafen, die man euch aufgebrummt hat, dürft ihr euch nun wirklich nicht beschweren."

„Ach wat!" Oma winkte ab.

„Dass ihr im September die beiden Traktorfahrer unter einem fadenscheinigen Vorwand aus der Fahrerkabine gelockt und ihnen die Schlüssel geklaut habt, hat dem Ganzen dann doch die Krone aufgesetzt. Ich frage mich übrigens heute noch, wer von euch beiden es geschafft hat, in die Fahrerkabinen dieser riesigen Gefährte zu klettern", wollte Tomke wissen.

Oma kicherte nur und ging auf die Frage nicht ein.

„Und dafür müssen wir jetzt bezahlen", fuhr sie lautstark auf, „das muss man sich mal vorstellen! Da tut man als Einziger etwas für die Sicherheit auf unseren Straßen und muss dafür sein Sparbuch plündern. Na ja, wat mut, dat mut, hilft ja nix. Das geht übrigens alles von deinem Erbe ab", feixte sie. „Selbst schuld, kann ich da nur sagen, wenn du uns auch nicht hilfst!"

Oma konnte sich kaum beruhigen, sie war sich keiner Schuld bewusst.

„Nun mal sachte, Oma. Das hätte auch ganz anders ausgehen können. Der Richter hat die gute Absicht hinter eurer bösen Tat gesehen und war in der Strafbemessung mehr als human. 2.000 Euro Geldstrafe, zahlbar an einen guten Zweck, nun, es hätte auch schlimmer kommen können."

Tomke schaute die beiden erwartungsvoll an.

Plötzlich funkelten Omas Augen schelmisch und sie stieß ihre Schwester von der Seite an.

„Wenn es auch kein Spaß ist, Fienchen, Spaß gemacht hat es trotzdem, oder? Weißt du noch, wie knatterig die beiden Traktorfahrer geschaut haben, als die Zündschlüssel weg waren? Und die Demo in der Bahnhofstraße von damals, geht als ‚Ostfriesendemo' in die Geschichte ein. Das soll uns alten Tanten mal einer nachmachen", kicherte sie.

Tomke schüttelte den Kopf und stand auf.

„Ich muss zurück nach Wittmund, in einer Stunde beginnt mein Spätdienst."

„Schon wieder? Wann kommt denn endlich Carsten zurück, das kann doch nicht sein ..."

„Du brauchst jetzt gar nicht abzulenken, die Sache ist noch nicht ausgestanden. Und übrigens, wenn ich das nächste Mal komme, möchte ich, dass die Warnbaken, die noch immer draußen im Schuppen stehen, verschwunden sind. Eine weitere Straßensperrung habt ihr doch sicher nicht vor, oder?" Sie schaute die beiden streng an.

Oma winkte ab, streckte beleidigt das Kinn vor und griff nach ihrer Teetasse.

Tomke küsste ihre beiden Lieben auf die Stirn, seufzte: „Was mache ich nur mit euch", und verließ die Küche. Als sie die Haustür ins Schloss zog, meinte sie, leises Gelächter zu hören und musste schmunzeln. Wie sie diese beiden guten Wesen liebte ...

Tomke fuhr zurück nach Wittmund, gleich begann ihr Spätdienst.

Der Nachmittag bei ihren Verwandten endete, wie so oft in den letzten Monaten, mit großen Diskussionen um die Eskapaden der beiden alten Ostfriesinnen. Allerdings auch wie das wohlbekannte „Hornberger Schießen". Großes Getöse und Diskussionen ohne Ergebnis. Die Aktionen von Oma und Tant' Fienchen beeindruckten sie zwar irgendwie, aber das konnte sie nicht zugeben, dann würden die beiden Oberwasser bekommen. Die „Ostfriesendemo" vor zwei Jahren, bei der sie für eine Stunde die komplette Straße blockiert und für viel Aufsehen gesorgt hatten, sowie die „Blumenkübelblockade" danach, waren schon heftig. Aber die Straßensperrung zwischen „Goldener Linie" und dem Kreisel bei „Scheidemann" sowie die Sache mit den gestohlenen Traktorschlüsseln war einfach zu viel. Das durfte sie den beiden nicht durchgehen lassen.

Nun fuhr Tomke zum Nachtdienst und dachte an die letzten, aufregenden Monate. Carsten, Hajo und sie hatten sich auf ihrem neuen Kommissariat in Wittmund gut eingelebt. Die Umstrukturierung, ob nötig oder nicht, war abgeschlossen und sie hatten ein neues Einzugsgebiet.

In Wittmund gab es nun ein neues Kommissariat mit Abteilung für Delikte am Menschen sowie die Kriminaltechnik. Sie waren jetzt für einen Teil der ostfriesischen Küste zuständig, ab der goldene Linie, mit den Inseln Wangerooge, Spiekeroog, Langeoog und dem dazugehörenden Hinterland. Aurich behielt den westlichen Teil und die restlichen Inseln. Es gab einen fließenden, kollegialen Übergang.

Tomke konnte diese Aufteilung anfangs zwar nicht nachvollziehen, aber man begründete sie damit, dass der Verlauf, wenn auch nicht geradlinig, doch sinnvoll sei, da Aurich auch Emden, Leer und den ganzen Grenzstreifen mit seinen Drogenproblemen übernahm. Die Gerichtsmedizin blieb in Wilhelmshaven. Christof Gerdes blieb ihr Chef und hatte sein Büro weiterhin in Wilhelmshaven. Nach einigen Wochen hatten sie sich daran gewöhnt.

„Das Museum schließt in fünfzehn Minuten, wir bitten Sie, Ihren Besuch zu beenden. Morgen ab zehn Uhr sind wir wieder für Sie da und freuen uns, Sie bei uns begrüßen zu dürfen", kam es zwar undeutlich, aber doch verständlich, durch den Lautsprecher des „Groot Hus" im Museumshafen von Carolinensiel.

Das anschließende „Klack, Pieps, Quietsch ..." zeigte, dass die Lautsprecheranlage des Deutschen Sielhafenmuseums auch schon bessere Tage gesehen hatte.

Benny und Dirk verhielten sich absolut ruhig in ihrem Versteck. Gegen 17 Uhr waren sie ganz offiziell als Besucher in das „Groot Hus" gekommen, um sich dann heimlich in der alten Kapitänskajüte auf der dritten Etage zu verstecken. Die Tür hatten sie von innen verriegelt und hofften, dass man sie nicht entdecken würde. Nun saßen sie hier schon eine Stunde und warteten darauf, dass das Museum endlich geschlossen wurde.

Dirk war auf die Idee gekommen, sich hier zu verstecken. Einen Plan hatten sie nicht, aber er kannte das Museum recht gut. Vor einigen Monaten hatte er hier ein vierwöchiges Berufspraktikum absolviert. Benny hatte damals zwar versucht ihn zu überreden, das Praktikum mit ihm gemeinsam auf dem Flugplatz von Harlesiel zu machen, aber er zog das Museum vor. Bennys Fliegerleidenschaft teilte er nicht wirklich.

Nun waren sie hier, ein anderer Ort war ihnen erst einmal nicht eingefallen.

Beide trugen einen Rucksack mit sich, der, wie sie fanden, die wichtigsten Sachen enthielt. Außer ein paar Kleidungsstücken und ihren Ausweisen gab es da Wasser,

Cola, ein paar Brote; zudem hatte Benny eine Tüte der leckeren, vorweihnachtlichen Knippkuchen[1] aus Großmutters Vorrat eingepackt. Sie hatten ihre Handys dabei und Benny außerdem noch sein heiß umkämpftes Tablet.

Als er sich gerade wieder einen der leckeren Kekse in den Mund schob, erlosch die dustere Funzel in dem kleinen, engen Raum.

„Kein Problem", meinte er, „ich habe eine Taschenlampe dabei. LED, siehst du", und schaltete sie ein.

Plötzlich schlug sich Dirk gegen die Stirn: „Mir fällt gerade ein, hier gibt es eine Alarmanlage."

„Was? Und damit kommst du jetzt erst um die Ecke?"

Benny verschluckte sich an einem Keksrümel und musste husten.

„Ja, hab' einfach nicht mehr daran gedacht, Mensch."

Benny winkte mit seiner Taschenlampe: „Was soll's, wir bleiben hier, bis morgen wieder aufgeschlossen wird, dann hauen wir ab und keiner merkt etwas."

„Okay!", antwortete Dirk kleinlaut, „nur, wenn ..."

„Was wenn?"

„Hoffentlich müssen wir nicht aufs Klo, weil ... dann bekommen wir ein Problem!"

„Warum?" Benny schaute seinen Freund fragend an und knabberte weiter an seinem Keks.

„Weil ... na ja, jetzt fällt mir das wieder ein, nach Feierabend wird hier der Bewegungsmelder eingeschaltet. Wir mussten damals immer alle Fenster über Nacht gut verschließen, da der kleinste Windzug den Bewegungsmelder und somit die Alarmanlage auslöst. Mensch, dass ich das vergessen habe … und jetzt?"

„Weil, weil ..., vergessen ... und jetzt ..., Mensch was bist du denn für eine Pfeife?"

---

[1] Ostfriesische Spezialität zur Weihnachtszeit.

Nun saßen sie in der Patsche. Benny war entsetzt und fragte sich, wie es weitergehen sollte. Sie waren in dieser Kapitänskajüte gefangen und er wollte gar nicht darüber nachdenken, was passierte, wenn sie mal zur Toilette mussten. Konnte es sein, dass seine Blase schon drückte? Oder bildete er sich das nur ein?

Er lehnte sich auf der harten Holzbank zurück und murmelte: „Ich muss nachdenken." Benny war sauer.

Knappe zwei Stunden saßen beide fast schweigend und in ihre Gedanken versunken da. Ihnen war langweilig. Ihr Abenteuer hatten sie sich etwas anders vorgestellt. Wenn es schon mit solch einer Panne begann, wie sollte es weitergehen? Sie tranken Cola, knabberten Knippkuchen, keiner sprach ein Wort.

Benny stellte fest, dass er dringend pinkeln musste. Dirk offensichtlich auch, denn er rutschte unruhig auf der harten Bank hin und her. Aus purer Langeweile hatten sie ständig getrunken. Und nun?

Auf einmal zuckte Benny zusammen. Was war das für ein Geräusch?

Er spitzte die Ohren und schaute zu Dirk. Der hatte es offensichtlich auch gehört und saß plötzlich kerzengerade.

„Wer ist da draußen?", flüsterte Benny.

Dirk zuckte mit den Schultern.

„Keine Ahnung, vielleicht die Putzfrauen. Licht aus", kommandierte er zu Benny hinüber, öffnete behutsam die Kajütentür einen kleinen Spalt und blinzelte hindurch. Sekunden später schob er sie schnell wieder zu.

„Zwei Männer, mach doch die Taschenlampe aus", raunte er Benny zu, „da schleichen zwei Typen herum", und wagte noch einen weiteren, vorsichtigen Blick durch den Türspalt.

„Ich denke, die haben eine Alarmanlage hier", flüsterte Benny zurück, „das sind bestimmt Mitarbeiter vom Museum, die etwas reparieren müssen oder so."

„Mit Taschenlampen und Sturmhauben?", fragte Dirk und schob die Tür vorsichtig wieder zu. „Die haben beide solche Strickmützen mit Sehschlitzen auf, das sind keine Museumsmitarbeiter."

Sie schauten sich entsetzt an. Die Idee abzuhauen und sich erst einmal hier im Museum zu verstecken, war wohl doch nicht so berauschend, wie Benny nun feststellen musste. Aber nach dem Ärger zu Hause wollten sie einfach nur weg.

Zu Hause bei Benny

Hinnerk Frerichs tobte.

„... und ich sage dir, solange du deine Füße unter meinen Tisch streckst, wird das gemacht, was ich sage. Ist das klar? Dat unnütze Ding kommt weg."

Der Vater schlug mit seiner kräftigen, ledergegerbten Pranke auf den Tisch, dass es nur so knallte. Er griff mit der anderen nach Bennys Tablet, das Objekt seines Wutausbruches. Dann zog er die Schublade des schweren Küchentisches auf, schob den kleinen Computer hinein und schloss die Lade ab. „Dat Ding blieft hier! Und jetzt hilfst du mir das Dach zu reparieren, das ist wichtiger, sonst mache ich dir Beine." Hinnerk Frerichs drohte mit der Faust. Die Worte seines Vaters wirkten auf Benny wie Peitschenschläge und ließen ihn zusammenzucken. Vater, von wegen, eigentlich war er sein Stiefvater und das ließ er ihn auch immer wieder spüren. Vor allem, dass er unehelich war, rieb er Benny immer wieder unter die Nase.

Er war streng, sehr streng und böse. Er duldete keinen Widerspruch. Aber nun war es genug, Benny wollte nicht mehr. Das Tablet, dessen Anwendung er sich selbst beigebracht hatte, war von seinem ersparten Geld gekauft und sein ganzer Stolz. Sein karges Taschengeld hatte er eisern gespart und den Rest durch Hilfsarbeiten bei diversen Bauern verdient. Lange konnte er es vor seinem Stiefvater verstecken, aber heute hatte er ihn erwischt. Nun war es weg. Dass er inzwischen schon sechzehn Jahre alt und fast erwachsen war, interessierte ihn nicht. Er führte ein strenges Regiment, war der Herr im Hause und selbst Bennys Mutter und auch die Großmutter, die hier mit ihnen in dem alten Haus lebte, mussten unter ihm leiden. Die beiden Frauen hatten Angst vor dem groben Kerl, der immer wieder zu Gewalt und Wutausbrüchen neigte. Benny auch, „aber irgendwann kommt meine Zeit", sprach er sich oft Mut zu.

Seit Frerichs in seinem Job bei der Müllabfuhr nicht mehr den großen Wagen fahren durfte, sondern zu Sortierarbeiten abgestellt war, konnte man ihn gar nicht mehr ertragen. Ständig ließ er seinen Zorn an der Familie aus. All den „modernen Kram" verfluchte er, mit Computer und Technik kannte er sich nicht aus. Wenn ich Pech habe, verkauft er das Teil und steckt das Geld in seine eigene Tasche, befürchtete Benny. Er hatte nun genug, wollte weg, einfach nur weg. Wohin wusste er nicht, noch nicht. Aber vielleicht hatte sein Freund Dirk eine Idee, denn ihm erging es nicht viel anders. Oft hatten sie schon darüber gesprochen. Für seine Mum tat es ihm leid, aber er ertrug das alles einfach nicht mehr.

Dirks Mutter war ähnlich unerträglich wie der Stiefvater.

Anders unerträglich. Sie trank und während ihrer Saufphasen musste Dirk abtauchen, denn dann war sie unberechenbar, verprügelte ihn und für Essen war kein Geld da. Manchmal musste Dirk auch das Haus verlassen, weil sie sich Männer in ihr Bett holte.

Benny schüttelte sich. Oft schon hatte man Dirk beim Klauen von Lebensmitteln erwischt, aber was sollte er tun? Selbst sein Zeitungsgeld, das er sich früh morgens schon vor der Schule durch Austragen des Harlinger Anzeigers verdiente, nahm sie ihm oft ab.

Benny und Dirk hatten sich immer wieder überlegt, dass man gemeinsam abhauen müsste, einfach weg und niemals zurück. Sie wollten auf ein Schiff, am besten auf ein Containerschiff, dort könnte man sich wunderbar verstecken, blieb sicher unentdeckt. Man müsste sich nur ein Schiff aussuchen, das nach Amerika führe, so träumten sie oft vor sich hin. Das allerdings musste gut geplant sein ...

Benny wollte Pilot werden, das könnte man in Amerika doch sicher auch. Und Dirk?

Der Anfang war getan, sie waren von zu Hause weg, aber nun saßen sie hier im Museum fest und draußen schlichen finstere Typen herum. Was waren die doofen Alten gegen diesen Albtraum, den sie hier erleben sollten?

Es war eine Scheißidee, sich hier in diesem alten Kasten zu verstecken. Und es sollte noch viel schlimmer kommen.

Was wollten diese vermummten Männer da draußen mit ihren Taschenlampen? Eines war klar, zum Museum gehörten sie nicht.

„Wir müssen uns ruhig verhalten", flüsterte Benny seinem Freund zu, „ganz ruhig. Die führen nichts Gutes im Schilde."

Er deutete nach draußen und fragte nochmals: „Ich denke, die haben hier eine Alarmanlage?"

Einige Stunden zuvor, am späten Nachmittag.

Es war ein Leichtes, die Alarmanlage so zu manipulieren, dass sie beim Abschließen nach Feierabend nur das Signal des „Scharfschließens" gab, ohne dass sie wirklich eingeschaltet war. Niemand hatte etwas bemerkt. In Monteurkleidung waren die beiden Männer am Nachmittag in das „Groot Hus" gekommen und hatten sich, ostfriesisch wortkarg, als Techniker ausgegeben. Da der Mitarbeiter an der Kasse, wie fast alle im Museum, ehrenamtlich tätig und für solche Angelegenheiten die Verwaltung zuständig war, fragte er nicht weiter nach.

„Wird schon seine Richtigkeit haben", und „Hier is dat oll Ding", hatte er gemurmelt, auf den Nebenraum gedeutet und sich wieder seiner Zeitung zugewandt. So konnten sich die beiden ohne Probleme an der Anlage zu schaffen machen. Nach weniger als fünf Minuten war alles erledigt, die nötigen Kabel überbrückt.

Ein kurzes „Moin“ und „Hol di“ und die beiden waren verschwunden. „Moin“, grüßte der Mann an der Kasse zurück, ohne nochmals aufzublicken.

Vier Stunden später, kurz nach 20 Uhr, hatten sie die Hintertür des Museums geknackt und machten sich auf den Weg, ihren Auftrag zu erfüllen. Ein Kinderspiel, wie sie dachten, hatten sie doch das ganze Museum für sich. Keiner konnte sie stören. Oder?

Benny musste pinkeln, dringend. Dirk auch.

„Was sollen wir tun, wir können doch nicht hier in die Ecke ...“, flüsterte er im Schein der Taschenlampe.

„Leise, warte mal, vielleicht geht das.“ Benny hielt ihm die leere Colaflasche hin.

„Spinnst du?“

„Nee, besser als in die Ecke, oder?“ Dirk verdrehte die Augen und nahm die Flasche.

Benny wandte sich wieder zur Tür.

Was die da draußen wohl machen?, überlegte er. Die klauen doch sicher irgendwas. Er nahm all seinen Mut zusammen und öffnete ganz vorsichtig und so leise es ging, die Tür der Kajüte. Die beiden Männer standen weiter hinten im Raum und waren damit beschäftigt, etwas in einen Koffer zu packen, wie er im Schein ihrer Taschenlampe erkennen konnte. Die Taschenlampe war fast überflüssig, denn durch die hohen, alten Fenster fiel das grelle Licht der Straßenbeleuchtung. Außerdem warf die wandernde Weihnachtsbeleuchtung weiteres Licht gegen das „Groot Hus“ und in den großen Raum.

Als er wenige Minuten später die Tür wieder schloss, war er kalkweiß und zitterte am ganzen Körper.

Benny hatte beobachtet, dass, einige Meter von ihrem Versteck entfernt, die beiden Männer an einer Vitrine beschäftigt waren. Sie waren in dunkle Jacken gekleidet, hatten Sturmhauben über den Kopf gezogen und darüber noch Basecaps. Ein Mann war groß und sehr stämmig, der andere ebenfalls groß, aber eher dünn und schlaksig. Einer trug Turnschuhe, der andere ganz stabile, halbhohe Stiefel mit Leuchtstreifen an der Seite.

Benny konnte alles genau sehen.

Der Dünne leuchtete mit seiner Taschenlampe auf ein Foto in seiner Hand und dann auf eine große, gläserne Vitrine mitten im Raum, betrachtete die Aufnahme genauer und deutete wieder zum Schaukasten. „Stopp, hier muss es sein, genau, das ist das gute Stück." Er grinste. „Unser Auftraggeber wird sich freuen. Hätte nicht gedacht, dass es so einfach ist."

Sie hatten es auf eine alte Bibel, deren Wert als unschätzbar eingestuft wurde, abgesehen. Die Bibel lag auf einem samtbezogenen Holzkasten. Die Vitrine war nicht durch ein Schloss gesichert, sondern mit einer Silikonmasse rundum verschlossen, dadurch luftdicht und die Bibel vor Umwelteinflüssen verschont. Der kräftigere der beiden zog ein Cuttermesser aus der Tasche, ließ die Klinge ausfahren und schob sie vorsichtig in das Silikon. Mit sicherem Schnitt trennte er drei Seiten auf, um dann den Glasdeckel nach hinten anzuheben. Sie hatten einen Aluminiumkoffer dabei, in dem sich ein Behälter befand, der ebenfalls luftdicht zu verschließen war. So konnten sie die wertvolle Bibel direkt wieder sicher verpacken. Ihr Auftraggeber verlangte es so, er war Sammler und für ihn war das ein wertvolles Liebhaberstück, das er unbedingt besitzen wollte.

Behutsam nahm der schlaksige Einbrecher, der hier offensichtlich das Sagen hatte, mit seinen behandschuhten Händen das wertvolle Stück hoch und ließ es sanft in den

Behälter gleiten. Er schloss den Deckel, ließ leise zischend die Luft heraus und verschloss den Aluminiumkoffer.

„Erledigt und nun raus hier", flüsterte er.

Sein Komplize hielt ihn an der Schulter fest. „Warte mal, hier gibt es doch bestimmt noch weitere wertvolle Schätzchen. Lass uns ein kleines Nebengeschäft mitnehmen", und deutete mit dem Cuttermesser in den Raum.

„Nix, es war ausgemacht, nur die Bibel. Schließlich werden wir dafür gut bezahlt."

„Das heißt aber nicht, dass wir nicht auch noch auf eigene Rechnung ..."

„Nein, habe ich gesagt, raus hier. Dieser Auftrag ist sicher, wir liefern die Bibel ab und bekommen unser Geld. Keiner wird das mit uns in Verbindung bringen. Wenn wir andere Sachen abgreifen, müssen wir sie auch verticken. Das Risiko ist mir zu groß. Nein, es bleibt bei diesem feinen, sauberen Job und nun komm."

Der Dicke ließ nicht locker.

„Dir vielleicht, mir nicht. Ich habe genug Hehler an der Hand, die mir mit Kusshand das eine oder andere Schätzchen von hier abkaufen. Also warte!"

„Ich habe nein gesagt, hörst du? Der Job ist erledigt. Mein Auftrag, mein Kunde, mein Risiko. Raus hier!"

„Spiel dich bloß nicht auf, was bildest du dir überhaupt ein? Du hast mir gar nichts zu sagen ...", schnaufte der Dicke und schob seinen Komplizen unsanft zur Seite. Dieser blieb am unebenen Dielenboden hängen, stolperte im Dunkeln rückwärts und fiel der Länge nach hin.

Als er sich wieder aufgerappelt hatte, fauchte er den Dicken an: „Hast du sie noch alle? Alleine bist du doch gar nicht in der Lage, so ein Ding durchzuziehen. Dazu fehlen dir die Beziehungen und der Grips und das ist jetzt wieder deutlich zu spüren." Er zog ihn am linken Arm in Richtung Treppenhaus, doch der Dicke holte mit der

Rechten aus und stieß ihm die Klinge des Cuttermessers in den Bauch.

Es war nur ein ersticktes Murmeln zu hören, als der schlaksige Kerl zusammensackte und mit dem Kopf hart auf dem Boden aufschlug.

„Ich kann nicht in die Flasche pinkeln", stöhnte Dirk leise, als Benny die Tür zuschob.

„Das ist jetzt auch egal, wir sind sowieso gleich tot", flüsterte Benny zurück.

„Hä? Wieso?" Dirk drehte sich um und leuchtete Benny mit der Taschenlampe ins Gesicht, der nun wie versteinert in dem kleinen, engen Raum stand.

„Pst, leise, halt die Klappe und mach das Licht aus", raunte Benny und hielt Dirk die Hand vor den Mund, „halt bloß die Klappe, Mensch." Ihm schossen Tränen in die Augen.

„Was'n los? Was starrst du mich so an? Hast du einen Geist gesehen?" Er schob Bennys Hand zur Seite, stellte die leere Flasche weg und zischte: „Jetzt mach dir mal nicht in die Hose. Wenn wir uns weiterhin ruhig verhalten, finden diese Typen da draußen uns nicht. Wie sollen sie dahinten etwas von uns hier in der Kajüte mitbekommen und was soll schon passieren, die haben sicher auch was zu verbergen. Also bleib cool. Aber ich muss pinkeln, das ist viel schlimmer und hier", sagte er mit einem Anflug von Galgenhumor und zeigte auf die Flasche, „geht das nicht."

Dirk war automatisch in Bennys Flüsterton verfallen. Er deutete auf die Kajütentür und fragte leise: „Was machen die denn? Wenn sie weg sind, können wir endlich ..."

Benny schnitt ihm mit einer Handbewegung das Wort ab und meinte stockend: „Nicht die, das ist jetzt nur noch einer. Der hat gerade seinen Kumpel abgestochen, ich hab's gesehen, ich hab's ganz genau gesehen." Er fing leise an zu schluchzen.

Dirk starrte entsetzt zur Tür und wurde plötzlich panisch. Seine bisherige Ruhe war verflogen. „Sei still, sei jetzt still, sonst hört er uns, dann sind wir auch dran. Was machen wir denn nur, wir müssen uns verstecken, aber wo?" Er schaute sich in der engen Kajüte um. Sein Blick blieb an der hölzernen Truhenbank hängen.

„Benny, pass du auf, was draußen passiert, ich habe vielleicht die Lösung. Aber wir müssen ganz leise sein."

„Glaubst du etwa, dass ich noch mal diese Tür aufmache? Nie im Leben, ich rühre mich hier nicht mehr von der Stelle, bis, bis ... bis *der* weg ist."

„Und wie wissen wir, ob er weg ist?", flüsterte Dirk und wurde zornig, „behalte du den Typen im Auge, ich habe eine Idee. Nun mach schon."

Widerwillig und so lautlos wie möglich, öffnete Benny die Tür. Was er sah, nahm ihm den Atem. Der stämmige Typ war wohl gerade dabei, seinen toten Komplizen zu verstecken. Wie Benny erkennen konnte, hatte dieser die Leiche an beiden Händen gepackt und zog sie quer über den Holzboden, nur einige Meter an ihm vorbei, in die linke, hintere Ecke des Raumes. Nach ein paar Metern war er allerdings aus Bennys Blickfeld verschwunden. Ein Turnschuh hatte sich vom Fuß der Leiche gelöst und blieb mitten im Raum liegen. Der Junge wagte es nicht, die Tür weiter zu öffnen, um ihn zu beobachten, zu groß war das Risiko entdeckt zu werden. So kauerte er hinter dem schmalen Türspalt und hoffte, dass der Spuk bald vorüber sein und der Typ das Museum endlich verlassen würde. Den einzelnen Turnschuh hatte er fest im Blick.

Doch der Mann ließ sich Zeit. Die alten Holzdielen knarrten unter seinen Schritten, während er die Leiche durch den Raum zog. Benny nahm nun all seinen Mut zusammen, kroch auf allen vieren leise ein paar Zentimeter aus der Tür und blinzelte vorsichtig nach links. Ganz hinten, in der Ecke mit den Seemannsknoten, versteckte der Dicke seinen toten Komplizen unter alten Jutesäcken. Benny hatte genug gesehen. Behutsam kroch er rückwärts zurück in die Kajüte, schloss die Tür und drehte sich zu Dirk um. Jetzt, da die Tür zu war, konnten sie auch wieder die Lampe einschalten. Dass der Schein der Taschenlampe durch den schmalen Schlitz zwischen Tür und Wand zu sehen war, bemerkten sie nicht, wie auch?

Benny blickte fragend zu seinem Freund.

„Was machst du?", wollte er wissen.

Dirk war fast euphorisch. Verdrängte er die gefährliche Situation? Er hatte entdeckt, dass sich der Sitz der harten Holzbank hochklappen ließ. Der Platz darunter wurde vom Kapitän des Schiffes sicher als Stauraum genutzt. Hier gab es mehr Platz, als von außen zu vermuten war. Er klappte den Deckel ganz hoch und legte sich hinein.

„Das geht", flüsterte er aufgeregt, „wenn es sein muss, können wir beide in der Kiste verschwinden, das ist zwar eng, aber machbar." Vorsorglich und so geräuschlos wie möglich, verstaute er ihre beiden Rucksäcke unter dem niedrigen Kajütentisch. Benny schaute ihm wortlos zu.

„So, alles vorbereitet, wenn er kommt, dann ..."

„Spinnst du?" Benny griff sich an den Kopf. „Wenn der uns entdeckt hat, brauchen wir diese Kiste", er deutete auf die Holzbank, „nicht mehr, höchstens als Sarg! So schnell und leise können wir darin doch gar nicht verschwinden. Nein, wir müssen uns ruhig verhalten und warten, bis der Typ verschwunden ist und dann nichts wie raus hier. Musst du eigentlich noch pinkeln? Ich nicht."

Dirk schüttelte den Kopf.

Die beiden Jungs setzten sich auf die Kapitänsbank und ließen die Köpfe hängen. Benny hatte ja recht, überlegte Dirk. Das war eine Schnapsidee. Sie mussten ruhig bleiben und hoffen, dass der Kerl da draußen sie nicht entdeckte.

Beide hatten inzwischen jegliches Zeitgefühl verloren. Hunger, Durst und andere Bedürfnisse waren wie weggeblasen. Sie hatte nur noch Angst. Ab und zu war ein leises Schluchzen zu hören, ansonsten herrschte absolute Stille in der Kajüte.

Benny hatte ganz andere Gedanken und sie rasten durch seinen Kopf. Er war sich sicher, dass ihr Todesurteil schon unterschrieben war. Der Mörder hatte, als er die Leiche an Benny vorbeizog, seine Sturmhaube abgezogen und sich den Schweiß gewischt. So hatte Benny sein Gesicht gesehen und selbst in dem düsteren Licht den Mann erkannt. Wenn es vorher noch einen Hauch an Hoffnung gegeben hatte, dass der Kerl sie eventuell laufen lassen würde, jetzt hatten sie keine Chance mehr, da war er sich sicher. *Der* würde sie nicht gehen lassen, *der* nicht.

Und Benny hatte einen schlimmen Verdacht, wer der Tote da hinten unter den Jutesäcken war. Dass er die Stimmen nicht erkannt hatte, lag wohl daran, dass diese durch die Sturmhauben verzerrt waren, aber jetzt wurde ihm so einiges klar.

Plötzlich war ganz dicht vor der Tür das Knarren des Holzbodens zu hören. Ganz nah. Direkt vor ihrem Versteck. Beide blickten auf und starrten angstvoll, wie das Kaninchen vor der Schlange, zur Kajütentür. Durch den schmalen Schlitz zwischen Wand und Holztür fiel der Schein einer Taschenlampe. Das Licht ... Benny wurde es ganz heiß, denn ihm wurde klar, dass man auch ihre Taschenlampe hätte sehen können.

„Jetzt kommt er“, flüsterte Dirk heiser. An der Tür wurde gerüttelt, der Einbrecher versuchte sie zu öffnen.

Hatte er die beiden Jungs entdeckt? Die Anspannung in der Kabine war förmlich zu greifen, sie hielten die Luft an. Ob der alte Holzriegel wohl hielt, den sie von innen vorgelegt hatten? An der Tür war ein Kratzen zu hören, versuchte er die Tür mit einem Werkzeug aufzubrechen? Benny und Dirk wagten nicht zu atmen ... Jetzt war es so weit!

Als Jürgen Wolff am Mittwoch gegen 10 Uhr das Museum aufschloss, fiel ihm auf, dass die Putzfrauen wohl noch drüben im „Kapitänshaus“ zugange waren, denn es war ein kurzes Signal zu hören, das anzeigte, dass die Alarmanlage noch scharf geschlossen und durch sein Schließen nun abgeschaltet war. Nur unbewusst nahm er das Geräusch wahr, denn es war ihm schon in Fleisch und Blut übergegangen.

Wie selbstverständlich führte ihn sein Weg zum Sicherungskasten in der Eingangshalle und er schaltete, wie jeden Tag, die einzelnen Knöpfe mit einem leisen Klicken an. Nach und nach ging in allen fünf Etagen des „Groot Hus“ das Licht an. Fluchend kramte er noch einmal in seiner Hosentasche nach dem Schlüsselbund, die Vordertür musste auch noch aufgeschlossen werden. Als er die alte Holztür zum Museumsladen aufschob, war er in seinem Reich. Der Laden, der sich rechts neben der vorderen Eingangstür befand, war sein „Kind“. Vor Jahren hatte er die Idee dazu und diese dann auch Stück für Stück umgesetzt. Inzwischen war der Museumsladen im „Groot Hus“ eine Institution und gute Einnahmequelle des Museums, beziehungsweise des Fördervereines, geworden. Hier fand man die nicht alltäglichen Mitbringsel von der Nordseeküste sowie Bücher, Bildbände, maritime Spielsachen wie auch ganz besondere maritime Bekleidung.

Wer einmal in seinem Urlaub in Carolinensiel den Museumsladen besucht hatte, tat es immer wieder.

Wolff und viele andere Freunde des Museums waren hier ehrenamtlich tätig. Gerade als er die Computerkasse eingeschaltet hatte, ging die Vordertür auf. Die beiden

Putzfrauen Marta und Greete riefen ihm ein: „Moin Jürgen", zu und verschwanden in Richtung der Putzkammer. Jürgen brummte ebenfalls „Moin", nahm hinter dem Verkaufstresen Platz und fuhr die Computerkasse hoch. Er hatte heute einige neue Artikel einzupflegen, hierfür war direkt nach dem Öffnen des Ladens die beste Zeit.

Einige Minuten später fuhr er verschreckt hoch. Aus der Tiefe des Museums war ein markerschütternder Schrei zu hören.

Es war eine der Putzfrauen und kurz darauf hörte er die andere ebenfalls.

„Jürgen, Jüüürgen, hier liegt einer, komm schnell", brüllten sie durch das Museum.

Er stürmte aus dem Laden in Richtung Treppenhaus, woher er den Lärm vermutete.

„Was ist denn los, wer soll denn da liegen?", maulte er vor sich hin, „hab doch gerade erst aufgeschlossen. Die spinnen wohl, die Weiber."

Als er bei den Frauen im Treppenhaus ankam und den bulligen Toten auf der Treppe liegen sah, traute er seinen Augen nicht.

„Dat gift woll nich", murmelte er entsetzt und griff zu seinem Handy.

Auf dem Kommissariat in Wittmund

Es war zehn Uhr und sieben Minuten, als das Telefon auf Tomkes Schreibtisch klingelte. Sie war schon seit kurz nach sieben auf dem Revier und in alte Akten vertieft. Ein Fall aus dem Herbst des vergangenen Jahres ließ ihr keine Ruhe. Immer wenn es auf dem Revier etwas ruhiger war, nahm sie ihn sich vor. Carsten und Hajo, ihre beiden Kollegen, waren zwar der Ansicht, sie solle endlich aufhören, in der Sache weiter herumzuwühlen, aber das konnte sie nicht. „Mord bleibt Mord, egal aus welchen Motiven", sagte sie sich immer wieder.

Widerwillig legte sie die Akte „Küstenhaie" weg, nahm den Hörer ab und meldete sich mit dem üblichen „Tomke hier, was gibt's?"

„Einen Toten im Museum", meinte der Kollege von der Zentrale in stoisch, ostfriesischer Ruhe.

„Was nichts wirklich Ungewöhnliches ist", war die flapsige Antwort von Tomke, die mit ihren Gedanken noch immer bei dem alten Fall war.

„Nee, keine Mumie, eine frische Leiche, männlich", ging er auf ihren Tonfall ein.

Seit knapp einem Jahr hatte die Hauptkommissarin Tomke Evers nun die Leitung der Kriminalpolizei hier in Wittmund übernommen. Sie war für ihre unkonventionelle Art bekannt und bei den meisten auch beliebt.

Wie vom Blitz getroffen, zuckte sie zusammen und war voll bei der Sache.

„Wo?"

„In Clinsiel."

„Nee, ne? Wie kommt der denn da hin, ich meine, wo, in welchem der drei Museen denn?"

„Im Groot Hus, die Streife ist schon unterwegs. Spusi und Rechtsmedizin?", fragte er knapp.

„Weiß ich noch nicht, vielleicht ist es ja ein Unfall, wir schauen uns das erst einmal an."

Von draußen war das Signal der losbrausenden Kollegen zu hören.

„Okay, wir fahren auch los. Hajo komm, es gibt was zu tun", rief sie kurz über den Schreibtisch ihrem Kollegen Hajo Mertens zu.

Hajo klappte sein Laptop zu und fragte: „Hühnerdieb, Ladendiebstahl oder hat sich wieder einer aufgehängt? Oder haben wir wieder eine Parkplatzschlägerei aus Eifersucht? Wir sind hier ja inzwischen für alles zuständig."

„Nein, richtige Arbeit, männliche Leiche, nun komm schon."

Sie griff nach ihrer Jacke und warf sich den Schal um.

Hajo zog seine Jacke von der Lehne des Schreibtischstuhles. „Echt? Wo?"

„Na, wo wohl? Heißes Pflaster Clinsiel", spottete Tomke im Laufschritt. Kurz vor der Ausgangsschleuse warf sie dem Diensthabenden am Empfang einen kurzen Gruß zu. Ungeduldig wartete sie, bis die automatische Tür sich öffnete und spurtete zum Wagen.

Hajo kam kaum nach und schaffte es gerade noch, die Autotür zuzuschlagen, als sie auch schon mit quietschenden Reifen vom Hof fuhr.

„Nun übertreib's mal nicht, ich denke, der ist schon tot?"

„Was soll denn das?", fragte er dann erstaunt, als Tomke während der Fahrt das Blaulicht auf das Wagendach setzte. „Wozu brauchen wir das Signal? Oder verfolgen wir den Mörder schon?"

„Nein, aber ich will schnell dort sein. Dat mut nu!"

Tomke konnte sich nur schwer zurückhalten, nicht mit Vollgas durch Wittmund zu rasen. Am Ortsausgang, beim Gelände des alten, verlassenen Autohauses, gab sie Gas. Die Ampel am unbeschränkten Bahnübergang sprang gerade auf Rot, doch Tomke fuhr durch.

„Geht's noch?", rief Hajo erschrocken, „hast du nicht gesehen, dass die Ampel ..."

„... ja, aber die ist doch gerade erst rot geworden. Dat geit all."

„Du spinnst, ehrlich."

Als sie den äußeren Kreisel von Wittmund passiert hatten, trat Tomke das Gaspedal durch.

Hajo lehnte sich zurück: „Na, dann fange ich jetzt mal an zu beten, bei deinem Fahrstil bleibt mir nichts anderes übrig. Bist du so heiß auf die Leiche oder eher lebensmüde?"

„Ich freue mich, wäre übertrieben, aber vielleicht haben wir endlich mal wieder einen richtigen Fall. Seit dem Herbst des letzten Jahres, als wir die Morde an diesen Immobilienbankern aufzuklären hatten, war doch nicht wirklich was los. Suizide, fliegende Kühlschränke, viel Kleinkram und die Messerstecherei an Fasching, aber sonst? Ach so ja, entlaufene Senioren dürfen wir ab und an auch noch suchen."

„Mit anderen Worten, du freust dich über einen Mord", warf Hajo lakonisch ein.

„Nein, so ist das auch wieder nicht, aber irgendwie schon. Ach, Hajo, hör auf, lass uns erst einmal ankommen."

„Ja, wenn wir ankommen", grunzte er, „du machst unsere ungeborenen Kinder jetzt schon zu Waisen."

Sie gab ihm einen Klaps und sagte nur: „Blödmann!"

„Hände ans Lenkrad!", rief er und gab sich geschlagen.

Jetzt, Anfang Dezember, waren kaum Touristen in der Gegend und die Straßen relativ frei, Autos nur wenige unterwegs. Ein paar Lkws und Güllefahrzeuge überholte Tomke leicht. Trotz ihres rasanten Fahrstiles fühlte sich

Hajo sicher. Er wusste, dass sie eine begnadete Fahrerin war.

Seit Herbst letzten Jahres waren sie ein Paar. Zuerst heimlich, denn er war damals in der letzten Phase seiner kriminalistischen Ausbildung auf dem Revier in Wittmund und Tomke seine Ausbilderin. Sie hatte deshalb anfangs Bedenken, auch weil er ein paar Jahre jünger war als sie. Dann kam auch noch dazu, dass sie seine Vorgesetzte wurde. Ende des Jahres war er dann mit der Ausbildung fertig.

Sie hatten Christof Gerdes, ihrem Chef, reinen Wein eingeschenkt und der meinte, solange die Arbeit nicht darunter leide, die Kollegen sich nicht über Bevorzugungen beklagten und Tomke darauf achte, dass sie beide nicht unbedingt immer in einer Dienstgruppe zusammenarbeiteten, hätte er kein Problem damit. Allerdings stellte er klar, wenn ihre Beziehung auseinanderginge, müsste einer von ihnen die Dienststelle verlassen. Darauf bestünde er, er wolle keinen Rosenkrieg auf dem Revier. Gerdes meinte, auf diesen Stress, der nach einem Beziehungsaus oft entstünde, könne er verzichten. Das habe er selbst schließlich hinter sich und sei ein sogenanntes „gebranntes Kind".

Sie waren einverstanden und es klappte auch ganz gut.

Sie bearbeiteten unterschiedliche Fälle, bis ihr Kollege Carsten Schmied nach Frankfurt zu seiner früheren Dienststelle abberufen wurde. Ein alter Fall, mit dem er vor ein paar Jahren wohl lange beschäftigt gewesen war, wurde neu aufgerollt und er musste daran mitarbeiten. Dort war er nun schon seit über drei Monaten und kam nur an den Wochenenden hier an die Küste zu seiner Familie. Er hatte Michaela inzwischen geheiratet und die Adoption von Marie, deren kleiner Tochter, lief.

Einen neuen Kollegen bekamen sie für die Zeit von Carstens Abwesenheit nicht, also mussten Hajo und

Tomke nun doch gemeinsam Dienst machen. Geht doch alles, überlegte er.

Als Tomke mit quietschenden Reifen knapp vor der „Carolinchen"-Statue im Museumshafen stehen blieb, schreckte er aus seinen Gedanken hoch.

„Ich parke hier, dann haben die Kollegen von Spusi und Rechtsmedizin vor dem Haus Platz, dort ist ja alles so eng", sprach Tomke mehr zu sich selbst und stieg aus. Sie war wie im Tunnel und nahm kaum wahr, was rechts und links von ihr vor sich ging.

Hajos „Wenn wir sie überhaupt holen müssen", hörte sie nicht. Neugierig herumstehende Menschen, die wohl schon erfahren hatten, was im Museum passiert war, bemerkte sie nicht.

Mit festen, schnellen Schritten gingen sie den gepflasterten, etwas ansteigenden Weg zum „Groot Hus" hoch. Marcel, der Wirt der „Stechuhr", einer alten Hafenkneipe auf der rechten Seite, stand vor der Kneipentür und hob grüßend die Hand. „Moin", war alles, was er von ihnen hörte.

Jetzt war auch Hajo angespannt.

Keiner der beiden hatte einen Blick für die alten Museumsschiffe, die im grauen, düsteren Nebel lagen und auch nicht für den schwimmenden Weihnachtsbaum unten im Museumshafen.

Vor dem „Groot Hus" stand rauchend ein bärtiger Mann. Mit seiner Kapitänsmütze, der Seemannsjacke und seinem grauen Bart sah er aus wie ein alter Seebär. Tomke musste schmunzeln.

„Die geben hier wirklich alles für ihre Gäste", überlegte sie.

Als er sie kommen sah, warf er seine Kippe Richtung Hafen.

„Moin. Sind Sie die Kommissare?", fragte er und ohne die Antwort abzuwarten, „dann kommen Sie mal mit. Ich bin Jürgen Wolff, mit zwei ‚f', nicht zu verwechseln mit dem bösen Wolf. Ich arbeite ehrenamtlich im Museum. Hier entlang", er deutete nach links in den großen Empfangsraum und führte sie dann durch zwei breite Türen in einen Flur, von wo aus ein paar Stufen in den hinteren, tiefer liegenden Teil des Hauses führten.

„Wie der ins Museum gekommen sein soll, weiß ich nicht, das kann eigentlich gar nicht sein. Hier ist doch immer alles abgeschlossen und gesichert. Ich persönlich habe gestern Abend die Alarmanlage scharf geschlossen", rätselte er auf dem Weg.

„Bringen Sie uns doch erst mal zu der Leiche, alles Weitere später."

Tomke war ungeduldig.

Sie mussten nach hinten durch das ganze Haus, dann zwei Treppen nach unten und dort durch einen saalartigen Raum, rechts durch eine Glastür in das innere Treppenhaus.

„Der reinste Irrgarten", murmelte sie unterwegs.

Jürgen Wolff stellte sich zu den beiden Putzfrauen, die tuschelnd an der Wand zum Treppenhaus standen und zuckte mit den Schultern.

„Mensch, hier hat sich ja einiges verändert, ich war vor zwanzig Jahren als Schüler das letzte Mal in diesem riesigen Kasten", staunte Hajo mit einem Blick auf die Schiffsmodelle.

Einer der beiden uniformierten Kollegen, die kurz vor ihnen losgefahren waren, erwartete sie schon.

„Was haben wir?", fragte Tomke knapp.

„Eine Etage höher, da liegt er. Wenn du mich fragst, muss hier die ganze Truppe antanzen. Das war kein Unfall. Übrigens, der Notarzt ist schon da."

Er deutete an, ihm zu folgen.

„Aha!" Tomke schob sich an ihm vorbei die Stufen hoch. Sie war angespannt. Ob Mord oder Unfall, Tomke war voll konzentriert und wollte ihren Job gut machen. „Das haben unsere Kunden verdient" war schon immer ihre Einstellung. Wenn auch ihre Kollegen die Bezeichnung „Kunden" nicht unbedingt teilten.

Der „Kunde", also die Leiche, lag mit dem Kopf nach unten auf dem Rücken. Kopf und Schultern auf dem Podest der 2. Etage, der Rest des Körpers und die Beine streckten sich auf den Treppenstufen darüber nach oben aus. So wie es aussah, war er rückwärts die Stufen hinuntergefallen.

Für einen Einbrecher, wie sie vermutete, ein recht ungewöhnlicher Unfall. Hier musste auf jeden Fall die Spurensicherung her.

Auf dem Treppenabsatz, rechts neben seinem Kopf, stand ein verschlossener Aluminiumkoffer.

Der Notarzt war gerade mit seiner Arbeit fertig und packte seinen Koffer zusammen, verschloss ihn und schüttelte den Kopf. „Hier kommen wir zu spät, viel zu spät, der ist schon seit mindestens zwölf Stunden tot. Aber Genaueres wird der Kollege von der Rechtsmedizin feststellen, ich kann nur sagen, dass er tot ist, vermutlich Genickbruch. Ich muss weiter, wir haben einen Notruf, bei dem ich vielleicht noch etwas machen kann. Moin zusammen."

„Kennt ihn jemand?", fragte Tomke in die Runde.

„Ich nicht", murmelte der Notarzt und schob sich, gefolgt von seinem Assistenten, an ihr vorbei durch das enge Treppenhaus.

Auch Hajo und die uniformierten Kollegen schüttelten den Kopf.

Tomke wandte sich Hajo zu: „Ruf bitte die Truppe, Spusi, Manninga, das volle Programm, das ist ganz sicher kein Unfall, so wie der da liegt. Ach so, und befrage die Mitarbeiter hier aus dem Haus. Wie kommt der hierher? Vielleicht hat einer von ihnen den Toten schon einmal gesehen. Die Putzfrauen, den Seebären und vielleicht ist ja sonst noch jemand im Haus. Gibt es hier ein Büro?"

Hajo war schon unterwegs.

Der bullige Mann versperrte, so wie er da lag, die komplette Treppe, weshalb wohl auch der Notarzt unterhalb der Leiche geblieben war.

Tomke lehnte sich gegen die Wand, in der ein Sicherungskasten untergebracht war, nahm ein paar Gummihandschuhe aus ihrer Jackentasche, zog sie über und betrachtete den Fundort genau. Das Treppenhaus war eng, mit einer schmalen Holztreppe. Die Wände rau und weiß getüncht, an denen zwei übergroße, menschliche Scherenschnitte hingen.

Nachdenklich zog sie ihr Smartphone aus der Tasche und fotografierte den Toten. Dann scannte sie mit den Augen Fundort und Leiche genau ab und diktierte ihre ersten Eindrücke kurz und knapp in das Gerät.

„Leiche männlich, cirka einhundertfünfundneunzig Zentimeter groß, sehr kräftig, bullige Gestalt. Winterjacke dunkelblau mit Signalstreifen, schwarze Hose, schwarze, geschnürte Stiefel mit Leuchtstreifen." Sie nahm das Smartphone in die linke Hand, beugte sich über ihn und schnüffelte: „Raucher, Gesicht aufgedunsen, unrasiert, ungepflegt", sprach sie weiter. Mit der Rechten öffnete sie vorsichtig den Reißverschluss der Jacke des Toten und suchte in den Innentaschen mit spitzen Fingern nach Papieren oder anderen Dingen, die ihn eventuell identifizieren konnten. Nichts.

Auch in den Außentaschen fand sich nichts wirklich Interessantes. „Schlüsselbund mit drei Schlüsseln, ein Cuttermesser, Klinge eingezogen, Zigaretten und ein Feuerzeug", diktierte sie und schob alles wieder zurück.

An die Hosentaschen wagte sie sich nicht, sie wollte keinen Ärger mit Hajo Manninga von der Rechtsmedizin. Der war da sehr empfindlich, bemerkte sofort, wenn eine Leiche bewegt wurde und reagierte dann fuchsteufelswild. „Ich muss abwarten", überlegte sie.

Als Tomke sich aufstellte, fiel ihr Blick auf den Aluminiumkoffer an der Wand des Treppenhauses. Sie schüttelte den Kopf. „Na", überlegte sie, „der Notarzt hat es aber sehr eilig gehabt. Der Trottel hat seinen Koffer hier stehen lassen, obwohl, hatte er nicht ...?", sie schüttelte nochmals nachdenklich den Kopf und wollte Hajo bitten, die Notrufzentrale zu informieren. Sie konzentrierte ihren Blick wieder auf die Leiche und die enge Treppe nach oben. Dreizehn Stufen, zählte sie. Der Tote füllte sie in der Breite komplett aus.

Sie wäre zu gerne nach oben gegangen, aber Manninga ...

„Ach was soll's", sprach sie mehr zu sich selbst, „der soll sich nicht anstellen", schob vorsichtig einen Fuß zwischen Treppenstufe und Leiche und zog sich an dem Toten vorbei am Geländer hoch.

Von unten rief Hajo Mertens nach ihr.

„Tomke, wir haben was, außerdem hat mir der Seebär ... Zu spät ..." Er schaute sie strafend an. „Wenn Manninga dich erwischt, bekommst du Ärger, das weißt du schon, oder? Ich habe mir gedacht, dass du gerne nach oben willst, deshalb habe ich ein paar kleine Plastiktragetaschen mitgebracht, die können wir uns um die Füße binden. Hier, vom Seebär", grinste er, „der denkt mit. Liest wohl gerne Krimis."

Tomke angelte sich wieder rückwärts die Stufen herunter, nahm Hajo die beiden Tüten ab und zog sie sich über die Schuhe.

„Ein Ganzkörperkondom hat er nicht zufällig zur Hand, dein Seebär?"

„Nein, nur noch Regenponchos", konterte er.

„Übrigens haben wir unten in der Toilette ein eingeschlagenes Fenster. Hat der Seebär entdeckt."

„Wenn schon, dann Seewolf."

„Wieso Seewolf?"

„Ich denke, der heißt Wolff, Jürgen Wolff, mit zwei ‚f', wenn ich mich richtig erinnere."

„Ach, was habe ich eine witzige Chefin, das ist kaum auszuhalten", erwiderte Hajo. Tomke hob drohend den Zeigefinger.

„Was ist mit dem Fenster?", fragte sie.

„Das wurde eingeschlagen, aber so wie es aussieht von innen, was ja komisch ist für einen Einbruch. Sieht eher nach einem Ausbruch aus. Aber wer ist da ausgebrochen? Fragen über Fragen", sinnierte er. „Nun, das soll die Spusi sich genau ansehen, die Kollegen müssten eigentlich gleich eintreffen. Mein Namenskollege Hajo, Hajo Manninga, ist auch auf dem Weg. Passen wir auf, dass wir ihn nicht wieder zu cholerischen Ausbrüchen reizen."

Von Tomke war nur ein kurzes Gemurmel zu vernehmen. Hatte er jetzt: „Der kann mich mal", gehört?

Vorsichtig kletterten sie nun an der Leiche vorbei in das Stockwerk darüber. Mit den Plastiktüten an ihren Füßen war das eine sehr rutschige Angelegenheit.

Als sie oben angekommen waren, bat Tomke: „Du Hajo, ruf doch bitte bei der Notrufzentrale an, der Notarzt hat seinen Koffer hier stehen lassen, so ein Trottel, der ist jetzt ohne Tasche unterwegs zu seinem nächsten Notfall. Es wundert mich nur, dass es ihm noch nicht aufgefallen ist."

„Nein, der Notarzt hatte seinen Koffer in der Hand, das habe ich gesehen, es kann sich nur um den des Assistenten handeln. Aber klar, ich rufe da gleich mal an", meinte er und zog sein Handy aus der Tasche.

Auf der 3. Etage angekommen, schob Tomke langsam die Glastür auf und schaute sich in dem kleinen Vorraum um. Hier war nichts Verdächtiges zu sehen. Nun, vielleicht kam der Tote ja auch aus der Etage darüber, aber irgendwo mussten sie ja anfangen. Sie ging weiter in den großen Raum. Die Beleuchtung war zwar eingeschaltet, dennoch war es hier sehr düster. Muss wohl so sein, in einem Museum, überlegte sie.

Tomke blieb mitten im Raum stehen und sah sich in alle Richtungen um. Viel war auf den ersten Blick nicht zu sehen. Hier musste mehr Licht her, aber das würden die Kollegen schon machen.

Hajo Mertens trat hinter sie und steckte sein Handy weg. „Ich habe die Zentrale der Rettungsstelle informiert, die geben es weiter. Wir nehmen den Koffer später erst einmal mit zu uns auf das Revier, habe ich mit der Dame am Telefon vereinbart. Der ‚Assi' holt ihn sich dann dort ab. Der hat ihn wohl noch gar nicht vermisst. Vielleicht kommen wir auf dem Rückweg auch dort vorbei, dann bringen wir ihn schnell hin."

Er zeigte in den Raum und fragte: „Hast du etwas entdeckt?"

„Nein, noch nicht, es ist aber auch sehr dunkel hier. Lassen wir die Spusi genauer schauen. Ich will mir nur einen Überblick verschaffen." Sie hob die Hand und Hajo wusste, dass er nun ruhig sein musste. „Was wollte der hier? War er alleine? Sicher nicht", sprach sie mehr zu sich selbst. „Um einen Abenteuerurlaub im Museum handelt es sich sicher auch nicht. Einbruch ...?, was wollte er stehlen ...?"

Laute Stimmen aus dem Treppenhaus unterbrachen Tomkes Gedankengang. Hajo Manninga, der Rechtsmediziner, war eingetroffen und machte sich an der Leiche zu schaffen.

„Hat jemand die Leiche bewegt?", hörte sie ihn rufen.

Als er Tomke und Hajo an der oberen Treppenkante sah, schnauzte er: „Was zum Teufel macht ihr da oben?

Sagt bloß nicht, dass ihr über die Leiche geklettert seid. Lernt ihr denn gar nichts?", polterte er los.

Tomke hob grinsend einen Fuß und zeigte ihm die Plastiktüte.

„Moin mein Lieber, das würden wir uns niemals wagen, alles gut."

„Habt ihr Glück gehabt ...", hörte man ihn murmeln.

Tomke juckte es ihn zu reizen. Privat war er die Ruhe in Person, aber beruflich das komplette Gegenteil.

„Na, was sagt dir die Leiche? Hast du schon was für uns?"

„Du weißt genau, dass ich noch nichts sagen kann, bin gerade erst angekommen ...", er war schon wieder am Kochen, beruhigte sich aber gleich, als er Tomkes Grinsen sah.

„Ich bin ja schon ruhig, du treibst mich aber auch immer auf den höchsten Ast, Tomke. Frieden?"

„Wenn du dich auch treiben lässt. Aber gut, Frieden. Trotzdem, die Leiche muss so schnell wie möglich aus dem Treppenhaus, die Spusi muss in die oberen Etagen. Der Tote war hier oben und ich will schnellstens wissen warum - und was er hier getan hat. Ich frage noch mal, kannst du mir schon irgendetwas sagen? So auf Anhieb, meine ich. Komm Hajo, gib uns was, damit wir arbeiten können. War er alleine?" Sie sah ihn flehend an.

Manninga stöhnte auf. „War ich etwa dabei? Woher soll ich das denn wissen?"

Er hatte dem Toten inzwischen die Jacke geöffnet, Pullover und Unterhemd aufgeschnitten und deutete auf den Brustkorb.

„Ich kann dir sagen, dass sich hier am Brustkorb an zwei Stellen Unterblutungen der Haut andeuten. Das lässt die Vermutung zu, als hätte man ihm mit sehr viel Kraft gegen den Brustkorb geschlagen oder ihn gestoßen". Er leuchtete die angesprochene Stelle mit einer Taschenlampe an und fuhr fort: „Das könnte zum Sturz geführt haben. Du hörst, meine Liebe, es gibt ganz viel an hätte, könnte und Vermutungen. Mehr geht nicht und nun lass mich bitte arbeiten. Hajo, nimm deine Chefin und gehe dich bilden, schließlich seid ihr hier im Museum. Wenn ich fertig bin, melde ich mich."

Hajo zog Tomke am Arm zurück auf die Etage, nahm sein Handy und wählte eine Nummer.

„Mertens hier, wir sind oben auf der 3. Etage, gibt es die Möglichkeit, hier mehr Licht zu bekommen? Nein? Schlecht, aber okay. Noch etwas, ich habe meine Taschenlampe im Wagen gelassen, können Sie uns mit einer aushelfen? Ja, das ist super", er zeigte Tomke einen nach oben getreckten Daumen. „Dann bringen Sie uns diese, gerne auch zwei, doch bitte ins Treppenhaus. Aber lassen Sie sich von unserem muffeligen Rechtsmediziner nicht verschrecken, der beißt nicht, der tut nur so."

„Super", sagte er zu Tomke gewandt, „der Seewolf besorgt uns Taschenlampen, das hilft vielleicht, bis die Spusi an der Leiche vorbei kann."

Tomke stapfte mit ihren verpackten Füßen vorsichtig zurück in den Raum, Hajo wollte an der Treppe auf die Taschenlampen warten.

Sie schritt mit rutschigen Füßen langsam durch den Raum. Die Plastiktüten waren unpraktisch, aber besser als nichts. Schließlich wollte sie keine Fremdkörper oder Fremd-DNA in den Raum bringen. Links tat sich ein sehr großer Raum auf. Mittig, an der Wand, gab es eine große Behausung, einen übergroßen Kasten, an dem ein Schild hing, das auf den Inhalt des „Kastens", die alte Schiffskabine des Frachtseglers „Immanuel" aus dem Jahre 1912 hinwies. Tomke ging daran vorbei. Weiter hinten links, standen diverse Glasvitrinen in ungleichmäßigen Abständen, in denen sich alte Einzelstücke aus früheren Zeiten befanden.

Tomke stockte. Was war das? Eine der Vitrinen sah aus ...

„Tomke, ich habe die Taschenlampen", rief Hajo von Weitem.

„Dann komm damit hierher, ich glaube, ich habe was." Sie deutete auf den Schaukasten. „Schau mal, diese Vitrine ist leer. Ob das Teil, das hier fehlt, wohl zur Überarbeitung ist? Oder wurde es gestohlen?" Tomke sah Hajo fragend an.

Der nickte und meinte: „Also, ich sage mal, wenn das von Museumsmitarbeitern entfernt worden wäre, hätte man doch sicher einen Hinweis in die Vitrine gelegt von wegen: ‚Dieses Exemplar befindet sich gerade ... und wird in den nächsten Tagen' oder so ähnlich, findest du nicht?"

„Doch, genau so sehe ich das auch, sehr gut, mein junger Kollege." Hajo leuchtete mit der Taschenlampe in die Vitrine. Man konnte sehen, dass auf dem samtigen Untergrund bis vor Kurzem etwas gelegen haben musste, die feinen Haare des Stoffes waren niedergedrückt. Es war ein rechteckiger Abdruck. Davor war ein kleines weißes Schild angebracht, auf dem eine Bibel beschrieben war.

„Leuchte mal bitte auf die gläserne Abdeckung", bat Tomke ihren Kollegen, beugte sich etwas nach vorne und schaute unter den Rand. Sie fasste die Glasplatte rechts und links an und klappte sie vorsichtig hoch. Darunter war das durchtrennte Silikon zu erkennen.

Hajo pfiff durch die Zähne.

„Sauber durchtrennt, das fällt von außen gar nicht auf."

„Ich will genau wissen, was sich in dieser Vitrine befand. Hier wird zwar eine Bibel beschrieben, aber ich will das ganz genau wissen: wie groß, wie schwer, welche Farbe, ob sie wertvoll war. Wenn ja, wie und so weiter. Besorg mir ein Bild, Hajo. Und ruf doch gleich mal deinen Freund, den

Seewolf an, vielleicht kann er dir etwas dazu sagen. Außerdem will ich jetzt endlich die Spusi hier haben." Und extra laut rief sie in Richtung Treppenhaus: „Wird das heute noch mal was mit der Leiche, oder will die Rechtsmedizin die Obduktion hier im Museum vornehmen?"

„Jau, ich wünsche dir auch einen schönen Tag, Frau Kommissarin", kam es aus dem Treppenhaus. Tomke musste grinsen und rief zurück: „Haupt, mein Lieber. Hauptkommissarin! So viel Zeit muss sein!"

Hajo schubste sie kopfschüttelnd. „Ihr spinnt doch, ihr zwei, euch kann man durch das ganze Haus hören."

„Lass mal, wir brauchen das", lachte Tomke, wurde aber sofort wieder ernst.

Sie beugte sich über das Treppengeländer und warf dem Rechtsmediziner einen fragenden Blick zu.

„Okay, Tomke, so viel vorab: Nach dem ersten Augenschein wurde die Leiche die Treppe hinunter ... nein, hier drücke ich mich falsch aus, es soll doch alles seine Ordnung haben."

Tomke verdrehte die Augen.

„Also noch mal. Der Mann kam zu Tode, weil er rückwärts die Treppe hinuntergefallen ist. Nicht von selbst, nein, sondern weil man ihm mit voller Wucht gegen den Brustkorb gestoßen hat. Da lege ich mich jetzt schon mal fest, denn das zeigen zwei handtellergroße Hämatome auf dem Brustkorb, was trotz des dichten Brusthaares zu erkennen ist", dozierte er auf seine unnachahmliche Art.

„Ist die Todesursache eindeutig? Kannst du andere Verletzungen ausschließen?"

„Nein, Frau Hauptkommissarin, das kann ich nicht, da musst du dich bis nach der Obduktion gedulden, was dir nicht neu sein dürfte."

Manninga packte seine Instrumente zusammen, zog den Overall, Schuhüberzieher und die Handschuhe aus, drehte alles zu einem Knäuel zusammen und drückte das

Paket seinem Assistenten in die Hand. „Hier, junger Mann, Sie sollen auch etwas zu tun haben. Ab in die Tonne damit und dann schnell zurück ins Institut. Wir haben eine ungeduldige *Haupt*kommissarin, die uns schon bald auf den Füßen stehen wird. Also, Abmarsch."

Tomke warf er noch ein abwesendes „Hol di" zu und stieg die schmalen Treppenstufen hinunter.

Benny und Dirk wussten nicht, wie lange sie schon so unbeweglich und fast atemlos auf der harten Bank in der Kapitänskajüte gesessen hatten. War er weg? Oder lauerte er irgendwo da draußen? Hatte er sie bemerkt und wartete darauf, dass sie ihre enge Behausung verließen, um dann auch sie zu töten? Mitwisser konnte er sicher nicht gebrauchen.

Benny wusste genau, wer *er* war. Schlimmer hätte es nicht kommen dürfen.

„Was machen wir jetzt?", raunte Benny, „sollen wir es wagen?"

„Ich weiß nicht", kam es zaghaft zurück.

„Es ist schon so lange nichts mehr zu hören, vielleicht ist er ja weg." Benny wusste selbst nicht, ob er daran glauben sollte. Aber sie konnten ja nicht den Rest ihres Lebens hier verbringen.

Entschlossen stand er auf und schob sachte den schmalen Riegel der Kapitänstüre nach oben. Ganz darauf bedacht, nur kein Geräusch zu verursachen, öffnete er die Tür. Dirk hatte sich dicht hinter ihn gestellt und griff nach Bennys Jacke.

„Lass los", flüsterte Benny, „wir müssen da jetzt raus. Es ist alles ruhig, er ist wohl weg. Komm mir nach, aber leise."

Vorsichtig machten die beiden Jungs Schritt für Schritt, immer darauf bedacht, auf den alten Dielen kein Knarren zu verursachen. Mitten im Raum lag noch immer der Turnschuh des Toten. Sie wagten es nicht, nach hinten zu gehen, um nachzuschauen, was mit der Leiche war und wer die Leiche war. Um die alten Jutesäcke machten sie einen großen Bogen. Egal, nur raus hier. Die Straßenbeleuchtung erhellte den Raum so weit, dass sie gut sehen und ihren Weg finden konnten. Kurz vor der Tür zum Treppenhaus blieb Benny abrupt stehen.

„Unsere Rucksäcke, wir haben unsere Rücksäcke vergessen. Geh zurück und hol sie. Los Dirk, ich warte hier auf dich."

„Ich? Nein, ich gehe keinen Meter mehr zurück, die können von mir aus dort verrotten."

„Spinnst du? Da sind unsere Papiere drin, Geld und mein Tablet, das können wir nicht alles hierlassen."

Doch Dirk schüttelte energisch den Kopf. Er fragte sich inzwischen sowieso, warum er bei dieser ganzen Aktion mitgemacht hatte. Kurzzeitig hatte er das schlimme Leben an der Seite seiner Mutter vergessen. Das hier war der reinste Albtraum.

„Ich gehe schon, du Feigling. Warte hier im Treppenhaus auf mich."

Benny drehte sich um und lief, immer noch bedacht keine Geräusche zu machen, zurück zur Kajüte. Sein Herz raste. Er nahm die beiden Rucksäcke, schob sich einen auf den Rücken und den anderen vorne auf die Brust, so hatte er die Hände frei. Vorsichtig lief er nun zurück zu seinem Freund. Von Dirk war nichts zu sehen. Er ist schon vorgegangen, überlegte Benny, das ist gut, er kennt sich hier aus und wird nach einem Ausgang suchen. Als er jedoch zur Treppenhaustür kam, stockte ihm der Atem. Auf dem Podest, direkt vor der Treppe, stand der bullige Mann, den er gut kannte. Dieser hielt mit dem rechten Arm Dirk umklammert und die Hand auf dessen Mund gepresst. Dirks Füße zappelten in der Luft.

„Und nun zu dir, mein Sohn." Benny machte ängstlich ein paar Schritte zurück. Er war es, er war es tatsächlich.

Mit dem linken Zeigefinger deutete er an, dass Benny zu ihm kommen solle. „Zur falschen Zeit am falschen Platz, kann ich nur sagen. Ich frage dich jetzt nicht, was du hier zu suchen hast. Komm nur her, Bürschchen, oder soll ich deinem Freund hier gleich den Hals umdrehen?"

Als Benny nicht reagierte, warf er den zappelnden Dirk mit Wucht gegen die Wand, sodass der benommen liegen blieb. Benny hatte Angst, Todesangst.

„Dirk!", schrie er erschrocken auf. Wie von Sinnen stürmte er plötzlich mit ausgestreckten Armen und markerschütterndem Schrei auf den verhassten Mann zu und stieß ihm die Hände gegen die Brust, sodass er das Gleichgewicht verlor und nach hinten stolperte. Er ruderte mit den Armen, versuchte nach dem Treppengeländer zu greifen, fiel dann aber mit einem überraschten Schrei rückwärts über das Geländer in das stockfinstere Treppenhaus hinunter.

Es gab ein riesiges Gepolter, bis er endlich liegen blieb. Ruhe, es war nun absolut still im Treppenhaus.

Benny schaute ihm angstvoll nach und befürchtete, dass er gleich wieder aufstehen und erneut auf ihn losgehen würde. Aber nichts. Er bewegte sich nicht. War das eine Falle? Wartete er darauf, dass er, Benny, nach ihm sah um ihn sich dann zu schnappen?

Dirk, was war mit Dirk? Er musste sich um Dirk kümmern. Aber Gott sei Dank, der bewegte sich wieder und rappelte sich langsam hoch.

„Was ist passiert?", wollte er wissen, „wo ist er?"

Benny zitterte am ganzen Körper und deutete nach unten.

„Da! Ich glaube, der ist auch tot."

Dirk zog die LED-Lampe aus der Tasche und leuchtete in das Treppenhaus hinunter.

„Benny, aber das ist doch dein ..."

„Sag es nicht, sprich es nicht aus. Der", er funkelte Dirk mit zusammengekniffenen Augen an und deutete nach unten, „ist nicht mein Vater. Komm, lass uns verschwinden, ich will hier raus – und abhauen will ich jetzt auch nicht mehr. Ich wollte wegen ihm weg, aber das ist jetzt vorbei. Ich gehe nach Hause."

„Du, ja, du hast es gut und was ist mit mir? Erst überredest du mich, gemeinsam abzuhauen und dann lässt du mich hängen! Meinst du vielleicht, ich gehe zu meiner besoffenen Mutter zurück? Ich will weg! Nach dem Albtraum der letzten Stunden erst recht." Schlagartig war er wieder in seinem Leben zurück.

„Vielleicht kannst du ja bei uns wohnen", warf Benny beruhigend ein, „jetzt, wo er nicht mehr ...", er nickte mit dem Kopf nach unten.

„Pah, das lässt sie nie zu. Wer macht ihr dann zu Hause den Dreck weg? Und wem kann sie dann die Kohle für ihren Schnaps aus den Rippen leiern? Nein, ich haue ab, ob du mitkommst oder nicht. Aber wenn nicht, das sage ich dir, dann bist du mein Freund gewesen."

Dirk musste schlucken, er hatte Tränen in den Augen.

„Lass mal", beschwichtigte Benny seinen Freund, „ich lasse dich nicht im Stich. Aber zuerst müssen wir hier raus. Komm!"

Er zog den Rucksack, den er noch immer vorne umgeschnallt hatte, ab und reichte ihn Dirk.

„Hier, das ist deiner und jetzt komm."

Sie stiegen vorsichtig die Treppe hinunter, aber keiner wagte es, über den Toten zu klettern. So schwangen sie sich nacheinander über das Treppengeländer und ließen sich auf der anderen Seite vorsichtig hinuntergleiten. Sie konnten in der Tiefe des Treppenhauses kaum die Hand vor den Augen sehen, so dunkel war es hier. Die beiden hatten es plötzlich sehr eilig, aus dem Museum zu kommen, aber wie?

Am Ende der Treppe stolperte Benny, fiel hin, rappelte sich wieder hoch und bekam etwas zu fassen, was sich wie ein Koffer anfühlte. „Das ist der Koffer, in den sie die

Bibel gepackt haben", flüsterte er Dirk zu, „den nehmen wir mit."

Die Vordertür war verschlossen und die Nebeneingangstür, an die sich Dirk plötzlich erinnerte, ebenfalls.

„Irgendwie müssen die beiden doch ins Museum gekommen sein. Wenn alles verschlossen ist, hatten sie sicher einen Schlüssel", flüsterte Benny.

„Jetzt sag' nicht, dass wir zurück müssen, um bei den Leichen nach einem Schlüssel zu suchen", Dirk schüttelte den Kopf.

„Willst du etwa bis morgen früh hierbleiben?", raunzte Benny ihn an. Ihm war es ebenso wenig geheuer, bei den beiden Männern nach einem Schlüssel zu suchen, aber was sollten sie tun? Er richtete sich auf, streckte den Rücken durch und meinte: „Ich mache es, ich gehe zurück."

„Okay, ich halte die Stellung", tat Dirk mutig. „Aber mach schnell, ich will hier raus."

Dirk wartete einige Zeit ungeduldig. Dann nahm er den Koffer und ging in Richtung der Toiletten. Wie lange war Benny nun schon weg? Es kam ihm wie eine Ewigkeit vor. „Das kann doch so lange nicht dauern", überlegte er. „Wo bleibt er nur?"

Plötzlich war zu hören, dass Benny angelaufen kam.

„Raus, schnell raus, da ist noch jemand im Haus", rief er.

„Hast du den Schlüssel?"

„Nein, aber wir müssen sofort weg, ich habe oben etwas gehört."

Fast flehentlich schaute er Dirk an.

„Du kennst dich hier doch aus, wie kommen wir aus diesem beschissenen, alten Kasten raus?"

„Ich hab's, komm mit. Die Alarmanlage ist ja wohl nicht aktiv, sonst wäre schon die Hölle los. Es gibt einen Weg."

Dirk zog seinen Freund am Arm hinter sich her in Richtung der Toiletten, schob die Tür der Herrentoilette auf und zeigte auf das Fenster. „Da können wir raus. Wir schlagen die Scheibe ein. Hier geht es zum Innenhof des Nachbarhauses, da sieht uns keiner."

„Los, schnell!" Benny griff nach dem Aluminiumkoffer und schlug ihn gegen die Scheibe.

Das dünne Glas der alten Fensterscheibe zerbrach sofort.

Er stieg als Erster nach oben, um durch das Fenster zu klettern. Auf dem Fenstersims drängte er: „Gib mir den Koffer, Dirk, los komm endlich."

Geschafft!

Sie waren im Freien und wagten keinen Blick zurück. Nun standen sie an der Hauswand des Museums und wussten nicht wirklich wohin.

Die Straßenbeleuchtung warf so viel Licht zwischen die beiden Häuser, dass sie nach unten, Richtung Bahnhofstraße, einen Metallzaun erkennen konnten. Nach oben, Richtung Hafen, versperrte ein Holzzaun den Weg.

Benny nahm den Koffer und ging den Weg nach oben voraus. Eigentlich war es egal, aber irgendeinen Ausgang mussten sie finden und das möglichst schnell.

Der Holzzaun war von innen verriegelt. Gut, so konnten sie ihn öffnen und schnell hindurchschlüpfen.

Es war kalt, sehr kalt, eisig und nass. Die beiden Jungs froren.

Vor dem Museum rutschte Benny, den Rucksack auf dem Rücken, den Aluminiumkoffer fest vor sich haltend, den nassen, kalten Deich hinunter. Dirk folgte ihm. Deichrutscher, das hatte sie früher immer gespielt und einheimische sowie Gästekinder spielten das auch heute noch.

Mit nassem Hinterteil und frierend, versteckten sie sich in einer der Aufwärmhütten, die während des kleinen

Weihnachtsmarktes im Hafen zwischen den Markthütten standen. Sie waren weihnachtlich beleuchtet und dekoriert, die Lichter des schwimmenden Weihnachtsbaumes, in der Mitte der Harle, brannten auch noch.

Der Deich glitzerte in der Nacht. Kleine Eiskristalle hatten sich gebildet.

Verschnaufen, Luft holen und überlegen, wie es nun weiterging.

Sollten sie nun abhauen oder warten und beobachten, wer aus dem Museum kam?

Dirk zeigte auf den Aluminiumkoffer und fragte: „Was machen wir damit?"

„Weiß ich noch nicht", flüsterte Benny, „aber vielleicht ist er noch bares Geld wert."

„Das können wir nicht machen! Wenn da wirklich noch einer drinnen ist", er deutete auf das Museum hinter ihnen, „dann sucht er den Koffer doch schon. Wenn er uns erwischt, sind wir tot. Du hast doch gesehen, wie das läuft. Die gehen über Leichen."

„Ich muss nachdenken." Benny war sehr wortkarg.

Den Koffer wollte er nicht mehr hergeben, vorerst jedenfalls. Abhauen ebenfalls nicht. Jetzt, wo der Alte tot war, musste er bei seiner Mutter bleiben. Sie brauchte ihn sicher. Es würde schwer werden, Dirk davon zu überzeugen.

Plötzlich entschied er: „Komm mit, wir gehen zu mir nach Hause. Morgen reden wir weiter."

Benny griff nach dem Koffer, schaute vorsichtig nach rechts und links und zog Dirk aus der Hütte.

„Keiner da, die Luft ist rein, wir können."

Frierend und übermüdet schlichen die beiden los. Entlang der Weihnachtshütten, über das Siel Richtung Wittmunder Straße. Benny wollte nur noch nach Hause. Er fühlte sich unsicher, immer wieder schaute er zurück. Wurden sie verfolgt?

Der Mann, der leicht gekrümmt in der schmalen Lohne[2] hinter dem alten Kapitänshaus stand, zündete sich mit der rechten Hand eine Zigarette an. Die Linke presste er gegen seinen Unterbauch. Er trug nur einen Schuh. „Euch hole ich mir und den Koffer auch, Jungs, macht euch darauf gefasst. Ich weiß, wo ich euch finde", presste er durch die fast geschlossenen Lippen. „Aber zuerst muss ich zum Schlachter." Er klopfte sich an die Hosentasche und suchte nach seinem Autoschlüssel. Zum Glück hatte er darauf bestanden, selbst zu fahren. Dass sein Kumpel Hinnerk Frerichs nun tot im Treppenhaus des Museums lag, war im Prinzip ein Glücksfall. Hätte er es dabei belassen, die Bibel zu nehmen und dann zu verschwinden, wäre alles gut. Aber so war er tot, die Treppe heruntergefallen oder wie auch immer. Was allerdings Hinnerks Junge, der Benny, im Museum zu suchen hatte, war ihm ein Rätsel. Aber egal, Benny hatte nun den Koffer mit der Bibel und die musste er sich holen.

---

[2] Lohne, ein kleiner, schmaler Weg zwischen den Häuserfronten.

Der Rechtsmediziner Hajo Manninga und sein Assistent hatten ihre Arbeit vor Ort beendet und waren gegangen. Nun konnte die Leiche abtransportiert werden.

Die beiden Männer in den grauen Anzügen hatten es nicht leicht, den dunklen Zinksarg in das enge Treppenhaus zu bekommen. Nach einigen Versuchen gaben sie dieses schwere Unterfangen auf und stellten den Sarg in der Halle ab. Sie holten einen schwarzen Leichentransportsack aus dem Fahrzeug, in dem sie den bulligen Mann verstauten, um ihn so besser über die schmalen Stufen zu transportieren. Sie mussten sehr behutsam mit der Leiche umgehen, denn es gab gewaltigen Ärger mit dem Rechtsmediziner, wenn er feststellte, dass seine Leichen nachträgliche Blessuren abbekommen hatten. Also war vorsichtiges Arbeiten angesagt. In der Halle legten sie den Toten ächzend in den Zinksarg und fuhren ihn in die Rechtsmedizin nach Wilhelmshaven.

Nachdem das Treppenhaus endlich frei war, konnte die Spurensicherung hier und auf den anderen Etagen an die Arbeit gehen.

Die Kollegen hatten einige starke Halogenscheinwerfer aufgestellt, um alle Räume bis in den letzten Winkel zu beleuchten. Erst jetzt war zu erkennen, wie riesig die einzelnen Etagen des Museums waren. Die Kollegen würden ihre Freude haben, überlegte Tomke, und sicher blieb ihnen nichts anderes übrig, als alle Etagen zu durchsuchen.

Der Museumsleiter, der die ganze Zeit im Eingangsbereich warten musste, war nicht begeistert, als Tomke ihm mitteilte, dass während der Spurensuche keine Besucher in das Haus kommen dürften. Zum Glück waren nicht viele Gäste im Ort. Der Ansturm an Urlaubern würde erst einige Tage vor Weihnachten einsetzen, bis dahin würden die Ermittlungen beendet sein.

Hajo Mertens hatte sich mit den beiden Putzfrauen unterhalten und sie genau befragt, was ihnen auf dem Weg zum Treppenhaus aufgefallen sei. Ebenfalls mit dem „Seewolf", dem ehrenamtlichen Mitarbeiter aus dem Museumsladen. Aber nichts, den Leuten war nichts aufgefallen, alles sei wie immer gewesen. Wolff bestand darauf, dass er die Alarmanlage am Abend zuvor eingeschaltet habe, so wie immer. Abends und auch am Morgen, habe er das Sicherungssignal gehört.

„Das werden wir klären", sagte Tomke, „die Spurensicherung soll sich die Alarmanlage ansehen, vielleicht hat ja einer daran herumgetrickst. Wir werden sehen."

„Das habe ich schon in Auftrag gegeben, Uwe Kröger, unser Elektronikspezialist, ist dran. Außerdem untersuchen sie gerade die Toilettenfenster. Dort sieht selbst der Laie, dass niemand eingestiegen, sondern ausgestiegen ist. Die Scheibe wurde von innen nach außen eingeschlagen."

Sie wurden von einem Kollegen der Spurensicherung unterbrochen. „Wir haben was, Tomke, kommt mal mit." Er führte sie in die rechte Ecke der 3. Etage, gleich neben der Tür. Es war wohl eine Lern- und Spielecke für Kinder und „Möchtegernmatrosen", denn dort hingen Seile und einige Hinweisschilder zeigten, dass man dort Seemannsknoten lernen konnte. Auf dem Boden lagen Jutesäcke. In den Schaukästen an der Wand waren unendlich viele Seemannsknoten abgebildet. Der Kollege deutete auf den Holzfußboden und meinte: „Da ist Blut, hier und hier auch", er zeigte auf zwei weitere Stellen. „Da muss jemand gelegen haben, der einiges an Blut verloren hat.

Außerdem ist weiter oben, seht ihr hier", er zeigte auf eine andere Stelle, „noch ein kleinerer Blutfleck zu sehen."

Tomke blickte auf.

„Das ist aber sehr suspekt, es sieht ja aus, als haben da mehrere Verletzte gelegen, oder?" Sie schaute den Kollegen fragend an.

„Kann sein", meinte der, „ich vermute aber mal, dass es nur einer war, der eine Verletzung am Rumpf hatte und vielleicht noch eine kleinere Wunde, eventuell am Kopf. Klar ist, dass jemand in oder zwischen diesen Säcken gelegen haben muss. Meiner Vermutung nach, dort der Kopf und weiter unten der Körper. Es haben sich einige Liegemulden gebildet. Aber wie gesagt, das ist der erste Eindruck, wir werden das noch genauer prüfen und auch, ob das Blut von einer oder mehreren Personen stammt. Ich habe es euch nur vorab gezeigt, damit ihr wisst, dass es noch eine weitere Person gab, die erheblich verletzt sein muss. An der Leiche im Treppenhaus hat Hajo Manninga keinerlei offene Wunden entdeckt, also ...", er schaute Tomke an.

„... stammt das Blut nicht von der Leiche", beendete Tomke seinen Satz. „Ich danke dir, gut dass du es uns gleich gezeigt hast. Wir werden nachher die umliegenden Krankenhäuser und Ärzte benachrichtigen."

Sie deutete auf eine Asservatentasche und fragte: „Was ist denn das, wo habt ihr den gefunden?"

„Ja, dieser Turnschuh lag mitten im Raum, du hättest eigentlich darüber gestolpert sein müssen", zwinkerte er Tomke an.

„Den habe ich nicht gesehen, es war aber auch sehr duster. Dem Toten aus dem Treppenhaus gehört er jedenfalls nicht, der hatte schwere Schnürstiefel an. Sicher gehört er dem Verletzten, wenn es nicht noch einen dritten Einbrecher gab. Schaut bitte genau in alle Ecken und

Schränke und so weiter. Nicht, dass es hier noch eine Leiche gibt und wir der Rechtsmedizin irgendwann einen ‚Stinker' auf den Tisch legen. Du kennst ja Manninga."

Sie hielt ihr Handy hoch. „Wenn noch etwas ist, bitte gleich anrufen, ich bin immer erreichbar."

Hajo Mertens hatte sich abgewandt und telefonierte. „... und Meldungen sofort an mich, es ist dringend."

„Was ist", fragte Tomke.

„Ich habe die Kollegen in Wittmund gebeten, alle umliegenden Krankenhäuser und Ärzte anzurufen. Wer so viel Blut verliert, klebt sich nicht einfach ein Pflaster auf."

„Gut gemacht, du bist ja wirklich fix. Mit dir kann man etwas anfangen."

„Das will ich doch meinen", grinste Hajo und hauchte ihr einen Kuss auf den Hals.

„So nicht, mein junger Kollege, so nicht. Wir sind im Dienst und das geht gar nicht", sie blickte ihn streng an. „Wenn Carsten wieder da ist, versetze ich dich in den Innendienst."

„Hat ja keiner gesehen."

„Trotzdem, ich will das nicht, nicht im Dienst!"

„Okay, ich hab's verstanden, sorry für den Ausrutscher."

Sie wurden sofort wieder dienstlich.

„Kümmere dich um die Alarmanlage!"

Tomke war ungeduldig. Sie wollte schnellstens wissen, wer der Tote aus dem Treppenhaus war. Da er keinerlei Papiere bei sich hatte und auch sonst kein Hinweis auf seine Identität am Mann zu finden war, nahm sie ihr Handy aus der Tasche und suchte nach dem Foto, das sie von ihm im Treppenhaus gemacht hatte. Sie tippte eine Mailadresse ein und schickte das Bild ins Revier mit der Anweisung, den Mann öffentlich zu suchen. Eine Vermisstenmeldung würde sicher nicht vorliegen, vermutete sie.

Das war erledigt, mehr konnte sie hier nicht tun. Auf dem Weg nach unten traf sie Hajo Mertens, der sich gerade angeregt mit Uwe Kröger von der Spurensicherung unterhielt.

„Dann ist der Seewolf ja entlastet", hörte sie noch.

„Was ist los?", wollte Tomke wissen.

„Die Alarmanlage war manipuliert, ganz simpel, wie Uwe meint, aber effektiv. Schau selbst", meinte Hajo und deutete auf den Sicherungskasten.

Tomke schüttelte den Kopf. „Und das hat keiner bemerkt? Daran muss sich doch jemand während der Öffnungszeiten zu schaffen gemacht haben. Oder war es jemand aus dem Haus?"

„So ein Quatsch", maulte jemand hinter ihr. „Dat wer keener van hier. Niemals!" Jürgen Wolff tippte sich an die Stirn.

„Na mal sachte", beruhigte ihn Tomke, „das kann man nie wissen. Welcher Fremde hätte denn hier Zugang?"

„Da müssen Sie die Mitarbeiter befragen, die an der Museumskasse in den letzten Tagen Dienst gemacht haben."

„Denn mokt wi dat", beschloss Tomke.

„Hajo, geh rüber in die ‚Alte Pastorei', dort ist das Museumsbüro. Lass dir die Namen und Telefonnummern aller Mitarbeiter geben, die Dienst im ‚Groot Hus' machen. Am besten startest du den Rundruf gleich von dort aus. Vielleicht bringt uns das schon ein Stück weiter."

„Und was machst du?", wollte ihr Kollege wissen.

„Ich spreche mit Herrn Berger, dem Museumsleiter. Der ist doch noch im Haus, oder? Eventuell kann er mir schon sagen, was fehlt. Und ich will wissen, was in der Glasvitrine war."

Tomke machte sich auf die Suche und traf den Chef des Hauses auch gleich im Museumsladen im Gespräch mit dem Seewolf.

„Herr Berger, wir müssten gemeinsam durch das Haus gehen, ich muss wissen, was fehlt. Die Einbrecher haben doch sicher etwas mitgenommen."

„Ich denke, dass da nur eine Sache infrage kommt, etwas, das wirklich wertvoll ist", stöhnte er.

„Und was ist das?"

„Unsere Bibel, unser wertvollstes Stück. Die meisten anderen Dinge im Haus sind zwar alt und oft nicht zu ersetzen. Viele Dinge sind Liebhaberstücke, richtige kleine Schätze, aber lange nicht so wertvoll wie diese Bibel. Das ist unser größter Schatz."

„Was hat es mit der Bibel denn auf sich?", wollte Tomke wissen.

„Es handelt sich um eine alte, handgeschriebene alte Bibel. Sie ist über 400 Jahre alt und gehörte einem Carolinensieler Kapitän, der von hier aus auf den Weltmeeren unterwegs war. Es heißt, er habe auf dem Weg nach Riga damals den Sohn eines russischen Kaufmannes, der über Bord gegangen war, aus dem Meer gefischt. Aus Dankbarkeit habe ihm der Kaufmann dieses damals schon sehr wertvolle Werk geschenkt. Ich mag mir gar nicht vorstellen, dass sie weg ist."

Tomke schaute ihn an und wollte wissen: „Wie kommt ein russischer Kaufmann an eine solche Bibel und was will der damit? Ist die russische Kirche nicht ...?"

Berger hörte ihren Einwand nicht und unterbrach sie. „Lassen Sie uns endlich nach oben gehen, ich muss das mit eigenen Augen sehen." Tomke reichte ihm ein Paar Plastiküberzieher für seine Schuhe und sie machten sich auf den Weg in die 3. Etage.

Berger erkannte schon von Weitem, dass die Vitrine leer war und schlug sich gegen die Stirn. „Dachte ich es mir doch, was denn auch sonst? Die Bibel ist unersetzlich. Was machen wir denn nur?"

„Was ist das gute Stück denn wert?", wollte Tomke wissen und: „War sie versichert?"

„Ja, natürlich ist sie versichert, mit einem Versicherungswert von 500.000 Euro. Aber was hilft uns das? Die Bibel war ein Magnet für unsere Besucher. Sie ist handgeschrieben von Mönchen. Vor allem das Schriftbild und die Malereien begeistern unsere Besucher. Wir bieten hier regelmäßig Führungen an. Dabei gab es immer sehr viel darüber zu erzählen und die Menschen waren begeistert. Sie konnten dabei sehr viel über Handelsfahrten der Kaufleute nach Russland erfahren."

„Wie sind Sie an die Bibel gekommen?"

„Sie wurde uns von den Erben, einer Erbengemeinschaft, zur Verfügung gestellt, aber die genauen Einzelheiten kenne ich nicht."

„Ging das problemlos oder gab es Unstimmigkeiten innerhalb der Erbengemeinschaft?", wollte Tomke weiter wissen.

„Wie gesagt, das kann ich Ihnen nicht sagen, denn das war vor meiner Zeit hier im Museum. Dazu müssen Sie meinen Vorgänger oder die alteingesessenen Museumsmitarbeiter befragen. Auf jeden Fall muss ich jetzt sofort die Versicherung informieren. Von Ihnen bekomme ich doch sicher eine Bestätigung über den ganzen Fall hier und dass die Bibel verschwunden ist, oder?"

„Ich denke, das geht alles seinen Weg, die Versicherung setzt sich in solchen Fällen mit uns in Verbindung. Aber lassen Sie uns doch zuerst noch gemeinsam durch das Haus gehen, damit wir klären können, was sonst noch fehlt. Außerdem können Sie mir dann auch sagen, was verändert ist oder was Ihnen sonst irgendwie auffällt."

Berger wurde unruhig und schaute auf die Uhr: „Okay, dann aber schnell, ich muss zurück in mein Büro, da kommt jetzt so einiges auf mich zu."

Als Dirk am Morgen aufwachte, saß Benny schon neben dem Bett und starrte aus dem Fenster. In der Nacht hatte er die alte Faltmatratze und eine Decke aus der Kammer geholt und Dirk ein Bett in der Ecke seines Zimmers gebaut.

Dirk schaute sich um. „Wo ist der Koffer?"

„Weg! Im Museum, ich habe ihn zurückgebracht."

„Wie bitte? Du warst noch mal im Museum? Wann?"

„Als du geschlafen hast. Ich konnte nicht schlafen und habe mir überlegt, dass du vielleicht recht hast. Deshalb habe ich ihn zurückgebracht."

„Das glaube ich dir nicht, wie bist du denn in das Museum gekommen?", fragte er ungläubig.

„Genau so wie wir rausgekommen sind. Ich habe ihn einfach wieder in das Treppenhaus gestellt. Die werden ihn heute früh dort finden. Und jetzt lass uns frühstücken, ich habe Hunger. Meine Mutter ist schon sehr früh zur Arbeit. Sie weiß noch von nix! Bei ihrer ersten Putzstelle muss sie schon um 6 Uhr anfangen, es merkt keiner, dass du da bist. Heute Abend spreche ich mit ihr, vielleicht kannst du ja wirklich hierbleiben."

Sie schmierten sich ein paar Brote und Benny goss zwei Gläser Cola ein. Plötzlich mahnte er zum Aufbruch.

„Komm, wir müssen zur Schule, alles muss wie immer sein, wir wollen doch nicht auffallen." Aber Dirk wollte nicht.

„Ich geh nicht hin, was soll ich da, ich habe so viele Fehlstunden, dass es auf den Tag heute auch nicht ankommt. Ich bleibe hier und warte auf dich." Dirk nahm sich noch eine Scheibe Brot und die Colaflasche und ging zurück in Bennys Zimmer.

Benny wollte protestieren, aber er ließ es sein. Seine Gedanken wanderten immer wieder zu dem Koffer. Hatte er das Richtige getan?

Er holte sein Fahrrad aus dem Schuppen und fuhr in die Schule.

Als Benny das Haus verlassen hatte, vergewisserte sich Dirk, dass alle Türen verschlossen waren. Nun konnte er auf die Suche nach dem Koffer gehen. Er glaubte nicht daran, dass Benny ihn zurück ins Museum gebracht hatte.

„Mitten in der Nacht", murmelte er und tippte sich an die Stirn. „Nachdem wir heilfroh waren, dort rausgekommen zu sein. Wem willst du das denn erzählen?" Nein, überlegte er, der Koffer muss irgendwo hier im Haus sein und ich werde ihn finden und zurückbringen.

Der Schlachter war zu Hause, zum Glück. Wahrscheinlich schlief er vor dem Fernseher, denn das Licht schimmerte bläulich durch das Fenster. Er versuchte einen Blick durch die zerschlissenen Gardinen zu werfen und sah den alten Mann auf der Couch liegen. Auf dem Tisch stand eine halb volle Schnapsflasche, mehrere Bierflaschen konnte er auch erkennen. Sterngranatenvoll!, vermutete er. Egal, er musste ihn wecken. Entschlossen hämmerte er mit der Faust gegen die Fensterscheibe und den Rahmen. Drinnen rührte sich nichts. Der Schlachter schlief wohl in einem tiefen Alkoholrausch.

Nur mit großer Anstrengung hatte er es in der tiefdunklen Nacht geschafft, den unbeleuchteten Weg hier hinaus zu dem verlassenen Haus des alten Tierarztes Piet Ohms, den alle nur „Schlachter“ nannten, zu finden. Der praktizierte zwar nicht mehr, aber für ein paar illegale Schlachtungen sowie Hormonspritzen, die es vom neuen Doc für das Vieh nicht gab und auch andere Hilfestellungen, war der alte Veterinär noch zu gebrauchen. Wenn er nicht gerade betrunken war. Heute Nacht war es allerdings wieder einmal so.

Er musste in das Haus und den Alten wecken.

Auf der Rückseite des Hauses gab es eine Hintertür. Hintertüren wurden in Ostfriesland nur selten verschlossen. Hier wollte er es versuchen. Seine Wunde am Bauch blutete zwar nicht mehr so stark, musste aber versorgt werden, außerdem schmerzte sie höllisch. Zum Arzt konnte er nicht gehen, also konnte ihm nur der Schlachter helfen. Wie damals, als er ihm die verfluchten Schrotkugeln aus der Schulter geholt hatte. Na ja, die beiden Kerle haben dafür ja gezahlt, ging es ihm durch den Kopf, sie lagen nun gut verpackt an einem sicheren Ort. Komisch, dass ihm das jetzt gerade einfiel, er hatte schon lange nicht mehr daran gedacht.

Er rief sich zur Ordnung, an die alten Geschichten wollte er im Moment nicht denken, er musste ins Haus.

Jan Becker grinste. Tatsächlich, die Hintertür war nicht abgeschlossen, wie immer. Jeder hätte in das Haus gekonnt, aber wer wollte das? Zu holen gab es bei dem alten Saufkopf nichts.

Er schob sich von hinten in das niedrige Haus und stand direkt in der Küche. Es roch muffig und alt. Außerdem schlug ihm Alkoholdunst entgegen. Als er aus der Küche in den kleinen Flur kam, hört er den alten Tierarzt gegenüber in der Stube schon schnarchen. Im Fernsehen wurde gerade Goldschmuck angeboten. Er ging zum Fenster und zog mit der rechten Hand die Übergardinen zu. Die linke hielt er weiter auf seine Wunde gepresst, schaltete den Fernseher aus und die Deckenbeleuchtung an.

Alles Rütteln und Zerren an dem schlafenden Mann war sinnlos, er schnarchte weiter. Er schrie ihn an: „Ohms, he Ohms, wach auf!"

Es hilft nichts, ich muss es auf die harte Tour versuchen, überlegte er. In der Küche nahm er eine Schüssel von der dreckigen Spüle, füllte sie zur Hälfte mit kaltem Wasser, trug sie zurück in die Stube und goss sie dem Schlafenden ins Gesicht.

Ohms schreckte hoch, hustete, schüttelte sich und wischte sich durch das Gesicht.

„Was verdammt ...?", zu mehr kam er nicht, denn mit großem Gepolter fiel er von der Couch und blieb auf dem Rücken zwischen Couch und Tisch liegen. Die Flaschen auf dem Tisch schwankten, die halb volle Schnapsflasche fiel um und der Inhalt ergoss sich über ihn. Er lag so eingekeilt zwischen Tisch und Couch, dass es ihm in seinem betrunkenen Zustand nicht möglich war, aufzustehen.

Ohms wischte sich durch das Gesicht, blinzelte mehrmals in das grelle Licht und erkannte dann den Mann in seinem Wohnzimmer.

„Jan, Jan Becker, du bist das?", schrie er. „Komm her, du verdammter Hund und hilf mir hoch!"

Jan Becker schob den Tisch zur Seite und tat wie ihm geheißen. Das war schwieriger als gedacht, denn Ohms war schwer und unbeweglich. Kaum stand er auf den Beinen, kam er ins Schwanken und torkelte quer durch den Raum, prallte gegen die Fensterbank, griff Halt suchend um sich, bekam die Gardine zu fassen und riss sie herunter.

Becker machte ein paar Schritte auf ihn zu, packte ihn mit der Rechten am Pullover und zog ihn rückwärts durch die Stube. Kurz vor einem breiten Sessel ließ er los, sodass er mit Schwung hineinfiel.

„Bist du nun klar, oder muss ich noch eine Schüssel Wasser holen, du Saufkopf?"

„Lass mich erst mal wach werden. Was machst du eigentlich hier, mitten in der Nacht?"

Er versuchte einen Blick auf die Wanduhr zu werfen, aber ohne seine Brille konnte er nichts erkennen.

Jan Becker reagierte.

„Gleich fünf Uhr am Morgen, Zeit, wach zu werden. Ohms, ich brauche dich. Aber werde erst einmal nüchtern. Ich koche dir einen Kaffee."

Er deutete in Richtung Küche. „Komm mit und zeig mir, wo ich das Zeug finde."

„Kaffee findest du bei mir nicht, ich trinke Tee."

Er versuchte sich aus dem Sessel hochzustemmen, was er aber gleich wieder bleiben ließ, denn es klappte nicht.

„Bleib sitzen, ich werd's schon finden", winkte Becker ab.

Ohms war froh.

„Was ist mit dir, warum hältst du dir den Bauch?“, rief er ihm nach und bekam einen Hustenanfall.

„Deshalb bin ich da, aber wie gesagt, du musst zuerst nüchtern werden. Hier“, er deutete auf seine Verletzung, „brauchst du eine ruhige Hand, da muss etwas genäht werden.“

Er hantierte in der Küche, stellte Wasser auf den alten Gasherd, suchte nach dem Tee und einer Teekanne.

Mein Gott, ist das alles schäbig hier, dachte er, während er darauf wartete, dass das Wasser kochte. Wie kann ein Mensch nur so herunterkommen? Hoffentlich hole ich mir nichts, wenn er meine Wunde versorgt. Aber ich habe keine Wahl, zum Arzt kann ich nicht und eigentlich hat er all die Jahre immer saubere Arbeit geleistet. Hoffentlich heute auch.

Der Wasserkessel begann zu pfeifen und Jan Becker goss das kochende Wasser in die Kanne mit dem schwarzen Tee. Er hatte extra zwei Löffel mehr von der Ostfriesenmischung genommen, vielleicht half es ja, den alten Mann schneller nüchtern zu bekommen.

Er schaute auf die Uhr, fünf Minuten, überlegte er, das müsste reichen, um einen ordentlichen Tee zu brauen.

Er gab zwei hohe Teelöffel mit Zucker in einen großen Teepott und warf einen Blick in die Stube. Piet Ohms war wieder eingenickt, ein leichtes Grunzen war zu hören.

Nach fünf Minuten goss er den duftenden Tee in den Pott, rührte um und trug ihn in die Stube. Es roch gut, aber er selbst wollte jetzt nichts trinken.

Er weckte den Alten und hielt ihm den Tee unter die Nase.

„Oh, dat ist good, gif man her“, brummte er und nahm einen großen Schluck.

„Verdammt, ist das heiß“, er spuckte, „und süß, bist du verrückt? Wer macht denn Zucker in den Tee?“

„Trink, das hilft, dass du nüchtern und ruhig wirst. Hier“, er zog die linke Hand von seiner Verletzung, „du musst mich verarzten.“

„Was ist denn das? Zeig her.“ Er angelte seine Brille vom Tisch und schob sie sich umständlich auf die Nase. „Was soll ich da machen? Ich war mal Viehdoktor, dafür bin ich nicht zuständig“, wehrte er ab und schüttelte den Kopf.

„Du musst! Zum Doktor kann ich nicht gehen, der stellt nur dumme Fragen und holt die Bullen.“

„Mach mal deine Klamotten richtig hoch“, der Schlachter wedelte mit der Hand und deutete an, dass Becker seinen Pullover hochschieben sollte.

„Stichwunde?“, fragte er knapp.

„Ja!“

„Nee, mien Jung, da muss ein Arzt ran. Das muss ordentlich versorgt werden und vielleicht hast du ja innere Verletzungen, Organe und so meine ich. Nee, dat geit nit.“

„Quatsch, da ist sonst nix, das war ein drei oder vier Zentimeter langes Cuttermesser. Mach das ordentlich sauber und zwei Stiche drauf, dann ist das gut. Außerdem habe ich eine Platzwunde am Kopf, die schau dir auch an. Für die Schmerzen kannst du mir auch noch was geben, aber mehr muss nicht.“

„Was hast du schon wieder gemacht? Wer war das?“, wollte der Alte wissen, „hast du vom letzten Mal nicht genug, als ich dir die Schrotkugeln aus der Schulter holen musste? Damals bist du nur knapp an einer Sepsis vorbeigeschrammt, weil du so spät kamst. Und nun eine Bauchwunde, das kann ich nicht machen.“

„Halt's Maul und trink deinen Tee, den Rest lass mal meine Sorge sein. Außerdem habe ich mir nur zurückgeholt, was mir gehört.“

„Wer das war, habe ich gefragt.“ Der Alte schien plötzlich vollkommen nüchtern und angelte sich eine Zigarette vom Tisch.

Becker gab ihm Feuer. „Was du nicht weißt, macht dich ..."

„Entweder ich weiß alles, oder ich mache nix." Er nahm seinen Teepott und lehnte sich im Sessel zurück. Er wusste genau, was jetzt kam. Aber Drohungen konnten ihn nicht mehr einschüchtern, also ließ er ihn toben und wartete darauf, dass Becker sich wieder beruhigte.

„Na geht doch", sagte er nach ein paar Minuten, „und nun erzähle."

Als Becker geendet hatte, meinte der alte Tierarzt nur: „Du spinnst doch, was willst du mit dem alten Ding? Zu Hause in die Vitrine stellen?"

„Quatsch", antwortete Becker, „ich habe jemand an der Hand, der ist total scharf drauf. An ihn habe ich schon so manches verhökert. Und diese Bibel gehört ja zum Teil auch mir. Warum meine buckelige Verwandtschaft damals das Stück verschenken musste, habe ich nie verstanden. Der Erlös hätte mich gerettet und so manches verhindert ..., aber mehr musst du nicht wissen."

„Ach, du glaubst, ich weiß nicht, was du mit den beiden alten ..."

„... halt dein Maul und verarzte meine Wunde", unterbrach ihn Becker scharf und stand auf.

Der Schlachter wusste zu viel, leider.

„Also gut! Aber ohne Garantie! Falls du innere Verletzungen hast, ist das dein Problem, ich habe dich gewarnt."

Der alte Tierarzt stand ebenfalls auf und schob sich an Becker vorbei in den Flur. Von dort ging eine Tür nach rechts ab in seine verlassene Tierarztpraxis. Hier war es eiskalt. Der große Raum wurde wohl schon lange nicht mehr geheizt, die Kälte kroch aus allen Ritzen.

Mitten im Raum stand ein großer, alter Behandlungstisch, der gut in ein Museum gepasst hätte.

„Total antiquarisch", dachte Becker, „aber egal."

Piet Ohms nahm eine Flasche aus dem Regal an der Wand und goss den Inhalt auf die Platte des Tisches. Desinfektionsmittel, wie Jan Becker vermutete. Mit einem Tuch wischte er den Tisch ab und deutete Becker an, sich darauf zu legen. Er arbeitete plötzlich völlig ruhig und gelassen, als hätte er nie etwas anderes getan und erst am Vortag seine letzte Behandlung durchgeführt.

„Ausziehen", maulte ihn Ohms an, „ und die Hose aufmachen, mach schon."

Becker setzte sich mit einem Schmerzensschrei auf und hielt sich den Bauch. Er zog Pullover, Hemd und Unterhemd in einem Zug über den Kopf und öffnete Knopf und Reißverschluss seiner Hose.

Als er sich mit nacktem Oberkörper zurück auf den kalten Behandlungstisch legte, ließ er wieder einen Schrei los.

„Mensch Ohms, willst du mich umbringen? Reicht es nicht, dass ich ein Loch im Bauch habe, nun erfriere ich hier auch noch."

Ohms reagierte nicht und ließ sich die Flüssigkeit aus der Flasche auch über die Hände laufen, rieb die Handflächen aneinander und zwischen den einzelnen Fingern, Daumen und Handoberflächen. Als er diese Prozedur beendet hatte, stellte er die Flasche zurück in das Regal, schaltete die Behandlungslampe über dem Tisch an und pfiff durch die Zähne.

„Wie lange ist das her?", wollte er wissen.

„Ungefähr zehn Stunden, warum?"

„Weil die Wunde aussieht, als sei sie schon zwei Tage alt. Was hast du daraufgedrückt, einen alten Putzlappen?"

„Nein, mein Taschentuch, ich hatte nichts anderes", stöhnte Becker, ihm war jetzt speiübel.

„Ist es so schlimm?"

„Ja", war die wortkarge Antwort.

Der Tierarzt ging nochmals zum Regal, nahm die Flasche, die er zur Desinfektion benutzt hatte und setzte sie an die Lippen. Nach ein paar Zügen ließ er einen schweren Schnaufer hören und meinte: „So dann mal los, du willst es ja nicht anders."

„Ohms? Was ...", Becker hob fragend den Kopf.

„Reines Desinfektionsmittel, hochprozentig ...", lachte er wiehernd, „für innen und außen."

Becker legte den Kopf wieder zurück und fragte: „Du hast doch sicher eine Betäubungsspritze für mich, Ohms?"

„Nee, nur für Pferde, wenn ich dir die gebe, bist du in deiner unteren Abteilung für Wochen taub."

„Aber ganz ohne?", jammerte Becker.

„Na ich schau mal, was ich machen kann."

Ohms freute sich tierisch. Sollte er sich doch in die Hose machen, der Jan, dachte er. Hier auf dem Tisch habe ich schon ganz andere Kerle verarztet, alle hatten sie etwas auf dem Kerbholz, taten stark und alle haben sie nach einer Spritze gewinselt. Na gut, dann soll er sie haben. Er holte ein Mittel zur Lokalanästhesie und eine sterile Spritze aus dem Schrank, überschlug kurz, was er anteilig für den Mann vor sich auf dem Tisch benötigen würde und zog sie auf. Als Becker die Spritze sah, fiel sein Kopf zur Seite. Piet Ohms musste grinsen. Er hielt kurz inne und stach dann seinem Patienten die Nadel im Wundbereich mehrmals in die Bauchdecke. Das wird schon passen, beruhigte er sich selbst.

„Na, wirkt es schon?"

Becker antwortete nicht, er hatte die Augen geschlossen.

„Auch gut, dann schnackst du mir nicht dazwischen."

Er nahm eine Flasche mit einer roten Flüssigkeit und wischte damit die Bauchregion großflächig ab.

Unter dem Schein der starken Behandlungslampe konnte er sehen, dass der Rand der Stichwunde ausgefranst war und an manchen Stellen schon rötlich und entzündet schien. Dass das nach so wenigen Stunden schon geschehen war, erschien dem alten Tierarzt eher ungewöhnlich. Sicher hatte es damit zu tun, überlegte er, dass Jan sein schmutziges Taschentuch darauf gedrückt hatte und damit mehrere Stunden durch die Gegend gelaufen war.

Er suchte in seinem Schrank nach einem zusätzlichen Mittel zur Wundreinigung.

„Alles nur fürs Pferd, mein Lieber", murmelte er, „wird schon helfen, besser als nix."

Er pinselte die Stelle direkt um die Wunde damit ein. Jan Becker regte sich nicht. Die Wunde war nicht sehr groß und nun einigermaßen gereinigt. Nähen wollte er nicht, fransig und schmutzig wie sie war, das musste sich von innen reinigen oder eben nicht. Er bereitete drei große Wundpflaster vor, legte eine mit einer Tinktur getränkte Kompresse auf die Wunde und verklebte alles sorgfältig. Als er fertig war, schlug er Jan Becker rechts und links auf die Wange.

„Hallo Jan, aufwachen! Ich bin fertig."

Becker rührte sich nicht. Ohms rüttelte ihn fest an der Schulter. „He, Jan, wach auf! Komm schon!"

Becker rührte sich nicht. Ohms griff nach der Flasche mit dem Betäubungsmittel und las nochmals, was auf der Rückseite stand.

Er schüttelte den Kopf. „Komisch", murmelte er, „daran kann es nicht liegen", und stellte die Flasche zurück in den Schrank. Er fühlte ihm den Puls.

Mit einem: „Wird schon werden", schaltete Piet Ohms das Licht im Behandlungszimmer aus und schloss die Tür.

Die Ermittlungen gehen weiter, gleicher Tag

Tomke wusste, dass sie nun hier im Museum nichts mehr tun konnte. Hajo war noch immer im Museumsbüro, um von dort aus die ehrenamtlichen Mitarbeiter zu befragen. Das schien sich wohl in die Länge zu ziehen. Sie musste nun abwarten, was die Spurensicherung vor Ort herausfand, was die Untersuchungen der Kriminaltechniker ergaben und was Hajo bei seiner Telefonaktion erfuhr.

So stieg sie durch das Treppenhaus hinunter, an der Stelle, an der die Leiche gefunden wurde vorbei und ihr Blick fiel wieder auf den Aluminiumkoffer, den der Notarzt, oder vielleicht sein Assistent vergessen hatten. Den sollten wir doch mit nach Wittmund auf das Revier nehmen, erinnerte sie sich. Dass der noch nicht vermisst wurde, wunderte Tomke sehr. Sie griff den Koffer, warf einen Blick in die nächste Etage, in der die Kollegen von der Spusi noch immer mit der Untersuchung beschäftigt waren. Alle fünf Etagen, das Treppenhaus, Nebenräume, der Toilettenbereich, der Verkaufsladen und der Eingangsbereich mussten untersucht werden. Das konnte dauern. Die Kollegen hatten hier noch sehr viel zu tun. Wie lange das Museum geschlossen bleiben musste, war jetzt noch nicht zu sagen.

Auf dem Weg durch die untere Etage klingelte Tomkes Handy. Ohne auf das Display zu schauen, meldete sie sich wie immer:

„Ja, Tomke hier, was gibt's?"

Als sie bemerkte wer dran war, rief sie: „Hallo Michaela, schön ..." und brach ab.

Sie lauschte ins Telefon, riss die Augen auf und ließ den Koffer fallen.

„Was? Seit wann?“, rief sie ins Telefon und fragte dann: „Wo bist du? Hast du in der Nachbarschaft ...?“

Wieder lauschte sie.

„Hast du Carsten schon informiert ...?“, wollte sie wissen.

„Ich habe es versucht, aber er geht nicht an sein Handy.“

„Ich kümmere mich darum und komme zu dir. Bleib, wo du bist, ich bin gleich da“, beendete sie das Gespräch und wählte die Nummer ihres Kollegen Carsten, der zur Zeit in Frankfurt war.

Carsten saß gerade mit seinen Kollegen in der Kantine des Frankfurter Polizeipräsidiums. Sie wollten um zwölf Uhr gemeinsam zu einer Hausdurchsuchung aufbrechen und hatten deshalb ihre Mittagspause vorgezogen.

Ohne ihn zu begrüßen, informierte Tomke ihn telefonisch mit knappen Worten darüber, was sie gerade erfahren hatte und sagte abschließend: „Ich leite hier alles in die Wege. Versuche du, auf dem schnellsten Wege herzukommen. Geht das?"

„Das muss, ich melde mich gleich noch mal", antwortete Carsten knapp und drückte das Gespräch weg. Tomke informierte ihren Chef. Der Anruf bei Kriminaloberrat Christof Gerdes dauerte nur eine Minute.

„Leiten Sie vor Ort alles in die Wege, ich informiere die Dienststelle in Frankfurt", beschloss er. „Anschließend komme ich raus nach Wittmund."

Kaum hatte Tomke das Gespräch mit Gerdes beendet, klingelte ihr Handy wieder. Es war Carsten.

„Ich komme mit dem Flugzeug."

„Ist das nicht zu umständlich?", wollte Tomke wissen. „Von Rhein-Main nach Bremen oder Hamburg. Dann mit dem Auto weiter nach Caro, das dauert doch ewig. Da kannst du fast mit dem Auto fahren oder besser, dich fahren lassen."

„Nein, ein Kollege hat mich auf eine andere Idee gebracht. In der Nähe von Frankfurt gibt es doch diesen kleinen Flugplatz. Ich chartere mir von Egelsbach aus eine Maschine, direkt nach Harlesiel. Das geht am schnellsten und dauert, wenn alles gut läuft, gute zwei Stunden. Und vor allem, ich muss nicht selbst fahren, das wäre jetzt fatal. Was das kostet, ist mir gerade ziemlich egal."

„Super, das ist eine gute Idee. Melde dich, wenn du im Anflug bist. Ich hole dich in Harle ab." Tomke wollte das Gespräch schon wegdrücken, als sie noch Carstens leise Stimme vernahm.

„Tomke, bitte! Versuche du in der Zwischenzeit alles, um sie zu finden. Ich wünsche mir nichts sehnlicher, als dass ich umsonst nach Caro komme. Bitte Tomke!"

„Ich verspreche es dir, Carsten! Als Erstes fahre ich jetzt zu Michaela."

Carsten landet in Harle

Die Propellermaschine landete gegen 16 Uhr auf dem Rollfeld des kleinen Flugplatzes der Inselflieger von Harlesiel. Noch während sie ausrollte, löste Carsten den Sicherheitsgurt. Er konnte es nicht abwarten, die Maschine zu verlassen. Durch das kleine Seitenfenster konnte er die blonden Haare von Tomke erkennen, die sich, eingehüllt in eine dicke Daunenjacke, eng an die Wand des Flugplatzgebäudes drückte. Es war kalt und windig; der Pilot hatte große Mühe, die kleine Maschine ruhig auf dem Rollfeld aufzusetzen, schaffte es dann aber mit einem erleichterten Seufzer.

Es war ein sehr unruhiger Flug vom Flugplatz in Egelsbach bei Frankfurt am Main bis Harlesiel. Carsten allerdings hatte von den Turbulenzen, denen sie unterwegs ausgesetzt waren, kaum etwas bemerkt. Es ging ihm zu langsam, er wollte nach Hause, er wollte zu Michaela. Wie konnte das nur geschehen? Wiederholte sich das Grauen, das ihm vor ein paar Jahren mit Maren, seiner ersten Frau und seiner kleinen Tochter widerfahren war? Das durfte nicht sein, das durfte einfach nicht sein, hämmerte es in seinem Kopf.

Vor knapp drei Monaten hatte ihn seine frühere Dienststelle nach Frankfurt beordert, um mitzuhelfen, einen alten Fall, den er damals bearbeitete, neu aufzurollen. Zuerst hatte er abgelehnt. Er hatte Angst, wollte nicht an diese schlimme Zeit erinnert werden. Damals hatte man ihn während der Ermittlungsarbeiten zu genau diesem Fall bedroht. Nicht offiziell, sondern unterschwellig und heimtückisch. Was er sich damals und bis heute nicht verzeihen konnte, war, dass er diese Drohungen nicht ernst genommen hatte. Eine tote Katze in seinem Dienstwagen nahm er nicht ernst, zwei tote Ratten im Kofferraum ebenfalls nicht. Kleine Zettel mit den Warnungen, den Fall nicht mehr weiter zu verfolgen, zerknüllte er und warf sie wütend weg. Wie konnte er damals nur so überheblich sein? Hielt er sich für unverwundbar? Als dann das Flugzeug, in dem seine Frau und Tochter einen Rundflug unternahmen, über dem Odenwald explodierte, glaubte ihm auf seiner Dienststelle niemand, dass es ein Anschlag gegen ihn und seine Familie war. Hätte man doch nur ihn getötet, aber nein, sie waren so grausam, ihm seine beiden Liebsten zu nehmen.

Sollte das nun wieder der Fall sein?

Das alles ging ihm während des Fluges durch den Kopf. Der Pilot wusste, warum sein Fluggast nach Harlesiel musste und ließ ihn in Ruhe. Es war schon sehr dämmrig und er war froh, den Flugplatz noch bei einigermaßen Tageslicht erreicht zu haben. Erst als sie kurz vor der Landung waren, unterbrach er seinen Passagier in seinen Gedanken.

„Da wolle mer doch mal sehe, ob des beim erste Mal klappt“, meinte der Pilot auf reinstem hessisch. „Hier owwe, mit Seewind, bin ich ach noch net gelandet.“

Carsten schreckte auf und blickte sich um. Durch die Frontscheibe war in der Ferne die Nordsee zu sehen und unter ihm graue Winterfelder zu erkennen. Straßen mit Fahrzeugen, die von oben wie Spielzeugautos mit stecknadelkopfgroßen Lichtern aussahen und vereinzelte Häuser. Rechts eine Kleinstadt.

„Wittmund“, meinte der Pilot knapp und nickte mit dem Kopf nach rechts. „Gleich simmer da“, und setzte zur Landung an.

Es klappte sofort beim ersten Versuch.

„Na also, geht doch! Gut zwa Stunne, perfekt!“ Der Pilot war zufrieden.

Als Carsten ausgestiegen war, kam Tomke auf ihn zugelaufen und umarmte ihn, doch er schob sie ungeduldig zur Seite.

Tomke erschrak, als sie ihn sah. Seine Augen waren rot unterlaufen, lagen tief in ihren Höhlen, seine Gesichtsfarbe aschfahl.

„Wo ist sie? Wisst ihr schon etwas?", wollte er wissen.

„Komm erst einmal hier weg."

Sie zog ihn um das Flugplatzgebäude. Das Auto war direkt dahinter geparkt. Tomke hatte im Hangar alles geregelt, sie konnten sofort losfahren.

Hinter ihnen rief jemand nach Carsten. Der Pilot kam auf sie zugelaufen und brachte Carsten eine kleine Tasche, die er im Flugzeug vergessen hatte.

„Hier, Ihr Tasch, die hawwe Se im Fliescher vergesse."

Tomke schaute irritiert.

„Ein reiner Hesse, ein ‚Elschbäscher', wie es dort heißt", erklärte Carsten grinsend und wurde sofort wieder ernst.

Er bedankte sich kurz und ging hinter Tomke zum Wagen.

„Hast du sonst nichts dabei?", wollte Tomke wissen.

Carsten schüttelte den Kopf. „Was brauch ich denn? Ich wollte so schnell wie möglich hierherkommen. Da packe ich doch keinen Koffer. Also, was gibt's Neues und vor allem, wie geht es Michaela?"

Er kramte in seiner Hosentasche nach dem Handy und wollte Michaela anrufen. Tomke hielt ihn zurück.

„Lass uns zu ihr fahren, komm. Sie erwartet dich ... und sie braucht dich, jetzt und persönlich, also lass uns fahren."

Sie stiegen ein und Tomke startete den Wagen.

„Tomke?", Carsten schaute sie eindringlich an, „wie geht es ihr? Weißt du, dass sie ..."

„Ja, Carsten", Tomke griff nach seiner Hand, „sie hat es mir schon vor Wochen gesagt und ich hoffe für euch, dass alles gut ausgeht und sie sich nicht zu sehr aufregt."

Carsten nickte. Seine Gedanken gingen wieder zu Michaela und besonders zu Marie. Hoffentlich ist ihr nichts passiert. Vielleicht ist ja auch alles ganz harmlos und Marie nur weggelaufen, überlegte er. Aber warum? Das ist doch gar nicht ihre Art. Marie ist ein sehr aufgewecktes und neugieriges Mädchen, vorlaut und manchmal auch ein wenig altklug. Sie würde eher so lange streiten, bis sie ihren Kopf durchgesetzt hätte, aber weglaufen? Nein!

Und doch war sie heute gegen neun Uhr auf dem Schulweg verschwunden. Aufgefallen war es sofort, da Marie nicht bei ihrer Freundin Jane, die sie jeden Morgen auf dem Weg zur Schule abholte, angekommen war. Janes Mutter hatte bei Michaela angerufen, um zu fragen, ob sie wohl krank sei und Michaela begann sofort damit, sie zu suchen.

Die Angst, dass es wieder mit dem Fall in Frankfurt zu tun haben könnte und man ihn erpressen oder gar bestrafen wollte, schnürte Carsten die Luft ab.

Tomke unterbrach seine Gedanken.

„Wir sind gleich da. Michaela ist bei uns auf dem Revier, ein Arzt ist bei ihr. Ich habe sie mitgenommen, weil sie darauf bestanden hatte, weiter nach Marie zu suchen. Aber ich denke, das ist sinnlos. Michaela würde bei der Kälte nur durch die Gegend irren. Etliche von unseren uniformierten Kollegen suchen nach ihr, die können das besser. Oma und Tant' Fienchen sind bei euch im Haus, falls Marie plötzlich auftaucht. Einige Nachbarn suchen die Gegend um euer Haus ab. Alle Kollegen sind mobilisiert. An unserem aktuellen Fall arbeitet Hajo mit einem Kollegen aus Wittmund und Christof Gerdes, unser Chef, unterstützt die beiden. Wir haben freie Hand, nach Marie zu suchen und alle, wirklich alle Kollegen unterstützen uns. Wir werden sie finden!", endete sie energisch.

„Danke Tomke. Weißt du", sprach er leise weiter, „als vor drei Monaten die Anfrage aus Frankfurt kam, habe ich lange überlegt, ob ich nach Frankfurt gehen soll. Michaela hat mich gedrängt. ‚Gib den Verbrechern keinen Spielraum', hat sie gemeint, ‚dann haben sie gewonnen, willst du das?'. Wir haben darüber gesprochen, immer wieder und sie hat mich überzeugt."

Tomke versuchte ihn zu beruhigen.

„Carsten, es ist doch gar nicht erwiesen, dass der Fall in Frankfurt mit Maries Verschwinden zu tun hat, wir haben keinerlei Hinweise dafür. Vielleicht ist sie wirklich nur weggelaufen. Oder habt ihr in Frankfurt da irgendwelche Erkenntnisse?"

„Nein", er kramte in der Ledermappe, die ihm der Pilot nachgetragen hatte, nach einem Taschentuch.

„Bisher gab es keine Anhaltspunkte. Keine Drohungen, nichts. Aber ich ...", Carsten wurde blass. „Tomke", stammelte er plötzlich, „Tomke, mein Gott, das ist doch nicht wahr!"

Er hielt einen Zettel hoch und fing an zu zittern. Auf einem gelben Klebezettel stand mit schwarzem Filzstift geschrieben: WIR HABEN DICH GEWARNT!

Tomke trat scharf auf die Bremse und brachte den Wagen mühsam am Straßenrand zum Stehen.

Als Jan Becker aufwachte, hatte er das Gefühl, in einer Tiefkühltruhe zu liegen. Sein Rücken schmerzte. Es war dunkel und kalt. Es dauerte einen Moment, bis er sich orientiert hatte. Mühsam versuchte er hochzukommen; sofort ließ der Schmerz in seinem Unterbauch die Erinnerung zurückkommen. Er war beim Schlachter. Hatte der ihn operiert? Vorsichtig stand Jan Becker auf und tastete sich durch den Raum. Nach einigen Versuchen erreichte er einen Lichtschalter und schaltete ihn ein. Nun sah er die Tür. Ein weiterer Blick in den Raum ließ die Erinnerung an diesen antiquierten Praxisraum aufkommen. Hoffentlich geht das gut, wünschte er sich mit einem Blick auf den Wundverband an seinem Unterbauch. Langsam zog er sich Hemd und Pullover über und verließ das Behandlungszimmer. Plötzlich hielt er inne. Der alte Viehdoktor musste doch hier irgendwo Schmerzmittel haben. Schließlich kam jeder, der hier in der Gegend nicht unbedingt zum Arzt gehen wollte, zu ihm. Er öffnete nacheinander ein paar Schubladen und pfiff durch die Zähne. Na also! Mindestens zehn Päckchen mit Tabletten lagen da. Wenn das keine Schmerzmittel waren? Schmerzmittel, Wirkstoff „Metamizol" las er und steckte sich zwei Packungen in die Tasche.

„Drecksack", stieß er durch die Zähne. „Lässt mich mit Schmerzen rumlaufen."

In der Stube suchte er nach dem Schlachter, doch der war nirgends zu sehen. Weder hier noch in der Küche. Auch auf sein Rufen antwortete er nicht. Das Haus war leer. Da er noch immer mit nur einem Schuh unterwegs war, öffnete er einen alten abgegriffenen Schrank im Flur, in dem er die Schuhe des Hausherren vermutete. Richtig. Es fanden sich allerdings nur zwei Paar sehr ausgetretener Schuhe, aber egal, dachte er, da muss ich jetzt durch. Besser als barfuß gehen bei dieser Kälte.

Er hatte Hunger und ihm war übel. Seine Zunge klebte ihm am Gaumen. Die wenigen Stunden Schlaf auf der Behandlungsliege in der Tierarztpraxis hatten ihm gut getan. Jetzt allerdings knurrte sein Magen. An der Hintertür drehte er noch einmal um und ging zurück in die Küche. Dort drehte er alle Knöpfe an dem alten Gasherd an und flüsterte: „Du weißt zu viel, Ohms!"

Zufrieden stieg er in sein Auto, das er am Anfang des nicht asphaltierten Weges zwischen zwei Büschen geparkt hatte, startete den Motor und schaute auf die Uhr. Es war inzwischen 10.30 Uhr. Auf dem Weg zurück nach Carolinensiel stoppte er an einer Bäckerei und holte sich drei Brötchen, die er trocken kaute, und eine Flasche Wasser. Das reichte fürs Erste. Der Koffer war jetzt wichtiger.

Das Haus von Hinnerk Frerichs befand sich ziemlich am Ende der Wittmunder Straße. Dort wird sein Junge sich wohl verkrochen haben, überlegte Becker. Er kannte den Jungen schon von klein auf. Greta, Hinnerks Frau, hatte ihn noch als Baby mit in die Ehe gebracht. Es hieß damals, einer der Söhne des Schweinebauern, bei dem Greta damals arbeitete, sei der Vater. Aber wirklich wusste man nichts. Greta schwieg und auch Hinnerk, der gerne Unterhalt vom Kindsvater eingetrieben hätte, hatte es nie erfahren. Selbst manch blaues Auge konnte Greta nicht umstimmen, den Namen des Erzeugers zu nennen. Das Abkommen, das sie mit dem Kindsvater hatte, jeden Monat einen bestimmten Betrag für Benny auf ein Konto einzuzahlen, verschwieg sie. Niemandem hatte sie es erzählt, Benny nicht und nicht einmal ihrer Mutter. Wenn er achtzehn ist, hat er ein schönes Sümmchen für seine Ausbildung, wusste sie.

Jan Becker stellte sein Auto auf dem Parkplatz beim Frisör „Kopfgärtner“ ab und ging das letzte Stück zu Fuß. Immer wieder griff er nach seiner Wunde, die wieder höllisch schmerzte. Die Betäubungsspritze wirkte nicht mehr.

Vor dem Haus der Frerichs war eine alte Frau dabei, die kargen Büsche mit etwas Weihnachtsschmuck zu verschönen. Ihre von Gicht gekrümmten Hände machten ihr das allerdings sehr schwer.

Jan Becker rief ihr ein „Moin“ zu und wollte wissen, wo ihr Enkel sei.

„Na, wo wird der um diese Zeit wohl sein“, giftete sie ihn an, „in der Schule natürlich. Und du, Becker, verschwinde mal ganz schnell von hier, wenn du auftauchst, heißt das nix Gutes. Setzt meinem Schwiegersohn, dem Hinnerk, nur immer Flöhe ins Ohr. Wo ist der überhaupt? Hab ihn heute noch nicht gesehen. Und unseren Benny lässt du gefälligst in Ruhe.“ Sie wedelte mit ihrer knochigen Hand und schnauzte Becker an: „Verschwinde, hab ich gesagt!“, drehte sich um und stieg die drei Treppen zum kleinen Nebenhaus hoch. Die Haustüre schlug sie mit einem heftigen Krachen ins Schloss.

Jan Becker war sich sicher, wenn der Junge wirklich in der Schule war, hatte er den Koffer nicht mitgenommen. Den musste er hier im Haus versteckt haben. Gut, dass die Alte in dem kleinen Anbau wohnte, so konnte er ungestört auf die Suche gehen. Greta, die gute Seele, war sicher noch unterwegs zu einer ihrer vielen Putzstellen. Sie alleine war es, die für die Familie sorgte und das Geld zusammenhielt.

Vorsichtig drehte er eine Runde um das Haus und schaute in jedes der niedrigen Fenster. In der Küche war niemand zu sehen. Auf dem Küchentisch war ein Chaos von Frühstücksresten zu erkennen. Colaflaschen, Toastbrot, Marmeladengläser. Das nächste Fenster gehörte zur Stube, Becker hatte dort mit Hinnerk schon so manche Nacht durchgezecht. Auch die Stube war leer. Als er hinter das Haus trat, sah er aus den Augenwinkeln eine Bewegung, mehr einen Schatten, an der Terrassentür. Becker vermutete, dass es sich hier um das Zimmer des Jungen handeln musste. War er doch im Haus? Er drückte sich dicht an die Hauswand, um nicht gesehen zu werden und versuchte einen Blick durch die Scheibe zu werfen.

Das war doch der andere, erkannte er, der Junge, der in der Nacht mit Benny im Museum war. Sollte der alleine im Haus sein, oder war Benny auch da? Eine Weile verharrte er dicht an die Hauswand gepresst und beobachtete ihn. Es schien, als suchte der Junge nach etwas. Sonst war niemand zu sehen, auch nach mehreren Minuten nicht.

Becker war klar, dass er in das Haus musste; wenn er noch länger wartete, würde es nicht besser werden, allenfalls kämen Benny oder seine Mutter nach Hause. Er musste handeln. Ein weiterer Blick durch das Fenster zeigte ihm, dass der Junge das Zimmer verlassen hatte. Der Versuch, auf diesem Weg in das Haus zu kommen gestaltete sich schwierig. Ohne Lärm ging gar nichts, aber dann würde er den Jungen, oder vielleicht auch die Nachbarschaft aufschrecken. Während er sich umsah, spielte ihm das Glück in die Hände, denn die Hintertür des Hauses wurde geöffnet und der Junge trat ins Freie. Becker versteckte sich schnell hinter einem hölzernen Windschutz. Jetzt war genau der richtige Moment, um ins Haus zu kommen, denn der Junge ging in Richtung Schuppen. Was wollte der da? Egal!

Becker schlüpfte in das Haus und schloss die Tür hinter sich. Böse Überraschungen konnte er nicht gebrauchen. Er musste nach dem Koffer suchen. Als Erstes ging er in Bennys Zimmer. Er öffnete den Kleiderschrank, schaute unter das Bett und auf den Schrank. Nichts. In der Ecke stand eine große Truhe, aber außer Büchern und Heften, wohl die Schulsachen des Jungen, war da nichts. In dem jugendlich, spärlich eingerichteten Zimmer gab es sonst keine Möglichkeit, den Koffer zu verstecken, dazu war er zu groß, das Zimmer zu klein. Oder hatte der Junge die Bibel herausgenommen, um sie zu verstecken? Becker öffnete nochmals den Kleiderschrank und wühlte in den einzelnen Fächern zwischen Hemden, Hosen und Pullovern. Nichts.

„Was machen Sie da? Wer sind Sie?", hörte er plötzlich eine ängstliche Stimme hinter sich. Er drehte sich ruckartig um. In seinem Unterbauch gab es ein stechendes Ziehen, mit schmerzverzerrtem Gesicht griff er sich an die Stelle.

Vor der Hintertür stand der Junge, mit einem Schlüssel in der Hand und schaute ihn entsetzt an. Mit der anderen Hand versteckte er schnell etwas in seiner Hosentasche. Becker unterdrückte seinen Schmerz, ging auf ihn zu und meinte: „Ihr habt etwas, das mir gehört und das möchte ich gerne wieder haben. Verstehst du?"

„Was meinen Sie?"

„Das weißt du genau, Junge. Schließlich warst du mit Benny heute Nacht im Museum, oder? Wo ist dein Freund Benny?"

Er ist es!, schoss es Dirk durch den Kopf.

„Ich, nein, was meinen Sie? Benny ist in der Schule und ich weiß nicht, was Sie wollen." Mit durchgedrücktem Rücken versuchte Dirk seine Angst zu verstecken.

Becker schaute ihn mit zusammengekniffenen Augen an und stellte sich bedrohlich nah vor ihn hin.

„Lüg mich nicht an, sag mir lieber, wo der Koffer ist, den ihr heute Nacht mitgenommen habt."

„Ich weiß nicht ... welchen Koffer ...", stammelte Dirk nun doch zaghaft und griff in seine Hosentasche.

Becker drückte sein Knie gegen den Oberschenkel des Jungen und legte seine dünnen, langen Finger fest um dessen Hals.

„Letzte Warnung, nicht schnacken, nicht lügen, sag's mir einfach. Ich weiß, dass ihr dort wart. Also?"

„Wir haben den Koffer nicht, ehrlich! Benny hat ihn heute Nacht in das Museum zurückgebracht."

„Wem willst du das denn erzählen", er legte seine Hände noch etwas enger um den Hals des Jungen, der nach Luft schnappte. „Ich habe dich gewarnt. Also zum letzten Mal, wo ist der Koffer?"

„Ich weiß es nicht", schrie Dirk angsterfüllt, „ich weiß es wirklich nicht, Benny hat ihn ins ...", röchelte er, noch immer etwas krampfhaft in seiner Hosentasche umklammernd.

Becker verstärkte den Druck auf Dirks Hals und fletschte sein riesiges Gebiss. Dirk bekam einen roten Kopf und musste husten. Er hatte entsetzliche Angst.

„Ehrlich", krächzte er nun fast unverständlich, „ehrlich, ich weiß es nicht."

„Okay, du willst es nicht anders, dann warten wir hier eben auf deinen Freund", drohte Becker.

Halb ohnmächtig und voller Panik strampelte Dirk mit den Beinen und traf seinen Angreifer im Unterleib. Der schrie kurz auf, ließ den Griff nach und beugte sich voller Schmerzen nach vorne. Dirk nutzte die Gelegenheit, um sich zu befreien und unter ihm durchzuschlüpfen. Er taumelte mit letzter Kraft auf die Hintertür zu.

Raus hier, nur weg. Sollte sich der Albtraum von letzter Nacht etwa wiederholen?

Hustend und noch immer nach Luft ringend, riss er die Tür auf und stürzte nach draußen. Er fiel zu Boden, rappelte sich auf und taumelte auf allen vieren voran, bis er wieder das Gleichgewicht gefunden hatte. Ohne sich weiter umzuschauen lief er los, nach Luft röchelnd, voller Angst quer über die Straße, weg, nur weg. Autofahrer, denen er vor den Wagen lief, hupten, doch er lief weiter. Vor der Apotheke bog er auf ein Grundstück ein, warf sich hinter eine Hecke und versuchte sich zu beruhigen. Tränen liefen ihm über das Gesicht. Immer wieder ging sein Blick durch das Gestrüpp der Hecke. Ob sein Peiniger ihm wohl folgte?

Dirk zog sein Handy aus der Tasche und wählte Bennys Nummer. Ein Blick auf die Uhr zeigte ihm, dass nun gerade Pause sein müsste. Hoffentlich ging sein Freund ans Telefon.

„Er ist da!", schrie er ins Telefon und berichtete Benny, was sich gerade ereignet hatte. Nachdem er das Gespräch beendet hatte, zog er eine kleine Dose aus der Hosentasche und betrachtete sie nachdenklich. Die Gedanken, die ihm dabei durch den Kopf gingen, machten ihm Angst und er steckte sie schnell wieder weg.

„Diese Schweine! Tomke, schau dir das an. Diese Schweine haben Marie tatsächlich entführt." Carsten reichte Tomke den kleinen gelben Notizzettel.

„Der Pilot, Carsten! Der Pilot hat dir die Tasche nachgetragen, kann er den Zettel in die Tasche gesteckt haben? Kennst du ihn? Wir müssen ihn unbedingt vernehmen."

Sie zog ihr Handy aus der Tasche und wählte die Nummer des Kommissariats in Wittmund. Mit kurzen, knappen Worten gab sie dort die Anweisung, dass sich eine Streife sofort auf den Weg machen solle, den Piloten von Harlesiel abzuholen und auf das Revier zu bringen.

„Aber ruft vorher dort an, nicht, dass er sich in die Maschine setzt und wieder zurückfliegt. Macht schnell, wir müssen ihn unbedingt vernehmen." Sie lauschte in den Apparat. „Darf er nicht? Flugzeit? Dunkelheit?", raunzte sie den Kollegen an, „man darf noch ganz andere Sachen nicht. Wenn er in der Sache drinsteckt, interessiert ihn das nicht. Also los!"

Noch immer standen sie auf dem Seitenstreifen. Die Warnblinckanlage hatte sie reflexartig eingeschaltet und trotzdem hupten einige Autofahrer unwirsch, als sie an ihnen vorbeifuhren. Es war stürmisch und der Regen spritzte aus den ausgefahrenen Rillen der Straße. Kurz bevor Tomke und Carsten auf den Parkplatz des Reviers bogen, kam ihnen ein Streifenwagen mit Blaulicht und Martinshorn entgegen.

„Sie sind unterwegs, hoffentlich erwischen sie ihn noch", murmelte Carsten, „obwohl es nicht gesagt ist, dass er es war. Als ich meinen Flug bestellt habe, konnte doch keiner wissen, wer der Fluggast ist. Das wäre ja dubios."

„Warten wir's ab."

Sie stiegen aus und Carsten lief mit großen Schritten auf das Polizeigebäude zu. Er konnte es kaum abwarten, Michaela in die Arme zu nehmen.

Auf dem Revier waren alle Kollegen in Aktion. Hajo Mertens, Christof Gerdes, der aus Wilhelmshaven zur Unterstützung gekommen war, und ein uniformierter Kollege saßen im Büro und arbeiteten an dem Museumsfall. Der Rest der Kollegen war fieberhaft auf der Suche nach Marie.

Einige telefonierten, der Diensthabende organisierte die Suche per Streifenwagen, aber wo sollten sie suchen? Außerdem war es inzwischen dunkel. Trotzdem, man wollte nichts unversucht lassen. Eine Ärztin saß bei Michaela, als Carsten in den Raum gestürmt kam.

„Michaela", rief er und umarmte sie, „es tut mir so leid, das werde ich mir nie verzeihen."

„Du kannst doch nichts dafür, Carsten, aber bitte tut alles, damit wir sie wiederbekommen, bitte. Versprich mir das!"

„Beruhige dich, bitte beruhige dich, Liebling! Wir tun alles, ich verspreche es dir! Hier und in Frankfurt, wir ..."

„Sie können mir glauben", schaltete sich Christof Gerdes ein, der inzwischen ins Zimmer getreten war, „wir tun alles, um Ihre Tochter zu finden. Wenn das Kind eines Kollegen entführt wird, nehmen wir das persönlich, Frau Schmied, sehr persönlich. Fahren Sie jetzt mit Ihrem Mann nach Hause, Sie können hier nichts tun. Warten Sie zu Hause auf Ihre Tochter. Vielleicht steht sie ja plötzlich vor der Tür."

Bevor Michaela antworten konnte öffnete sich die Tür und der Diensthabende meinte: „Ich glaube, wir haben da was."

Gleichzeitig klingelte Tomkes Handy.

Es dauerte nicht lange, bis er sich wieder gefangen hatte, aber der Junge war weg. Ein sorgsamer Blick unter sein Hemd zeigte ihm, dass die Wunde wieder zu bluten begonnen hatte.

„Scheiße", stöhnte er, „dieser verfluchte Saubengel, wenn ich den in die Finger bekomme. Na, weit kann er ja nicht sein."

Becker erinnerte sich daran, dass Bennys Vater einmal von der Mutter eines Freundes seines Sohnes erzählt hatte, die es ihm ab und an gegen Bezahlung besorgte. Dieser Bengel war ihr Sohn, erinnerte er sich.

„Für Geld macht die alles", hatte Hinnerk getönt und sich zwischen die Beine gegriffen. „Rieke, die alte Schnapsdrossel, bekommt in ihrem besoffenen Kopf nichts mit!", und war in ein dröhnendes Lachen verfallen. Er hatte ihm noch die Adresse zugesteckt und gemeint: „Hier, wenn du mal Bedarf hast."

Er hatte den Zettel angeekelt weggesteckt und ihn doch irgendwann wieder hervorgeholt.

Becker fragte sich, wie es nun weitergehen sollte. Der Junge war weg, Benny würde sicher auch so schnell nicht kommen und war nun gewarnt. So entschloss er sich, erst einmal nach Hause zu fahren. Er brauchte dringend eine Schmerztablette oder auch mehrere. Sollte er noch mal zum Schlachter fahren? Nein. Er wollte nach Hause, etwas essen, eine oder zwei Tabletten schlucken. Hier und ohne Wasser ging das nicht, die Flasche war leer. Außerdem musste er einen neuen Verband auf seine Wunde legen. Seine Frau würde ihn sicher mit Vorwürfen überhäufen, dass er in der Nacht nicht nach Hause gekommen war und die ganze Stallarbeit wieder an ihr hängen geblieben war. Aber das kannte sie ja schon und er ihr ewiges Gemecker.

Auf dem Weg zu seinem Auto schaute er sich um. Der Junge war nicht zu sehen. „Sein Glück“, brummte er böse vor sich hin, „wenn ich den Bengel erwische, mache ich ihn alle“, und dachte an die Schmerzen in seinem Unterbauch.

Nachdem Benny die Nachricht von Dirk erhalten hatte, war er in das Klassenzimmer gestürmt, hatte sich seine Sachen geschnappt und war sofort auf sein Fahrrad gesprungen.

Der Lehrer und seine Mitschüler schauten ihm verdutzt nach. Die vierzehn Kilometer von der Schule in Wittmund nach Carolinensiel schaffte er, trotz des starken Gegenwindes, in etwas mehr als einer halben Stunde. Es war kalt und der Nieselregen verursachte schmerzhafte Nadelstiche in seinem Gesicht. Er trat in die Pedale und machte sich ganz flach auf seinem Fahrrad. Einmal wäre er auf dem Radweg neben der K461 fast ins Schleudern gekommen, als er mit dem Vorderrad in ein Schlagloch fuhr. Gerade rechtzeitig konnte er den Lenker herumreißen, sonst wäre er nach links in das Feld geschossen.

Durchgeschwitzt und völlig außer Atem kam er an dem ausgemachten Treffpunkt, einem kleinen Ausflugsdampfer, der unten im Museumshafen im Winterschlaf lag, an. Er lehnte sein Fahrrad gegen die Deichmauer, schaute sich aufmerksam um und sprang auf den kleinen Dampfer. Ein paar Stufen führten nach unten zu einer Tür, die nicht verschlossen war.

„Dirk", rief er leise und trat ein, „bist du da?"

Dirk hatte sich in die hinterste Ecke verkrochen. In dem großen Fahrgastraum war es bitter kalt und er fror erbärmlich.

„Hier, hier hinten. Und jetzt?", fauchte er Benny sofort an, „das war so was von einer Scheißidee ... und überhaupt, wo hast du den Koffer von dem Typen?" Seine Stimme überschlug sich. „Das war Jan Becker, du kennst ihn doch auch, oder? Der Typ hat mich fast umgebracht. Jacke habe ich auch keine mit, schließlich bin ich einfach so losgelaufen, es ist scheißkalt."

Er zitterte.

Benny zog seine warme Winterjacke aus und hielt sie seinem Freund hin. Ihm war noch warm von der Fahrradtour. So schnell war er bei diesem Wetter noch nie von der Schule nach Hause gefahren. Er ließ sich neben Dirk auf die Sitzbank fallen und stützte seinen Kopf in die Hände.

Einige Minuten sprachen sie nichts. Dirk zitterte trotz Bennys dicker Jacke noch immer. Vielleicht war es auch nicht nur die Kälte.

Plötzlich setzte sich Benny auf.

„Jan Becker, dieser Scheißkerl, ich dachte, mein Alter hätte ihn erstochen, dabei hat er ihn nur verletzt. Wir müssen uns wehren, es bleibt uns ja nichts anderes übrig! Mein Alter ist tot, worüber ich nicht wirklich unglücklich bin. Der andere Typ ist hinter uns her und will uns an die Wäsche. Das Problem ist, dass er weiß, wo er mich findet, das hast du ja heute gemerkt. Ich denke, wir drehen den Spieß um. Angriff ist die beste Verteidigung."

„Wie bitte? Was soll das? Wir geben ihm den Koffer und gut ist, oder etwa nicht?"

„Nein, wir haben uns einen Anteil verdient. Er bekommt den Koffer nur, wenn er uns beteiligt. Ich will *den* Anteil haben, den mein Vater bekommen hätte. Ist doch fair, oder?"

„He, Benny, hast du vergessen, was wir vorhatten? Wir wollten a b h a u e n." Er sprach das Wort ganz langsam aus.

„Weg, weit weg. Nach Amerika oder so. Und jetzt sitzen wir in diesem Schlamassel."

„Kann ich was dafür?"

„Dein Alter hat schließlich ..."

„Hör auf mit dem, ich bin froh dass er tot ist."

Plötzlich fuhren sie zusammen. Von draußen war ein Poltern zu hören und das Schiff begann leicht zu schaukeln. Durch das Fenster konnte man sie in ihrer dunklen Ecke nicht sehen, aber wenn nun jemand hereinkäme ... Verschreckt kauerten sie sich tief in die Ecke und beobachteten die Fensterfront. Hatte Jan Becker sie gefunden?

„Picco, Picco, wo bist du, mein Kleiner, komm zu Papa, komm ... Picco, Picco, Picco ..."

Dirk atmete auf.

„Das ist Enno, der sucht wieder einmal seinen Kater. Mann, hat der mich erschreckt! Das blöde Vieh haut immer ab und versteckt sich dann auf irgendwelchen Booten. Manchmal wurde er schon mit auf See genommen, weil die Skipper nicht merkten, dass er an Bord war."

Sie hörten Enno noch ein paar Mal rufen, bis er dann wieder das Schiff verließ.

„Hör zu", meinte Benny und starrte aus dem Fenster. „Wir ziehen das durch. Jan Becker bekommt seinen Koffer nur, wenn er uns bezahlt. Wir gehen jetzt zu mir nach Hause und ich rufe ihn an. Seine Telefonnummer ist bei uns sicher irgendwo zu finden. Vielleicht hat der Alte sie ja auch eingespeichert."

Dirk wollte widersprechen, doch Benny hob die Hand und meinte: „Hör mir erst einmal zu. Also, ich rufe ihn an und sage ihm, wenn er uns nicht in Ruhe lässt, erfährt er nie, wo der Koffer ist. Er bekommt ihn nur, wenn uns und unseren Familien nichts passiert und", jetzt machte er eine kurze Pause, „wenn er uns am Verkauf der Bibel beteiligt."

„Bibel? Haben die in der Nacht eine Bibel geklaut?"

„Ja, die lag dort in so einem Glasbehälter und sie haben sie wie ein rohes Ei behandelt, das habe ich gesehen. Die muss also ziemlich wertvoll sein."

„Wie viel willst du denn von ihm verlangen?", wollte Dirk wissen.

„Mal sehen, vielleicht kann ich ja googlen, was sie wert ist, oder es steht sogar morgen im Anzeiger, die bringen bestimmt etwas über den Einbruch und die Leiche."

Benny fühlte sich plötzlich gut und war von seiner Idee begeistert.

Dirk weniger, aber was wollte er machen? Wenn sich Benny etwas in den Kopf gesetzt hatte, war er nur schwer davon abzubringen.

„Hast du eigentlich keine Angst?", wollte er wissen.

„Vor Jan Becker? Nein, jetzt nicht mehr. Außerdem muss er eine ziemliche Verletzung im Bauchraum haben, ich habe deutlich gesehen, dass mein Alter ihm ein Cuttermesser in den Bauch gerammt hat. Ich dachte in der Nacht, der sei hin, so wie der zu Boden gegangen ist. Wenn er uns dumm kommt, müssen wir ihn in den Bauch treten, oder boxen, oder so. Das haut ihn bestimmt um."

„Genau, deshalb hat er mich in deinem Zimmer auch plötzlich losgelassen, ich habe ihn wohl direkt an seiner Verletzung erwischt. Gut zu wissen." Plötzlich war auch bei Dirk wieder etwas Zuversicht zu spüren.

Ihnen war kalt und sie hatten Hunger. Dirk ließ sich von Benny überreden, mit zu ihm nach Hause zu kommen, denn in die Wohnung seiner Mutter zog es ihn wirklich nicht. Benny hatte solches Glück, überlegte er, sein verhasster Stiefvater war tot, aber ich habe meine Mutter am Hals. Wieder tastete er nach der Dose in seiner Hosentasche.

Als sie ihr Versteck verließen, regnete und stürmte es noch schlimmer. Der Himmel war verhangen und heute wurde es wohl gar nicht richtig hell.

Der schwimmende Weihnachtsbaum auf der Harle war schon beleuchtet, obwohl es gerade mal kurz vor 16 Uhr war. Im Dezember war es hier oben im Norden nicht lange hell und wenn es auch noch regnerisch war, musste man zur Teestunde schon das Licht einschalten.

Die Wunde blutete leicht und tat weh. Viel mehr noch als Schmerzen hatte er allerdings Wut im Bauch.

Diese beiden Rotzlöffel sollten ihn kennenlernen. Wenn sie ihm den Koffer bis morgen nicht beschafften, würde er sie zu den beiden Alten in die Güllegrube werfen. Knapp zwei Jahre lagen die jetzt schon dort und keiner würde sie jemals finden, das wusste er. Alle rätselten, keiner hatte eine Ahnung, wo sie sein könnten, nur er. Er kicherte böse. Was hatte der alte Kerl sich denn auch so angestellt, nur weil er mit der Pacht drei Monate im Rückstand war? Hätten sie damals ihre Grundstücke verkauft ..., aber so war es ihm ganz recht. Die einen vermuteten, dass die Banker sie auf dem Gewissen hatten, andere wiederum meinten, sie wären auf Weltreise und würden ihre Rente und ihr Erspartes verprassen. Wenn die wüssten.

Jetzt allerdings machte er sich auf ein Donnerwetter seiner Frau gefasst. Wenn sie die Stallarbeit alleine machen musste, war nicht mit ihr zu spaßen. Schon oft hatte sie ihm gedroht, ihre Koffer zu packen. Die droht ja nur, wusste er. Das würde sie nie machen. Schließlich ging es ihnen jetzt, da sie sich die Renten der beiden Alten einsackten, finanziell richtig gut. Sie mussten nur aufpassen und jeden Monat einen anderen Geldautomaten benutzen. Zweimal war er bis nach Hamburg gefahren, mehrmals nach Bremen und auch nach Bremerhaven. Er hatte Geldautomaten in Leer, Aurich und Emden benutzt. Jedes Mal zog er eine alte, graue Arbeitsjacke an, Cordhosen sowie Arbeitsschuhe und setzte eine Kappe auf, so wie sie die beiden alten Bauern immer getragen hatten. An den Geldautomaten gab es

Kameras, das wusste er. Die PIN hatten sie bei den Karten gefunden, das war ein richtiger Glücksfall. Seine Frau weigerte sich, das Geld am Automaten abzuheben. Das war deine Idee, beharrte sie, ich habe damit nichts zu tun. Es war auch besser so, für die Kameras war es besser, wenn ein Mann kam. Nur zwei- oder dreimal musste sie einspringen, wenn er nicht konnte.

In Erwartung eines riesigen Anschisses von seiner Regina, fuhr er auf den Hof.

Als er ausstieg merkte er sofort, dass etwas nicht stimmte. Die Stalltüren waren geschlossen, ungewöhnlich für diese Tageszeit; das Gebrüll der Milchkühe war nicht zu überhören. Auch von rechts, aus dem Schweinestall, war aufgeregtes Geschrei zu hören. Die Hühner, die sonst frei über den Hof liefen, waren nicht zu sehen.

Was war denn hier los?

Er rief und suchte nach seiner Frau, doch sie war nicht da.

Im Stall erkannte er sofort, was los war. Die Euter der Kühe waren prall gefüllt, was ihnen höllische Schmerzen verursachen musste. Fluchend bereitete er die Euter vor und schloss die Melkmaschinen an. Das Geschrei war ohrenbetäubend und kaum zu ertragen.

Er öffnete den Schweinestall, warf den Tieren eine erste Ration an Futter in den Trog und machte sich auf die Suche nach seiner Frau.

Wo war Regina? Das Haus war verschlossen und dunkel. Ihr musste etwas passiert sein.

Sie war weder in der Küche noch in der Stube oder im Bad. Mit wenigen Sätzen war er im Obergeschoss, in dem sich das Schlafzimmer und einige Rumpelkammern befanden, auch hier konnte er sie nicht finden.

Eine böse Ahnung überkam ihn und er öffnete Reginas Kleiderschrank. Leer. Das Sideboard, leer. Ebenso die Schubladen, alles leer. Nur noch das bunte

Papier, mit dem sie die Fächer ausgelegt hatte, war zu sehen.

Regina war weg!

„Du blöde Kuh!", brüllte er. „Regina, du blöde Kuh, wo bist du?"

Wütend trat er gegen die Tür des Kleiderschrankes, dass sie krachend zufiel.

Sie ist weg, überlegte er, sie hat es tatsächlich wahr gemacht und ist abgehauen.

„Wo willst du denn hin?", murmelte er. „Du hast doch gar keine Kohle. Na warte, morgen sperre ich unser Konto, dann wirst du schon sehen ..." Sein Gemurmel erstarb, als sein Blick auf einen Zettel fiel, der am Spiegel neben der Schlafzimmertür steckte.

Jan Becker zog ihn heraus und las.

Jedes Wort, das da stand, ließ ihn blasser werden:

Hallo Jan,

ich habe dich immer wieder gewarnt, aber du wolltest es mir nicht glauben. Nachdem du heute Abend wieder nicht nach Hause gekommen bist, habe ich beschlossen zu gehen. Die Tiere sind für die Nacht versorgt, was morgen ist, weiß ich nicht, denn es liegt an dir und daran, wann du nach Hause kommst. Den Hof wolltest DU!, nicht ich, aber ich hatte die Arbeit damit. Es reicht. Ich weiß genau, was du jetzt denkst, aber das ist mir egal. Ich bin weg und ich werde auch nicht wiederkommen. Ach ja, solltest du vorhaben, das Konto zu sperren, kannst du das gerne tun. Ich habe die Scheckkarten der beiden Männer mit, die du getötet hast. Mit deren Rente kann ich eine Weile gut leben. Sicher wirst du nichts unternehmen, denn sonst muss ich die Polizei auf die Güllegrube hinweisen, in der du sie versenkt hast.

Außerdem gibt es noch eine zweite Absicherung für mich, die ich dir jetzt aber nicht verrate.

Lass mich einfach in Ruhe, wer will schon mit einem Mörder leben?

Regina

Wie in Zeitlupe ließ Jan Becker die Hand mit dem Brief sinken und setzte sich auf das Bett.

Dieses verdammte Miststück ist weg und ich kann ihr nicht einmal in den Hintern treten. Wenn sie redet, bin ich dran.

Plötzlich sprang er auf und stürmte zum Kleiderschrank. Er griff hinter das Seitenteil und zog den schweren Eichenschrank mühsam nach vorne. Ein Griff an die Rückwand ließ seine Befürchtung wahr werden. Regina hatte das Gewehr mitgenommen. Sie hatte ihn tatsächlich in der Hand.

Mit schweren Schritten ging er über die Holztreppe nach unten, das Vieh musste versorgt werden.

Als er das Haus verlassen wollte, klingelte das Telefon.

Benny und Dirk auf dem Weg nach Hause

Nachmittag

Benny schob sein Fahrrad und Dirk lief neben ihm her. Sie hatten das Ausflugsschiff verlassen, die Tür wieder verriegelt und die Winterplane zugezogen. Der Weg vom Museumshafen zu Bennys Elternhaus in der Wittmunder Straße war nicht weit, aber für die beiden Jungs zog er sich doch. Sie waren müde und durchgefroren. Der Schrecken der vergangenen Nacht saß ihnen noch immer in den Gliedern, und Dirk wollte gar nicht an den Überfall auf ihn denken. So schlurften sie mit hängenden Köpfen nebeneinander her. Kurz nachdem sie hinter der Brücke in die Wittmunder abbogen, stieß Benny seinen Freund an und deutete nach vorne.

„Die Bullen sind bei uns, sie sagen meiner Mum sicher gerade, dass sie ihn gefunden haben. Aber Mum und Oma weinen dem Typen bestimmt auch keine Träne nach." Sie hielten kurz inne.

„Irgendwann einmal", sinnierte er laut, „werde ich ihr vielleicht erzählen, dass ich ihn erledigt habe, wenn auch ungewollt."

Gemeinsam liefen sie auf das Haus zu, vor dem zwei Polizeifahrzeuge und ein Zivilwagen mit Blaulicht standen.

„Kein Wort von heute Nacht", flüsterte Benny seinem Freund kurz vor dem Haus zu. „Ich habe heute Nacht bei dir geschlafen, deine besoffene Mutter wird sicher nicht das Gegenteil behaupten. Also, wir wissen von nix!"

Als sie das Haus betraten, kam seine Mutter auf ihn zugestürzt und fiel ihm weinend um den Hals.

„Benny, die Leute sind von der Polizei, Papa ist tot. Stell dir vor, man hat ihn tot im Museum gefunden."

„Papa? Von wegen Papa", schnaubte er. „Wieso im Museum, was wollte er denn dort?" Benny schaute fragend in die Runde. „Der war doch noch nie in einem Museum."

Dirk schaute erschrocken zu seinem Freund hinüber. Dass der so cool sein konnte, verblüffte ihn. Ob er das wohl durchhalten konnte? Immerhin waren die Bullen hier. Sein Blick ging unruhig hin und her und er tastete nach der Dose in seiner Tasche. Dirk fühlte sich zwischen den vielen Menschen unwohl. Zwei uniformierte Polizeibeamte standen in der Stube und zwei vor dem Haus und der andere Typ war wohl einer in Zivil, stellte er fest. Bennys Mutter lief weinend auf und ab, Oma Eilts saß in ihrem Sessel und hatte die Augen geschlossen.

Benny allerdings hatte sich gut im Griff.

Der Polizist in Zivil kam auf Benny zu und zeigte ihm seinen Ausweis.

„Hajo Mertens, Kripo Wittmund", stellte er sich vor. „Ich muss auch mit dir sprechen, ich darf doch du sagen? Ist das ein Freund von dir?"

„Ja, das ist Dirk, mein bester Freund, der soll aber hierbleiben."

„Kein Problem. Ich bin gleich so weit, vielleicht wartet ihr in deinem Zimmer auf mich?", meinte Hajo. Er schaute Benny nachdenklich hinterher und wandte sich nochmals Bennys Mutter zu.

Dirk war total nervös. „Dass du so cool bleiben kannst, Mensch, ich bin voll am Zittern", zischte er auf dem Weg in Bennys Zimmer.

„Mein ‚Nichtvater' ist tot, etwas Besseres kann mir doch gar nicht passieren", flüsterte er zurück, „wenn die Bullen weg sind, rufe ich Becker an. Aber zuerst muss ich mein Tablet aus dem Rucksack holen, wir müssen wissen, was die alte Bibel wert ist." Er schaute sich nach seinem Rucksack um, zog das Tablet heraus und war mit seinen Gedanken schon viel weiter.

Er versuchte sich genau zurechtzulegen, was er Jan Becker am Telefon sagen wollte. Nur nicht einschüchtern lassen, nahm er sich vor. Ich weiß, wo die Bibel ist, und sonst niemand. Das Versteck ist genial, grinste er in sich hinein, dort konnte der Koffer bis in den Januar hinein unentdeckt stehen bleiben. Keiner würde ihn dort vermuten. Er war völlig ruhig. Der einzige Mensch, vor dem er in seinem Leben Angst hatte, war tot, was konnte ihm noch passieren? Und wenn man wirklich darauf kommen sollte, dass er seinen Vater gestoßen hatte, na und? Das war Notwehr. Aber wie sollten sie das je erfahren? Benny war sich sicher, dass man ihm nichts anhaben konnte. Das war ihm sehr wichtig. Schließlich wollte er Pilot werden. Eine Vorstrafe und selbst eine Jugendstrafe würde ihm das zunichtemachen. Nur Dirk machte ihm Sorgen, hoffentlich würde der stillhalten.

Dieser Kommissar Mertens hatte nur ein paar Fragen, aber helfen konnten sie ihm nicht. Nein, ihnen war nichts aufgefallen, schließlich hatten sie die Nacht bei Dirk zu Hause verbracht. Am Morgen sei er, Benny, dann zur Schule gefahren und Dirk musste wieder einmal seine Mutter versorgen, die er betrunken und hilflos auf dem Boden in der Stube gefunden hatte.

Als die Polizeibeamten gegangen waren, holte Benny sein Tablet und suchte im Internet nach der alten Bibel.

Kurze Zeit später griff er nach dem Telefon und wählte die Nummer von Jan Becker.

„Wusste ich doch, dass mein Alter die Nummer gespeichert hatte."

Als das Telefon klingelte, wollte Jan Becker gerade das Haus verlassen. Er schloss die Haustür wieder und ging zurück in die Diele.

Das ist sie, hoffte er, na, der werde ich was erzählen, diesem Miststück. Er riss den Hörer aus der Station und brüllte: „Regina, du Miststück, komm zurück und wir vergessen alles."

„Ich habe nicht vergessen, wo der Koffer mit der Bibel ist", vernahm er eine jungenhafte Stimme, „ich weiß, was sie wert ist und ich will den Anteil meines Vaters."

„Du bist Benny, stimmt's? Was willst du von mir?"

„Den Anteil meines Vaters, wie ich schon gesagt habe."

„Das ist nicht dein Ernst! Sei froh, wenn ich den Bullen nicht verrate, dass du deinen Vater ..."

„Ich? Wer sagt denn, dass ich das war?" Innerlich zitterte Benny und war total aufgeregt, aber er versuchte, Becker das nicht spüren zu lassen.

„Mein Blut", sprach er weiter, „finden die Bullen dort nicht. Aber ich weiß, wem mein Vater ein Messer in den Bauch gerammt hat. Wenn die Bullen das erfahren, zählen sie eins und eins zusammen und haben auch den Mörder meines Vaters." Benny schüttelte es. Er weigerte sich innerlich, das Wort „Vater" auszusprechen. Ab sofort wollte er das nie mehr tun.

„Ich will 20.000 Euro", forderte er mit fester Stimme.

Während er versucht hatte, den Wert der Bibel in Erfahrung zu bringen, hatte er sich überlegt, dass er für sich und Dirk 20.000 Euro von Becker haben wollte. Für jeden von ihnen 10.000 Euro, das war nicht mehr als recht für diese verdammte Nacht im Museum und eine gute Starthilfe für seine Pilotenausbildung. Was Dirk damit tat, war ihm egal.

Die Bibel war sehr viel mehr wert, aber er wollte es nicht übertreiben. Mit Jan Becker war nicht zu spaßen, das wusste er.

Benny hielt den Hörer etwas vom Ohr weg, denn Becker tobte und brüllte die wüstesten Drohungen ins Telefon.

Er unterbrach Beckers Schimpftiraden: „Ich habe Bilder von der Nacht auf meinem Handy", log er. „Sie mit der Bibel, mein Alter mit dem Cuttermesser in der Hand. Wenn uns oder unserer Familie etwas passiert, sind Sie dran, dass das klar ist. Ich habe das Bild einem Freund gemailt und der gibt es an die Polizei weiter. Dann weiß die Polizei nicht nur, wer die Bibel geklaut hat, sondern stellt sich sicher die Frage, wer meinen Alten die Treppe hinuntergestoßen hat. Das kann doch nur der Komplize gewesen sein, oder?"

Obwohl er innerlich kochte, bemühte Becker sich, ruhig zu bleiben: „Nun mal langsam, mein Junge, man kann ja über alles reden, aber 20.000 sind zu viel, das bekomme ich selbst nicht dafür. 2.000 könnte ich lockermachen, aber auch erst dann, wenn ich das gute Stück in den Händen habe. Das musst du verstehen ..."

Benny ließ sich nicht darauf ein. „20.000 und keinen Cent weniger. Ich habe nachgesehen, was die Bibel wert ist. Wenigstens eine halbe Million, unter Liebhabern noch viel mehr. Da sollten 20.000 für uns schon drin sein. Wir lassen uns nicht bescheißen."

Gut, dass Becker Bennys Gesicht nicht sehen konnte, es hatte vor lauter Aufregung rote Flecken angenommen, aufgeregt lief er in seinem Zimmer auf und ab. Sein Herz schlug ihm bis zum Hals und ihm war schlecht.

Dirk stand mit weit aufgerissenen Augen mitten im Zimmer. Sein Freund Benny machte ihm Angst.

Für ein: „Ich melde mich morgen wieder“, reichte Bennys Kraft noch, dann drückte er das Gespräch weg. Erschöpft lehnte er sich gegen die Wand, rutschte ganz langsam daran hinunter und blieb auf seinen Fersen sitzen. Er hatte die Arme um seine Knie gelegt und griff sich an den Kopf. „Mein Gott, worauf habe ich mich da eingelassen?“, flüsterte er leise und schluchzte kurz auf.

Seine Mutter, die unbemerkt in sein Zimmer gekommen war, beugte sich zu ihm nieder und meinte: „Benny, nimm es dir nicht so zu Herzen, nun wird sicher alles leichter.“

Benny fuhr hoch und fauchte sie an: „Kannst du nicht anklopfen?“

„Deine Tür stand auf und ich ...“

„Glaubst du etwa, ich heule dem Kerl auch nur eine Träne nach? Nee, kein Stück, ich bin froh, dass er weg ist, froh, froh, froh ...“, und schlug mit der flachen Hand auf den Boden.

Dann hob er langsam den Kopf und schaute zu seiner Mutter.

„Entschuldige bitte, Mum.“ Er deutete auf Dirk. „Wir haben Hunger, kannst du uns etwas machen? Und kann Dirk heute Nacht bei uns übernachten?“

Dirk schüttelte den Kopf. „Nein“, flüsterte er, „ich will nach Hause.“

Als die Nachricht gleichzeitig in der Zentrale des Kommissariats und auch auf Tomkes Handy eingegangen war, stürmten sie los. Carsten half Michaela auf den Rücksitz, sie wehrte ihn ab.

„Ich bin schwanger und nicht behindert", fauchte sie ihn ungeduldig an. „Steig endlich ein."

Tomke sprang auf den Fahrer- und Carsten auf den Beifahrersitz. Noch bevor er die Tür zugezogen hatte, fuhr sie mit quietschenden Reifen vom Parkplatz. Zwei uniformierte Kollegen im Streifenwagen folgten ihnen.

„Was hat Jettchen gesagt, wie geht es ihr? Ist sie in Ordnung? Tomke, sag doch was. Ist sie verletzt? Mein Gott, fahr doch schneller, ich werde noch verrückt vor Angst." Michaela war panisch. Sie weigerte sich, den Sicherheitsgurt anzulegen und saß mittig auf dem hinteren Sitz, einen Arm an der Lehne des Fahrersitzes, den anderen über die Rückenlehne des Beifahrersitzes gelegt.

Tomke versuchte, sie zu beruhigen. „Viel hat Oma nicht gesagt. Nur, dass Marie da sei und wir schnell kommen sollen. Oma hat, bevor sie uns angerufen hat, einen Arzt bestellt, weil Marie wohl eine Verletzung am Arm haben soll. Mehr weiß ich nicht, aber wir sind gleich da. Bleib ruhig Michaela, Tant' Fienchen ist auch noch da. Du weißt, dass sie sich auskennt und eine Erstversorgung vornehmen kann."

Sie rasten durch die dunkle Nacht. Zum Glück war die Fahrbahn trocken und kaum Fahrzeuge unterwegs. Nur zweimal mussten sie ein anderes Fahrzeug überholen. Tomke hatte das Gefühl zu fliegen, Michaela ging es nicht schnell genug.

Carsten saß schweigsam auf dem Beifahrersitz und starrte in die tiefdunkle Nacht. Jetzt, kurz vor Weihnachten, waren die Nächte hier oben an der Küste besonders dunkel. Heute, so hatte er das Gefühl, war es noch schlimmer. Er hoffte so, dass es Marie gut ginge. Es war alles seine Schuld. Wenn er nicht dem Ruf nach Frankfurt gefolgt wäre, wäre das alles nicht passiert. Hatte er aus dem Mord an seiner ersten Frau und seiner Tochter damals gar nichts gelernt? Niemals, niemals hätte er nach Frankfurt gehen dürfen. Aber Michaela hatte ihm gut zugeredet. „Lass dich nicht einschüchtern, Liebling", hatte sie gesagt. „Willst du, dass das Verbrechen die Oberhand gewinnt? Das darfst du nicht zulassen." Immer wieder gingen ihm diese Worte durch den Kopf. „Wir passen auf, uns wird nichts passieren, wer soll uns hier oben an der Küste denn etwas tun? Die wissen doch nichts von uns", hatte sie ihn ermuntert. Es war auch alles gut gegangen, drei Monate lang. Und nun? Marie war wieder da, zum Glück. Hoffentlich gesund! Aber wie sollte das alles weitergehen?

Tomke raste auf den ersten Kreisel von Carolinensiel zu, um dann gleich nach rechts abzubiegen. Das kurze Stück der Umgehungsstraße war frei und sie fuhr mit Vollgas auf den zweiten Kreisel zu, um dort dann wieder nach rechts in den vergessenen Osten Carolinensiels, wie ihre Oma die östliche Bahnhofstraße nannte, abzubiegen. Nun verringerte sie die Geschwindigkeit, denn sie waren fast da.

In der Auffahrt von Michaelas und Carstens Haus stand ein Notarztwagen, das Blinksignal war noch eingeschaltet und erhellte die ganze Gegend in hell- und dunkelblauem Licht.

Es war vor knapp einem Jahr eine glückliche Fügung, dass die Besitzer der Doppelhaushälfte neben Oma und Tant' Fienchen ihr Haus zum Verkauf anboten. Michaela und Carsten überlegten nicht lange. Für die kleine noch drei- und bald vierköpfige Familie war es genau richtig. Nach einer dreimonatigen Renovierungstortur, Tomke und Hajo hatten mitgeholfen, hatten sie nun genügend Wohnraum. Hinter dem Haus gab es noch einen kleinen Garten mit freiem Blick über die Felder in Richtung „Goldene Linie“ und Küstenstreifen. Der Gartenzaun nach links zu Oma und Tant' Fienchen wurde schnellstens entfernt. Marie hatte mit Oma und Tant' Fienchen gleich zwei Ersatzgroßmütter gefunden, die sie meine „Deichomas“ nannte und ging bei ihnen ein und aus. Tomke war ebenfalls begeistert, wusste sie doch, dass Michaela ein Auge auf ihre beiden lieben Alten hatte.

Sie fuhr mit Schwung die Deichauffahrt hoch und parkte knapp hinter dem Notarztfahrzeug. Noch bevor der Wagen stand, sprangen Michaela und Carsten heraus und stürmten ins Haus.

Gleich neben der Eingangstüre war die Küche. Hell erleuchtet und voller Menschen. Ein Notarzt und sein Assistent, Oma, Tant' Fienchen, die Nachbarin von nebenan, zwei Nachbarinnen von gegenüber. Mittendrin Marie, die auf dem Küchentisch saß, ihren linken Arm hob und Michaela entgegenrief: „Grünholzbruch, wie wir vermuten!“

Michaela stürzte auf ihre Tochter zu und nahm sie in den Arm. „Gott sei Dank hab ich dich wieder. Wie geht es dir, mein Liebling, bist du in Ordnung? Was haben sie mit dir gemacht?“ Sie schaute angstvoll zum Notarzt.

Marie hielt noch immer, fast stolz, ihren Arm hoch. Hinter ihnen wurde nun Tant' Fienchen resolut.

„So, nun alle, die nicht ins Haus gehören, mal hier raus. Alle raus, bis auf Familie, Tomke und Mediziner. Danke, dass ihr alle mitgeholfen habt, aber nun raus. Neues erfahrt ihr morgen noch früh genug. Die Kleine braucht Ruhe und wir ebenfalls, war ja alles aufregend genug und spät ist es auch." Sie schlüpfte an allen vorbei zur Küchentür und schob jeden Einzelnen hinaus. „Gute Nacht und schlaft gut." Als die letzte Nachbarin das Haus verlassen hatte, atmete Fienchen tief durch.

„Für uns wird es auch Zeit. Komm, Jettchen, lass uns schlafen gehen, die Kleine hat, was sie braucht." Sie hauchte Marie einen Kuss auf die Stirn, was bei Fienchens zurückhaltender Art schon ein stürmischer Liebesbeweis war. Oma nahm Marie in den Arm und meinte: „Schloop good, mien Deern. Bit mörn."

Tomke ging den beiden nach und fragte: „Hat Marie etwas erzählt? Wie ist sie hierhergekommen? Hat sie jemand gebracht? Sagt doch schon ..."

„Mach du, Jette", forderte Fienchen ihre Schwester leise auf, „ich muss mich hinlegen." Tomke sah die Tränen in ihren Augen, die Fienchen gerne versteckt hätte.

„Nichts von alledem!", erklärte Oma. „Plötzlich hat es geklingelt und das Kind stand vor der Tür. Sie sagte nur total aufgebracht: ‚Die haben mich aus dem Auto geschubst.' Wir haben sie in die Küche geholt und ihr erst einmal etwas zu trinken gegeben. Dann wollte sie ein Stück Rosinenstuten und Kakao. Wir haben uns mehr als gewundert, glaube mir. Als ich ihren Arm berührte, schrie sie auf. Fienchen meinte sofort, der sei gebrochen und holte ein Gelkissen zum Kühlen und ich rief die 112 an und dann dich. Dein Handy war besetzt, da habe ich auf dem Revier angerufen. Der Polizist hat versprochen, dich gleich zu informieren, aber ich habe es dann doch noch mal ..., aber das weißt du ja."

Tomke umarmte sie und meinte leise: „Danke Oma und nun schlaf gut. Bis morgen!"

„Hoffentlich, nach der Aufregung. Ich mache mir Sorgen um Fienchen, die Sache hat sie mehr mitgenommen als sie jemals zugeben wird. Gute Nacht. Bit mörn!"

Leise verließ sie das Haus.

Michaela saß mit einer Pobacke auf dem Küchentisch neben ihrer Tochter und streichelte ihr über den Kopf.

„Sag, Liebes, wie geht es dir? Was ist denn nur passiert? Wo warst du? Wie bist du nach Hause gekommen?" Und gleichzeitig zum Notarzt gewandt: „Herr Doktor, was ist mit ihr, hat sie irgendwelche Verletzungen?"

Der hob beruhigend die Hand. „Ich würde mal sagen, Sie haben eine sehr tapfere kleine Tochter. Bis auf den verletzten Arm und ein paar Abschürfungen, die ein Pflaster vertragen, konnte ich keine äußerlichen Verletzungen feststellen."

„Ist sie ...?", Michaela schaute ihn mit bangem Blick an.

„Nein, ist sie nicht. Ich habe sie dahingehend zwar nicht untersucht, aber es sieht nicht danach aus. Bitte bedrängen Sie Ihre Tochter nicht mit Fragen zu der Entführung. Wie ich sie kennengelernt habe, wird sie von alleine erzählen. Ich würde aber trotzdem vorschlagen, dass sie mit ins Krankenhaus kommt, um sie vorsorglich gründlich zu untersuchen. Außerdem muss der Arm versorgt werden."

„Was ist denn mit dem Arm?" fragte Carsten, der neben sie getreten war.

„Ach Papa, Grünholzbruch vermutlich, habe ich doch gesagt!"

Papa? Carsten schossen die Tränen in die Augen. Marie hatte zum ersten Mal Papa zu ihm gesagt. Sie hatte zwar schon bei ihrem ersten Kennenlernen vor über zwei Jahren beschlossen, dass er ihr neuer Papa werden würde, das Wort so aber noch nie zu ihm gesagt. Carsten hatte sie ihn bisher immer genannt.

„Was bitte ist ein Grünholzbruch? Herr Doktor ..." Carsten schaute den Notarzt fragend an.

„Sehen Sie, der Arm ist ziemlich angeschwollen und Ihre kleine Maus müsste eigentlich starke Schmerzen haben", erklärte der Arzt. „Ich kann allerdings keine wirkliche Bruchstelle ertasten, was mich vermuten lässt, dass es sich eben um einen Grünholzbruch handelt. Sie müssen sich das so vorstellen, als würden Sie einen dünnen, jungen, noch grünen Ast knicken, der bekommt auch keine Bruchstelle, sondern reißt an diesem Stück in viele kleine Fasern, die aneinanderbleiben und nicht brechen. Bei Kindern im Alter Ihrer Tochter ist das häufig der Fall, die Knochen sind dann noch nicht so hart, dass sie brechen, sondern eben nur faserig reißen. Versorgt werden muss der Arm allerdings so wie bei einem Bruch. Wir sollten vorsichtshalber röntgen und den Arm dann gegebenenfalls eingipsen. Wie gesagt, eigentlich müsste sie starke Schmerzen haben. Ich vermute, dass der Schock des Erlebten zur Zeit noch alles überwiegt."

„Gips? Geil", rief Marie, „da werden die in der Schule aber schauen!" Sie strahlte.

„Marie ...!"

Michaela schüttelte den Kopf. Was war das nur für ein Kind? Hatte sie die schlimmen Erlebnisse der Entführung verdrängt oder so schnell verarbeitet? Sie mussten unbedingt in Erfahrung bringen, was im Laufe des Tages mit Marie passiert war. Vielleicht auch einen Psychologen einschalten.

Maries Worte: „Ich bin müde, Mama. Darf ich jetzt ins Bett gehen?", rissen sie aus ihren Gedanken.

Michaela schaute den Arzt fragend an.

„Nun, ich denke, das können wir verantworten. Sie scheint den Tag recht gut verkraftet zu haben. Ich fixiere den Arm der jungen Dame für die Nacht mit einem kühlenden Gel in einer Schiene und gebe ihr ein leichtes Schmerzmittel." Er schaute auf seine Armbanduhr. „Es ist schon spät, ein paar Stunden Ruhe werden ihr jetzt gut tun. Morgen früh kommen Sie dann bitte nach Wittmund ins Krankenhaus, ich melde Sie dort an." Und zu Marie, der immer wieder die Augen zufielen: „Morgen wirst du geröntgt und meine Kollegen werden dich untersuchen. Bis dahin bitte nicht rumtoben, rennen oder sonstige wilde Spiele. Ist das klar?", fragte er mit gespieltem Ernst und hielt ihr einen kleinen Becher mit einem leichten Schmerzmittel hin, das sie ohne zu murren trank. Sie verzog nur leicht das Gesicht und meinte leise: „Geht klar, dann schaue ich mir das Grünholz auf dem Foto an ...", ihr fielen die Augen zu.

„Vielen Dank, Herr Doktor, und Sie meinen, da kann heute Nacht nichts passieren?" Michaela war noch etwas unsicher.

„Nein, ich denke, die Nacht hier zu Hause bei der Familie bekommt ihr besser als eine Nacht im Krankenhaus. Die resolute alte Dame von nebenan hat mir gesagt, dass Sie Krankenschwester sind, nun, besser kann es Ihre Tochter im Krankenhaus auch nicht haben. Bleiben Sie bei ihr, falls sie träumt und aufwacht. Und passen Sie auf, dass sie den Arm ruhig hält." Er schrieb noch die Nummer des Zimmers im Krankenhaus auf, in dem sie sich morgen früh gegen acht Uhr einfinden sollten. „Danke, Herr Doktor", meinte nun auch Carsten. „Wir lassen sie heute Nacht nicht aus den Augen." Zu Michaela gewandt, meinte er: „Kennst du dich aus mit dem Grünzeug ..."?

„Du meinst Grünholzbruch? Ja, damit kenne ich mich aus. Ich habe drei Jahre auf der Knochen in Oldenburg gearbeitet. Mit echten und Grünholzbrüchen hatte ich da oft zu tun." Sie konnte langsam wieder lächeln.

Als der Arm in der Schiene fixiert war, verabschiedete sich der Arzt. Michaela hob ihr schlummerndes Mädchen hoch, um es in das Schlafzimmer zu tragen. Carsten wollte sie ihr abnehmen, doch das ließ sie nicht zu. So begleitete er den Arzt zur Tür.

Tomke, die sich in der ganzen Zeit im Hintergrund gehalten und nur manchmal telefoniert hatte, folgte Michaela die Treppe hinauf in das Schlafzimmer. Als Michaela die Kleine auf das große Ehebett gelegt hatte, beugte Tomke sich über sie und gab ihr einen Kuss auf die Stirn. Michaela sah die Tränen in Tomkes Augen.

„Wir haben einen Scheißberuf", meinte sie, nahm Michaela in den Arm und ließ Mutter und Tochter dann alleine.

Sie wollte noch kurz mit Carsten sprechen.

An der Haustüre verabschiedete Carsten gerade den Notarzt, der ihm nochmals ans Herz legte, mit der Befragung von Marie vorsichtig zu sein, nicht zu sehr in sie zu dringen.

„Sie befindet sich sicher in einer Art Schockzustand, denn sie hat kein Wort über den Vorfall erzählt und reagierte kaum mit Schmerzen, als ich ihren Arm untersuchte. Das deutet sehr auf einen Schock hin, der sich aber ganz schnell in eine heftige Reaktion umwandeln kann. Beobachten Sie die Kleine gut und gehen Sie gegebenenfalls zu einem Kinderpsychologen. So, nun wünsche ich Ihnen eine ruhige Nacht und alles Gute, ich muss weiter, bei mir piepst es." Er schaute auf sein Handy, steckte es weg und lief zum Auto. Der Fahrer hatte schon den Motor angelassen und fuhr zügig rückwärts die Deichauffahrt hinunter.

Tomke umarmte Carsten still. „Ist ja alles gut ausgegangen, ich hoffe nur, es kommt nichts nach. Wir sehen uns morgen. Wenn du mit den beiden in die Klinik willst, kein Problem, komm ins Kommissariat, wenn du so weit bist. Schlaf gut."

Sie stieg in ihr Auto und setzte zurück. Das Blaulicht des Notarztwagens war von Weitem zu sehen. Sonst war es dunkel und totenstill in Carolinensiel.

Wieder einmal fuhr sie aus alter Gewohnheit am Kreisel „Cliner Wind" nicht auf die Umgehungsstraße, sondern durch den Ort. Bewusst war es ihr allerdings nicht, zu sehr war Tomke in ihre Gedanken versunken. Am Museumshafen hielt sie an und parkte auf der Brücke. Der Blick in den Hafen, die Harle, auf den beleuchteten Weihnachtsbaum und die weihnachtlich strahlenden, alten Häuser rechts und links im Hafen, wirkten wie Medizin auf sie.

Als sie wieder losfuhr, war ihr nicht klar, wie lange sie dort gestanden hatte. Die Uhr am Armaturenbrett zeigte zehn Minuten vor zwei.

Die Beleuchtung des schwimmenden Weihnachtsbaumes war noch immer eingeschaltet. Oder hatte sie das geträumt?

„Um diese Uhrzeit?", überlegte Tomke, „was soll's, für die Gäste geben sie hier alles."

Ihre Gedanken holten sie ein und sprangen von der Entführung Maries zum Mordfall im Museum. Gleichzeitig verspürte sie eine gewisse Raumleere in ihrem Kopf. Gleich zwei Uhr, sie musste unbedingt ins Bett.

Es war schwierig, sich auf die Fahrt durch die Nacht zu konzentrieren. Der Weg war eintönig, die Straßen dunkel, nicht ein Fahrzeug kam ihr entgegen.

Als Carsten in das Schlafzimmer kam, hatte sich Michaela schon neben Marie gekuschelt. Sie hielt sie im Arm und streichelte ihr immer wieder über das Haar.

„Komm zu uns, Lieber, komm her. Wir brauchen dich. Ich bin so froh, dass unsere Kleine wieder bei uns ist."

Carsten legte sich dicht hinter Michaela, legte den Arm um sie und um Marie.

„Hast du gehört, was Marie heute Abend zu mir gesagt hat?"

„Ja Carsten, ich habe es gehört. Das hat sie zum ersten Mal gesagt und es hat mich unendlich glücklich gemacht. Ich weiß ja, dass sie dich vergöttert, aber ..."

„Ja, aber jetzt bin ich ihr Papa! Du glaubst gar nicht, wie glücklich auch mich das macht. Niemals hätte ich gedacht, dass ich das Wort ‚Papa' noch einmal höre", stammelte er und schluchzte leise.

Michaela streichelte seine Hand und sagte: „Jetzt ist alles gut, uns kann nichts trennen und bald sind wir zu viert."

Carsten gab ihr einen sanften Kuss aufs Ohr.

„Hoffentlich wird es kein Mädchen", flüsterte Michaela leise.

„Warum? Was hast du gegen noch eine süße Maus?"

„Stell dir nur vor, Marie besteht auf den Namen Swantje, das geht doch gar nicht. Dann müsste ich, wenn ich das Kind rufe, immer befürchten, dass unser Kaffeeautomat antwortet, wo Marie die Maschine doch Swantje getauft hat", gluckste sie. Sie musste sich beherrschen, um nicht laut loszulachen.

„Swantje ist doof", flüsterte Marie plötzlich im Halbschlaf, „ich will doch nicht, dass meine Schwester wie eine Kaffeemaschine heißt. Außerdem, wenn ich groß bin, werde ich Polizistin, dann passe ich auf, dass niemals ein kleines Kind entführt wird, das habe ich den beiden Männern gesagt. Die haben ganz schön dumm geschaut. Ich ...", mehr sagte sie nicht, denn sie war schon wieder eingeschlafen.

„Dieses Kind ist ein Phänomen", flüsterte Carsten und dimmte die Nachttischlampe. „Lass uns versuchen zu schlafen, es ist schon spät."

Als Tomke ihr Auto vor Hajos Wohnung parkte, überlegte sie, ob es nicht besser gewesen wäre, bei Oma und Tant' Fienchen zu übernachten.

Deren Haus war ein siamesischer Zwilling des Hauses von Carsten und Michaela, einen Schlüssel hatte sie, ein Zimmer war immer für sie bereit und sie hätte sich die

Fahrt durch die Nacht gespart. Nun war es zu spät. Nach den Geschehnissen des Tages und vor allem der letzten Stunden, wäre sie jetzt gerne alleine gewesen. Nicht reden, nicht denken - wenn das so einfach wäre - ins Bett fallen und vierundzwanzig Stunden schlafen. Schön wäre es.

„Hoffentlich schläft Hajo schon", dachte sie, denn zum Reden war ihr jetzt nicht zumute. Doch den Gefallen tat er ihr nicht.

Tomke schlich leise in das Wohnzimmer, streifte ihre Schuhe von den Füßen, legte ihr Handy auf den Tisch und zog sich den Pullover über den Kopf. Auf dem Tisch stand eine Flasche Wasser. Sie drehte den Verschluss ab und setzte sie an den Mund. Beim Trinken merkte sie, wie ausgetrocknet sie war. Sie nahm einige lange Züge, setzte die Flasche kurz ab und noch einmal an. „Hab ich einen Durst", stöhnte sie leise, „und Hunger." Ihr Magen fing an zu rebellieren. „Wie lange habe ich wohl nichts mehr gegessen?" Das Wasser rumorte in ihrem Magen. Egal, sie wollte nur noch ins Bett. Schnell noch die Zähne putzen, duschen ginge auch noch morgen früh, sie war einfach zu müde. Auf dem Weg ins Bad stieß sie fast mit Hajo zusammen, der, von ihr unbemerkt, aus der Küche kam und einen Teller mit belegten Broten in der Hand trug.

Er lächelte sie liebevoll an, doch bevor er etwas sagen konnte, schnauzte sie ihn an: „Das hat mir gerade noch gefehlt. Ich bin doch kein Schulkind, dem man die Schnittchen hinterhertragen muss. Lass das. Ich will ins Bett und sonst nichts." Im selben Moment tat es ihr leid. Er hatte es sicher gut gemeint, aber dieses Bemuttern, das hasste sie. Die Einzigen, denen sie es gestattete, waren Oma und Tant' Fienchen, gegen die beiden hatte sie allerdings auch keine Chance. „Ich hätte doch bei Oma übernachten sollen", hörte sie sich noch schimpfen und verschwand im Bad. „Scheiße, Tomke, das war gemein", schalt sie sich dann selbst.

Sie putzte sich die Zähne und stellte sich doch noch unter die Dusche. Es tat gut, den Schmutz des Tages abzuspülen. Äußerlich. Innerlich war es nicht so einfach.

Wie immer griff sie nach Hajos Duschgel, das sie zu gerne roch und seifte sich kräftig ein. Ein wohliges Gefühl durchströmte sie und der Duft nach Lemon und Minze ließ sie tief durchatmen.

Als sie aus dem Bad kam, war die Wohnung dunkel. Im Schlafzimmer brannte ihre Nachttischlampe, die von Hajo war dunkel. Er schläft sicher noch nicht, ob ich was sagen soll? Mich entschuldigen? Nein, ich bin zu müde für Diskussionen. Sie löschte das Licht und drehte sich zur Seite.

Schlafen? Wie geht das?

Tomke wälzte sich von einer Seite zur anderen. War es wieder einmal so weit, dass ein Fall sie nicht schlafen ließ? Tausende von Bildern rasten durch ihren Kopf, Gedankenfetzen, Ängste.

Der Museumsmord? Nein, das war es nicht. Mein Gott, welch irrsinnige Angst hatte sie heute um die kleine Marie gehabt. Zu viele Mordfälle hatte sie schon bearbeitet. Aber wenn Marie etwas zugestoßen wäre, nicht auszudenken. „Lieber Gott", betete sie leise, „danke, dass ich keine Kinder habe. Manchmal habe ich innerlich damit gehadert, aber nun bin ich froh und weiß, die Entscheidung, keine Kinder zu haben, war richtig. Oder? War sie wirklich richtig?"

Sie rief sich zur Ordnung. Du musst schlafen, Tomke, sicher liegst du schon seit Stunden hier, bald wird der Wecker klingeln. Ein Blick darauf ließ sie erkennen, dass sie erst seit zehn Minuten im Bett war.

Hajo spürte ihre Unruhe und, obwohl er sich vorgenommen hatte, in der Nacht nichts mehr zu sagen, sprach er sie leise an.

„Tomke, du solltest nicht immer alles in dich hineinfressen. Sprich mit mir. Wir teilen nicht nur das Bett miteinander, oder habe ich da etwas falsch verstanden?"

„Lass mich, ich kann das nicht. Ich bin es nicht gewohnt."

„Dann solltest du es schleunigst lernen, was du tust, ist nicht gesund."

„Lass mich in Ruhe, ich bin alt genug, ich weiß, was ich tue."

„Da bin ich mir nicht sicher, schlaf gut."

Tomke brummte eine unverständliche Antwort. Kurze Zeit später flüsterte sie: „Du könntest mich wenigstens mal in den Arm nehmen."

„Ich denke, ich soll dich in Ruhe lassen?"

„Ja, aber in den Arm nehmen schon."

Er schob seinen linken Arm auf ihre Seite.

„Okay, komm her, Liebes, bei dir weiß man wirklich nie, woran man ist."

„Das muss man fühlen, warum könnt ihr Männer das nicht?"

Sie kuschelte sich eng an ihn und hauchte: „Du riechst gut."

„Brauchst dich gar nicht einzuschleimen, böses Mädchen."

„Ja, ich weiß, ich war garstig zu dir. Es tut mir leid. Das war heute wirklich ein schlimmer Tag."

„Wie geht es Marie?"

„So weit ganz gut, wie ich dir am Telefon schon sagte, alles andere erzähle ich dir morgen, jetzt bin ich zu müde."

„Gut, dann lass uns schlafen. Gute Nacht."

„Gute Nacht."

Sie kuschelte sich noch etwas fester an ihn und schob ihre Hand unter sein Shirt.

„Du riechst wirklich gut."

„Du auch."

Ihre Hand wanderte weiter und legte sich um seine rechte Pobacke. „Und du hast einen Knackarsch, das ist fast nicht auszuhalten."

„Ich denke, du bist müde."

„Ich weiß nicht, die ist gerade irgendwie verschwunden, die Müdigkeit. Soll ich mal auf die Suche gehen?"

Sie kroch unter seine Decke und kicherte: „Kann sie nicht finden, aber etwas anderes habe ich da entdeckt. Was soll ich denn davon halten? Brauchen Sie dafür nicht einen Waffenschein, Herr Mertens?"

Hajo lachte laut auf. „Du bist das Verrückteste, was mir jemals begegnet ist, Chefin. Komm her, du Luder."

Er zog sie zu sich und umschlang sie mit seinen Armen.

Plötzlich waren beide hellwach. Alle Müdigkeit war verschwunden, ihre Sehnsucht nach einander ließ sie die nächste Stunde keinen Schlaf finden.

Hajo stieg aus dem Bett, verschwand nackt durch die Schlafzimmertür und zog sie leise hinter sich zu. Im Halbschlaf öffnete Tomke ein Auge und flüsterte ihm „Knackarsch" nach. Im gleichen Moment war sie wieder eingeschlafen.

Er hatte zwar nur drei Stunden geschlafen, aber heute machte es ihm nichts aus. Hajo wollte duschen und dann für Tomke Frühstück machen. Kurz vor der Badezimmertür drehte er noch einmal um und ging zurück. Vorsichtig öffnete er die Schlafzimmertür und betrachtete die schlafende Tomke. Auf dem Fußboden neben Tomkes Bett stand ein leerer Teller, sie hatten die Brote in der Nacht noch gegessen. „Wie ich dich liebe", flüsterte er, „mehr als mein Leben, hoffentlich weißt du das", und schloss die Tür wieder.

Er hatte gehört, dass Tomke leise „Knackarsch" gemurmelt hatte. Das brachte ihn auf die Idee, dass sie noch eine Packung „Knack & Back" Croissants, die Tomke so liebte, im Kühlschrank hatten. Schnell riss er sie auf, verteilte die Dreiecke auf einem Kuchenblech, gab auf jedes einen Löffel Nutella, wickelte sie in Form und schob das Blech in den Ofen. Bis ich aus dem Bad komme, sind sie fertig, überlegte er.

Als Tomke aufwachte, spürte sie zuerst eine bleierne Müdigkeit, dann vernahm sie zischende Geräusche und ein herrliches Aroma stieg ihr in die Nase.

Kaffee? Espresso? Cappuccino?

Sie hörte, dass Hajo in der Küche den Kaffeeautomaten bediente.

Es war wohl „Swantje Zwo", die sie mit einem Zischen und Brodeln geweckt hatte. Das war eine gute Anschaffung. Bei Carsten und Michaela hatten sie sich schon einige Male mit wunderbarem Cappuccino verwöhnen lassen und sich dann, bei einem Besuch im Elektromarkt, spontan zum Kauf der Maschine entschlossen. Sie hatten sich damals köstlich amüsiert, dass die kleine Marie der Maschine den Namen „Swantje" gegeben hatte und ihre eigene Maschine nun „Swantje Zwo" getauft.

Ein Blick auf den Radiowecker auf ihrem Nachttisch ließ sie hochfahren. Schon halb acht! Ach was, beruhigte sie sich selbst, nach dieser Nacht darf man auch mal später ins Büro kommen. Marie war wieder da und der Museumsmord lief ihnen nicht weg, schließlich war der Mann schon tot. Höchstens der Mörder ..., überlegte sie, ... ach was, den kriegen wir auch, bisher haben wir sie alle geschnappt, fast, jedenfalls. Der Fall vor einem Jahr mit der angespülten Leiche am Strand von Harlesiel kam ihr in den Kopf.

Ein fröhliches „Moin Chefin", von Hajo, der mit einem Tablett in der Schlafzimmertür stand, riss sie aus ihren Gedanken.

Er beugte sich über sie, gab ihr einen Kuss auf die Nasenspitze und lachte: „Espresso, Cappuccino, Croissants ..., alles was das Herz begehrt, so wie Sie es mögen, gnädige Frau!", und stellte das Tablett neben Tomke auf das Bett.

„Oh, Cappuccino und Croissants, das ist jetzt genau richtig. Nein, zuerst den Espresso, damit ich wach werde. Den Cappuccino nehme ich dann zum Croissant und genieße. Danke, Lieber, womit habe ich das denn verdient? Was ich gerne mag, habe ich heute Nacht schon von dir bekommen", meinte sie mit einem Augenaufschlag.

„Das möchte ich auch gerne wissen, so schändlich wie du mich manchmal behandelst. Obwohl, irgendwie hast du es dann heute Nacht ja wieder gut gemacht, darum will ich mal nicht so sein. Lass es dir schmecken."

„Und du?"

„Ich habe schon gefrühstückt und muss gleich weg. Schließlich assistiert mir unser Boss aus Wilhelmshaven, da darf ich nicht zu spät kommen", grinste er.

„Kommt er heute auch? Schließlich haben wir Marie gefunden und ich kann wieder am Museumsmord mitarbeiten."

„Nein, noch nicht. Will sagen, ja, er kommt auch heute nach Wittmund, aber du sollst zuerst noch an der Entführung von Marie bleiben. Stand gestern Abend! Schließlich müssen ihre Entführer gesucht werden. Du und Carsten, ihr beiden sollt da erst einmal weitermachen. Carsten allerdings nur so lange, bis Verstärkung vom LKA aus Hannover kommt. Big Boss Gerdes, der Kollege Schoof aus Wittmund und ich bleiben am Museumsmord. Gerdes hat die Frankfurter informiert. Von dort kommt Unterstützung und ihr könnt den Fall dann an sie abgeben. Es ist sicher auch besser, wenn Carsten danach nicht weiter an der Entführung mitarbeitet."

„Okay", meinte Tomke nachdenklich, „dann machen wir das so."

„Ich habe schon mit Carsten telefoniert, er ist mit Michaela und Marie auf dem Weg ins Krankenhaus. Wenn die Untersuchungen beendet sind, kommt er ins Büro. Du kannst also in Ruhe frühstücken, duschen oder was du sonst noch so vorhast."

Sie zog ihn zu sich herunter und fragte leise: „Kann ich dich eventuell auch noch mal ins Bett ziehen?"

„Nein, das eher nicht, ich muss Mörder fangen gehen", lachte er und machte sich sanft los, „aber heute Abend können wir darüber reden."

„Na gut, du Spielverderber, aber vielleicht klingelt ja der Briefträger oder der Schornsteinfeger ..., selbst schuld, kann ich da nur sagen", flachste sie und biss genüsslich in das warme Croissant.

Hajo hob drohend den Zeigefinger und küsste sie auf den kauenden Mund.

„Wir sehen uns auf dem Kommissariat. Bis später und grüß den Briefträger schön."

Tomke warf ihm ihr Kissen nach.

Der Espresso hatte ihre Lebensgeister geweckt, den Cappuccino genoss sie nun umso mehr. Dass ein Leben in einer Partnerschaft so schön sein konnte, machte sie glücklich. Gleichzeitig war da aber auch die Angst, dass es irgendwann vorbei sein könnte. Aber daran wollte sie jetzt nicht denken.

Oma Jettchen, eine sehr kluge und wie sie immer wieder feststellen musste, eine sehr modern denkende Frau, hatte vor ein paar Wochen zu ihr gemeint: „Genieße die Zeit mit ihm, Kind. Auch und gerade wenn er ein paar Jahre jünger ist als du. Wer sagt dir denn, dass es mit einem gleichaltrigen oder älteren Partner auf Dauer gut geht? Denke an jetzt und lass kommen, was kommt. Sorgen kannst du dir noch machen, wenn sie vor der Tür stehen."

Es wunderte Tomke sehr, dass ihre Oma dieses Thema so freimütig ansprach. Das sagte sie ihr auch.

„Ja, was denkst du denn, Kind? Glaubst du, wir haben unsere Kinder unbefleckt empfangen? Nein, Spaß hatten wir auch dabei, meistens jedenfalls. Nur reden durfte man nicht drüber. Kennst du übrigens den?"

Tomke hatte sie damals fragend angeschaut.

„Witz meine ich! Die Frau steht im Schlafzimmer, hat ein neues, gelbes Nachthemd an. Oben wunderbare Spitze, unten weiter, flauschiger Flanellstoff. Gelb, gelber geht's nicht. Da kommt ihr Mann ins Schlafzimmer. Sie ruft: Schau mal Hermann, mein neues Nachthemd! Hermann wirft ihr einen Blick zu und meint: Stimmt ja, hätte ich fast vergessen. Morgen kommt die Müllabfuhr, die gelbe Tonne muss noch raus!"

Tomke hielt sich den Bauch vor Lachen. „Oma", prustete sie, „du wieder."

Anschließend hatte sie sie ganz feste umarmt, ihr einen Kuss auf ihre stachelige Wange gedrückt und gemeint: „Oma, du bist die Beste!"

Jetzt musste sie wieder an das Gespräch denken. Wie recht sie hatte und hat, überlegte sie. Hajo will mich, so wie ich bin, er kennt mein Alter. Und der Verfall hat ja auch noch nicht eingesetzt, wie ihr ein Blick unter die Bettdecke bestätigte.

Sie hob das Frühstückstablett zur Seite, warf die Decke zurück und sprang aus dem Bett. Im Bad putzte sie sich nur rasch die Zähne und holte ihre Laufsachen aus dem Schrank. Eine kleine Joggingrunde würde ihr jetzt gut tun und den eventuell anstehenden Verfall noch etwas weiter nach hinten schieben.

Den Witz musste sie unbedingt Hajo erzählen, nahm sie sich vor.

Auf dem Weg ins Krankenhaus gingen Carsten der letzte Tag und vor allem die letzte Nacht durch den Kopf. Jetzt, kurz nach halb acht Uhr am Morgen, war die Straße nach Wittmund zwar kaum befahren, aber da es fast noch dunkel und die Straßen nass waren, musste er sich sehr auf die Fahrt konzentrieren. Entgegenkommende Fahrzeuge blendeten ihn und rissen ihn immer wieder aus seinen Gedanken. Es war ein unendliches Glück, dass Marie unversehrt wieder zu Hause war, fast jedenfalls. Der Arm schien gebrochen, was sich allerdings in ihrer kleinen Seele abspielte, konnte man jetzt noch nicht ahnen. In der Nacht war sie mehrmals aufgewacht, mal weinend und bei ihm oder Michaela Schutz suchend, dann wieder leise flüsternd, dass sie einmal Polizistin werden wollte, damit niemals mehr Kinder entführt werden. Marie, was für ein Kind!

Nun saß sie im Fond des Wagens und hielt den fixierten Arm stolz vor sich.

Michaela saß neben ihr und griff immer wieder nach ihrer kleinen Hand.

Carsten betrachtete sie im Rückspiegel. Michaela sah blass aus. Sie gab sich zwar stark, aber die Aufregung und die Angst um Marie waren ihr deutlich anzusehen. Hoffentlich nahm sie das Ganze nicht zu sehr mit. Nicht auszudenken, wenn sie das Baby verlieren würden.

Vor dem Krankenhaus ließ er die beiden aussteigen und suchte alleine nach einem Parkplatz.

„Zimmer Nummer vierundsiebzig“, rief ihm Michaela zu und hielt den Zettel hoch, den ihnen der Notarzt in der Nacht gegeben hatte. „Sie müssen nicht warten, ich melde Sie an", hatte er versichert, „aber seien Sie bitte vor acht Uhr dort. Mein Kollege wird Sie erwarten."

Es war nun zehn Minuten vor acht Uhr, es passte.

Als Michaela an die Tür des Arztzimmers klopfte, hörten sie von drinnen eine Stimme: „Herein, wenn das die junge Dame Marie ist."

Marie schaute ihre Mutter an und strahlte. Michaela öffnete die Tür und Marie hielt dem Herrn in Weiß ihren Arm hin.

„Grünholzbruch, wie wir vermuten", rief sie dem Arzt entgegen.

Michaela und der Arzt prusteten gemeinsam los. Michaela war kaum in der Lage sich zu beruhigen und ihr Lachen ging schließlich in einen heftigen Tränenausbruch über. Die Anstrengungen der letzten Stunden, die Erlösung, dass Marie wieder da war, das wollte, das musste raus.

Marie erschrak. „Mama, was ist denn, habe ich etwas Falsches gesagt? Mama, warum weinst du denn?"

Der Arzt nahm Marie hoch und setzte sie auf seinen großen, grauen Schreibtisch. „Musst keine Angst haben, Marie, deine Mama ist, wie ich glaube, einfach nur froh, dass es dir gut geht. Pass auf, ich kümmere mich um sie, schließlich bin ich ein Doktor."

Er nahm Michaela in den Arm, strich ihr über den Kopf und führte sie zu der Behandlungsliege.

„Ich weiß, was passiert ist, mein Kollege hat mich informiert", meinte er leise zu Michaela und zu Marie: „Du musst mir mal helfen, Marie", versuchte er die Kleine abzulenken. „Kann es sein, dass da ein Geschwisterchen für dich unterwegs ist?"

Er bat Michaela sich hinzulegen, reichte ihr eine Box mit Papiertüchern und fühlte ihren Puls. Michaela wollte nicht liegen. Sie rutschte auf der Liege zurück und lehnte sich gegen die Wand. Der Arzt legte ihr eine Blutdruckmanschette um und drückte auf den Knopf, die Manschette pumpte sich piepsend auf.

„Ja", rief Marie mit noch immer unsicherem Blick auf ihre Mutter, „aber ich habe mir überlegt, dass ich doch keine Swantje will, so heißt nämlich unsere Kaffeemaschine, ich will lieber eine Leefke. Was piepst da bei meiner Mama?"

Michaela zupfte ein paar Papiertücher aus der Box und schnäuzte sich die Nase. Halb lachend, halb weinend.

„Alles gut, Marie, das ist ein Gerät, um meinen Blutdruck zu messen. Weißt du, der Doktor hat recht, ich bin so froh, dass du wieder bei mir bist."

„Aber dann musst du doch nicht weinen."

„Doch, Erwachsene tun so etwas manchmal."

„Ihr seid komisch, ihr Erwachsenen."

Sie rutschte vom Schreibtisch und kletterte zu ihrer Mutter auf die Liege.

„Ich möchte", meinte der Arzt zu Michaela, „dass Sie auf die Gyn gehen und sich dort untersuchen lassen, man kann nie wissen, was ein solches Erlebnis bei einer Schwangeren oder dem Ungeborenen anrichtet. Ich kümmere mich in der Zwischenzeit um das Grünholz hier."

Michaela wollte protestieren, aber Carsten, der inzwischen fast unbemerkt eingetreten war, bestand darauf.

„Ich bleibe hier bei Marie und du gehst zur Untersuchung."

„Sehr vernünftig!" Der Arzt griff zum Telefon und rief auf der Gynäkologischen Abteilung an. Mit einigen kurzen Worten erklärte er seinem Kollegen, worum es sich handelte und bat eine Lernschwester aus dem Nebenraum, Michaela zu begleiten.

Zu Marie gewandt, bemerkte er: „So, und nun zu dir, junge Dame. Du gehst jetzt zuerst einmal zum Röntgen, dann sehen wir nämlich, ob es sich wirklich um einen

Grünholzbruch handelt, wie du vermutest", zwinkerte er ihr zu.

„Doris", rief er in den Nebenraum, „unsere Schwester Doris begleitet dich. Die kennt sich nämlich sehr gut mit solch jungem Grünholz wie dir aus."

„Aber ich....", wollte Marie protestieren. Als sie jedoch das runde und gutmütige Gesicht von Schwester Doris sah, ließ sie es bleiben.

Hand in Hand verließen sie das Zimmer.

Carsten ließ sich auf einen Stuhl fallen, stützte den Kopf in die Hände und atmete tief durch. Der Arzt setzte sich auf die Kante seines Schreibtisches.

„Mein Kollege, der heute Nacht bei Ihnen war, hat mir berichtet, dass Sie ein paar sehr anstrengende Stunden hinter sich haben. So etwas bleibt nicht in den Kleidern hängen. Ich kann Ihnen nur raten, sich psychologische Hilfe zu suchen. Nicht nur für Marie, sondern auch für Ihre schwangere Frau und für sich selbst", riet er mit einem besorgten Blick auf Carsten.

„Ich weiß, ich bin Kriminalbeamter. Ich habe von dieser Seite sehr große Unterstützung. Vor allem müssen wir jetzt dafür sorgen, dass bei Marie und auch bei meiner Frau nichts zurückbleibt. Sie geben sich so taff, aber ich denke, das scheint nur so. Kennen Sie einen guten Psychologen?"

„Ich denke ja, aber ob der freie Termine hat? Die guten haben alle eine lange Warteliste. Ich schau mal, was ich für Sie tun kann."

„Eine Frage hätte ich dann aber doch, Herr Doktor. Wir sind hier ohne Termin, Sie kümmern sich ohne Blick auf die Uhr um uns, das ist doch nicht üblich. Üblich sind doch eher lange Wartezeiten auf den Arzt, dann warten aufs Röntgen, dann wieder auf den Arzt und so weiter. Heute nicht! Warum tun Sie das?"

Der Arzt musste lachen.

„Nun, Erstens hatte ich Nachtdienst und nun eigentlich schon Dienstende. Bin also in den normalen Wahnsinn da draußen", er deutete Richtung Tür, „nicht involviert. Außerdem hat sich mein Kollege vom Nachtdienst in Ihre kleine Tochter verliebt und sie mir ans Herz gelegt. Ich muss sagen, er hatte recht", schmunzelte er, „sie ist ein Sonnenschein."

„Oh ja, das kenne ich", grinste Carsten, „mir erging es nicht anders. Wenn ich ehrlich bin, habe ich mich zuerst in Marie und dann erst in Michaela verliebt, aber sagen Sie es ihr bloß nicht. Marie wickelt wirklich jeden um ihren kleinen Finger."

„Nach dem, was sie durchgemacht hat", erklärte der Arzt weiter, „wollten wir sie einfach nicht der Maschinerie des Krankenhauses überlassen. Wenn sie vom Röntgen zurück ist, werde ich ihr noch einen Gips anlegen und dann freue ich mich sehr auf zu Hause. Dort wartet nämlich auch solch ein Wildfang."

Kaum ausgesprochen, flog die Tür auf und Marie stürmte herein. „Sag ich doch ‚Grünholzbruch' und Schwester Doris hat mir auch genau erklärt, was das ist. Jetzt bekomme ich einen Gips, stimmt's? Schreibst du mir auch etwas darauf, Herr Doktor?"

Ihr kleines Mundwerk stand nicht still.

Marie bekam eine Gipsschiene, die der Arzt dann mit einem festen Verband fixierte ... und war enttäuscht.

Anders als bei einem Gips, konnte man auf den Verband nichts schreiben. So nahm der Arzt ein breites Pflaster, schrieb darauf „Gute Besserung wünscht Doktor Arndt", malte ein Smiley darauf und klebte es quer über den Verband. Nun gibt sie Ruhe, hoffte Carsten, doch da hatte er nicht mit Marie gerechnet.

„Von den Pflastern musst du mir jetzt aber ein paar mitgeben, Herr Doktor. Es müssen ja ganz viele Leute auf den Verband schreiben. Oma Jettchen, Tant' Fienchen, das sind nämlich meine Deichomas, dann Mama, Papa, meine Freunde ..."

„Stopp, stopp, stopp, Marie, das geht aber nicht!" Carsten wurde es nun unangenehm, doch der Arzt zwinkerte ihr zu, schnitt einen langen Streifen Pflaster von der Rolle ab und hielt ihn Marie hin.

„In einer Woche kommst du zur Kontrolle, klar?"

„Ja, danke!", strahlte sie.

Michaela, die wohl einige Zeit in der Tür gestanden hatte, zuckte nur lachend mit den Schultern: „Unsere Tochter, Carsten, da musst du jetzt durch!"

Sie fasste mit beiden Händen ihr kleines Schwangerschaftsbäuchlein. „Alles gut, uns beiden geht es gut. Dir auch, Marie?"

„Ja, Mama, schau mal." Sie hielt ihr den verbundenen Arm hin. „Die werden schauen in der Schule."

Carsten und Michaela bedankten sich bei Doktor Arndt. Carsten gab ihm seine Karte und bat ihn, sich schnell zu melden, wenn er etwas von seinem Kollegen, dem Psychologen gehört habe.

Marie wurde ungeduldig und wollte gehen.

„Ich habe Hunger und will zu Oma und Fienchen. Muss ich heute nicht in die Schule? Die Kinder müssen doch meinen Gips sehen..." Sie hörte nicht auf zu plappern. Die drei Erwachsenen warfen sich einen nachdenklichen Blick zu.

Auf dem Parkplatz verabschiedete sich Carsten von seinen beiden Frauen, er wollte das kurze Stück durch die Innenstadt zum Kommissariat zu Fuß gehen. Die frische Luft und ein paar Minuten für sich alleine würden ihm gut tun.

Michaela und Marie stiegen ins Auto und fuhren los.

Keiner bemerkte, dass ihnen ein Wagen folgte.

Benny war sich nicht sicher, wie es nun weitergehen sollte. Solche Dinge kannte er bisher nur aus dem Fernsehen. Der Koffer mit der Bibel war gut versteckt. Oder? Ob er wohl nachschauen sollte? In der Nacht hatte er sehr schlecht geschlafen. Sonst plagten ihn Albträume wegen seines brutalen Vaters, heute hatte er andere Sorgen. Die Unruhe trieb ihn an und er entschloss sich doch, nachschauen zu gehen. Draußen war es noch dunkel, das passte.

Mutter und Großmutter saßen in der Küche beim Frühstück und waren in ein Gespräch darüber vertieft, wie die Beerdigung ablaufen sollte. Benny lauschte eine Weile. Die Leiche von Hinnerk Frerichs war noch nicht freigegeben. Nach Auskunft der Polizei konnte es aber nicht mehr lange dauern. Die Unterhaltung der beiden Frauen war nicht wirklich von Trauer geprägt, eher von der Erleichterung, den brutalen Zeitgenossen endlich los zu sein. Allerdings sollte er eine anständige Beerdigung haben, das gehörte sich so. „Den Beerdigungstee", so beschlossen sie, „bestellen wir bei Hinrichs. Das ist praktisch, fast gegenüber der Kirche", hörte er die Mutter sagen.

Benny fragte sich, warum die beiden solch einen Umstand um den blöden Kerl machten.

Er zog seine dicke Winterjacke an und die Strickmütze fest über die Ohren. Es wehte ein eisiger Wind.

Unterwegs bedauerte er, keine Handschuhe mitgenommen zu haben. Auf dem Fahrrad war es noch eisiger. Bennys Finger waren nach der kurzen Fahrt Richtung Hafen schon steif gefroren. Obwohl es so kalt war, schlug er vorsichtshalber ein paar Haken, falls Jan Becker ihm folgte und fuhr einen Umweg über die Kirchstraße. Er schaute sich immer wieder um. Von der Kirchstraße bog er, direkt gegenüber des Friedhofes, in die schmale Totenlohne[3] ein, hob sein Fahrrad ein paar Stufen hoch und drückte sich in der engen Straße dicht an die Hauswand.

Ein vorsichtiger Blick zurück zeigte ihm, dass die Straße fast leer war. Von Becker keine Spur. Gut. Er wartete noch ein paar Minuten und stieg dann wieder auf das Rad. Am Deich angekommen fuhr er hinunter und ließ sein Rad auf halbem Wege gegen die Böschung ins nasse Gras fallen. Bevor er zur Harle hinunterstieg, schaute er sich wieder argwöhnisch um. Der Museumshafen war leer. Kein Mensch war hier unterwegs. Die Lichter des Weihnachtsbaumes und die weihnachtlich beleuchteten Häuser erhellten den Hafen allerdings so, dass er ohne Taschenlampe auf das Plattbodenschiff und von dort aus in das angebundene Ruderboot klettern konnte. Benny kannte sich hier sehr gut aus; Achim, den Skipper der Hoop op Zegen, besuchte er oft auf seinem Schiff. Mit wenigen Ruderzügen erreichte er den Ponton, auf dem der Weihnachtsbaum befestigt war. Er zog das Boot dicht heran, band das Seil an einer der Metallstangen fest und stieg auf die Schwimminsel des Weihnachtsbaumes. Geduckt robbte er unter dem riesigen Baum hindurch und schob die tief hängenden Tannenzweige zur Seite, um an den Baumstamm zu gelangen. Dort lagen, dicht gestapelt, etliche Tannenzweige. Benny schob sie zur Seite und atmete erleichtert auf. Ein besseres Versteck gab es nicht. Als er die Zweige schnell wieder zurückschob, traf ihn von hinten plötzlich der grelle Strahl einer Taschenlampe.

„Was machst du da?“, hörte er eine Männerstimme und drehte sich um.

---

[3] Totenlohne ist ein schmaler Weg zwischen Häuserfronten zum Friedhof.

Morgens, auf dem Kommissariat in Wittmund

Christof Gerdes, Hajo Mertens und der junge Kollege Birger Schoof saßen gemeinsam im Büro und führten eine angeregte Diskussion, als Carsten eintrat.

„Moin zusammen, ich hole ..."

„Wie geht es Marie?", unterbrachen sie ihn fast gleichzeitig.

„Und Michaela? Hat sie alles gut überstanden?", wollte Hajo wissen.

Carsten hob die Hände und meinte: „Jetzt lasst mich erst einmal ankommen, und einen Kaffee brauche ich auch. Die Nacht war kurz und ich komme direkt aus dem Krankenhaus."

Er ging zurück in die Küche. Zum Glück gab es noch frisch gekochten Kaffee. Er griff sich aus der Reihe der bunten Kaffeepötte einen mit lila Punkten. Den hätte Marie auch genommen, überlegte er lächelnd, goss sich den dampfenden Kaffee ein und warf zwei Stücke Würfelzucker hinein. In der einen Hand die Tasse, mit der anderen Hand rührend, ging er zurück und öffnete mit dem Ellenbogen die Bürotür.

Die drei Männer schauten ihn erwartungsvoll an. Er nahm ein paar Schlucke des heißen Getränkes und stellte die Tasse dann auf den Schreibtisch.

„Nun, Michaela geht es gut, sie ist mit Marie nach Hause gefahren. Marie geht es, soweit wir bisher sagen können, auch gut, äußerlich jedenfalls. Sie hat einen Grünholzbruch am Unterarm, der gerade eingegipst wurde. Was sie innerlich zu verarbeiten hat, wissen wir noch nicht. Über den gestrigen Tag hat sie bisher nicht gesprochen. Wir sind offen, warten natürlich darauf, drängen sie aber nicht."

„Wie hat sie denn die Nacht überstanden? Konnte sie schlafen?“, wollte Christof Gerdes wissen.

„Mit kurzen Unterbrechungen, ja, auf jeden Fall besser als wir. Michaela und ich haben nur mit einem Auge geschlafen, waren immer wieder auf das Kind fokussiert. Auf jeden lauten Atemzug, den sie von sich gab, auf jede Bewegung.“ Er griff erneut zu seinem Kaffeepott und beschloss: „Themenwechsel. Weiß man schon etwas zu der Entführung? Was hat die Befragung des Piloten ergeben?“

„Nun“, antwortete Gerdes, „den hatte ich heute Nacht noch hier. Ein gewisser Peter Frankental. Er stammt aus Egelsbach, dem Ort, an dem sich auch der Flugplatz befindet, von dem Sie gestartet sind. Aber sagen Sie mal, was sprechen die in Hessen denn für einen Dialekt? Ich habe den Mann kaum verstanden“, fragte er mit Blick auf Carsten. Der musste lachen.

„Ach nee!“, konterte er, „da könnt ihr Ostfriesen mal sehen, wie es uns Zugezogenen geht!“

Gerdes sprach schnell weiter.

„Man steckt zwar in keinem Menschen drin, aber für mich war das, was er erzählt hat, sehr plausibel. Er hatte wohl Bereitschaft, saß im Tower und hat den Flugauftrag übernommen, weil er vor Ort war. Dass Sie gerade an diesem Tag ein Flugzeug chartern, um in den Norden zu kommen, konnte niemand wissen, weder er noch die Entführer. Sie hätten ja auch die Bahn oder das Auto nehmen können. Ich gehe davon aus, dass man Ihnen den Zettel mit der Warnung schon viel früher, vielleicht sogar im Polizeipräsidium, in die Tasche gesteckt hat. Ich ...“, Carsten wollte ihm ins Wort fallen, aber Gerdes winkte ab. Er duldete keine Unterbrechung. „Da wir alle vermuten, dass die Entführung Maries mit dem Fall in Frankfurt zu tun hat, habe ich ein paar Vorkehrungen getroffen. Unter anderem kommen von dort zwei Kollegen zur Unterstützung. Außerdem zwei Mitarbeiter vom LKA Hannover. Die werden den Entführungsfall übernehmen. Sicher werden sie auch Marie befragen wollen. Dafür stelle ich Sie frei, Schmied. Ansonsten arbeiten Sie ab sofort an dem Museumsmord mit, aus der Entführung halten Sie sich heraus." Die Härte in seiner Stimme ließ keine Widerrede zu.

„Schoof", wies er den jungen Kollegen an, der mit im Raum saß, „Sie gehen zurück an Ihren eigentlichen Arbeitsplatz, halten sich aber zur Verfügung, falls Not am Mann sein sollte. Ich warte noch, bis die Herrschaften aus Frankfurt und Hannover eintreffen", er schaute auf seine Armbanduhr, „und ziehe mich dann wieder nach Wilhelmshaven zurück."

Jetzt setzte Carsten an und wollte wissen: „Wie kommen Sie darauf, dass man mir den Zettel im Polizeipräsidium untergeschoben hat? Ich möchte gar nicht darüber nachdenken, was das bedeuten könnte. Und noch etwas. Welche Vorkehrungen haben Sie getroffen, außer, dass sich Kollegen aus Frankfurt und Hannover in den Fall einschalten? Wenn ich das richtig verstanden habe, sagten Sie *unter anderem*."

Gerdes winkte wieder ab: „Später, kümmern Sie sich nun mit den Kollegen um den Museumsfall."

Mit erhobener Hand, und der ihm eigenen Geste, wischte er alle zusätzlichen Kommentare weg. Ohne eine weitere Frage zuzulassen, verließ Gerdes das Büro.

Carsten schaute ihm kopfschüttelnd nach und stellte seine Kaffeetasse ab. Was hatte das denn nun zu bedeuten, so kannte er den Chef gar nicht. Er setzte sich an seinen Schreibtisch und stützte den Kopf in die Hände. Was sollte er hier im Büro? Müsste er nicht besser bei Michaela und Marie sein? Aber das würde Michaela sicher nicht wollen.

„Geh zur Arbeit", hatte sie heute Morgen zu ihm gesagt, „das lenkt dich ab." Sie wollte gemeinsam mit Marie noch an ihrem Arbeitsplatz, dem Pflegeheim „Haus

Abendrot" vorbeifahren, ein paar Dinge ordnen und sich dann den heutigen und wenn möglich, ein paar weitere Tage freinehmen. Als Pflegedienstleiterin hatte sie Verantwortung, aber heute wollte sie Marie nicht in die Obhut von anderen geben. Dafür war zu viel passiert.

Hajo Mertens erhob sich von seinem Schreibtisch und trat zum Fenster. Der Himmel war, wie so oft in den letzten Tagen, grau und verhangen und gerade hatte es wieder zu regnen begonnen. Es stürmte und der eisige Dezemberwind peitschte den Regen gegen die Scheiben. Auch er dachte an Marie, ihre mysteriöse Entführung und Rückkehr, Gedanken an den Museumsfall drängten sich dazwischen und die letzte Nacht kam ihm immer wieder in den Sinn. Tomke, wie er diese Frau liebte ...

Beide waren so nachdenklich, dass sie nicht bemerkten, dass Birger Schoof langsam seinen Platz im Büro räumte. Es fiel ihm schwer, hatte er doch gehofft, noch länger mit den Kollegen an diesem Fall arbeiten zu können. Nun musste er wieder zum Streifendienst zurück. Mit ein paar Schreibutensilien und seinem Smartphone in der Hand drehte er sich an der Tür noch mal um.

„Jau, das war es dann. Wenn etwas ist, gerne wieder ...", riss er seine Kollegen aus ihren Grübeleien.

Hajo und auch Carsten blickten zerstreut auf.

„Ach so, ja, Birger. Mensch, das tut mir leid", meinte Hajo. „Glaube mir, ich kann das nachvollziehen. In der Situation war ich auch einmal. Wenn wir weitere Unterstützung brauchen, rufen wir dich, versprochen."

Carsten hob nur die Hand zum Gruß und nickte ihm zu.

Birger drehte sich um und verließ den Raum.

„Lang ist es her", murmelte Hajo und Carsten wusste genau, was er meinte.

Als sie den Parkplatz des Krankenhauses verlassen hatten, fragte Michaela: „Was hältst du von einem Umweg über Middoge?"

Marie verstand sofort.

„Au ja, Rosinenbrötchen, lecker!", jubelte sie auf dem Rücksitz.

Die kleine, alteingesessene Bäckerei in Middoge hatte die leckersten Rosinenbrötchen, wie Marie immer behauptete. Außerdem mochte Carsten das Roggenbrot von dort besonders gerne. Es war beim Einkaufen zwar immer ein mühseliger Umweg, aber heute nahm ihn Michaela gerne in Kauf. Sie war so froh, ihren Engel unbeschadet wiederzuhaben. So ziemlich, jedenfalls. Dankbar warf sie einen Blick in den Rückspiegel.

Den dunklen Wagen, der ihnen hinterherfuhr, sah sie nicht.

Vor der Bäckerei öffnete sie Marie die Tür und ließ sie aussteigen. Sie wollte unbedingt mit in den Laden gehen. Michaela konnte sich schon denken, warum.

„Schau mal, was ich habe", rief sie der Bäckerin entgegen, „Gips!"

„Aber Marie, was hast du denn gemacht? Ist der Arm gebrochen?"

„Ja, Grünholzbruch, aber das haben der Doktor und ich gleich vermutet", erklärte sie auf ihre sympathisch-altkluge Art.

„Was ist denn das, das habe ich ja noch nie gehört?", lachte die Bäckerin, „tut es sehr weh?"

„Ja schon", antwortete Marie plötzlich mit einer Leichenbittermiene und gab sich sehr leidend. Michaela hatte sie sofort durchschaut und die Bäckerin natürlich auch. Aber sie ließ sie etwas zappeln. „Was darf es denn sein, Frau … Frau Schmied, ach, daran muss ich mich erst noch gewöhnen. Ist ja nicht so lange her, dass sie geheiratet haben."

„Aber das macht doch nichts, ich selbst habe mich anfangs auch immer noch versprochen." Marie wurde unruhig. Warum redeten die beiden denn so viel, schließlich hatte sie den gebrochenen Arm und wollte ihr Rosinenbrötchen. Sie zupfte Michaela am Arm und die verstand. Schmunzelnd meinte sie zu der Bäckerin: „Ich hätte gerne ein Roggenbrot und für Marie als kleines Trostpflaster ein Rosinenbrötchen."

„Ja, wie, Marie? Kann man mit einem Grünholzbruch denn überhaupt Rosinenbrötchen essen?"

„Na klar, ich habe doch keine Bauchschmerzen und mit der anderen Hand kann ich alles, siehst du?" Sie wedelte wild mit dem gesunden, rechten Arm. Die beiden Frauen mussten herzhaft lachen und Michaela strich ihrer Tochter über den Kopf.

„Na, dann will ich mal nicht so sein und dir ein zweites Rosinenbrötchen in die Tüte packen, damit das Grünholz schneller heilt, was meinst du dazu, Marie?"

„Prima, danke", strahlte sie und packte mit der gesunden Hand die Tüte. Michaela nahm das Roggenbrot, bezahlte und sie verließen die Bäckerei.

„So, und nun eben noch ins ‚Abendrot' und dann nach Hause, okay, mein Schatz?"

„Okay!", antwortete Marie mit vollem Mund, sie hatte schon kräftig in ihr geliebtes Rosinenbrötchen gebissen.

Michaela fuhr los.

Der dunkle Wagen setzte sich ebenfalls in Bewegung und folgte ihnen in großem Abstand.

Eigentlich hatte Benny den Ausflug unter den Weihnachtsbaum nur unternommen, weil er nachschauen wollte, ob der Koffer noch an seinem Platz war. Alles in Ordnung! Er stand gut versteckt unter den Zweigen, die um den Fuß des Baumständers drapiert waren.

Als ihn der Lichtstrahl traf, fuhr ihm der Schreck in die Glieder. Eine männliche Stimme fuhr ihn an. „Was machst du da?"

Langsam drehte er sich um.

Becker! Nun war alles aus, aus und vorbei!

„Benny?", hörte er dann eine vertraute Stimme. „Benny, bist du das?"

Der Lichtstrahl einer Taschenlampe erfasste so hart sein Gesicht, dass es ihn blendete und er den Sprecher nicht sehen konnte. Aber die Stimme, die Stimme erkannte er. Es war Achim, der Skipper. Gott sei Dank! Achim war so etwas wie ein väterlicher Freund für ihn. Zum Glück war er es und nicht der verdammte Jan Becker! Benny fiel ein Stein vom Herzen.

„Hallo Achim", krächzte er. Was sollte er ihm sagen? Wie konnte er ihm erklären, was er hier tat? Er musste Zeit gewinnen. Die Gedanken rasten wild durch seinen Kopf.

„Was zum Teufel tust du da? Warum turnst du auf dem Floß herum?"

„Ich, äh, ich wollte ..."

„Mensch, komm erst mal rüber. Dass du mir bloß nicht in die kalte Harle fällst. Ein Unglück in eurer Familie reicht ja wohl."

Er hatte es also schon erfahren, schoss es Benny durch den Kopf.

„Ich, also weißt du ...", stotterte er, als er wieder zurück in das kleine Boot kletterte.

„Schnack nich ..., komm zu mir an Bord, dann reden wir."

Er richtete die Taschenlampe auf das Ruderboot, damit Benny sehen konnte, wohin er seine Füße setzte.

Benny stieß sich mit dem Paddel ab und war mit zwei Zügen bei Achim. Er machte das kleine Ruderboot am Schiff fest und sicherte die Paddel.

„Gib mir deine Hand, mein Junge, ich helfe dir hoch."

Achim reichte ihm seine Rechte und zog ihn an Bord.

„Was sind das denn für Spielchen, Junge? Du kannst doch nicht ..., ach übrigens, das mit deinem Vater tut mir leid. Hat dich wohl sehr mitgenommen, dass du auf solche Ideen kommst, was?"

„Ich wollte doch nur ...", nahm er den Ball auf, den Achim ihm unbewusst zugespielt hatte. „Ich wollte doch nur mal alleine sein. Überall quatschen sie auf mich ein. Meine Mum, Oma und die Polizei auch. Bei dir war noch alles dunkel, da bin ich ..."

„Aber Junge, du weißt doch, dass du immer zu mir kommen kannst, auch wenn es an Bord dunkel ist. Okay?" Er strich ihm über den Kopf und zog ihn unter Deck.

„Setz dich, ich habe gerade Tee gemacht, du musst doch durchgefroren sein."

Er nahm einen großen Teepott vom Haken an der Wand und stellte ihn vor Benny hin.

„Gieß dir Tee ein, er wird dir gut tun und dann erzähl", forderte er ihn auf.

Als Tomke ins Büro kam, saßen Carsten und Hajo an ihren Schreibtischen. Hajo arbeitete am Computer, Carsten sah gedankenverloren aus dem Fenster.

„Na, wie weit seid ihr?", fragte Tomke grußlos. „Habt ihr schon was?"

Sie hatte nach ihrer Joggingrunde ausgiebig geduscht, zum Schluss das Thermostat kurz auf „kalt" gestellt und nun das Gefühl, Bäume ausreißen zu können.

Warum die beiden Kollegen so untätig herumsaßen, war ihr ein Rätsel.

Hajo blickte kurz auf und sofort wieder auf seinen Bildschirm. Carsten drehte nur kurz den Kopf zu ihr, um dann wieder aus dem Fenster zu schauen.

„Guten Morgen, meine Herren, alles gut bei euch?", fragte sie dann etwas lauter.

„Aha, es geht doch! Dir auch einen schönen guten Morgen, liebe Kollegin."

Carsten erhob sich und ging auf Tomke zu, beugte sich über sie und gab ihr einen Kuss auf die Stirn.

„Danke für deinen Einsatz heute Nacht. Danke für deine Freundschaft und überhaupt. Das habe ich Hajo auch schon gesagt, allerdings ohne …! Kuss meine ich!"

„Da nich für ...!", wehrte sie ab und strich ihm über die Hand.

„Geht es deinen beiden Mädels gut?"

„Soweit ja! Michaela lässt Marie nicht aus den Augen. Sie nimmt sich ein paar freie Tage und versucht ihren Dienst im ‚Abendrot' für die nächste Zeit so zu organisieren, dass sie immer gemeinsam mit ihr zu Hause ist. Ich wollte mich für einige Zeit beurlauben lassen, aber das will sie nicht. Ja, und Marie trägt stolz ihren Gips vor sich her. Allerdings sagt sie kein Wort darüber, was passiert ist und wo sie war. Ich habe fast die Vermutung, dass die Tatsache, dass man sie aus dem *Auto geschubst* hat, viel schlimmer für sie ist als die Entführung selber. Sie sprach nur ganz kurz von dem großen Wagen und von zwei Männern, die mit ihr durch die Gegend gefahren sind. ‚Und dann haben die mich einfach aus dem Wagen geschubst', hat sie ganz entsetzt gemeint. Zu dem was vorher war, schweigt sie. Die Sache hängt ganz klar mit dem Frankfurter Fall zusammen, da bin ich mir sicher und der Zettel in meiner Tasche spricht auch dafür. Zwei Kollegen aus Frankfurt sind auf dem Weg hierher. Sie werden mit den Kollegen vom Landeskriminalamt aus Hannover zusammenarbeiten und die Scheißkerle hoffentlich fassen. Ich bin raus aus dem Fall und nach Frankfurt gehe ich anschließend auch nicht zurück. Basta."

Er setzte sich wieder an seinen Schreibtisch, lehnte sich zurück und atmete tief durch.

Basta? Tomke grinste!

„Wir sind also wieder das alte, starke Team", fuhr er fort, „und dürfen gemeinsam am Museumsmord arbeiten. So viel dazu! Zu diesem Fall, dem Museumsmord meine ich, musst du Hajo befragen."

Tomke nickte und schaute zu Hajo hinüber.

„Jau, Chefin, dann will ich auch mal berichten. Sitzt du gut? Das wird eine längere Geschichte! Also, die verschwundene Bibel ist tatsächlich ziemlich wertvoll und in Liebhaberkreisen sehr begehrt. Als sie damals von der Besitzerfamilie, der Erbengemeinschaft also, an das Museum gestiftet wurde, war das allerdings noch nicht so wirklich bekannt. Als sich dann einige Sammler um das Stück bemühten und die Preisangebote dafür in die Höhe gingen, wollten einige aus der Erbengemeinschaft das gute Stück wieder zurückhaben. Aber da ging dann nichts mehr, alles war notariell verbrieft und besiegelt, wie man so schön sagt. Ich habe hier mal eine Liste der Erbengemeinschaft gemacht und die Personen angestrichen, die damals einen Anspruch angemeldet und Klage eingereicht hatten. Ich denke, das sind diejenigen, die wir zuerst bearbeiten müssen."

Hajo reichte ihr einen Ausdruck über den Schreibtisch.

„Dann kümmere ich mich mal um den Toten", warf Carsten ein. „Familie, Freunde, Feinde, Bekannte, Kollegen und Arbeitgeber müssen befragt werden, da müsst ihr allerdings mit ran. Alleine kann ich die nicht abarbeiten. Außerdem hat die Kriminaltechnik schon die ersten Daten geschickt. Liegt alles auf deinem Rechner, Tomke. Groß-Hajo, ich meine Manninga, willst du ja sicher selbst anrufen, oder?", grinste er. „Ich fang dann mal mit der Arbeitsstelle des Toten in Wiefels an. Vielleicht kann man mir dort etwas über ihn sagen. Hoffentlich stinkt es da nicht zu sehr, aber irgendwo muss ich ja anfangen. Ich bin dann mal weg! Ach so, Chefin, du wirst verzeihen, wenn ich vorher bei meinen beiden zu Hause vorbeifahre und nach dem Rechten schaue?"

„Hau schon ab, Blödmann!" Tomke schüttelte den Kopf.

Die Kolleginnen und Kollegen im Haus „Abendrot" zeigten vollstes Verständnis für Michaelas Wunsch, sich auf unbestimmte Zeit zurückzuziehen. Mit Sigrid Benning, ihrer Stellvertreterin, sprach sie noch ein paar wichtige Dinge ab. Der Dienstplan war schnell geändert, denn fast alle waren bereit, ihre Dienste zu schieben. Einige wenige Kollegen, die es nicht taten, hatten wichtige Gründe dafür.

Bevor sie ging, rief sie nochmals alle Kolleginnen und Kollegen zusammen, um sich bei ihnen zu bedanken.

„Ihr seid wirklich ein tolles Team, ich danke euch ganz herzlich für eure Hilfe. Ich verspreche, dass ich es wieder gut mache."

„Musst du nicht, Michaela, musst du nicht. Wir arbeiten so gerne hier, seitdem du die Pflegedienstleitung hast. Das musste mal gesagt werden", meinte Sigrid Benning und klatschte in die Hände. Alle Kollegen fielen ein. Michaela war gerührt.

Sie hatten ja recht. Es war ein Glück, dass die Zeit der Böttcher, ihrer früheren Chefin, vorüber war. Es war damals eine schlimme Zeit. Zum einen das Arbeiten selbst, zum anderen aber auch die schrecklichen Morde, die Helga Böttcher damals begangen hatte.

Vorbei! Sie wollte nicht mehr daran denken.

„So, nun genug geschnackt, an die Arbeit!"

Michaela klatschte in die Hände und scheuchte ihre Leute liebevoll auseinander.

„Ich gehe noch kurz zu Bergmann und bin dann weg. Will ganz schnell ..."

Sigrid hielt sie zurück: „Keine Chance, Süße. Unser lieber Verwaltungschef ist wieder einmal auf Tour. Unterwegs in den anderen Häusern. Hier würde man ihn sowieso nicht brauchen, meinte er heute Morgen."

„Na gut, dann rufe ich ihn später an. Marie ...", rief sie in die Runde. „Marie?" Michaela schaute sich panisch um. „Marie? Wo bist du?"

„Alles gut, bleib ruhig, Michaela. Die Maus ist in der Kaffeeküche und trinkt einen Kakao zu ihrem Rosinenbrötchen. Es sei schon ihr zweites, erzählte sie und dazu müsste sie einen Kakao haben. Thea ist bei ihr."

Michaela verdrehte die Augen und atmete tief durch.

„Mein Gott, hoffentlich hört diese Angst auch wieder auf", seufzte sie erleichtert.

„Ist doch alles noch so frisch!" Sigrid nahm sie liebevoll in den Arm.

Als Michaela, mit Marie an der Hand, das Haus verlassen wollte, kam ihnen eine Bewohnerin entgegen. Luise! Zwischen den beiden Frauen war im Laufe der Jahre eine innige Freundschaft entstanden. Auch Luise wurde damals in die schlimmen Geschehnisse hier im Haus verwickelt und hatte letztendlich mit zur Aufklärung beigetragen.

„Luise!", rief Marie erfreut, „da kommt Luise, Mama!"

„Ja, lauf nur zu ihr!"

Marie stürmte auf die alte Dame zu und sprang ihr an den Hals.

Marie liebte Luise und Luise liebte Marie!

„Schau mal, mein Gips! Da musst du auch unterschreiben", sprudelte Marie los.

„Mach ich, Liebes, mach ich sofort! Gleich, auf meinem Zimmer! Aber erst muss ich mit deiner Mama reden. Willst du schon mal vorgehen?"

„Okay", seufzte Marie und verdrehte die Augen, „ihr wollt quatschen, schon verstanden. Ich geh ja schon. Aber nicht zu lange!"

„Marie!“ Michaela schaute sie mahnend an und sie trabte los.

Die beiden Frauen umarmten sich innig. Luise schaute besorgt auf Michaelas Bauch und fragte, wie es ihr ginge.

„Und Marie“, wollte sie wissen, „wie hat sie es überstanden?“

Zum wievielten Male Michaela wohl diese Frage seit letzter Nacht beantworten musste?

Geduldig erzählte sie ihrer Freundin in kurzen Worten den Stand der Dinge. „Seit unserem Telefonat heute Nacht, Luise, hat sich nichts Neues ergeben. Du siehst ja, außer ihrem Gipsarm sieht man ihr nichts an. Wie es innerlich aussieht ...? Ich kann es dir nicht sagen. Sie spricht nicht über den gestrigen Tag.“

„Als du gestern Vormittag hier bei mir im Heim angerufen hast, um zu fragen, ob Marie wohl bei mir sei, habe ich mich fast zu Tode erschrocken. Denn eines ist sicher: Dieses Kind läuft nicht weg! Da musste etwas passiert sein.“

„Ich weiß und das hat Carsten auch schon gesagt. Marie läuft nicht weg, sie streitet eher so lange mit uns, bis sie ihren Kopf durchgesetzt hat, oder sie versucht zu verhandeln. Manchmal sieht sie sogar ein, dass wir recht haben, wenn wir etwas, was sie unbedingt erreichen will, nicht erlauben. Da ist sie ganz eigen. Das hat sie übrigens von ihrem Vater!“, schmunzelte Michaela.

„Weißt du, Luise“, überlegte sie nach einer kurzen Pause, während sie langsam auf Luises Zimmer zuschlenderten, „weißt du, was ich nicht verstehe? Warum geht Marie mit fremden Menschen mit? Warum steigt sie in ein fremdes Auto ein? Hat man sie gezwungen? Überredet? Was hat man ihr gegeben, dass sie das tat?“

Michaela schaute ihre Freundin fragend an und sprach leise weiter.

„Ich habe ihr schon immer und immer wieder gesagt, dass sie niemals mit Fremden gehen dürfe. Auch Carsten hat mit ihr darüber gesprochen und versucht, es ihr zu erklären. Ich dachte, sie hat es verstanden. Was habe ich falsch gemacht, Luise?"

„Aber Kind, was sollst du denn falsch gemacht haben? Man kann seine Kinder weder in Ketten legen noch in Watte packen. Man kann nur reden, erklären und hoffen, dass sie es verstanden haben. Du hast alles richtig gemacht! Letztendlich kannst du den letzten Schritt nicht beeinflussen."

Luise nahm Michaela wieder in den Arm.

„Und Marie erzählt nichts? Gar nichts?"

„Nein, nichts! Nur von den beiden Männern, die mit ihr ständig im Auto durch die Gegend gefahren seien, hat sie erzählt und dass man sie aus dem Auto geschubst habe. Ansonsten kein Wort."

„Hm", Luise schaute nachdenklich drein. „Ich habe da einen Verdacht, Michaela. Willst du mir Marie nicht für ein paar Stunden hierlassen? Ich werde mich ein wenig mit ihr unterhalten, vielleicht erfahre ich ja etwas."

„Wieso Verdacht? Was meinst du? Außerdem, ich möchte sie nicht gerne alleine lassen!"

„Lass mich mal machen! Ich ahne, warum Marie nichts erzählt. Einen Versuch ist es doch wert, oder? Du musst keine Angst haben, hier wird eine ganze Armada auf deine Kleine aufpassen. Ich werde alle unsere Alten, die noch ein wenig laufen können, mit oder ohne Rollator, auf die Beine holen und das Haus bewachen lassen. Du kannst also unbesorgt fahren."

„Okay, aber zuerst spreche ich mit Marie, ob sie damit einverstanden ist."

Luise lächelte und nickte. „Tu das, Kind."

Sie öffneten die Tür von Luises Zimmer und fanden Marie mit hochroten Wangen trampolinspringend auf Luises Bett vor.

„Marie!“

Mit ein paar schnellen Schritten war Michaela am Bett.

„Pass auf! Wenn du...“ Bevor sie den Satz beenden konnte, absolvierte Marie ihre Turnaktion mit einem Satz neben das Bett. Den Gipsarm hielt sie weit von sich gestreckt.

„Wildfang“, schimpfte Michaela und zog sie liebevoll an einer Haarsträhne.

„Hör mal, Liebes, Luise fragt, ob du ein wenig hier bei ihr bleiben willst. Magst du?“

„Klar! Wie lange darf ich denn?“

„Ruft mich einfach an, wenn ihr genug voneinander habt“, antwortete Michaela lachend. „Aber bitte keine Turnaktionen mehr, denk an deinen Arm.“

„Versprochen!“, schaltete sich Luise ein, „ich passe auf.“

„Und ich passe auf Luise auf!“ Marie nahm die alte Dame an der Hand und zog sie aus dem Zimmer.

„Na, das wird was werden. Da passen die Richtigen aufeinander auf“, rief Michaela ihnen nach.

Im Fahrstuhl griff sie nach ihrem Handy und wählte die Nummer des Verwaltungschefs. Mit einigen Sätzen erklärte sie ihm die Situation. Er zeigte sich verständnisvoll: „Ich gehe davon aus, dass Sie alles geregelt haben, da verlasse ich mich auf Sie, wie immer. Schauen Sie zwischendurch mal nach dem Rechten, aber Sie haben Ihre Leute ja im Griff, wie ich weiß. Alles Gute wünsche ich Ihnen.“

Das war's. Bergmann vertraute ihr voll und ganz.

Michaela steckte ihr Handy weg und ging zum Auto. Es war ihr ganz recht, ein paar Stunden für sich zu haben, um zur Ruhe zu kommen. Der gestrige Tag und die letzte Nacht waren anstrengend für sie und für den kleinen Wurm in ihrem Bauch. Liebevoll streichelte sie über ihr kleines Babybäuchlein. „Wir legen uns zu Hause etwas hin, was hältst du davon?", flüsterte sie und startete den Wagen.

In einigem Abstand parkte eine schwarze Limousine. Ein Mann stieg aus der Beifahrertür und ging seitlich auf das Haus zu. Michaela bemerkte weder ihn noch den schwarzen Wagen, der losfuhr und ihr folgte.

Benny hatte ein schlechtes Gewissen. Achim, der Skipper war sein Freund und er hatte ihn angelogen. Aber was sollte er tun? Die ganze Geschichte erzählen? Das ging nicht! Er musste das ganz alleine durchziehen.

Sie hatten gemeinsam einen Pott Tee getrunken und Benny hatte Achim dann erzählt, der Tod seines Stiefvaters habe ihn geschockt, obwohl er ihn doch eigentlich nicht ausstehen konnte.

„Mum sitzt zu Hause und heult. Sie und Oma besprechen die Beerdigung. Ich wollte einfach nur weg, aber für die Schule war es noch zu früh. Da bin ich zum Hafen, aber bei dir war es noch dunkel ..."

„Schon gut, mein Junge, lass mal. Das nächste Mal klopfst du so lange gegen die Tür, bis ich aufwache, klar?"

Achim glaubte ihm die Story, zum Glück! Aber Benny hatte ein schlechtes Gewissen.

Als er seinen Tee getrunken hatte, verabschiedete er sich, schließlich wollte er pünktlich in der Schule sein.

Auch wenn es heute wieder sehr kalt war, machte er sich mit dem Fahrrad auf den Weg. Den Bus wollte er nicht nehmen, mit dem Fahrrad war er unabhängiger. Er holte schnell noch seinen Rucksack von zu Hause ab, griff sich ein paar Handschuhe und machte sich auf den langen Weg entlang der K461 in Richtung Wittmund.

Endlich war die Schule aus! Dirk war heute auch nicht gekommen, was da wohl los war? Sicher musste er sich wieder um seine Mutter kümmern. Benny dachte an die gemeinsame Pilotenausbildung. „Wenn das so weitergeht", überlegte er, „verschlechtert sich nicht nur sein

Notendurchschnitt, sondern er schafft das Abi nicht. Dann können wir das vergessen. Nein, ich nicht, ich zieh mein Ding durch, mit oder ohne Dirk."

Benny schwang sich auf sein Fahrrad und strampelte zurück nach Carolinensiel. Gleich wollte er Jan Becker anrufen und ein Treffen für die Geldübergabe vereinbaren. Der sollte ihn nur nicht bescheißen.

Aber zuerst würde er noch bei Dirk vorbeifahren, nahm er sich vor, dass der mir bloß nicht schlappmacht. Schließlich bekommt er die Hälfte des Geldes und kann es mindestens genauso gut gebrauchen wie ich.

Ungefähr auf halber Strecke wurde er von einem Notarztwagen überholt, der mit Blaulicht und Martinshorn in Richtung Norden, vielleicht nach Carolinensiel, raste.

Benny trat so fest in die Pedale, dass ihm trotz der eisigen Kälte ganz warm wurde. Der Nordwestwind peitschte ihm ins Gesicht und ließ Tränen über seine Wangen laufen, aber das kannte er schon und es machte ihm kaum etwas aus. Der Himmel war grau verhangen, die Sonne hatte heute wieder einmal keine Chance.

Gedanken an die Nacht im Museum, an das bevorstehende Telefonat mit Jan Becker und auch an Dirk schossen ihm durch den Kopf. Dann wieder: „Wie es wohl Mum geht? Sie wird dem blöden Kerl doch hoffentlich nicht nachheulen?", fragte er sich weiter, während er auf den ehemals schönsten Kreisel Ostfrieslands zustrampelte.

Der Ort war leer, fast ausgestorben, was im Winter und dazu in der Mittagszeit, nicht verwunderlich war. Die Geschäfte waren geschlossen, kaum Gäste im Ort und die Einheimischen hielten „Mittagsstunde".

Benny fuhr an seinem Elternhaus vorbei und dann links durch einen schmalen Weg Richtung Marie-Ulfers-Weg. Kurz vor der kleinen, engen Straße, die nach einer alten Carolinensielerin benannt wurde, stoppte er abrupt ab. Hier stand der Notarztwagen, der ihn unterwegs überholt hatte. Direkt vor dem Haus, in dem Dirk wohnte. War ihm etwas passiert? Oder seiner Mutter?

Benny atmete auf. Dirk war okay, er kam gerade aus der Tür.

Hinter ihm wurde eine Trage herausgeschoben, auf der jemand lag. Benny erkannte, obwohl die Patientin eine Atemmaske trug, das Gesicht von Dirks Mutter. Ein dünnes, weißes Rinnsal lief aus ihrem Mund. Irgendwann säuft sie sich noch zu Tode, dachte er.

Tomke und Hajo waren in ihre Recherchen vertieft. Die Liste der Erbengemeinschaft, die Hajo ausgedruckt hatte, beinhaltete sieben Namen. Tomke recherchierte jeden mit Vornamen und Adresse und Verwandtschaftsgrad zum Erblasser.

Zweimal Janssen, beide waren Lehrer aus Wittmund. Eine Inka Harms aus Jever, Polizeibeamtin. Käthe Heibel, Hausfrau aus Jever, Jan Becker, ein Landwirt aus Leerhafe, Jens Claarsen, ein Literaturprofessor aus Emden und Dr. Peter Lüdemann, ein Mediziner, der nach seiner Pensionierung wieder zurück nach Carolinensiel gezogen war. Obwohl sie viele Menschen aus Carolinensiel und der Umgebung kannte, sagten ihr die Angaben nichts. Den Namen Janssen gab es oft in Ostfriesland, aber auch das half ihr nicht weiter.

Wo sollte sie anfangen? Tomke lehnte sich in ihrem Stuhl zurück und legte die Füße auf den Schreibtisch. Mit dem Kugelschreiber zwischen den Lippen starrte sie aus dem Fenster. Da war etwas! Ganz hinten in den letzten Gehirnwindungen, sie wusste nur nicht was. Noch nicht! Alles Grübeln half nichts, sie musste auf andere Gedanken kommen, vielleicht fiel es ihr dann wieder ein.

Tomke schüttelte sich leicht und wandte sich wieder ihrem Computer zu. Der Reihe nach!

Den Bericht der Kriminaltechnik lesen, Hajo hatte ihn ihr auf den Rechner geschickt.

Manninga in der Rechtsmedizin anrufen, er konnte ihr inzwischen sicher etwas zu dem Toten sagen.

Hoffentlich flippte er nicht wieder aus. Egal wie viel Zeit sie ihm ließ oder nicht ließ, er meckerte immer, wenn Tomke nach Ergebnissen fragte. Aber nun hatten sie ja schon geraume Zeit keinen gemeinsamen Fall. Seit sie vor gut einem Jahr die Sache mit den drei toten Männern aus dem Immobilienfall zusammen bearbeiten mussten, gab es nur noch die unbekannte Leiche, die man vor einem halben Jahr in einem Düker gefunden hatte. Tomke war damals überzeugt, dass es sich um einen der toten Bauern, die noch immer als vermisst gelten, handelte. Aber das hatte sich nach Manningas Untersuchungen als falsch herausgestellt. Der Tote war ein älterer Herr, dessen Familie ihn während ihres Urlaubes auf der Insel bei Bekannten in Carolinensiel abgegeben hatten. Der Mann war in seiner Verwirrung weggelaufen, in den Düker gefallen und wurde erst nach einigen Tagen, leider tot, entdeckt.

Tomke hatte damals so gehofft, endlich im Falle der verschwundenen Bauern einen Schritt weitergekommen zu sein, denn sie war sich sicher, dass die beiden einem Verbrechen zum Opfer gefallen waren.

Moment! Plötzlich zuckte sie zusammen!

Jetzt wusste sie wieder, was ihr die ganze Zeit durch den Kopf gegangen, aber nicht greifbar war. Becker! Jan Becker! Das ist doch der Landwirt, der den Hof von einem der beiden vermissten Bauern gepachtet hat. Oder?

Sie suchte die Akte „Küstenhaie“ heraus, um sich zu vergewissern, dass sie sich nicht irrte. Richtig!

Die Befragung von Jan Becker und dessen Ehefrau Regina hatte sie gemeinsam mit Carsten durchgeführt. Ihn hatte sie als sehr unangenehmen, schmierigen Typen in Erinnerung. Ganz unsympathisch. Dünn und hoch aufgeschossen, mit lichtem Haar und mehr Zähnen, als in den Mund passten. Daran erinnerte sie sich noch genau! Zum Verschwinden von Hinni und Karl, den beiden Bauern, konnte er damals nichts sagen. Manchmal tauchen sie auf, berichtete er. Sind dann für kurze Zeit in dem kleinen Nebenhaus, hier auf dem Hof, das sie ja gemeinsam bewohnen, seit der Hof des einen abgebrannt war. Aber dann sind sie auch wieder ganz schnell verschwunden. Mehr konnte er nicht sagen. Seine Frau nickte nur dazu oder zuckte mit den Schultern. Damals hatten sie keinen Anlass, die Aussage zu bezweifeln, aber jetzt verspürte Tomke doch ein leichtes Grummeln. Dieses altbekannte Gefühl, ihr Bauchgefühl, meldete sich und Tomke wurde unruhig.

Der gehörte also auch zur Erbengemeinschaft!

Der Bericht der Kriminaltechnik und der Anruf bei Hajo Manninga in der Rechtsmedizin waren vergessen. Jetzt musste sie sich erst um Jan Becker kümmern.

Jan Becker! Tomke sah ihn genau vor sich. Seine Stimme klang ihr plötzlich wieder im Ohr. Näselnd, überlegte sie, genau, er hat sehr näselnd gesprochen. Sie schüttelte sich bei der Erinnerung an ihn. Ein unangenehmer Zeitgenosse. Aber was soll's, ich muss da noch mal hin. „Hilft ja nix", würde Oma jetzt sagen.

„Hajo, was machst du eigentlich?", fragte sie plötzlich über den Schreibtisch.

„Da du ja wieder mal sinnierst, habe ich mich mit dem Bericht der KTU befasst. Warum?"

„Wir müssen nach Leerhafe fahren!"

„Jetzt? Warum?"

Tomke tippte sich an die Nase: „Bauchgefühl!"

„Aha, und dein Bauch sitzt so weit oben? Das habe ich noch gar nicht festgestellt."

„Hajo!"

„Was denn nun? Nase oder Bauch? Oder beides?"

„Ich habe eben Riecher *und* Bauchgefühl, ganz im Gegenteil zu manch anderen hier im Raum. Also was ist, kommst du? Ich erzähl es dir unterwegs."

„Jawoll, Chefin!", salutierte er augenzwinkernd.

Auf dem Hof von Jan Becker

Die Fahrt nach Leerhafe nutzte Tomke, um Hajo an ihren Gedanken teilhaben zu lassen. Tomkes Blick strich über die Felder. Die triste, graue Winterlandschaft, durch die sie fuhren, war eigentlich keine Winterlandschaft. Es fehlte der Schnee, der das winterliche Ambiente gab. Der alles Grau überdeckte und die Menschen durchatmen und „schön" seufzen ließ. Nein, heute nicht! Und ob es in diesem Winter und vor allem vor Weihnachten noch Schnee geben würde, war mehr als fraglich. Der Wetterbericht sagte anderes voraus.

Tomke berichtete Hajo von ihren Entdeckungen in Bezug auf die Erbengemeinschaft, im Besonderen auf Jan Becker. Keiner der sechs anderen aus der Gruppe beschäftigte sie so wie dieser Becker!

Obwohl die Straßen frei waren, musste Tomke langsam fahren. Der eisige Wind von Nordwest peitschte Regen gegen die Scheiben, vermischt mit dürrem Geäst, das er aus den kahlen Bäumen riss. Zwischendurch mussten sie anhalten. Hajo stieg aus, um eines der dünnen Ästchen aus dem Scheibenwischer zu befreien.

Der Hof von Jan Becker sah verwaist aus. Tomke parkte in der Mitte des großes Innenhofes. Die Stalltüren waren geschlossen, lediglich der obere Teil stand offen, was Tomke vermuten ließ, dass niemand anwesend war. Trotzdem stiegen sie aus und Hajo ging auf das Wohnhaus zu, um zu klingeln. Keiner öffnete. Er drehte sich zu Tomke um und zuckte mit den Schultern.

„Du da, ich hier!", rief sie ihm zu, deutete auf die beiden großen Stalltüren und lief auf den Backsteinbau zu.

Als sie durch den geöffneten, oberen Teil der hölzernen Tür schaute, kam ihr ein beißender Geruch entgegen. Schweinestall! Puh, wie das stank! Automatisch zog sie den Kopf zurück.

„Hallo!", rief sie aus etwas Entfernung. „Jemand da?" Außer Grunzen und Quieken war nichts zu hören.

Auch Hajo hatte kein Glück. Er hatte es beim Kuhstall versucht, aber auch niemanden angetroffen. Sie liefen noch einmal über den Hof, blickten hinter die Stallungen und in das Gehege des Federviehs, aber es war niemand zu finden.

„Ausgeflogen!", meinte Hajo, „aber weit können die ja nicht sein. Lass es uns später versuchen. Ich würde gerne noch mal nach Carolinensiel ins Museum fahren und anschließend zur Familie des Toten. Als du dich in die Erbengemeinschaft vertieft hattest, habe ich mich mit den vorläufigen Berichten von KTU und der Spusi beschäftigt. Da ist mir einiges unklar, was ich mir gerne ansehen möchte. Außerdem kann ich mir nicht vorstellen, dass die Ehefrau des Toten so gar keine Ahnung hat, was ihr Mann im ‚Groot Hus' vorhatte. Wenn er es war, der dort eingebrochen ist, dann hat er so etwas vielleicht nicht zum ersten Mal gemacht. Kiek wi mal, ob Frau Frerichs uns etwas sagen kann oder will. Außerdem sollten wir auch noch mal mit dem Jungen reden, diesem Benny. Er hat für meine Begriffe sehr sonderbar auf den Tod seines Vaters reagiert. Und Dirk, sein Freund, ebenfalls. Mit den beiden Jungs ist irgendwas, ich fühle es."

„Okay, wenn du meinst! Und was willst du im Museum überprüfen?"

„Die Spurensicherung hat dort in einer alten Kapitänskajüte eine leere Colaflasche gefunden. Es kann natürlich sein, dass sie von Besuchern stammt und ich ..."

„Du hast recht", unterbrach ihn Tomke, „lass uns nachschauen. Ich schnüffele auch lieber vor Ort den Berichten unserer Techniker nach und verlasse mich dann auf meine Nase."

Als Jan Becker die schmale Auffahrt zu seinem Hof hochfuhr, sah er sie.

„Scheiße, die Bullette! Und noch ein Typ! Was wollen die denn hier? Woher ...?", murmelte er. Er ging vom Gas und rollte langsam auf den Hof. Selbst von Weitem hatte er Tomke als die Kommissarin erkannt, die ihn damals zum Verschwinden der beiden Bauern vernommen hatte. Seine Gedanken sprangen von den beiden Alten in der Güllegrube zu der Nacht im Museum und dann wieder zu seinen Unternehmungen von heute Morgen. Wissen die was? Haben die Jungs gequatscht? Oder die besoffene Alte? Nein, die sicher nicht! Unmöglich! Das kann nicht sein, ging es ihm durch den Kopf.

Bestimmt schnüffeln sie nur rum!

Er zog sein Fahrzeug an den beiden Kommissaren vorbei, quer über den Hof und parkte vor dem Schweinestall. Als er ausstieg, kamen sie auf ihn zu. Er hätte sich gerne zurechtgelegt, was er sagen wollte. Aber zu was?

„Moin", rief Tomke ihm zu und zog ihren Ausweis hervor. „Sie kennen mich noch? Tomke Evers, Kripo Wittmund. Wir haben vor nicht allzu langer Zeit hier bei Ihnen nach den beiden verschwundenen Landwirten gesucht."

„Ach ja, stimmt! Haben Sie inzwischen etwas von ihnen gehört?", wagte er einen Schuss nach vorne.

Tomke ging auf die Frage nicht ein. „Herr Becker, wir haben ein paar Fragen zu einer Bibel, die Sie, gemeinsam mit einer Erbengemeinschaft, an das Sielhafenmuseum in Carolinensiel gespendet haben."

„Ja, und?" Becker gab sich spröde. Erst einmal abwarten, was die von mir wollen, dachte er.

„Und wer ist das?“ Er deutete auf Hajo, der bisher geschwiegen hatte.

„Moin, Mertens, ebenfalls Kripo Wittmund“, erklärte der und zog seinen Ausweis hervor.

„Moin“, brummte Becker und „Was wollen Sie denn? Das mit der Bibel hat sich doch erledigt. Die ist im Museum und fertig!“

„Das wissen wir. Wir wissen aber auch, dass Sie mit der Schenkung nicht einverstanden waren und mit einem anderen Erbberechtigten dagegen geklagt und verloren haben.“

„Hab ich! Na und? Was geht Sie das an?“

Tomke ging auf seine Frage nicht ein, wagte einen Vorstoß und fragte ihn unverblümt: „Wo waren Sie vor zwei Tagen, zwischen zwanzig und vierundzwanzig Uhr?“

„Hä? Warum wollen Sie das wissen? Das geht Sie gar nix an!“

„Doch, tut es. In dieser Zeit ist die Bibel aus dem Museum gestohlen worden.“ Über den Mord zu berichten, wollte sich Tomke für später aufbewahren. „Nun?“

„Wo werde ich wohl gewesen sein, hier auf dem Hof. Es gibt viel zu tun. Rund um die Uhr. Ich habe es nicht so gut wie ...“

„Nein, bitte nicht! Lassen Sie diese Leier. Die hat schon so ...“, Tomke machte einen großen Bogen mit der Hand, „... einen Bart. Also hier auf dem Hof waren Sie? Kann das jemand bezeugen? Wo ist denn Ihre Frau?“

„Die ist weg. Kommt so schnell auch nicht wieder.“

„Das heißt?“ Tomke wurde hellhörig.

„Na, dass sie weg ist, abgehauen. War ihr alles zu viel, mit der Arbeit hier auf dem Hof und so.“

„Wo ist sie denn hin? Haben Sie eine Adresse, Telefonnummer, Handynummer?“

„Nein, hab ich nicht, ist mir auch egal. Soll bleiben, wo der Pfeffer wächst, das blöde Luder!“

„Das ist schlecht", versuchte Hajo ihn unter Druck zu setzen, „ganz schlecht. Dann haben Sie also niemanden, der Ihr Alibi bestätigen kann? Oder war sonst jemand hier bei Ihnen?"

„Brauch kein Alibi, hab nix gemacht!" Becker schaute trotzig von einem zum anderen.

„Besser wäre es aber, Herr Becker. Wir haben einen begründeten Anfangsverdacht und da wäre es schon besser, wenn Sie ein Alibi vorweisen könnten."

„Schietegal! Und überhaupt, Anfangsverdacht, zu was denn?", brummte er und wandte sich zum Gehen. Mit leicht gebeugtem Rücken, um die Spannung aus seiner Bauchgegend zu nehmen, steuerte er auf das Wohnhaus zu. Hoffentlich verschwinden die bald, überlegte Becker, denn er musste unbedingt etwas gegen die Schmerzen nehmen. Die Wunde in seinem Bauch gab keine Ruhe und er verfluchte den Schlachter. Was hatte der nur gemacht? Nun, vielleicht hat er seine gerechte Strafe ja schon weg, grinste er in sich hinein. Die Verletzung schmerzte mehr als vor seiner Behandlung. Zwei Tabletten hatte er heute schon genommen, aber die Schmerzen waren wieder da. Beim Verbandswechsel am Morgen konnte er sehen, dass das Gebiet um die Wunde rot und entzündet war. Verdammt, am Ende müsste er doch noch zu einem Arzt.

Tomke und Hajo liefen hinter Becker her und Tomke hielt sich dicht hinter ihm.

„Ihre Frau ist wirklich nicht da?", wiederholte sie, ohne auf seine Frage einzugehen.

„Nein, sag ich doch! Sonst hätte ich ja ein Alibi!"

„Machen Sie sich denn keine Sorgen, dass ihr vielleicht etwas passiert sein könnte?"

„Ich sag, die ist abgehauen, das Luder."

Die können mir nix, überlegte Becker weiter. Warum sonst erkundigen die sich nach Regina? Vom Museum, den beiden Alten und dem Rest wissen die nix! Zum Glück. Er fühlte sich sehr selbstsicher und gestattete auf Tomkes Nachfrage auch, dass sie und Hajo sich im Haus umsehen durften.

„Machen Sie nur, aber es ist nicht aufgeräumt. Ist Frauenarbeit! Wenn Sie wollen, Sie können gerne ...", grinste er und zeigte auf den Staubsauger, der in der rechten Ecke des Flures stand.

Tomke zog die Augenbrauen hoch, sagte aber nichts.

Hajo schaute in die unteren Räume und Tomke ging die Treppe nach oben. Dort waren das Schlafzimmer, ein kleines Bad, in dem sich Kleidungsstücke stapelten und zwei kleine Kammern. Das Bett im Schlafzimmer war nur auf einer Seite benutzt, die beiden Kammern fast unbewohnbar. Dort wurde wohl alles abgestellt, was man nicht brauchte. Matratzen, mehrfach gestapelte Stühle, darüber ein Federbett. Halb volle Farbeimer, Holzlasur und ein großes Glas mit alten, eingeweichten Pinseln. Auf einem Regal an der Wand standen diverse Schädlingsbekämpfungsmittel und, Tomke traute ihren Augen nicht, zwei kleine, uralte Dosen mit Rattengift! Mindestens 25 Jahre alt, stellte sie bei näherem Hinsehen fest. Das ist doch inzwischen verboten, wusste sie. Ansonsten waren die Räume leer, niemand da.

Als sich Tomke wieder auf den Weg nach unten machte, hörte sie Hajo rufen: „Kommst du bitte mal? Ich glaube, da haben wir etwas."

Als sie die Treppe herunterkam, winkte er sie in das untere Badezimmer, das einen sehr viel besseren Eindruck machte als das im ersten Stock.

Becker saß in der Küche gegenüber, brühte sich einen Tee und rauchte. Er warf ihnen einen Blick zu und zuckte mit den Schultern.

Was sollten sie schon gefunden haben? Das Gewehr hatte Regina mitgenommen, ihr Brief war entsorgt, die

Schmerztabletten trug er in der Tasche! Seine Bauchverletzung hatte er bisher gut verstecken können. Was sollte also schon sein? Er versuchte ruhig zu bleiben.

Im Badezimmer hielt Hajo den Deckel einer Wäschetonne hoch und deutete hinein. Mit spitzen Fingern hatte er einige Kleidungsstücke zur Seite gezogen und ein weißes Shirt sowie ein paar Handtücher, teilweise blutdurchtränkt, entdeckt.

Tomke zog ein Paar Gummihandschuhe aus ihrer Jackentasche und nahm die verschmutzten Teile hoch. Sie schauten sich an und Hajo nickte.

„Frisch!", meinte er, „und nicht wenig. Da hat jemand ziemlich stark geblutet."

Tomke ging mit dem Bündel in der Hand in die Küche und hielt es Becker hin.

„Was ist denn das?", fragte sie mit durchdringendem Blick.

Becker schoss es heiß in die Ohren. Er musste sich eine gute Ausrede einfallen lassen. Er verfluchte sich selbst!

Scheiße, die Klamotten und die beiden Handtücher habe ich nicht entsorgt. Aber wer denkt denn auch, dass die Bullen hier auftauchen? Scheiße, Scheiße, Scheiße, warum habe ich die nur ins Haus gelassen?

Was sage ich, von wem das Blut ist? Wenn ich ihnen den Cut zeige, stellen sie blöde Fragen …

Und mit gespielter Ruhe entgegnete er: „Das hat wahrscheinlich Regina hinterlassen. Hatte vielleicht ihre Tage, was weiß ich denn?"

Etwas Besseres fiel ihm nicht ein.

Er griff nach seiner Tasse, ließ sie dann aber doch stehen, denn sie sollten nicht sehen, dass er zitterte.

„Herr Becker, wo ist Ihre Frau?", fragte Hajo scharf.

„Es ist schon ziemlich komisch, dass bei Ihnen in Haus und Hof immer wieder Menschen verschwinden", setzte

Tomke nach. „Wo ist Ihre Frau? Was haben Sie mit ihr gemacht? Wenn sie abgehauen ist, wie Sie sagen, woher kommt dann das frische Blut? Haben Sie ihr etwas angetan?"

„Nein, ich meine, weiß ich nicht. Vielleicht! Wie gesagt, vielleicht hatte sie ihre ...", er stotterte und wusste nicht, was er sagen sollte.

Wenn er seine Wunde zeigen würde, wäre er die Fragerei nach Regina los, aber dann würden sie andere Fragen stellen, ebenso unangenehme Fragen, wusste er.

„Oder ist das Ihr Blut? Darf ich mal nachschauen, ob Sie eine Verletzung haben? Am Körper oder am Kopf?" Tomke machte eine Bewegung, um nach seiner Mütze zu greifen.

„Unterstehen Sie sich", brüllte Becker. „Dazu brauchen Sie einen, einen ..., egal, wie das Ding heißt, jedenfalls brauchen Sie einen Wisch, der Ihnen das erlaubt."

Tomke wagte den nächsten Vorstoß: „Herr Becker, es besteht der dringende Tatverdacht, dass Sie etwas mit dem Diebstahl der Bibel aus dem Museum zu tun haben. Anhand dieses Blutes können wir das feststellen. Außerdem besteht der Verdacht, dass Sie Ihrer Frau etwas angetan haben. Wenn Sie mir nicht augenblicklich sagen, wo sich Ihre Frau befindet, hole ich die Spurensicherung und lasse Ihr Haus und das ganze Anwesen auf den Kopf stellen. Dann suchen wir nach der Bibel und nach Ihrer Frau. Wer weiß, was wir sonst noch finden."

„Ich weiß es nicht!", brüllte Becker wieder los. „Ich weiß nicht, wo Regina ist, verdammt! Suchen Sie sie doch!"

Sollten sie das Haus doch durchsuchen, *hier* würden sie jedenfalls nichts finden.

Nein, er konnte auf keinen Fall zugeben, dass das Blut von ihm selbst stammte, so viel war klar.

Das Gewehr! Ob Regina das Gewehr mitgenommen hatte? Hoffentlich! Sie würde doch wohl nicht so blöd sein und es hier bei ihm im Haus versteckt haben. Und wenn. Solange die beiden Alten in der Gülle vor sich hin moderten, war alles gut.

Alles gut! Bleib ganz ruhig, versuchte er sich einzureden. Die Bullerei findet nix.

Tomke hatte schon ihr Handy gezückt, um die Kollegen von der Spurensicherung anzurufen, als Becker mit seiner unnachahmlich schmierigen Art losmaulte: „Dann untersuchen Sie doch alles, stellen Sie von mir aus alles auf den Kopf. Sie werden nichts finden, weil es nichts gibt!" Er grinste und fletschte dabei sein riesiges Pferdegebiss.

Jetzt fiel es Tomke wieder ein. Carsten hatte ihn damals, bei ihrem letzten Besuch, mit einem Komiker aus Hessen verglichen. Der muss wohl Ähnlichkeit mit ihm haben. Aber viel sympathischer als der Typ hier, stellte Carsten damals fest. Wirklich nur das Aussehen!

Becker saß mit stoischer Ruhe in der Küche und trank Tee. Zwischendurch war er aufgestanden und hatte auf unterwürfige Art gefragt, ob er wohl mal die Toilette aufsuchen dürfe und stieg die Treppe in das Obergeschoss hoch. Tomke beugte sich zu Hajo und fragte ihn leise, warum Becker wohl nach oben in das chaotische Bad ging und nicht hier unten blieb. Hajo grinste und meinte, dass es sicher besser sei, vielleicht machte er ja Geräusche. Tomke schubste ihn an und musste lachen.

Als Jan Becker zurückkam, wischte er sich die Hände an seiner Hose ab und setzte sich wieder zu seinem Teepott. Er lehnte sich in seinem Stuhl zurück und wirkte zufrieden.

Zwar hatte er draußen beim Vieh genug zu tun, andererseits wollte er die beiden Kriminalbeamten nicht alleine lassen. Aber er musste raus, ganz kurz wenigstens, um diese Dinger loszuwerden. Zum Glück hatte er sie von oben holen können. Das Zeug mussten sie nicht unbedingt bei ihm im Haus finden, schließlich war es schon lange verboten.

Tomke und Hajo waren ungeduldig.

Eigentlich wollten sie noch nach Carolinensiel in das Sielhafenmuseum und anschließend zur Familie des Toten fahren, aber daran war nun nicht zu denken. Jetzt müssen wir erst auf die Spurensicherung warten, hatte Tomke beschlossen. Bevor der uns noch irgendetwas zur Seite schafft!

Aber es kam alles ganz anders!

Als die Kollegen der Spurensicherung sowie zwei Fahrzeuge mit uniformierten Kollegen auf den Hof fuhren, klingelte Tomkes Handy.

„Tomke hier, was gibt's?", meldete sie sich wie immer und lauschte in das Telefon.

„Und was haben wir damit zu tun?", hörte Hajo sie fragen. Er hob verwundert den Kopf, denn Tomke sagte: „Bis das Opfer nicht vollständig tot ist, ist das nicht unser Zuständigkeitsgebiet. Ruf bei den Kollegen vom K10 an, das ist deren Sache." Tomke deutete auf ihr Handy, verdrehte die Augen und zuckte mit den Schultern.

„Also gut, dann fahren wir später dort vorbei. Aber wann genau, kann ich jetzt noch nicht sagen, das kann dauern, sag ihm das." Tomke stöhnte und drückte das Gespräch weg.

„Jetzt sollen wir uns auch noch um eine Vergiftung kümmern. Eine Frau liegt im Sterben und die Ärzte vermuten einen Mordanschlag durch Gift. Zuerst übergeben wir jetzt an die Kollegen von der KTU und arbeiten unsere Liste ab. Museum, Familie des Toten und auf dem Rückweg machen wir einen Abstecher über das Krankenhaus."

„Was sollen wir denn dort? Solange die nicht ...!"

„Meine Rede, mein Lieber, meine Rede! Aber wer hört schon auf mich?"

Hajo ging den Kollegen von der Kriminaltechnik entgegen und unterrichtete sie darüber, was hier anlag. Über die gestohlene Bibel, die man hier vermutete und über die abgängige Ehefrau.

„Jedes einzelne Zimmer, die Kellerräume, alles!", hörte Tomke ihn sagen.

„Genau und auch den Rest des Hofes. Vielleicht hat er seine Frau ja den Schweinen zum Fraß vorgeworfen. Dem traue ich alles zu. Ach, übrigens! Wir vermissen seit über einem Jahr zwei ältere Herren. Dem einen gehört dieser Hof hier. Er hat ihn an unseren Verdächtigen verpachtet. Er und sein Bruder sind verschwunden. Wenn ihr euch hier schon umschaut, vielleicht fällt euch ja etwas auf und wir schlagen zwei Fliegen mit einer Klappe. Drei, wenn ihr auch die Bibel findet. So viel dazu, wir müssen weg, wenn etwas ist ... anrufen!" Tomke wedelte mit ihrem Handy. Vilsum, der Leiter der KTU, hatte kein Wort gesprochen und schüttelte nur den Kopf, als Tomke geendet hatte.

Als sie schon im Gehen waren, fragte er kurz: „Wo ist der Hausherr?"

„Im Stall beim Vieh. Lasst ihn nicht aus den Augen, der hat was zu verbergen, das sage ich dir."

„Macht euch vom Acker und lasst uns unsere Arbeit tun", grunzte Vilsum. Hajo hatte es genau verstanden.

Der Weg von Leerhafe raus nach Carolinensiel war, wie schon zuvor der Hinweg, sehr unangenehm zu fahren, da sich zu Dauerregen und Sturm nun auch noch die Dunkelheit einstellte. Es war den ganzen Tag noch nicht richtig hell gewesen und nun wurde es von Minute zu Minute dunkler. Der Regen, die einsetzende Dunkelheit und die unbeleuchteten Landstraßen forderten Tomkes ganze Aufmerksamkeit. Gegen halb fünf trafen sie am Museumshafen von Carolinensiel ein und wurden mit einem wunderbaren Anblick entlohnt.

Mitten im Hafen, in der Harle, schwamm auf einem Floß der überdimensionale Weihnachtsbaum mit seinen Lichtern. Im Wasser lagen etliche Plattbodenschiffe, die alle weihnachtlich beleuchtet waren. Rechts und links, am Ufer der Harle, standen kleine, hölzerne Weihnachtshütten, um die sich, dick eingepackte Menschen gruppierten. Es roch nach Glühwein und Bratwurst. Die Häuser rechts und links des Hafens waren ebenfalls mit Lichterketten geschmückt und ließen weihnachtliche Stimmung aufkommen.

Tomke zog Hajo am Ärmel seiner Jacke und meinte leise: „Schau mal! Ganz Ostfriesland, nein, die ganze Küste, duckt sich unter dem winterlichen Grau, kaum einer möchte seine warme Stube verlassen. Nur Carolinensiel strahlt und lockt die Menschen bei jedem Wetter nach draußen."

Sie stiegen das Kopfsteinpflaster entlang der alten Häuser hoch zum „Groot Hus", wo die Leiche gefunden worden war. Das Haus war ebenfalls hell erleuchtet und sie konnten erkennen, dass im Museumsladen einiges zu tun war. Zwei Kunden standen vor den Regalen mit den Büchern, Jürgen Wolff saß an der Kasse. Sein Kollege, ebenfalls ein ehrenamtlicher Mitarbeiter des Museums, bediente gerade eine Kundin.

„Moin“, rief Tomke ihnen zu, „wir müssen noch mal nach oben.“

„Denn man to“, kam es hinter dem Verkaufstresen hervor. Mehr nicht! Wolff hatte zu tun.

Tomke und Hajo gingen durch den Laden und einen Nebenraum, vorbei an einem riesigen Modell eines Plattbodenschiffes, in die hinteren Räume und dann in das Treppenhaus.

„Mensch, das hat ja fast etwas von einem Labyrinth“, brummte Tomke auf dem Weg nach oben, „aber super, was man daraus gemacht hat, oder?“

„Ja“, antwortete Hajo, „das habe ich vor ein paar Tagen schon festgestellt. Richtig gut ...!“

„... und größtenteils bestritten von ehrenamtlichen Mitarbeitern! Da bringen sich viele Menschen sehr stark ein. Oma hat bis vor ein paar Jahren auch immer noch kräftig mitgearbeitet.“

Auf der Etage, von der die Bibel gestohlen wurde, wollten sich Tomke und Hajo nochmals umsehen. Allerdings liefen hier auch Besucher, die zu einer geführten Gruppe gehörten, herum und bestaunten die ausgestellten Objekte. Tomke hätte es lieber gesehen, das Museum wäre noch für weitere Tage geschlossen geblieben. Aber der Museumsleiter wollte unbedingt heute wieder öffnen. Zwei Busreisegruppen waren angemeldet und hatten schon bezahlt. Die könne man nicht wegschicken, behauptete er. Die Eintrittsgelder der Besucher und Führungen von Gruppen waren eine ganz wichtige Einnahmequelle für das Museum, das ohnehin von Zuschüssen durch Stadt und Land leben musste. Jeder Euro zählte hier. Auch die ehrenamtlichen Mitarbeiter hatten einen besonderen Stellenwert. Ohne sie, so wusste man in Verwaltung, Vorstand und Politik, wären die drei Museumshäuser gar nicht zu halten. Sie arbeiteten an den Kassen der einzelnen Häuser, im Museumsladen, der auch eine gute Einnahmequelle bot oder waren an anderen Stellen rund um das Museum im Einsatz.

„So, nun erzähl mal, wo hat man die Colaflasche gefunden, die du erwähnt hast?"

Hajo deutete in die Mitte des Raumes. „Dort hinten", erklärte er, „in der Kapitänskajüte. Komm mit, ich zeige es dir."

Er zog eine Klarsichthülle aus seiner Jackentasche, in der sich ein paar Seiten der Berichte von Spurensicherung und KTU befanden. Er hatte die Stellen markiert, die ihm wichtig erschienen, um nochmals überprüft zu werden.

In der nachgebauten Kapitänskajüte war es dunkel, nur eine kleine Funzel über dem Tisch spendete ein wenig Licht. Zu wenig, um sich hier umzuschauen, stellte Tomke fest. Sie zog ihr Handy aus der Tasche und schaltete die integrierte Lampe ein, die für diesen Raum vollkommen ausreichte.

Er war klein und eng, eingerichtet lediglich mit einem Tisch, über dem die dunkle Lampe hing, einer Holzbank und einem in die Wand eingebauten Schrank. Bei der Holzbank konnte man die Sitzfläche hochklappen und hatte so weiteren Stauraum.

„Stopp, genau hier muss sie gelegen haben. Leuchte mal unter den Tisch. Dort in der hinteren Ecke lag, laut dem Bericht der Spusi, die Flasche."

Hajo nahm Tomke die Handylampe ab, kniete sich neben die Bank und leuchtete unter den Tisch.

„Es konnte bisher nicht geklärt werden, ob die Flasche von Museumsbesuchern oder von dem oder den Einbrechern stammt“, erklärte er Tomke, während er noch weiter unter den Tisch kroch.

Es war ein schwieriges Unterfangen bei seiner Körpergröße. Früher waren die Menschen um einiges kleiner gewesen.

„Haben sie denn keine Fingerabdrücke gefunden?“, wollte Tomke wissen.

„Doch“, kam es unter dem Tisch hervor, „aber keine verwertbaren oder bekannten, leider! Ich habe hier allerdings noch etwas gefunden, das nicht im Bericht steht. Schau mal.“ Er hielt etwas in die Höhe, das Tomke in der Dunkelheit nicht erkennen konnte.

„Was ist das?“, fragte sie.

„Keine Ahnung, aber es gibt noch mehr davon! Warte!“

Er leuchtete nochmals unter den Tisch und sammelte etwas auf, das er in seinen Handteller legte.

„Ich wüsste jetzt schon gerne“, sagte Hajo, während er wieder unter dem Tisch hervorkroch, „ob die schon während der Durchsuchung unserer Kollegen hier lagen oder heute von den Besuchern dort hinterlassen wurden. Ich denke, das sind Kekskrümel. Schau!“ Er hielt Tomke seine offene Hand hin, in der sich Keksreste und Krümel in verschiedenen Größen befanden.

Tomke nahm das größte Stück selbst in die Hand, es war etwa drei mal zwei Zentimeter groß und roch daran.

„Komm, lass uns erst mal hier aus diesem engen Raum rausgehen. Da bekommt man ja Beklemmungen!“

Vor der Tür roch sie nochmals an dem Krümel.

„Das hat sicher keiner dieser Besucher hier“, Tomke deutete in den Raum, „verloren. Ich weiß, was das ist! Du nicht? Riech doch mal.“

Sie hielt es ihm unter die Nase.

Hajo schüttelte den Kopf.

„Keine Ahnung.“

„Knippkuchen, ganz klar! Die habe ich als Kind in der Vorweihnachtszeit immer mit Oma gebacken. Kennst du die nicht?"

„Klar kenne ich Knippkuchen, aber an diesem kleinen Stück kann ich das nicht erkennen. Du hast wirklich eine gute Nase." Er schnupperte erneut daran. „Deshalb wissen wir aber noch immer nicht, wer sie hier hinterlassen hat", stellte er fest und reichte Tomke das kleine Keksstück zurück.

Sie nahm es zwischen zwei Finger und betrachtete es. „Doch, ich denke schon! Das riecht wie ... frisch gebacken! Selbst gebacken, meine ich. Mit Kardamom, wie bei Oma. Nicht wie gekauft. Deshalb vermute ich, dass sie kein Besucher hinterlassen hat. Gäste oder Touristen kaufen Gebäck im Supermarkt, abgepackt, fabrikgefertigt. Die haben in der Regel keine selbst gebackenen Knippkuchen dabei. Eher jemand, der aus der Gegend stammt und sie hierher mitgebracht hat. Eintüten!", entschied sie. „Wollen wir doch mal sehen, ob unsere Spusi geschlampt hat."

Hajo nickte und schlug vor: „Ich erkundige mich bei der Museumsleitung, ob heute jemand in dieser alten Kajüte war. Soviel ich weiß, gab es heute nur diese beiden Busreisegruppen. Die hatten eine Führung durch das Haus und ob die alle in dieser kleinen, dunklen Kapitänskajüte waren, bezweifle ich. Wenn ja, müsste man versuchen in Erfahrung zu bringen, ob jemand Knippkuchen dabeihatte. Das dürfte so schwer doch nicht sein!"

„Mook dat!", antwortete Tomke und schloss die Kajütentür. „Versuche es doch gleich mal unten im Museumsladen. Vielleicht kann dir der Seewolf auch etwas dazu sagen."

Sie stiegen durch das schmale Treppenhaus nach unten. Hajo bog nach links ab in den Laden, Tomke nahm ihr Handy und versuchte Carsten zu erreichen. Sie hatte kaum Empfang und musste aus dem Haus. Als sie die schwere Eingangstür öffnete, pfiff ihr der scharfe Nordwestwind ins Gesicht. Sofort schossen ihr die Tränen in die Augen. Schutzsuchend drückte sie sich mit dem Handy am Ohr in die Nische des Eingangsbereiches, die ein wenig den Wind abhielt.

Carsten war schon zu Hause bei seinen beiden Mädels und berichtete Tomke kurz, was er über den Toten erfahren hatte. Viel war es nicht, so erzählte er. Hinnerk Frerichs war ein allseits unbeliebter Kollege. Cholerisch, gewalttätig, unkollegial und einigen seiner Kollegen schuldete er sogar noch Geld. „Das können wir jetzt wohl abschreiben!", brüllte während seiner Befragung einer von ihnen durch den Raum. Und: „Scheiße, sag ich da nur. Aber andererseits ist es ja auch für etwas gut, er kommt nicht wieder! Dafür lass ich die fünfzig Eier gerne sausen." Die Frauen in der Verwaltung der Firma erzählten Carsten, dass er für jede Kollegin, ob alt oder jung, immer einen zweideutigen Anmachspruch auf den Lippen hatte. „Ekelig", meinten sie und schüttelten sich.

Auch der Chef konnte nichts Gutes über Frerichs berichten, er musste ihn vom Bock nehmen, klagte er, denn Frerichs habe immer öfter nach Alkohol gerochen.

„Viel habe ich also nicht erfahren, jedenfalls nichts, was uns in dem Fall weiterbringt. Ach doch, Tomke, eines noch. Die Mitarbeiter der Firma erzählten mir, dass Frerichs sich mit einem der Kollegen doch recht gut verstanden habe, der hat allerdings vor über einem Jahr gekündigt. Du kennst ihn übrigens. Zuerst hat mir der landläufige Name nichts gesagt. Als ich allerdings den Grund seiner Kündigung erfahren habe, wusste ich, wer es war. Er hat umgesattelt und wurde Bauer. Jan Becker, das ist der ..."

„Kenn ich, weiß ich, da waren wir heute!"

„Wie? Wieso?"

„Er gehörte zur Erbengemeinschaft der gestohlenen Bibel und hat gegen die Schenkung geklagt. Deshalb waren Hajo und ich heute bei ihm. Die Spurensicherung durchsucht gerade seinen Hof."

„Und warum durchsuchen die Kollegen den Hof? Hast du einen Anlass?", wollte Carsten wissen.

„In Sachen der gestohlenen Bibel im Grunde nicht. Aber seine Frau ist verschwunden und er konnte uns nicht sagen wohin! Im Haus haben wir Blutspuren gefunden. Von wem, wissen wir noch nicht. Da auch im Museum jemand geblutet hat, wollte ich nachsehen, das hat er nicht zugelassen. So kam eines zum anderen. Außerdem hat sich das jetzt ganz gut ergeben. Schließlich sind auch die beiden Bauern vom letzten Jahr noch nicht wieder aufgetaucht und alle Wege führen zu ihm. Ich finde, das sind ziemlich viele Zufälle. Meinst du nicht auch?"

„Ja, doch! Hast du gut gemacht. Vielleicht fängst du zwei Fliegen mit einer Klappe."

„Oder drei!", konterte Tomke.

„Oder drei!", bestätigte Carsten. „Im Übrigen bin und bleibe ich für heute zu Hause. Wir haben etwas mit Marie zu klären. Außerdem waren die Kollegen vom LKA bei uns und haben sie befragt. Sehr rücksichtsvoll, muss ich sagen. Hätte ich so nicht erwartet."

„Was ist mit Marie?", wollte Tomke wissen. „Alles okay?"

„Ja, ziemlich. Es geht ihr gut. Sie fängt jetzt an zu reden. Ich erzähle es dir morgen. Tschüss und grüß Hajo."

„Mook ik, hol di munter un grööt ook moi!"[4]

[4] Mach ich, Kopf hoch und grüß auch schön.

Tomke drückte das Gespräch weg, wischte über das Display und steckte ihr Handy in die Tasche.

Hajo war inzwischen neben sie getreten und zog an ihrem Arm. „Komm, lass uns den Besuch bei den Frerichs schnell hinter uns bringen und dann ab nach Hause. Es ist ja saukalt."

„Gute Idee, aber vorher müssen wir nach Wittmund ins Krankenhaus. Du weißt doch, die Vergiftung!"

„Schiet, ja, stimmt. Dann mal los!"

Das Auto stand auf dem Parkplatz im Hafeneingang. Es war zwar nur ein kurzer Weg zu den Frerichs, aber Tomke und Hajo dachten gar nicht daran zu laufen. Sie stiegen ein und fanden es im Wagen fast genauso kalt wie draußen. „Wenigstens kein Wind!", meinte Hajo mit einem Anflug von Sarkasmus.

Tomke startete den Motor, drehte die Heizung auf die höchste Stufe und schaltete die Sitzheizung ein. Umwelt hin oder her, ihr war kalt. Bevor sie zu der Familie des Toten fuhren, musste sie Hajo noch darüber informieren, was Carsten in Erfahrung gebracht hatte, erfrieren wollte sie dabei nicht. Die Sitzheizung kam schnell in Gang und bald spürten sie eine wohlige Wärme unter dem Hinterteil.

„Mit anderen Worten, ein richtiger Scheißkerl", stellte Hajo fest, als sie geendet hatte. „Lass uns fahren, vielleicht bekommen wir bei der Familie doch mehr heraus, als sie mir bei meinem ersten Besuch gesagt haben."

Tomke war skeptisch. Was wollten sie von der Frau des Toten, seinem Stiefsohn und der Schwiegermutter erfahren, was nicht schon im Protokoll stand? Sie wusste es nicht. Es war diesmal Hajos Bauchgefühl, das sie hierher führte.

Die Ehefrau, der Junge, die Schwiegermutter! Viel Trauer war bei ihnen nicht zu verspüren. Hajo war es bei seinem ersten Besuch sofort aufgefallen ... Warum?

Im Haus brannte Licht, also war jemand da. Wenigstens das! Tomke und Hajo wollten aussteigen, doch der Wind drückte so stark auf die Türen, dass sie kaum zu öffnen waren. Im Auto war es inzwischen richtig kuschelig warm geworden, draußen jedoch ungemütlich.

„Ich will endlich nach Hause, Feierabend, eine heiße Dusche und auf der Couch kuscheln", schrie Hajo gegen den Wind.

„Ich auch! Scheißjob!", brüllte Tomke zurück.

Geduckt liefen sie auf das Haus zu und Hajo suchte die Klingel. Es war dunkel und das Haus von außen nur durch eine dünne Lichterkette beleuchtet. Viel gab sie nicht her. Endlich fand er den Klingelknopf und drückte darauf. Durch den Glaseinsatz in der Haustüre konnte man erkennen, dass sich etwas bewegte.

Frau Frerichs, die Witwe des Toten, öffnete die Haustüre eine Spalt. Als sie Hajo erkannte, zog sie die Tür weiter auf.

„Moin Frau Frerichs. Meine Chefin Tomke Evers und ich hätten noch ein paar Fragen, dürfen wir ...?", schrie er gegen den Wind.

„Kommen Sie bitte rein, das ist aber auch ein Sturm, heute!"

Sie schaute die beiden Kommissare und besonders Tomke, die sie ja noch nicht kannte, fragend an. „Was wollen Sie denn noch? Gehen wir in die Stube, da ist es warm. Mutter hat den Ofen eingeheizt."

Als sie den kleinen Raum betraten, fühlte sich Tomke direkt in ihre Kindheit zurückversetzt.

In der Ecke stand ein alter, gusseiserner Ofen, der die ganze Stube heizte. Das blaue Ostfriesensofa an der rechten Wand sah genau so aus wie das alte Sofa bei Oma und Tant' Fienchen. Davor stand ein hoher, schwerer Tisch mit zwei Stühlen, die Sitzflächen waren aus Korbgeflecht. Sofort kamen in Tomke schmerzhafte Erinnerungen hoch. Unbequem, wusste sie.

Über dem Tisch hing eine geschmiedete Lampe mit maritimen Motiven.

Alles, ebenso der alte, schwere Schrank an der linken Wand, hätte in jedes Museum gepasst. Auch die alte Frau, die neben dem Ofen in einem altertümlichen Ohrensessel saß. Es war die Mutter von Greta Frerichs. Ihre Füße lagen auf einem kleinen Fußschemel. Sie war wohl eingeschlafen, denn ihr Kopf lag seitlich gegen die Ohren des Sessels gelehnt.

Auf dem Tisch stand ein silbernes Stövchen, sicher genauso alt wie alles andere hier im Raum, auf dem eine Teekanne, Motiv Ostfriesenrose, dampfte. In einer Schale daneben lagen, wie sollte es bei Ostfriesen in dieser Jahreszeit auch anders sein, selbst gebackene Knippkuchen.

Hajo schaute sich ebenfalls staunend in der Stube aus früheren Zeiten um.

„Wow, hier ist ja die Zeit stehen geblieben!", raunte er leise, er wollte die alte Frau nicht wecken.

„Sie können ruhig normal sprechen. Oma schläft immer mal wieder ein, das ist das Alter. Wenn sie wach wird, behauptet sie, auf keinen Fall geschlafen zu haben. Und über Besuch freut sie sich sowieso", meinte Greta Frerichs mit einem Zwinkern zu ihrer Mutter hin. Sie bot den beiden Kommissaren Platz an.

„Ich habe nicht geschlafen!", tönte es auch prompt vom Ohrensessel her.

Tomke und Hajo begrüßten nun auch die alte Dame und setzten sich.

„Also!" Greta Frerichs blickte fragend hoch.

„Greta, biete den Herrschaften Tee an, du bist unhöflich!“, ertönte es aus dem Ohrensessel, „und für mich wird wohl auch noch eine Tasse übrig sein.“

Greta holte zwei Tassen aus dem Schrank, goss den dunklen, dampfenden Ostfriesentee ein. Sie füllte auch noch einmal die Tasse ihrer Mutter, reichte sie zum Ohrensessel hin und meinte: „Aber nun legen Sie los, was gibt es denn noch?“

„Wo ist Ihr Sohn, Frau Frerichs?“, antwortete Hajo mit einer Gegenfrage.

„In seinem Zimmer. Aber lassen Sie den Jungen bitte in Ruhe, er hat die letzten Tage genug mitgemacht. Außerdem kann er Ihnen wirklich nichts sagen. Er ist meinem Mann nach Möglichkeit aus dem Weg gegangen, Hinnerk war nicht sein leiblicher Vater, wissen Sie!“

„Also hatten die beiden kein gutes Verhältnis? Den Eindruck hatte ich am ersten Abend der Vernehmung auch schon.“

Tomke ließ Hajo die Fragen stellen und hörte nur zu. Schließlich hatte er auch die ersten Vernehmungen hier vor Ort geführt. Greta Frerichs berichtete den Beamten kurz, dass sie Benny mit in die Ehe gebracht hatte und ihr Mann ihn nicht wirklich akzeptierte oder als Sohn behandelte.

„Wir müssen Benny trotzdem noch mal sprechen. Er ist also da?“

„Ja, in seinem Zimmer. Aber er muss morgen zur Schule, lassen Sie ihn bitte in Ruhe.“

„Es geht ganz schnell“, schaltete sich dann Tomke doch ein. „Mein Kollege wird mit ihm sprechen. In dieser Zeit beantworten Sie beide mir ein paar Fragen und dann sind wir auch schon weg. Glauben Sie mir, wir möchten nun auch gerne Feierabend machen.“

Greta überlegte einen Moment und schaute zu ihrer Mutter hinüber.

„Kind, lot man, wat mut, dat mut! Es wird auch irgendwann ein Ende haben."

„Gut, aber ich bringe Sie. Er ist nicht alleine. Ein Freund übernachtet bei ihm. Rieke, ich meine Dirks Mutter, ist heute ins Krankenhaus gekommen, wir wollten ihn nicht alleine zu Hause lassen. Er wird so lange bei uns wohnen."

Sie stand auf und verließ die Stube. Hajo folgte ihr unaufgefordert.

Tomke wandte sich der alten Dame im Ohrensessel zu, die den Eindruck machte, als sei sie schon wieder eingeschlafen.

„Was ...?", sie brach ab.

„Fragen Sie nur, ich schlafe nicht. Manchmal bin ich einfach nur zu müde, um die Augen offen zu halten. Aber schlafen kann ich nur noch sehr wenig. Das Alter!", erklärte sie.

„Vielleicht können Sie mir wirklich ein paar Fragen beantworten, Frau ...?, ach, wir wissen Ihren Namen noch gar nicht. Frerichs heißt sicher nur Ihre Tochter, oder?"

„Nein, Frerichs heiße ich nicht. Eilts, Johanna Eilts, ist mein Name und ich hoffe, dass Greta auch nicht mehr lange Frerichs heißt. War ein Saukerl, mein Schwiegersohn, ein Saukerl!"

„Was ist denn mit der Mutter des Jungen? Dirk, meine ich. Warum ist sie im Krankenhaus?", wollte Tomke wissen.

„Ach!", winkte die alte Dame ab, „das mit Rieke ist so eine Geschichte. Wir kennen sie schon lange. Der Junge hat's nicht leicht mit seiner Mutter. Aber das gehört nicht hierher. Jetzt fragen Sie schon, was Sie fragen wollten, damit Sie endlich Feierabend haben."

Tomke nickte und rutschte gequält auf ihrem Stuhl herum. Ihr war wohl anzusehen, dass sie ihn als unbequem empfand.

„Ja, wir Alten haben nicht so empfindliche Hinterteile wir ihr. Wir konnten noch gut auf diesem Korbgeflecht sitzen. Aber die jungen Leute ...", kam es kichernd aus dem Ohrensessel und die Augen von Johanna Eilts funkelten dabei.

Viel konnte Johanna Eilts Tomke nicht erzählen, nur dass ihr verstorbener Schwiegersohn, wie sie immer wieder betonte, ein Saukerl gewesen sei. Faul, versoffen und arbeitsscheu. Nein, die Arbeit habe er nicht erfunden. Greta, ihre Tochter, habe immer dafür gesorgt, dass Geld ins Haus gekommen sei. Seinen Job bei der Müllabfuhr habe er immer wieder aufs Spiel gesetzt. Als Greta nach seinem Tod eine Schublade nach Unterlagen durchsuchte, so erzählte die alte Dame, hätte sie eine „Letzte Abmahnung" mit Androhung der Kündigung gefunden. Die Gründe seien Alkohol während der Arbeitszeit und Belästigung der weiblichen Mitarbeiter gewesen. Durch einen Kollegen ihres Mannes hätte Greta dann erfahren, dass er sich auf dem Bauhof der Firma wohl an einem Lehrmädchen vergriffen hätte. Beweisen könne man nichts, da das Mädel nicht darüber sprechen wolle. Aber alle Kollegen sprachen darüber. Er, nur er, könne es gewesen sein. Nein, was er nachts im Museum gewollt hatte, das könne sie beim besten Willen nicht erklären, meinte Johanna Eilts zum Schluss.

„Und ganz ehrlich, Frau Kommissarin, so wahr ich hier in meinem Ohrensessel sitze und beim Leben meines Enkelsohnes, meine Tochter kann Ihnen nichts anderes sagen. Wir reden uns die ganze Zeit schon die Köpfe heiß und kommen zu keinem Ergebnis. Was wollte der Kerl im Museum? Wir wissen es nicht!"

Sie hatte lange geredet und schloss erschöpft die Augen.

Tomke glaubte ihr und wusste auch, dass es nun genug war. Johanna Eilts erinnerte sie sehr an Oma und Tant'

Fienchen ... und als könnte die alte Dame Tomkes Gedanken lesen, kam leise aus dem Ohrensessel: „Grüßen Sie Jettchen von mir, wir sind gemeinsam zur Schule gegangen. Komisch, wir haben uns später immer nur auf dem Friedhof oder bei Beerdigungen getroffen. Sie ist eine Liebe, ich mochte sie immer gerne. Als damals Ihre Eltern ums Leben kamen, Frau Kommissarin, hat es sie ganz schön mitgenommen. Schon früh den Mann verloren, dann Kind und Schwiegerkind, das war nicht einfach. Hat sich aber nichts anmerken lassen, die Jette, musste sich ja um das kleine Mädchen kümmern", sprach sie leise und deutete auf Tomke. „Aber sie hat es gerne getan, zusammen mit ihrer Schwester. Tomke hält mich am Leben, Hanna, hat sie einmal auf dem Friedhof zu mir gesagt."

Tomke schossen die Tränen in die Augen.

Wo blieb nur Hajo? Sie wollte gehen und hier nicht losheulen. Wie automatisiert stand sie auf, ging zum Sessel, drückte die Hände von Johanna Eilts.

„Danke", sagte sie, „ich muss jetzt los. Mein Kollege kommt auch gerade, ich höre ihn vor der Stubentür."

Lange hatte sie nicht mehr an ihre Eltern gedacht, die vor vielen Jahren bei einem Autounfall ums Leben gekommen waren. Die Erinnerungen waren sehr blass. Sie war damals gerade acht Jahre alt gewesen, ungefähr so alt wie Marie jetzt, überlegte sie.

In der Diele traf sie Hajo und Greta Frerichs. Hajo gab ihr mit den Augen ein Zeichen in Richtung Haustüre und schüttelte leicht den Kopf.

Als sie sich verabschiedet hatten, meinte er: „Nichts. Und bei dir?"

„Auch nichts, würde ich sagen. Die Alte weiß nichts und ich glaube es ihr. Was war bei den Jungs?"

„Sie mauern, machen zu. Benny muss seinen Stiefvater gehasst haben. Er wurde wohl ziemlich von ihm schikaniert. So wie es aussieht, ist er froh, dass er weg ist. Das zeigt er ganz deutlich. Die Mutter hält sich etwas zurück, aber da ist es wohl ähnlich. So etwas wie Erleichterung habe ich bei beiden gespürt."

„Ich bei der Schwiegermutter auch. ‚Saukerl' hat sie ihn genannt und was er im Museum wollte, konnte sie sich nicht vorstellen", erzählte Tomke.

„Dito, Frau und Sohn ebenfalls. Dieser Dirk hat auf mich einen sehr, wie soll ich sagen, verschreckten Eindruck gemacht. Ich kann mir zwar nicht vorstellen, wie und was, aber ich habe den Eindruck, der weiß mehr. Das ging mir schon an dem Abend so, als ich ihn kennenlernte. Andererseits ist er wohl auch etwas verstört, weil seine Mutter im Krankenhaus ist. Kann man ja auch verstehen." Hajo zuckte mit den Schultern.

„Nun gut, vielleicht ergibt sich da noch etwas, lassen wir es mal sacken und fahren ins Krankenhaus. Warum das heute Abend noch sein muss, verstehe ich nicht. Was soll's, es liegt auf dem Weg."

Doktor Lauer, der Stationsarzt, der auf dem Revier gemeldet hatte, dass es sich bei der eingelieferten Patientin um eine Vergiftung handelte, war verärgert und begrüßte Tomke und Hajo entsprechend. „Man sagte mir, dass Sie gleich kommen würden, nun warte ich schon geschlagene zwei Stunden auf Sie." Er klopfte auf seine Uhr und meinte: „Ich habe seit einer Stunde Dienstende. Kommen Sie mit."

„Was bringt Sie denn zu der Annahme, dass die Patientin vergiftet wurde?", unterbrach Tomke ihn. „Im Übrigen sind wir, solange sie noch lebt, gar nicht zuständig. Wir kommen erst, wenn die Leute tot sind. Also?"

Er führte sie in das Stationszimmer und knallte eine Patientenakte auf den Tisch.

„Übelkeit, Herzrasen, Rauschzustand wie bei Alkohol- oder Drogengenuss, Gleichgewichtsstörungen, epileptische Anfälle. Krämpfe in Bewusstlosigkeit, Atemnot, Röcheln, Schaum vorm Mund. Wollen Sie noch mehr hören? Die Untersuchungsergebnisse von Blut und Mageninhalt sind noch nicht da, aber für mich ist das ganz offensichtlich. Das war ein Mordversuch!"

„Könnte es nicht auch ein Selbstmordversuch gewesen sein, Herr Doktor Lauer? Mit Gift ist das doch nicht ungewöhnlich", wollte Hajo wissen.

„Natürlich, klar! Aber dann hat sie sich ihren letzten Weg sehr schwer gemacht. Denn es ist ein mehr als qualvoller Tod. Wer macht das schon? Die Überlebenschancen liegen bei null, die Qual ist sehr lang, also sind Sie spätestens morgen oder übermorgen zuständig! Wir haben alles getan, dass die Patientin nicht zu sehr leidet und sie ins künstliche Koma versetzt, aus dem sie sehr wahrscheinlich nicht mehr aufwachen wird. Nun warten wir ab, mehr können wir im Moment nicht tun."

„Können wir die Patientin sehen?", wollte Tomke wissen. Jetzt waren sie schon mal da, überlegte sie.

„Wie heißt sie überhaupt? Hat sie Familie? Ist jemand bei ihr?"

„Gärtner, Frau Gärtner liegt auf der Intensivstation. Nein, es ist niemand bei ihr. Ob sie Familie hat, weiß ich nicht, es war jedenfalls niemand da. Ach doch, der einliefernde Notarzt hat etwas von einem Sohn gesagt. Aber wo das Kind ist, kann ich Ihnen nicht sagen. Ich denke, auch dafür sind Sie zuständig!"

Er stand auf, legte die Patientenakte in seinen Schreibtisch zurück und winkte Tomke und Hajo zu, mitzukommen.

Auf dem Weg zur Intensivstation meinte er nochmals, dass sie alles Erdenkliche getan hätten, erst wenn die Untersuchungsergebnisse aus dem Labor zurück seien, könne man mehr sagen. Es handele sich auch um kein Gift, das ihnen sonst begegnen würde, meinte er im Laufschritt. Entweder, es sei ein ganz neues oder aber ein sehr altertümliches Zeug. In den Jahren seiner Tätigkeit als Arzt habe er diese Reaktionen bei Vergiftungen, wie diese Patientin sie aufweise, noch nicht erlebt. Nicht in dieser Gesamtheit. Für den Moment könnten sie nur auf die Untersuchungsergebnisse des Labors warten.

Tomke erklärte ihm, dass es bei dieser Prognose nötig sei, dass die genommenen Proben auch an die Rechtsmedizin weitergegeben würden.

„Sehen Sie", meinte der Arzt nur trocken, „spätestens übermorgen sind Sie zuständig, sag ich doch."

Vor der Intensivstation begann die übliche Prozedur. Er reichte ihnen je einen Schutzkittel, Hauben für die Haare und Überzieher für ihre Schuhe. Erst dann durften sie die Station betreten.

Der Anblick der Patientin war erschreckend.

Das Gesicht graublau, fast durchscheinend. An beiden Armen waren Kanülen angeschlossen, die Verbindung zu rechts und links stehenden Maschinen hatten. Über Mund und Nase hatte sie eine Atemmaske und weitere Schläuche führten zu ihrem Körper. Von den Maschinen war ein regelmäßiger Piepton zu hören.

Tomke überlegte, was sie hier am Bett der Sterbenden eigentlich wollten. Es war eine blöde Idee, sie aufzusuchen. Die Informationen des Stationsarztes waren sehr detailliert. Als ihr Blick auf das Namensschild am Fußende des Bettes fiel, zuckte Tomke zusammen.

„Rieke?“, rief sie erstaunt. „Rieke Gärtner? Hajo, sagt dir das nichts?“

„Nein, wieso?“, er schaute fragend zu Tomke.

„Rieke heißt die Mutter von Dirk, das ist doch der Freund von Benny. Dirk wohnt zur Zeit bei den Frerichs, weil seine Mutter im Krankenhaus liegt. Sie!“ Tomke deutete auf die Patientin.

„Das kann kein Zufall sein. Komm, lass uns gehen. Morgen erfahren wir sicher mehr.“ Und zum Arzt gewandt: „Danke für die Information, Herr Doktor, wir kümmern uns, und nun einen schönen Feierabend für Sie.“

„Danke, für Sie auch, wir hören voneinander!“

Hajo nickte ihm zu und verließ hinter Tomke die Station, auf der noch drei weitere Patienten lagen. Alle intensiv versorgt, mit Schläuchen am Körper und an Geräte angeschlossen. Tomke schüttelte es innerlich. Nix wie raus hier.

„Soll ich dir mal was sagen, Hajo?“, meinte Tomke auf dem Weg zum Auto. „Da tun sich Abgründe auf, größer und tiefer als der Grand Canyon, glaube mir.“

„Du meinst, die Vergiftung von Frau Gärtner hat etwas mit unserem Museumsfall zu tun? Inwiefern?"

„Nein, vielleicht, ach, ich weiß es nicht. Es ist aber doch ungewöhnlich. Wo leben wir denn? Hallo? Wir sind hier in Ostfriesland! Ein Einbruch ins Museum, ein toter Einbrecher, eine verschwundene Bibel und nun eine vergiftete Frau. Das sollen unterschiedliche Fälle sein? Dann die noch immer verschwundenen Bauern ..., gut die gehören wohl nicht dazu."

Sie tippte sich an die Stirn.

„Hajo, du kannst sagen, was du willst. Dieser Jan Becker steckt da mit drin. Der Tote und Becker waren befreundet, zumindest erzählte man das bei deren Arbeitgeber. Einer von beiden, wahrscheinlich Becker, hat das Ding mit der Bibel ausbaldowert. Wie das alles genau gelaufen ist, werden wir auch noch herausfinden. Becker kann mir nicht erzählen, dass er damit nichts zu tun hat. Wir müssen morgen unbedingt mehr über ihn herausfinden. Vor allem über seine finanziellen Verhältnisse. Er wollte die Bibel damals verkaufen und nicht dem Museum als Schenkung überlassen, das wissen wir. Schließlich hat er dagegen geklagt und verloren. Daraufhin hat er sich dann überlegt, sich die Bibel auf seine Weise zurückzuholen, gemeinsam mit Frerichs, aber irgendetwas ist schief gelaufen."

Tomke drückte sich tief in den Beifahrersitz und gähnte.

„Mehr kann ich im Moment nicht denken. Ich will jetzt auch nicht mehr denken. Nur noch heim, duschen, etwas essen und ein Bier auf der Couch. Machst du mit?"

„Worauf du dich verlassen kannst. Aber eines noch. Bei all deinen schlauen Überlegungen werfe ich trotzdem ein, dass wir die beiden Jungs nicht aus den Augen lassen dürfen. Mit denen stimmt etwas nicht. Irgendwie hängen die mit drin."

„Von mir aus!", gähnte Tomke erneut. „Außerdem warten wir mal ab, was die Spurensicherung bei Becker auf dem Hof gefunden hat. Ich bin zwar neugierig, ob die schon etwas haben, aber andererseits will ich es jetzt auch nicht wissen. Ich bin nur noch müde."

„Morgen", meinte Hajo, „morgen erfahren wir mehr. Schalte dein Handy ab, wir haben heute keine Bereitschaft. Morgen früh im Büro fassen wir gemeinsam mit Carsten alles zusammen. Dann sind unsere Köpfe frei und wir können wieder besser denken. Das bringt doch heute nichts mehr."

Tomke beugte sich zu ihm rüber und gab ihm einen Kuss.

„Okay, mach ich. Zuerst rufe ich allerdings noch unseren Chef an." Sie tippte seine Kurzwahl ein und wandte sich Hajo zu. „Auch wenn er mit dem LKA und den Frankfurter Kollegen beschäftigt ist, will er doch sicher eine Wasserstandsmeldung von mir haben. Außerdem möchte ich gerne, dass er ..."

Sie brach ab, als Gerdes sich meldete.

Nachdem sie ihn kurz über den Stand der Dinge informiert hatte, bat sie darum, die Wohnung von Rieke Gärtner durchsuchen zu dürfen. Gerdes allerdings fand das unnötig. Man brauche mehr Beweise, schließlich gäbe es auch noch keine Laborergebnisse.

„Na, dann eben nicht, wir werden ja sehen", beendete sie ungehalten das Gespräch.

Leise meinte sie: „Blödmann, wirst schon sehen." Und dann zu Hajo: „Schluss, aus, Feierabend!"

Der stellte das Auto vor dem Haus ab und sie stiegen aus. Gerade als er die Haustür aufschloss, klingelte Tomkes Handy.

Eigentlich wollte Tomke in der Nacht nicht mehr an ihr Handy gehen. Als sie aber Carstens Namen auf dem Display sah, nahm sie das Gespräch doch an.

„Tomke hier, was gibt's denn noch?"

Was sie erfuhr, erschreckte sie zutiefst.

„Geben die denn keine Ruhe?", schrie sie in das Gerät und blieb im Treppenhaus stehen: „Die schnappen wir uns! Noch mal holen die sich Marie nicht!"

Sie hörte zu, was Carsten erwiderte und sagte: „Okay, dann ihr beide! Morgen früh, um kurz vor acht ist Hajo bei euch. Er kann mich im Büro absetzen und dann sofort zu euch nach Carolinensiel rauskommen. Aber ehrlich, ich wäre zu gerne dabei."

Hajo war ebenfalls stehen geblieben und schaute fragend zu Tomke.

Tomke drückte das Gespräch weg und steckte ihr Handy in die Tasche.

„Was ist los?" Hajo sah Tomkes entsetztes Gesicht und wusste, dass etwas passiert sein musste.

„Stell dir vor, Michaela und Marie werden verfolgt. Carsten erzählte mir, dass Michaela aufgefallen ist, dass ihnen heute eine schwarze Limousine gefolgt ist. Sie wollte es zuerst nicht wahrhaben, dachte, sie würde es sich nur einbilden. Später hat sie den Wagen wieder gesehen und hat es Carsten am Abend dann doch erzählt. Er ist raus und hat um das Haus herum gesucht, aber es war niemand zu sehen. Doch Michaela ist sich ganz sicher. Carsten meint, wenn die weiter hinter den beiden her sind, tauchen sie morgen vielleicht auch auf. Morgen früh, wenn sie Marie zur Schule bringt, schnappt ihr euch diese Typen. Einen Versuch ist es wert, denke ich. Das kann doch nicht wahr sein. Am liebsten würde ich gleich ..., aber das hat ja keinen Sinn."

Als Hajo die Wohnungstür aufgeschlossen hatte, stürmte Tomke an ihm vorbei, schnickte ihre Schuhe von den Füßen und ließ sich auf die Couch im Wohnzimmer fallen.

Sie hob die rechte Hand und zählte mit den Fingern ab: „Erstens ein Bier, zweitens eine Dusche, drittens eine

Fußmassage, viertens Hunger, fünftens ..., da lasse ich mir dann etwas einfallen."

„Jawoll, Chef!", salutierte Hajo.

Tomke bekam ihr Bier, ihre Fußmassage und unter die Dusche waren sie gleich gemeinsam gestiegen.

„Wir lassen uns doch das Leben nicht von unseren Kunden verderben", hatte Hajo ihr unter der Dusche ins Ohr geflüstert.

Mitten in der Nacht bestellten sie bei ihrem Hausitaliener noch ihre Lieblingspizzen und fütterten sich gegenseitig damit im Bett.

Später, als Tomke einmal kurz aufwachte, spürte sie die Pizzakrümel unter ihrer nackten Haut. Egal.

Die Verfolgung der Verfolger endete am nächsten Vormittag fast in einem Eklat.

Schon vor acht Uhr am Morgen war Hajo in Carolinensiel. Er parkte in der Auffahrt von Omas Haus und schlich durch den Garten nach nebenan. Carsten erwartete ihn schon.

Gemeinsam kletterten sie in Michaelas Kombi und versteckten sich unter einer Decke.

Marie fand das sehr spannend und wollte gleich in der Schule ihren Freundinnen alles erzählen. Michaela versuchte sie davon zu überzeugen, dass das keine so gute Idee war.

Kurz nachdem sie vom Hof gefahren und den Weg zu Maries Schule eingeschlagen hatten, tauchte die schwarze Limousine hinter dem Fahrzeug auf. Michaelas Herz klopfte bis zum Hals.

„Sie sind wieder da!", rief sie. „Nein Marie, nicht umdrehen, sie dürfen nicht merken, dass wir sie bemerkt haben."

„Aber Mama ich ..."

„Psst, Marie, jetzt nicht."

„Fahr noch ein Stück, Michaela. Wir wollen sichergehen, dass die Verfolgung wirklich euch gilt", bat Carsten sie unter seiner Decke.

Sie fuhren durch den Kreisel „Cliner Wind" und weiter in den Ort.

Marie startete den nächsten Versuch: „Mama, ich muss dir ..."

„Nein, Marie, bitte jetzt nicht!"

Michaela war im Moment zu aufgeregt, um sich Maries Einwände anzuhören. Sollte sie in der Schule doch erzählen, was sie wollte, aber jetzt hatte Michaela dafür keinen Nerv.

Als der Wagen hinter der Brücke noch immer da war, beschloss Carsten: „Wenn wir von der Wittmunder in Richtung Schule abgebogen sind, stoppst du, dann schnappen wir sie uns."

Sie hatten Glück. Hinter der schwarzen Limousine kam ein weiteres Fahrzeug, wohl eine Mutter, die ihr Kind ebenfalls zur Schule fuhr. Somit konnten ihre Verfolger nicht rückwärts abhauen und waren zwischen den beiden Fahrzeugen gefangen.

Es ging alles ganz schnell.

Michaela stoppte, öffnete durch die Automatik die Klappe des Kombis und Carsten und Hajo sprangen heraus. Es war eine filmreife Angelegenheit. Sie rissen Fahrer- und Beifahrertür der Limousine auf, zerrten die beiden Männer aus dem Wagen und warfen sie auf den Boden. Eine fast synchrone Aktion. Sie waren so überrascht, dass sie gar nicht reagierten. Als Carsten den einen mit Handschellen gefesselt wieder auf die Beine holte, protestierte dieser: „Halt Kollege, wir sind die Guten! Greif doch einfach mal in meine Brusttasche."

Marie öffnete ihren Kindersitz und beugte sich zu Michaela vor. „Mama, ich ..."

„Jetzt nicht Marie, bitte!"

Carsten war sauer, dass man ihn nicht informiert hatte. Das wollte er seinem Chef und den Kollegen vom LKA auch ganz deutlich klarmachen.

„Aber ihr holt mich ab, bevor das Christkind kommt! Versprochen?"

„Natürlich, meine Süße. Ganz großes Ehrenwort. Es ist ja auch nur, weil der Doktor möchte, dass ich für ein paar Tage in die Klinik gehe. Er wird nachsehen, ob es dem Baby und mir gut geht. Papa muss arbeiten und Oma Jettchen und Tant' Fienchen sind beide seit zwei Tagen sehr erkältet, das weißt du ja. Darum ist es besser, wenn du in der Zeit nicht bei ihnen bleibst. Außerdem, Tante Gesche freut sich so sehr auf dich, und ich kann mir vorstellen, dass das Christkind bei ihr auch schon etwas für dich deponiert hat."

Marie streckte den Zeigefinger in die Luft, machte ein nachdenkliches Gesicht und meinte: „Ach weißt du, Mama, dafür muss ich nicht rüberfahren. Tante Gesche kann mir das Geschenk auch mit der Post schicken." Sie schaute ihre Mutter erwartungsvoll an.

Michaela atmete tief durch. Dieses Kind!

Auch wenn Marie im letzten Jahr darauf bestanden hatte, dass es ja eigentlich kein Christkind und auch den Osterhasen nicht gäbe, kurz vor Weihnachten sah das nun anders aus.

Michaela redete mit Engelszungen und versuchte ihre Tochter zu überzeugen.

Die Tatsache, dass sie in den letzten Tagen von einem Fahrzeug verfolgt wurden, hatte Michaela mehr aufgeregt, als sie zugeben wollte. Wie konnte sie nach Maries Entführung nur so unbekümmert sein? Als sie am späten Nachmittag die Limousine entdeckt hatte, wollte sie Carsten zuerst gar nichts sagen, weil sie dachte, dass sie es sich nur einbildete. Aber dann bekam sie doch Angst und fürchtete, dass es die Entführer waren, die sie verfolgten. Carsten und Hajo hatten sich dann, als sie am Morgen Marie zur Schule brachte, an die schwarze Limousine gehängt und die Verfolger gestoppt.

Aber es waren keine Entführer, sondern Bewacher! Beauftragt von Christof Gerdes und dem LKA. Carsten machte einen riesigen Aufstand, weil man ihn nicht darüber informiert hatte. Irgendwie war das dann alles zu viel für Michaela und sie hatte einen nicht enden wollenden Heulkrampf bekommen. Das kannte man gar nicht von ihr. Carsten und ihr Gynäkologe bestanden darauf, dass sie für ein paar Tage zur Beobachtung in die Klinik ginge, auch um zur Ruhe zu kommen. Alle und inzwischen auch sie selbst, machten sich Sorgen um das Ungeborene. Aber wohin mit Marie? Da fiel ihr Gesche ein, ihre Schwägerin. Carsten fand die Idee großartig. Jetzt musste nur noch Marie überzeugt werden, was sonst kein Problem war, denn sie liebte ihre Tante, aber so kurz vor Weihnachten wollte sie nicht so recht. Sie hatte wohl Angst, das Christkind und damit ihre Geschenke zu verpassen.

Michaela versuchte weiter, ihre Tochter zu überzeugen. Maries Einwand mit dem Postpaket war nicht von der Hand zu weisen. Michaela musste sich bessere Argumente einfallen lassen.

„Das könnte Gesche tun, du hast recht, Marie. Allerdings nur, wenn die Post nicht streikt oder die Fähren nicht ausfallen. Du weißt, dass das im Winter schon mal passieren kann?"

„Ich weiß", winkte Marie ab, „der Sturm und Niedrigwasser!" Sie seufzte tief und meinte: „Also gut, ich fahre! Nein!", rief sie dann plötzlich, „ich muss doch zur Schule."

„Das habe ich mit deiner Lehrerin schon besprochen. Du bekommst ein paar Aufgaben und Übungen mit, die

Gesche dann mit dir durchgeht. Ihr beide macht das schon, meinst du nicht?"

„Okay!", Marie seufzte noch einmal auf und tat, als würde sie sich geschlagen geben, dabei freute sie sich riesig auf die Tage bei ihrer Tante.

Michaela nahm ihre Tochter in den Arm und drückte sie, bis sie quiekte.

„Das ist eine gute Entscheidung, mein Schatz! Und ich habe auch noch eine Überraschung für dich!"

„Welche?" Marie hüpfte von einem Bein auf das andere.

„Rate mal, wer mit dir übersetzt und dich zu Tante Gesche bringt?"

„Luise, Luise, Luise ...!", jubelte Marie.

„Nein, nicht Luise, das können wir ihr nicht zumuten. Die würde sich bedanken, mit dir Racker auf dem Schiff und den Weg quer über die Insel zu Gesche. Nein, Tomke und Hajo bringen dich."

„Na gut, dann nehme ich halt die", meinte sie gnädig.

Michaela schloss die Augen, atmete durch und versuchte, sich ein Lachen zu verkneifen. Dieses Kind!

Ihr wäre es natürlich lieber gewesen, wenn Carsten sie gebracht hätte, aber der musste auf dem Revier bleiben. Die Kollegen vom LKA wie auch die aus Frankfurt wollten ihn immer erreichbar haben, schließlich galt es, Maries Entführung und auch den alten Frankfurter Fall zu lösen.

Nun hatte sie es geschafft, Marie erklärte sich gnädigerweise bereit, für ein paar Tage nach Spiekeroog zu ihrer Tante zu fahren.

„So und nun ab in dein Zimmer", forderte sie ihre Tochter auf. „Der kleine Koffer, der in deinem Kleiderschrank steht, ist für Spielsachen. Was hineinpasst, darfst du mitnehmen, mehr nicht. Ich packe inzwischen die Reisetasche mit den Anziehsachen."

„Okay", jubelte Marie und flitzte los.

Die ganzen letzten Tage nach Maries Entführung hatte sie sich schlimmste Gedanken darüber gemacht, was in den Stunden, die Marie in der Hand ihrer Entführer war, passiert sein konnte. Ihre kleine Tochter sprach nicht darüber. Weder mit ihr noch mit Carsten, mit niemandem.

Bis zu dem Nachmittag bei Luise im „Abendrot"! Ihr hatte Marie dann erzählt, dass die Männer neben ihr angehalten und angeboten hätten, sie zur Schule zu fahren. Schließlich sei der Ranzen schwer und es doch ziemlich kalt, in ihrem Auto allerdings mollig warm. „Ach Luise", hatte Marie dann mit schlechtem Gewissen gebeichtet, „es war wirklich kalt und ich hatte einfach keine Lust zu laufen. Da bin ich eingestiegen, obwohl ich es ja nicht darf. Das haben Mama und Carsten immer wieder zu mir gesagt. Aber ... es war halt sooo kalt." Marie war total zerknirscht.

„Die Männer haben mir versprochen, dass wir auch Jane abholen und sie mitfahren darf. Aber dann sind sie einfach woanders hingefahren. Dann habe ich geweint und sie sagten, wenn ich still bin, bringen sie mich am Abend wieder zurück, aber nur dann. Da war ich still! Aber nicht lange, weil ich auf einmal wusste, dass ich entführt wurde und ich habe gesagt, dass ich, wenn ich groß bin, zur Polizei gehe und Entführer fange und dass mein Papa auch bei der Polizei ist ... Luise, ich hatte solche Angst!", sie hatte Luise ganz fest umklammert.

„Und als ich mal musste, haben sie angehalten und ich bin in die Wiese zum Pipi machen."

„Aber manchmal war es auch nicht schlecht, ich habe nämlich zweimal Hamburger und Cola bekommen. Und Muffins! Und stell dir vor, später haben die mich einfach aus dem Auto geschubst." Sie war vollkommen entsetzt. „Aber das war vor Tante Annes Haus und ich bin nach Hause gelaufen."

Marie hatte erzählt und erzählt. Luise hatte sie reden lassen. Es war gut, dass nun alles herauskam.

Später, als Michaela ihre kleine Tochter bei Luise abgeholt hatte, hatte diese ihr die Geschichte erzählt und auch von Maries Angst, mit Michaela und Carsten darüber zu reden, weil sie doch einfach in das Auto gestiegen sei.

Luise hatte ihre kleine Freundin dann beruhigt und versprochen, dass niemand mit ihr schimpfen werde. Ganz bestimmt nicht.

„Versprochen?", meinte Luise danach mit einem fragenden Blick zu Michaela.

„Versprochen!" Michaela war so froh.

Sie holte sich aus ihren Gedanken zurück und begann Maries Koffer zu packen.

Tomke und Hajo hatten sich gleich bereit erklärt, Marie am Wochenende rüber zur Insel zu bringen. „Morgen ist Samstag", meinte Hajo, „lass uns eine Nacht dranhängen und erst am Sonntag zurückfahren. Carsten wird hier schon die Stellung halten." Auch Michaela fand die Idee gut und fragte sofort bei Gesche an, ob sie ihre Ferienwohnung für eine Nacht frei hätte.

Einen Tag mal raus hier! Tomke war begeistert, obwohl, wenn sie an die Überfahrt dachte ...!

Die *Spiekeroog II* lag im Hafen von Neuharlingersiel und wartete auf Gäste, die übergesetzt werden wollten. Viel Betrieb war nicht, denn Touristen würden erst kurz vor Weihnachten eintreffen.

Pendler, die auf der Insel arbeiteten, einige Handwerker, die morgens für Bauarbeiten rüber und abends wieder zurückfuhren sowie Tomke, Hajo und Marie stiegen hintereinander an Bord, sonst war nicht viel los. Unter Deck befanden sich schon einige wenige Fahrgäste, die weit verstreut an den Tischen saßen.

Die drei hatten einen Tisch für sich alleine und Tomke schnell einen Fensterplatz eingenommen. Obwohl sie noch im Hafen vor Anker lagen, schwankte das Schiff im Wintersturm, was Tomke dazu veranlasste, durch die große Glasscheibe den Horizont zu suchen. Das sollte gegen Seekrankheit helfen, sagte man allgemein. Viel Unterschied zwischen Horizont und Wasser war allerdings nicht zu sehen, alles war grau. Auch die Häuserfront auf Spiekeroog war nicht zu sehen. Hajo bemerkte sofort, was los war. Er schaute zu Marie hinüber, die munter wie immer war. Hajo warf ihr einen Blick zu, nickte zu

Tomke hinüber und wackelte mit dem Kopf. Marie verstand sofort. Sie schaute Tomke nachdenklich an.

„Tomke", fragte sie von der Seite, „bist du kein Kind von der Küste?"

„Warum?" Tomke war irritiert.

„Weil du ganz grün im Gesicht bist", kicherte Marie.

„Doch, ein Kind von der Küste bin ich schon, nur seetauglich war ich noch nie!", antwortete Tomke und musste schlucken.

„Ich schon, ich bin ein Kind von der Küste", plapperte Marie unbeirrt weiter, „das steckt bei mir in den Genen!"

Tomke drehte sich langsam zu Marie um und schaute sie verblüfft an. Hajo saß ihnen mit offenen Mund gegenüber.

„In was?", fragten beide wie aus einem Munde.

„In den Genen, sagt meine Mama!"

„Wieso in den Genen, Marie?", wollte Hajo wissen und musste sich ein Lachen verkneifen.

„Na, weil mein Papa Kapitän zur See war, deshalb. Mir macht das gar nichts aus, wenn es schaukelt. Wir fahren ja noch gar nicht, hoffentlich wird das dann nachher ganz doll, wie auf einer Schiffschaukel!"

„Na hoffentlich nicht." Tomke wollte es sich gar nicht vorstellen.

„Du, Tomke", meinte Marie dann leise kichernd von der Seite, „was hast du denn heute gefrühstückt?"

„Warum?"

„Sag doch mal!"

Tomke überlegte kurz. „Nicht viel, nur etwas Toast und Kaffee! Warum denn?", fragte sie.

„Na hoffentlich mögen die Fische das auch", kam es trocken von Marie zurück.

„Na warte, du kleines Biest. Ich werde dich jetzt tüchtig durchkitzeln", konterte Tomke und griff nach ihr.

Aber Marie war schon von ihrer Sitzbank gesprungen und in Hajos Arme geflüchtet.

Hajo zog sie schmunzelnd an ihren Zöpfen. „Du bist vielleicht eine Nummer!"

Inzwischen waren die Maschinen der großen Fähre zu hören und das Schiff setzte sich langsam in Bewegung. Es vollzog eine halbe Drehung, um dann in Fahrtrichtung aus dem Hafen auszulaufen.

Der Himmel war verhangen. Dicke, graue und schwarze Wolken berührten fast das Wasser. Der von Tomke angepeilte Horizont war kaum zu sehen. Am Morgen hatte es schon einen Hagelschauer nach dem anderen gegeben, die Winterstürme hatten die Küste voll im Griff.

Ein Blick nach draußen zeigte Tomke, dass es eine stürmische Überfahrt werden würde. Die Wellen zwischen Neuharlingersiel und der Insel waren hoch und hatten grauweiße Gischtkronen.

Na Mahlzeit, dachte Tomke, das wird was werden. Ich muss mich zusammennehmen, damit ich vor der Kleinen nicht zum Wiederkäuer werde.

Marie saß noch immer auf Hajos Schoß und beobachtete die Gäste an Bord. Die meisten sahen gedankenverloren aus dem Fenster, andere unterhielten sich. Das leise Gemurmel wurde von den Schiffsmotoren übertönt. Zwei Handwerker lümmelten in den Ecken ihrer Sitzbänke und schliefen. Eine Frau hatte einen kleinen Spiegel in der Hand und zupfte sich ihre Barthaare.

Marie beobachtete sie eine Weile, dann sprang sie auf und lief zu ihr hin.

„Was machst du denn da?", wollte sie wissen und schaute die Frau fragend an. „Bist du ein Mann, weil du einen Bart hast?"

Aber die Frau antwortete nicht.

Marie blieb hartnäckig.

„Aber die Haare auf deinem Kopf sehen aus wie die von einer Frau."

Die Frau drehte sich langsam zu Marie, machte ein zischendes Geräusch und eine kurze, abweisende Handbewegung, die wohl sagen sollte: „Verschwinde".

Doch Marie ließ sich nicht beirren, sie wollte es wissen und fragte weiter. „Bist du oben eine Frau und da unten", sie deutete mit ausgestrecktem Zeigefinger auf das Kinn der Frau, „ein Mann?"

Die Frau schaute sich um. „Also, wirklich!" Sie war entrüstet. „Verschwinde gefälligst, du dumme Göre!"

Gerade noch wollte Tomke sich ganz klein in ihrem Sitz machen und überlegte, wie sie den Menschen im Raum klar machen könnte, dass das Kind nicht zu ihr gehörte. Die Reaktion der Frau allerdings ließ sie wütend werden und Marie wie eine Löwin verteidigen.

„Hallo?", rief sie scharf, „wenn Sie Ihre Körperpflege zu Hause vollziehen würden, müssten Kinder Ihnen keine peinlichen Fragen stellen. Ich hoffe nur, dass Sie Ihre Fußnägel schon geschnitten haben und wir nicht auch noch davon Zeugen werden müssen."

„Unverschämtheit", meinte die *Zupferin* und packte ihre Gerätschaft ein.

„Na, geht doch!", stellte Tomke zufrieden fest und schaute erneut aus dem Fenster. Marie hatte sich wieder auf Hajos Schoß verzogen und schaute die Erwachsenen fragend an.

„Schneidet die Frau jetzt wirklich ihre Fußnägel, Hajo?", flüsterte sie leise in Hajos Ohr. Hajo schürzte die Lippen und schüttelte sachte den Kopf.

Für ein paar Minuten war wieder Ruhe unter Deck. Marie spielte mit Hajos Haaren und versuchte ihm eine neue Frisur zu verpassen, was er mit einer stoischen Ruhe über sich ergehen ließ. Als das dann auch erledigt war, schaute sie sich gelangweilt im Raum um.

„Wenn ich sonst zu Tante Gesche fahre, ist es nicht so langweilig“, rief sie plötzlich laut, streckte ihren Zeigefinger in die Luft, wie sie es immer tat, wenn sie eine Idee hatte, kletterte auf die Sitzbank und rief: „Wollen wir alle zusammen etwas singen? Wer kann ... ‚An der Nordseeküste ...‘?“

Tomke lief rot an und rutschte tief in ihren Sitz.

Keiner der Passagiere reagierte. Hajo grinste.

„Die sind langweilig!“ schmollte Marie und setzte sich enttäuscht.

Kurz darauf streckte sie erneut ihren Zeigefinger in die Luft und kletterte wieder auf die Bank.

„Übrigens“, rief sie in den Raum und deutete auf ihren Gips. „Das ist ein Grünholzbruch. Wollt ihr vielleicht alle darauf unterschreiben? Ich habe auch ganz viele Pflaster dabei.“

Tomke schaute aus dem Fenster, als würde sie nicht dazugehören und Hajo meinte: „Gute Idee, Marie, dann hast du ganz viele Namen auf deinem Gips.“

Ein Mann vom Tisch gegenüber, der die ganze Zeit Maries Treiben mit einem Schmunzeln verfolgt hatte, griff in seine Tasche, zog einen Stift hervor und winkte Marie mit einer Handbewegung zu sich: „Dann komm mal rüber, Fräulein. Ich mache den Anfang!“

Marie rutschte von der Bank, lief zu ihm und meinte: „Du hast mich mit jemand verwechselt, ich heiße Marie und nicht Fräulein, aber unterschreiben darfst du trotzdem.“

Aus Tomkes Ecke war ein leichtes Grunzen zu vernehmen.

Weitere Passagiere forderten sie auf, zu ihnen zu kommen. Sie wollten plötzlich alle unterschreiben, Marie hatte sie wohl aus ihrer Lethargie geweckt. Und Marie strahlte. Ihr Gipsverband war mit beschriebenen Pflastern übersät.

Viel zu schnell war die Überfahrt vorbei und Tomke hatte vor lauter Aufregung um Maries Eskapaden ihre Übelkeit vergessen.

Am Anleger auf Spiekeroog wurden sie schon von Gesche erwartet.

Gesche freute sich sehr, ihre Nichte wieder einmal bei sich zu haben. Die Begrüßung war innig, wie immer.

Ein heftiger Wind pfiff ihnen um die Ohren, als sie sich auf den Weg über den Deich in das Dorf machten. Tomke nahm Maries kleinen Spielzeugkoffer, Hajo die Reisetaschen und Gesche Maries Hand. Eigentlich mochte Marie es nicht, wenn man sie an der Hand nahm, schließlich war sie schon groß. Auf Spiekeroog ist das auch nicht nötig, denn dort fahren keine Autos. Aber gegen den heftigen Wind von Nord konnte Marie kaum angehen und so ließ sie sich von Gesche gerne festhalten.

Als sich Marie später in Gesches Gästezimmer einrichtete und ihren Spielzeugkoffer auspackte, fragte sie plötzlich: „Tante Gesche! Kannst du dranputieren?"

„Was bitte? Was ist denn dranputieren, Liebes?"

„Ach Tante Gesche, das ist doch, wenn man etwas wieder dranmacht!"

Gesche musste mehr als fragend geschaut haben, denn Marie fuhr mit ihrem Erklärungsversuch fort. „Weißt du, als ich meinen Koffer gepackt habe, musste ich Brumm einen Arm abputieren, weil sonst der Koffer nicht zugegangen wäre und jetzt muss er wieder dranputiert werden."

„Brumm?", fragte Gesche.

„Ja, Brumm, der Bär. Er wollte unbedingt mit, weil Quak, die Ente, schon im Koffer war und die Bücher und meine beiden Lieblingspuppen und der Schminkkoffer für die Puppen", plapperte sie aufgeregt.

„Soso, dann hast du dem Bären also den Arm abgeschnitten?" Gesche schaute ihre Nichte weiter ungläubig an und versuchte sich ein Lachen zu verkneifen.

Marie nickte. „Sag ich doch! Weil Brumm unbedingt mitwollte, musste ich ihm den Arm abputieren, damit der Koffer zuging."

„Also, Maus, das heißt aber nicht abputieren und dran ...", wollte Gesche ihrer Nichte erklären, aber die unterbrach sie gleich wieder.

„Doch! Abputieren ist abschneiden und dranputieren ist drannähen. Das weiß ich genau!", meinte Marie energisch. Gesche machte sich auf eine heftige Diskussion gefasst. Doch dann kam ihr die Idee, den Rechtschreibduden aus dem Regal zu holen, um ihr schwarz auf weiß die Schreibweise samt Erklärung zu zeigen. Sonst gäbe sie doch keine Ruhe, wusste sie. Lesen konnte ihre kleine Nichte schon gut, nur verstand sie noch nicht wirklich alles. Es dauerte einen Moment, bis Marie es einsah. Dann sagte sie: „Amputieren? Das ist aber doof! Und was sagt man dann, wenn etwas wieder drangemacht wird?"

„Annähen, ganz einfach, mein Süße!"

Marie überlegte kurz und meinte: „Ab und dran ist viel besser, dann weiß ich gleich, was gemeint ist", gab sie sich dann aber zufrieden.

Thomas, Gesches Mann, war unbemerkt ins Zimmer gekommen und stellte sich hinter die beiden.

„Na, das werden ja diskussionsreiche Tage, Gesche! Hoffen wir, dass uns nie die Argumente ausgehen!"

Marie fuhr herum, jubelte: „Onkel Thomas!", und sprang ihm mit einem Satz in die Arme. Als der Begrüßungssturm nachließ, zeigte sie stolz ihren Arm. „Schau mal, Grünholzbruch! Aber das haben der Doktor und ich gleich gesagt. Du musst auch hier unterschreiben und Tante Gesche auch und ..."

Gesche unterbrach die Redeflut ihrer Nichte: „Stopp, jetzt gibt es Abendbrot und dann ist es Zeit zum Schlafen. Morgen ist auch noch ein Tag."

„Bleibst du auch bei mir, bis ich eingeschlafen bin, Tante Gesche?", fragte Marie wie beiläufig, als sie am Abendbrottisch saßen. Gesche und Thomas warfen sich einen kurzen Blick zu.

„Natürlich, Marie. Das habe ich doch immer gemacht, wenn du hier bei uns warst."

„Ach, eigentlich ist das nicht mehr nötig, schließlich bin ich ja schon groß. Aber ..."

„Ich weiß, mein Liebes! Ich weiß, dass du schon groß bist. Aber es gibt ja schließlich Ausnahmefälle. So, jetzt gehen wir Zähneputzen und ab ins Bett. Du bist sicher müde. Das war ja auch ein langer Tag für dich."

„Soll ich dir noch eine Geschichte vorlesen?", fragte Gesche, als sie ihrer Nichte das Kopfkissen aufschüttelte.

„Mir nicht! Aber Brumm und Quak wollen bestimmt noch eine Geschichte hören. Die sind ja noch klein!"

„Ja", meinte Gesche mit gespieltem Ernst, „dann lese ich eben für die beiden Kleinen. Du kannst ja weghören."

Tomke und Hajo hatten die Nacht in Gesches Ferienwohnung verbracht und waren nun, nach einem reichhaltigen Frühstück, auf dem Weg zur Fähre. Die *Spiekeroog II* sollte um 10.45 Uhr ablegen, die wollten sie bekommen. Mit einer kleinen Reisetasche in der Hand stemmten sie sich gegen den Wind, der heute auf Süd gedreht hatte.

„Dieser Scheißsturm", fluchte Tomke und dachte mit Grauen an die wackelige Überfahrt.

Als sie Marie am Vortag bei ihrer Tante abgeliefert hatten, saßen sie noch einige Zeit zusammen, tranken Tee und schnackten über dies und das. Maries Entführung kam nicht zur Sprache, denn die Kleine saß dabei. Anschließend wollten Tomke und Hajo unbedingt noch mal raus zum Strand. Das Wetter hatte sich etwas gebessert. Zuerst blinzelte die Sonne nur zeitweise durch die Wolken, aber nach und nach verflog das Wintergrau und immer mehr blauer Himmel war zu sehen. Ein Blick hinüber zum Festland ließ sie erkennen, dass es wohl nur hier schön wurde. Drüben war alles weiterhin grau und schwarz. Es war nur ein kurzer Weg von Gesches Haus über die Dünen zum Strand. Schnell standen sie auf den Randdünen, dem Schutzwall der Insel. Der Blick war einzigartig und atemberaubend!

Tomke hielt ganz fest Hajos Hand und flüsterte: „Zum Heulen schön, hat mal jemand gesagt. Der Jemand hat recht!"

Eine kleine Weile genossen sie den Blick, doch der Sturm ließ sie dann schnell den Abhang zur Küste hinabsteigen. Es war kalt!

Hand in Hand liefen sie an der Wasserkante entlang, bis ihre Gesichter vor Kälte brannten.

„Komm, da vorn ist ein Austieg", Hajo deutete auf eine Markierung in den Dünen. „Dort können wir raus und über die Dünen zurück. Lass uns etwas essen gehen. Ich weiß ein gutes Lokal. Wenn ich mich recht erinnere, ist es auch nicht mehr weit. Wir müssten ungefähr auf gleicher Höhe sein."

Tomke nickte. Zum Sprechen war ihr jetzt nicht zumute, zu sehr genoss sie diese Stunden mit Hajo. Der Alltag würde sie bald wiederhaben, aber daran wollte sie jetzt nicht denken. Nein, einfach nur genießen.

Sie ließ sich von Hajo über den breiten Strand in den schmalen Aufstieg hoch zu den Dünen führen. Im Sommer, wenn der Sand heiß und trocken war, war es wesentlich beschwerlicher. Jetzt im Winter war der nasse Sand griffig und gut zu begehen.

Plötzlich kam ihr ein Gedanke.

War es das, was ihre Beziehung so einmalig und selbstverständlich machte? Sie waren beide Kinder der Küste. Geliebtes Land. Keiner musste dem anderen erklären, was das Leben hier im Norden ausmachte. Wind, ja Sturm, Regen, brennende Gesichter waren selbstverständlich. Ohne Worte. Laufen am Strand, salzige Lippen und waten durch nassen Sand. Ohne Erklärungen! Ohne Entschuldigung für das Wetter hier an ihrer geliebten Küste. „Scheißsturm" war ein geflügeltes Wort, mit dem sie lebten. Schweigen, stumme Gedanken! Ostfriesisch herb! Ja, das war es wohl, unter anderem. Kaum halte ich den Kopf in den Wind, ist er frei für Erkenntnisse. Erkenntnisse, die ich im Alltag suche. Darum wollte ich zurück an die Küste, ganz klar. Tomke durchfuhr trotz der eisigen Kälte ein warmer, ergreifender Schauer.

Als sie oben angekommen waren, zog Tomke die Kapuze ihrer Daunenjacke fest ins Gesicht. Der Wind blies schwer von Nord und war bitterkalt.

Die winterlich farblose Dünenlandschaft erinnerte Tomke ein wenig an das Hochgebirge, wenn man die Baumgrenze überschritten hatte. Karg und grau. Dort war sie früher oft mit Peter zum Bergwandern. Warum sie jetzt wohl daran dachte? Peter hätte niemals an die Küste gepasst!

Nach einem kurzen Fußmarsch durch die Dünen erreichten sie das Dorf. Hajo hatte recht, das Lokal, von dem er gesprochen hatte, war nun nur noch wenige Meter entfernt.

An dieses Lokal musste Tomke denken, als sie ihren Platz auf der Fähre eingenommen hatten. Das Essen dort war ein Gedicht. Bodenständig rustikal, genau wie die Einrichtung des Lokales, aber super lecker und, das wunderte Tomke besonders, bezahlbar!

An den Wänden fanden sich Fotografien von diversen Politikern, die hier wohl alle schon zu Besuch gewesen waren. Einige von ihnen lebten schon lange nicht mehr.

Sie kamen mit der Kellnerin ins Gespräch, die erzählte, dass jetzt die Ruhe vor dem großen Weihnachtsansturm sei. Aber sie freue sich auf die vielen Gäste, die in einigen Tagen die Insel überfallen und Weihnachten und Silvester hier verbringen würden. „Dann ist wieder Leben auf der Insel."

Tomke und Hajo lobten das Essen, gönnten sich noch einen besonderen Digestiv und bedankten sich mit einem reichlichen Trinkgeld.

Nun saßen sie auf der Fähre und Tomke wusste, als sie sich in Bewegung setzte, dass in ungefähr fünfundvierzig

Minuten der normale Wahnsinn wieder Einzug in ihr Leben halten würde.

„Was soll's“, meinte sie zu Hajo hinüber, „diesen Tag wird uns keiner nehmen können!“ Er schaute sie verwundert an, denn an ihren Gedanken hatte er keinen Anteil gehabt.

Nicht erst an Land, sondern noch auf der Fähre kam der Alltag zu ihnen zurück. In Gestalt von Tomkes Handy. Ein Blick auf das Display ließ sie wütend schnauben: „Warum rufen die mich eigentlich immer an? Tomke hier, was gibt's?“, meldete sie sich auf ihre unnachahmliche Art.

„Weil du dich immer so nett meldest“, flüsterte Hajo ihr ins Ohr.

„Ja, wir fahren vom Anleger gleich durch. Aber lass uns doch erst einmal ankommen, wir können nicht rüberschwimmen.“ Sie warf einen kurzen Blick auf die Uhr im Handy und reckte den Kopf, um Richtung Neuharlingersiel blicken zu können.

„So gut dreißig Minuten wird es noch dauern, bis wir anlegen. Wir haben schließlich Gegenwind und ablaufendes Wasser.“

Tomke atmete tief ein.

„Ich hoffe, ihr habt schon alles in die Wege geleitet? Spurensicherung, Manninga und die Reste des Mageninhaltes, beziehungsweise alles, was man der Toten im Krankenhaus entnommen hat. Lass dir auch gleich die Berichte rüberschicken. Ja, bis dann.“

Sie drückte das Gespräch weg und wischte über das Display.

„Rieke Gärtner ist verstorben?“, fragte Hajo ohne aufzublicken.

„Ja, vor zwei Stunden. Wir fahren gleich hin!“

„Ins Krankenhaus?“, fragte Hajo ungläubig. „Was sollen wir denn da, die ist doch schon ...“

„Nein, Mensch! In ihre Wohnung. Wenn sie wirklich vergiftet wurde und so sieht es ja aus, dann müssen wir uns dringend ihre Wohnung ansehen. Die Spurensicherung ist auch schon unterwegs. Allerdings ist es besser, wenn wir uns selbst einen Eindruck verschaffen. Das sind mir zu viele Zufälle: Der Tote im Museum, sein Sohn, der sich, wie du selbst sagst, sehr komisch verhält. Außerdem ist er mit dem Sohn einer vergifteten Frau befreundet und zu allem Übel dieser Jan Becker. Weißt du, was mir zu ihm gerade einfällt? Schiet, hoffentlich habe ich da nichts vermasselt!"

„Du sprichst in Rätseln, Tomke. Was denn?"

„Mann, Mann, Mann!", sie raufte sich die Haare. „Ich habe bei ihm in diesem verwahrlosten Raum im ersten Stock zwei Dosen Rattengift gesehen. Alt, vergammelt, aber mit Sicherheit noch wirksam. Wenn der mal nicht ...!"

„Warum sollte er? Was hat er mit dieser Frau zu tun? Er ist Bauer, so was hat man dann halt auf dem Hof."

„Weiß ich doch nicht!", fuhr Tomke ihn an und warf ihm sofort einen entschuldigenden Blick zu.

„Bauchgefühl eben, ich kann es nicht erklären. Ruf bitte gleich mal bei den Kollegen an, ob sie bei der Durchsuchung von Beckers Haus das Rattengift gefunden haben. Im ersten Stock, in einem der unbewohnten Räume. Das ist wichtig, wir wollen da nichts versäumen."

Sie stand auf. Jetzt ging es ihr nicht schnell genug.

„Wann legen wir denn nun endlich an?", moserte sie. Und: „Wird das nun noch was?", als der Kapitän die Fähre langsam in den Hafen manövrierte.

Zum Glück hatten sie keinen Koffer, der erst noch entladen werden musste. So griff sich Tomke die gemeinsame Reisetasche und stellte sich neben den Ausstieg. Sie wollte sicher sein, als Erste von Bord gehen zu können. Hajo stellte sich achselzuckend hinter sie.

Mir war diesmal gar nicht schlecht, überlegte Tomke plötzlich.

Als sie auf dem Hafenparkplatz die Autoschlüssel aus ihrer Jacke zog, nahm Hajo sie ihr aus der Hand und beschloss ganz ruhig: „Ich fahre, du reg dich erst mal ab!"

Streiten und diskutieren mit Tomke hatte keinen Sinn, wusste er. Handeln war angesagt. Wortlos ließ sie ihn fahren.

Sie waren die Ersten an ihrem Fahrzeug, deshalb kamen sie auch ganz zügig vom Parkplatz. Als sie das Hafengelände verließen, bog Hajo nach links auf die Landstraße ab. Es war so düster und regnerisch, dass sich Tomke mit einem Blick auf die Uhr am Armaturenbrett vergewisserte, dass es wirklich erst um die Mittagsstunde war.

Carsten war sich nicht sicher, ob er Tomke am Telefon absichtlich nichts gesagt oder es schlichtweg vergessen hatte. Was soll's, sie würde es noch früh genug erfahren. Ein Blick auf seine Armbanduhr zeigte ihm, dass die beiden Kollegen nun auf dem Weg zu Rieke Gärtners Wohnung sein müssten. Er selbst wollte sich nun Jan Becker vornehmen. Die Kollegen der Spurensicherung hatten ganze Arbeit geleistet und „Altes und Vergammeltes", wie sie es nannten, zutage gefördert. Darum saß Becker nun in Untersuchungshaft. Da hat Manninga nun wirklich zwei Stinker auf dem Tisch, im doppelten Sinne des Wortes, überlegte er.

Die Dosen mit dem Rattengift, nach denen Hajo vor einer Stunde telefonisch gefragt hatte, tauchten im Bericht der Spurensicherer allerdings nicht auf.

Carsten griff zum Telefon und wählte die Nummer der Spusi. Vorsichtshalber wollte er dort nochmals nachfragen. Tomke sei es sehr wichtig, hatte Hajo am Telefon gemeint. Also dann!

Spurensicherung und KTU arbeiteten wie immer Hand in Hand, aber in keiner der beiden Abteilungen konnte man ihm etwas über Rattengift im Hause Becker sagen. Diverse Pflanzenschutzmittel, ja, die habe man gefunden, aber sonst? Nichts! Da mussten sie wohl noch mal ran.

„Dann wollen wir doch mal sehen, was Herr Becker selbst dazu zu sagen hat", sprach Carsten mehr zu sich selbst und stand von seinem Schreibtisch auf, um ihn aus der Zelle zu holen. Als er schon mitten im Raum war, klingelte sein Telefon.

„Oh, Tomke, nicht schon wieder", maulte er vor sich hin und ging zurück zum Schreibtisch. Es war nicht Tomke, sondern Michaela.

„Es ist gesund, alles ist gut!", schluchzte und lachte sie gleichzeitig. „Wir bekommen einen Jungen, ach sorry, das wollte ich dir gar nicht sagen. Es sollte doch eine Überraschung werden. Jetzt müssen wir uns keine Gedanken mehr machen, dass unser Kind Swantje oder Levke heißen muss. Aber sicher fällt Marie für ihren Bruder auch etwas ganz Besonderes ein." Ihre Stimme überschlug sich immer wieder und sie hörte gar nicht mehr auf zu reden.

„Geliebte Frau und Mutter deiner Tochter ...", unterbrach Carsten sie.

Nun stellten sich ein paar Sekunden Stille ein, bis Michaela fragte: „Was meinst du denn damit?"

„Dass du deine Tochter nicht verleugnen kannst. Wenn ich es nicht immer schon geahnt hätte, wäre es mir jetzt klar geworden. Wie Marie, ohne Punkt und Komma! Ich liebe dich! Ich liebe Marie! Und ich liebe unseren Sohn und bin glücklich und dankbar, dass es euch gut geht. Ihr seid die größten Schätze, die ein Mann sich wünschen kann. Dir geht es doch auch gut, oder?", fragte Carsten nun besorgt.

„Ja, alles gut. Ich soll noch für zwei bis drei Tage im Krankenhaus bleiben, aber das muss nicht ..."

„Oh doch, das muss! Marie ist bei Gesche, ich bis spät im Büro und du lässt dich im Krankenhaus einmal schön verwöhnen. Keine Widerrede. Am Ende steckst du dich bei Oma und Tant' Fienchen noch an, das muss nich'!"

„Och, ich bin doch ...", begann Michaela zu maulen, meinte dann aber: „Vielleicht habt ihr ja recht, die Ärzte und du! Vielleicht sollte ich noch bleiben."

„Nicht vielleicht, ganz sicher haben wir recht. Bleib dort und komm zur Ruhe. Bitte!"

„Na gut! Wie geht es denn unseren beiden kranken alten Mädels zu Hause?", wollte sie dann wissen.

„Ach!", lachte Carsten plötzlich auf, „den beiden geht es wieder relativ gut, wenn sie dann mal von der Toilette kommen."

Er konnte sich kaum beruhigen.

„Was ist denn passiert?", fragte Michaela besorgt. „Haben sie zu ihrer starken Erkältung jetzt auch noch ‚Magen und Darm'?"

„Kann man so sagen, aber anders, als du denkst. Ich habe gestern Abend für sie gekocht! Hessisch!", lachte er. „Ich hatte sie gewarnt, aber sie wollten ja nicht hören."

„Du hast doch nicht etwa ...?"

„Doch, ich habe! Für mehr war keine Zeit. Da die beiden wegen ihrer Erkältung in den letzten Tagen sehr wenig gegessen haben, habe ich ihnen ‚Handkäs mit Musik' gemacht. Das ging am schnellsten."

Michaela war entsetzt.

„Carsten, das sind sie doch gar nicht gewohnt."

„Ach, das war nicht so arg. Der Fehler war wohl, dass ich ihnen dazu heißen Apfelwein gemacht habe. Ich dachte, wegen der Erkältung ..., na ja, der hatte dann wohl gemeinsam mit Käse und rohen Zwiebeln die durchschlagende Wirkung."

„Carsten!", stöhnte Michaela auf. „Die Armen!"

„Lass mal, das wird schon wieder! Aber jetzt muss ich weiter, Michaela, Mörder überführen! Hajo und Tomke sind auch schon wieder da. Wir haben viel zu tun und heute kann es spät werden. Ich rufe dich am Abend an, dann habe ich mehr Zeit. Pass gut auf dich und meinen Sohn auf!"

Er hörte noch kurz Michaelas Protest, hatte dann aber schon lachend aufgelegt. Bevor er das Büro verließ, griff er abermals nach dem Telefon und bat einen Kollegen, den Verdächtigen Jan Becker in den Verhörraum zu bringen.

Auf dem Weg ging Carsten in Gedanken durch, welche Verdachtsmomente sie gegen Jan Becker hatten.

Vor allem natürlich die fast skelettierten Leichen in der Güllegrube. „Das ist ja Hammer!", hatte er ins Telefon gerufen, als die Spurensicherer ihn über den Fund informierten. Es war zwar noch nicht sicher, aber wer sonst, wenn nicht die schon lange vermissten beiden Bauern, sollte das sein? Wenn Tomke es erfuhr, würde sie sich bestätigt fühlen. Sie hatte immer den Verdacht gehabt, dass die beiden damals ermordet wurden.

Wo aber war Beckers Frau? Würden sie die auch noch irgendwo auf dem Hof finden? Oder war sie wirklich „abgehauen", wie Jan Becker behauptete? In der Gülle schien sie nicht zu liegen.

Und wo waren die verschwundenen Rattengiftdosen? Dazu wollte er Becker befragen. Denn wenn Tomke sagte, sie habe sie gesehen, dann war das so. Da war sich Carsten sicher!

Konnte es wirklich sein, dass diese Frau, die im Krankenhaus an einer Vergiftung gestorben war, von Becker vergiftet wurde?

Warum?

Was hatte er mit ihr zu tun?

Oder war das alles nur ein Zufall?

Nun, vielleicht würde er es gleich erfahren.

Carsten bat einen uniformierten Beamten, bei der Vernehmung anwesend zu sein, besser ist besser, dachte er. Wenn auch das Band mitlief, es war gegen seine Überzeugung, Verdächtige alleine zu vernehmen.

Als er den Verhörraum betrat, war Becker mit dem Uniformierten schon da.

Als Tomke vor einigen Tagen von dem behandelnden Arzt im Krankenhaus erfahren hatte, dass er eine Vergiftung bei seiner Patientin vermutete, wollte sie unbedingt, dass Christof Gerdes die Spurensicherung in ihre Wohnung schickt. Das hatte sie ihm nachts noch ganz deutlich erklärt. Der allerdings hatte es abgelehnt. „Wer soll das bezahlen?“, fragte er. „Wenn wir bei jeder potenziellen Selbstmörderin die Spusi losschicken, ist unser Budget verbraucht, bevor wir an die wirklichen Fälle kommen. Außerdem müssen wir erst die Untersuchungsergebnisse abwarten ...“

Tomke war entsetzt, musste sich aber mit der Entscheidung zufrieden geben, er war nun mal der Boss.

Jetzt war alles anders. Die Frau war tot und es bestand der Anfangsverdacht eines Tötungsdeliktes. Schließlich hatte sie bei Jan Becker Dosen mit Rattengift gesehen. Der Sohn der Toten war mit dem Sohn der Museumsleiche befreundet, die beiden Jungs schienen irgendwie in den Fall verwickelt und Jan Becker, hier schloss sich der Kreis wieder, ebenfalls.

An Selbstmord glaubte Tomke nun nicht mehr.

Als sie am Haus ankamen, war die Spurensicherung schon am Werk. Carsten hatte sie wohl ganz schnell informiert, überlegte Tomke.

„Hattet ihr einen Schlüssel oder musstet ihr aufbrechen?“, fragte Tomke einen der Männer der Spusi. Er wedelte mit einem Schlüsselbund.

„Die hat sicher der Notarzt eingepackt, waren bei ihren Sachen, so mussten wir nicht aufbrechen. Hier war allerdings jemand, kurz bevor wir kamen“, informierte er sie weiter. „Es roch nach Rauch und die Kerzen dort auf dem Tisch waren warm und das Wachs ganz weich. Hat wohl jemand unmittelbar vor unserem Erscheinen ausgemacht. Keine Ahnung, ob das ein Zufall war oder derjenige abgehauen ist, als er uns kommen sah. Willst du den Schlüsselbund haben?"

„Ja, danke." Tomke nahm die Schlüssel und steckte sie in ihre Tasche. „Ob Dirk in der Wohnung war?", fragte sie sich. Und zu dem Kollegen meinte sie: „Wir müssen sicher nach euch noch einmal rein. Jetzt wollen wir uns auch nur eben umschauen und sind auch gleich wieder verschwunden."

Hajo war schon in die Wohnung vorgegangen, die alles andere als behaglich anzusehen war. Auch Tomke schaute sich um, wohlweislich darauf bedacht, nichts zu berühren.

Rieke Gärtner und ihr Sohn lebten in der ebenerdigen Wohnung dieses kleinen Hauses hier im Marie-Ulfers-Weg. Es gab nur zwei Zimmer, eine kleine Wohnküche und ein winziges Bad, von dem außerdem noch eine Tür in einen Hinterhof abging.

Die Möbel sahen aus, als hätte man sie vom Sperrmüll geholt. Der Raum, der ursprünglich wohl einmal ein Schlafzimmer gewesen sein musste, war zugemüllt. Unter Bergen von Kartons, Zeitungen und Kleidungsstücken war ein Bett zu erkennen. Davor ein Kleiderschrank, vor dem ein Bügelbrett aufgestellt war, auf dem sich ebenfalls alle möglichen Dinge, unter anderem ein Vogelkäfig, stapelten.

Das kleine Zimmer daneben schien aufgeräumt, war allerdings auch nur sehr spärlich eingerichtet. Es war wohl das des Jungen.

Hajo stand am Fenster und drehte sich zu Tomke um. „Scheißleben für so einen Jungen. Hast du die Flaschen im Bad und in der Küche gesehen? Frau Gärtner war mit Sicherheit Alkoholikerin. Das erklärt hier ja einiges."

„Ja, in dem Raum, der mal als Schlafzimmer genutzt wurde, habe ich auch welche gesehen. Als ich die Tür aufgeschoben habe, hat es schwer geklirrt, alles leere Flaschen."

Sie schüttelte den Kopf und ging zurück in die Wohnküche.

Schöner Wohnen geht anders, überlegte sie und musste augenblicklich an einen zurückliegenden Fall denken, bei dem ihr dieser Satz auch durch den Kopf ging.

Dass hier überhaupt jemand leben konnte?

In der Küche herrschte gelinde gesagt Chaos, was wohl damit zu tun hatte, dass die Frau, nachdem ihr das Gift zugeführt worden war, dort mit Krampfanfällen gerungen hatte. Oder hatte hier etwa ein Zweikampf stattgefunden? Mit wem? Überall lagen Scherben und Essensreste. Stühle waren umgekippt. Gläser, Tassen, Töpfe und leere Dosen über den schmutzigen Fußboden verstreut.

Hajo kam zurück in die Küche und stellte fest: „Jetzt kann ich auch verstehen, warum dieser Dirk ständig bei seinem Freund Benny rumhängt. Aber eines ist sicher. Die Nacht, in der Bennys Vater, sorry Stiefvater, im Museum getötet wurde, hat Benny nie und nimmer hier übernachtet. Nicht in diesem Chaos, das passt nicht zu ihm. Außerdem gibt es in Dirks Zimmer nur ein sehr schmales Bett. Seine Mutter hat wohl hier auf dem Sofa in der Küche geschlafen." Er deutete auf das schmuddelige Bettzeug auf der Couch in L-Form, neben der ebenfalls leere und umgekippte Schnapsflaschen lagen. „Wir müssen uns die Jungs unbedingt noch mal vornehmen."

Tomke nickte.

„Komm, lass uns fahren. Ich will schnellstens auf das Kommissariat und mit Carsten sprechen. Ich bin schon ganz gespannt, was er aus Jan Becker herausbekommen hat."

„Aber mit Zwischenstation bei den beiden Jungs, mit denen will ich zuerst noch sprechen. Schließlich sind wir vor Ort. Das liegt auf dem Weg." Hajo war sich sicher, dass er von den beiden mehr erfahren würde. Er zog den Autoschlüssel aus der Jackentasche, warf ihn in die Luft und fing ihn hinter dem Rücken wieder auf, als der Kollege von der Spusi nach ihnen rief.

„Hier ist etwas! Tomke, seid ihr noch da? Hier ist etwas!"

Torge Seeliger von der Spurensicherung kam in seinem weißen Ganzkörperoverall aufgeregt aus dem Bad und hielt mit behandschuhten Händen vorsichtig eine rostige und verblasste kleine Blechdose vor sich.

„Rattengift!", rief er, „von der ganz antiken Sorte. Das ist heute gar nicht mehr zu bekommen, im Gegenteil, es ist sogar verboten."

Tomke wollte nach der Dose greifen, zog die Hand aber sofort wieder zurück, als Torge mit hochgezogenen Augenbrauen ein kurzes „Na?", hören ließ.

„Sorry, hast ja recht. Ich will bloß mal schauen. Das ist doch ..., diese Dose sieht aus wie die, die ich im Haus von Jan Becker gesehen habe. Wie kommt die hierher? Oder ist das eine andere? Das wäre aber ein großer Zufall. Nein! Ich wusste es! ICH WUSSTE ES! Dieser Becker hat auch hier seine Finger drin. Komm Hajo, wir müssen los, den nehmen wir uns vor."

Sie bogen von der Kirchstraße in die Wittmunder ein und Hajo stoppte den Wagen vor Bennys Elternhaus.

Tomke wurde unruhig.

„Was? Ach so, die Jungs. Aber mach schnell. Ich bleibe im Wagen und telefoniere mit Carsten. Bin schon sehr gespannt, was er bisher von Becker erfahren hat", beschloss sie und zog ihr Handy aus der Tasche.

Hajo stieg aus und klingelte. Es war Nachmittag, sicher würde die Familie jetzt beim Tee sitzen, überlegte er. Es dauerte eine Weile, bis sich jemand hinter der Glasscheibe bewegte. Frau Frerichs öffnete die Tür und schaute ihn mit verheulten Augen an.

„Moin Frau Frerichs, ich ... Ist etwas passiert?"

„Ja, mein Mann ist tot", antwortete sie unwirsch. „Was wollen Sie am heiligen Sonntagnachmittag zur Teestunde? Können Sie uns nicht endlich mal in Ruhe lassen?"

„Nein, noch nicht. Wir müssen mit den Jungs sprechen. Benny und Dirk! Sind die da?"

„Nein!", schluchzte sie, „was wollen Sie von den Kindern? Die können Ihnen bestimmt nichts sagen."

„Das werden wir dann sehen. Wo sind sie?"

„Unterwegs, wie Jungs in dem Alter das am Sonntagnachmittag so machen."

Greta Frerichs war aufgeregt, ihre Hände und ihre Stimme zitterten.

Hajo schaute sie eindringlich an.

„Frau Frerichs", mahnte er sie, „ich spüre doch, dass etwas nicht stimmt. Was ist los, reden Sie mit mir."

Sie winkte nur ab.

„Haben Sie schon gehört, dass Dirks Mutter verstorben ist? Sie wurde ..."

„Ja, das Krankenhaus hat bei uns angerufen. Daraufhin ist Dirk ... und Benny hinterher, ach ...", sie weinte lautlos.

„Wo sind sie denn hin? Wissen Sie das?"

Greta Frerichs schüttelte nur den Kopf.

„Außerdem muss ich jetzt wieder zu meiner Mutter. Sie sitzt in der Stube und ist auch ganz fertig. Was ist denn mit Dirks Mutter passiert? War das der Alkohol?"

„Nein, sie wurde vergiftet."

„Nein!", schrie sie auf, „wie denn, mit was denn?"

„Darüber kann ich Ihnen jetzt noch nichts sagen. Auf jeden Fall muss ich mit Dirk sprechen und mit Ihrem Sohn auch. Rufen Sie mich bitte an, wenn die beiden wieder auftauchen. Wird Dirk in der nächsten Zeit bei Ihnen wohnen?"

„Das ist doch selbstverständlich." Sie straffte die Schultern. „Ich muss jetzt rein, meine Mutter!"

„Nicht vergessen, rufen Sie mich sofort an, wenn Dirk auftaucht. Sonst muss ich ihn durch meine uniformierten Kollegen suchen lassen, das wollen wir doch alle nicht, oder?"

Greta Frerichs schüttelte den Kopf und schloss wortlos die Tür.

„Was hast du denn so lange mit ihr gequatscht? Sind die Jungs nicht da?", wollte Tomke ungeduldig wissen, als er ins Auto stieg. Das dauerte ihr alles zu lange, sie wollte schnellstens nach Wittmund.

„Nee", brummte Hajo in Gedanken vertieft und startete den Motor.

Tomke bemerkte seine Nachdenklichkeit nicht und erzählte sofort von ihrem Telefongespräch mit Carsten.

„Carsten hat Jan Becker gerade in der Mangel und du glaubst nicht, was passiert ist. In seiner Güllegrube hat die Spusi zwei Leichen gefunden. Das sind unsere vermissten Bauern, ich schwöre es dir. Die Obduktion ist zwar noch nicht abgeschlossen, aber wer soll es sonst sein? Sie haben die Grube mit einer langen Hakenstange abgetastet auf der Suche nach seiner Frau. Die lag nicht drin, aber zwei total zerfressene Leichen. Die Gülle hat fast nichts übrig gelassen. Es waren zwar keine Gesichter zu erkennen, aber dass es Männer waren. An der Kleidung, beziehungsweise an ihren Arbeitsstiefeln, konnte man das auch erkennen. Die haben sich nämlich in der beißenden Gülle nicht aufgelöst. Wir haben ihn, den ... Sag mal, hörst du mir überhaupt zu?", unterbrach Tomke ihren Redeschwall mit Blick auf Hajo, der in der ganzen Zeit kein Wort gesagt hatte und nur konzentriert auf die Straße blickte.

„Hallo, Erde an Hajo! Ist jemand zu Hause?" Sie schubste ihn leicht von der Seite an.

Er schob ihre Hand weg, sprach leise, mehr zu sich selbst: „Die Jungs haben was damit zu tun! Und Bennys Mutter weiß es, da bin ich mir sicher. So aufgelöst, wie sie eben war. Die trauert nicht um ihren Mann, nein, sie macht sich Sorgen um ihren Sohn ... und sicher auch um Dirk. Ich vermute, der ist auch fast wie ein Sohn für sie. Was haben die beiden mit dem Fall zu tun?"

Noch immer sprach er gedämpft vor sich hin, als wäre er alleine im Auto.

Tomke schaute ihn verständnislos an.

„Was willst du nur mit den Jungs? Wer weiß, was die angestellt haben. Aber mit unseren Fällen hat das sicher nichts zu tun. Vielleicht haben sie Schiffe versenken gespielt, das haben wir früher in der Harle auch schon gemacht. Vielleicht waren sie es ja, die im vergangenen Herbst die Boote draußen vom Tretbootverleih geflutet und versenkt haben. Jetzt haben sie natürlich ein schlechtes Gewissen, weil die Polizei im Haus ist. Mehr ist da sicher nicht, du siehst Gespenster, Hajo. Wir haben ganz andere Sorgen, wir müssen uns um ..."

„Tomke, hör auf!", fuhr Hajo sie scharf an. „Es kann ja sein, dass du mit diesem Becker recht hast und er ist der ganz böse Bube. Aber erlaube mir gefälligst, dass ich mir auch meine Gedanken mache. Du bist nicht die Einzige auf dem Kommissariat, die denken kann, Schlüsse zieht und eventuell ein Bauchgefühl hat. Es stinkt mir, dass du die Meinung deiner Kollegen immer mit einem Handstreich wegwischst, verdammt."

Tomke war einen Moment sprachlos und lehnte sich in ihrem Sitz zurück.

Sie durchfuhren gerade den Kreisel vor Wittmund. Hajo schaltete in den dritten Gang zurück, trat dabei die Kupplung nicht ganz durch, sodass das Getriebe krachte.

„Scheiße", fluchte er.

„Kann man wohl sagen. Bin ich wirklich so schlimm?", fragte Tomke kleinlaut.

„Schlimmer!"

Sie schauten sich an und mussten beide lachen.

„Ich weiß", seufzte sie, „du hast es mir ja schon mal gesagt ... und Carsten auch. Aber mal ehrlich, das ist doch wirklich verrückt! Was sollen die beiden denn gemacht haben? Oder glaubst du etwa, dass Dirk seine Mutter vergiftet hat? Oder beide?"

„Warum denn nicht? Schließt du es denn vollkommen aus?", fragte er mit einem Seitenblick. „Und wenn ich an das elende Zuhause denke ..."

Tomke überlegte.

„Nein, gänzlich ausschließen kann man natürlich nichts. Aber ...!"

„Ich weiß, dass es unglaublich klingt. Allerdings habe ich in meiner Ausbildung gelernt, dass man nichts, aber auch gar nichts außer Acht lassen kann. Aber klar, die Ausbildung ist bei dir schon ein paar Tage länger her, da kann man schon das eine oder andere vergessen, mein altes ..."

Sie boxte ihn leicht in die Seite.

„Sprich es nicht aus, mein Lieber, sprich es bloß nicht aus. Die Rache wird bittersüß, ich sage es dir", tat sie beleidigt und musste lachen. Hajo parkte den Wagen vor dem Kommissariat, sie küssten sich und stiegen aus.

Auf dem Weg erklärte Hajo ihr, was er in Bezug auf die beiden Jungs dachte.

„Ich weiß, dass das alles sehr weit hergeholt ist, aber ausklammern können wir es nicht. Wie ich schon sagte, andere Menschen haben auch ein Bauchgefühl und ein anderes übrigens auch, aber darüber reden wir später." Er zwinkerte ihr zu, aber Tomke war in Gedanken schon wieder bei ihren Fällen und bei Jan Becker, den sie sich jetzt vornehmen wollte. Zuerst aber mussten sie mit Carsten sprechen.

Durch die große Glasscheibe konnte sie sehen, dass Carsten nicht im Büro war. „Teambesprechung", sagte sie zu Hajo. „Carsten ist nicht im Büro, hol ihn bitte her, wir treffen uns in zehn Minuten hier", und deutete auf das leere Büro.

Sie streckte den Kopf in den Aufenthaltsraum neben der Küche und bat Birger Schoof, der heute Dienst hatte, ihnen doch eine große Kanne Kaffee und auch ein paar belegte Brote oder Brötchen von irgendwoher zu organisieren.

„Kaffee kann ich gleich aufstellen", meinte er, „aber das mit den Brötchen wird heute, am Sonntag, ein schweres Unterfangen werden. Wittmund ist sonntags doch noch ausgestorbener als unter der Woche. Aber ich versuche es", versprach er.

Nach einer Weile, als Tomke, Carsten und Hajo schon in ihre Besprechung vertieft waren, kam er mit einem Tablett mit belegten Broten, Gurken und Tomatenscheiben herein. In der anderen Hand trug er eine Thermoskanne mit Kaffee.

„Die Tassen müsst ihr euch aber selbst holen. Ich muss raus zu einem Einsatz."

Tomke war begeistert.

Vertieft in die Gespräche, hatte sie vergessen, dass sie seit dem Frühstück nichts mehr gegessen und vor Kurzem noch gewaltigen Hunger verspürt hatte. Jetzt, da sie das Tablett mit den leckeren Broten sah, knurrte ihr Magen augenblicklich wieder. Sie nahm es Birger aus der Hand und Carsten machte sich auf den Weg, um aus der Küche Tassen zu holen.

„Woher hast du ...?“, fragte sie. „Du sagtest doch, es sei schwierig. Das sieht ja lecker aus.“

„Ich habe eine Dienstfahrt nach draußen zu dem großen Lebensmittelmarkt in Gelb/Rot gemacht. Das ist leider der einzige Laden, bei dem ich noch etwas bekommen konnte. Selbst die Cafés hatten schon alle geschlossen. Trauriges Wittmund, kann ich nur sagen. Ich hoffe, es schmeckt.“

„Was bekommst du dafür?“, wollte Tomke wissen.

Er reichte ihr einen Kassenbon, auf dem Brot, Wurst, Käse und Weiteres aufgeführt waren.

Tomke warf einen Blick darauf, zog zwanzig Euro aus der Tasche und sagte: „Danke Birger. Der Rest ist für die Kaffeekasse.“ Er steckte den Schein in die Tasche, tippte grüßend an seine Kappe und verließ den Raum. Vor der Tür wartete schon sein Kollege, mit dem er zu einem Einsatz musste.

Der schüttelte den Kopf. „Ich würde mir ja eher die Hand abhacken, bevor ich die von der Kripo so bediene“, knurrte er.

Carsten schenkte den Kaffee aus, den sie gemeinsam mit den belegten Broten genossen.

Für einen Augenblick kehrte Ruhe ein.

Als der erste Hunger gestillt war, gingen die Gespräche weiter. Noch immer kauend, erzählte jeder, was er an Neuigkeiten hatte und wie seine Einschätzung war.

Carsten hatte das Außenrollo an einem der Fenster heruntergelassen und schrieb, so wie sie es in vielen Fällen immer wieder taten, die ihnen bekannten Fakten und Namen an die Scheibe.

Wenn man die Entführung Maries nicht berücksichtigte, die war jedoch immer wieder Gesprächsthema, hatten sie ja eigentlich drei Fälle. Um Marie kümmerte sich allerdings das LKA.

Zu dem Mord im Museum mit der verschwundenen Bibel und der Vergiftung von Rieke Gärtner, als wenn das nicht genug gewesen wäre, waren noch zwei weitere Tote gekommen. Nun konnten sie so ganz nebenbei auch noch das Verschwinden und, wie es aussah, den Mord an den beiden Bauern Hinni und Karl aufklären. Tomke war zufrieden.

Zu Beginn ihrer Teambesprechung hatte Tomke ihre Kollegen daraufhin eingeschworen, dass man gegenüber Christof Gerdes deutlich machen musste, dass diese Fälle zusammengehörten.

„Bevor er auf die Idee kommt, uns da jemand vor die Nase zu setzen. Das LKA reicht mir schon", knurrte sie grimmig.

„Und trotzdem bestehe ich darauf, dass wir die Vergiftung von Rieke Gärtner auch noch von einer anderen Seite betrachten", beharrte Hajo. „Du hast ja recht, aber das müssen wir unserem Big Boss vorerst nicht sagen."

Carsten betrachtete die beiden amüsiert. Hajo hat Tomke gut im Griff, dachte er. Ich könnte es nicht besser machen! Er stand auf, nahm den schwarzen Filzstift in die Hand und ging zur Scheibe.

Nicht nur, um sich vor Jan Becker zu verstecken, hatten die beiden sich auf das winterschlafende Ausflugsschiff zurückgezogen. Hier konnten sie ungestört reden und nachdenken. Zu Hause bei Benny war es zu gefährlich. Jeden Moment konnte die Mutter ins Zimmer kommen, auch wenn sie immer anklopfte. Sie wollten niemanden sehen, vor allem keine Erwachsenen. Waren sie nicht selber fast erwachsen? Beide hingen ihren Gedanken nach.

Benny war auf die Nacht im Museum und die versteckte Bibel fixiert. Warum meldete sich Jan Becker nicht? Weder rief er an noch ging er an sein Handy. Wollte er ihn zappeln lassen? War das Taktik? Oder beobachtete er sie heimlich? Benny spähte immer wieder aus dem Fenster. Trotz des schlechten Wetters waren einige Menschen im Hafen, die den kleinen Wintermarkt besuchten, aber weder hier noch auf dem Weg hierher, hatte er Becker entdeckt. Nein, der weiß nicht, wo wir sind. Unmöglich.

Er zog sein Handy aus der Tasche und versuchte es erneut. Nach mehrmaligem Klingeln meldete sich eine männliche Stimme. Es war nicht Becker!

„Polizeikommissariat Wittmund, mit wem spreche ich?", hörte er.

Polizei?

Schnell drückte er das Gespräch weg. Was machte Becker oder sein Handy bei der Polizei? Oder hatte er sich einfach nur verwählt?

Er drückte die Wiederholungstaste. *Becker* erschien auf dem Display. Also hatte er doch richtig getippt. Ob er es noch einmal versuchen sollte? Benny überlegte einen Moment und drückte erneut die Taste *Wählen*.

„Hallo, Polizeikommissariat Wittmund", kam die Stimme nun energischer, „mit wem spreche ich? Melden Sie sich bitte. Sie haben doch gerade erst auf diesem Apparat angerufen."

„Ich äh, ich wollte ..." Benny räusperte sich und versuchte, seine Stimme dunkler und erwachsener klingen zu lassen. „Ist dort nicht der Bauernhof Becker? Ich wollte nach Eiern fragen. Zehn Stück brauche ich", reagierte er geistesgegenwärtig.

„Nein, hier ist die Polizei. Eier können Sie im Moment von Herrn Becker nicht bekommen. Aber sagen Sie mir doch bitte Ihren Namen."

„Warum?", fragte Benny, „wenn ich doch keine Eier bekommen kann!", und legte auf.

Dirk war in seine eigenen Sorgen vertieft. Dass der Arzt am Telefon sagte, seine Mutter sei vergiftet worden, ließ ihm keine Ruhe und beanspruchte seine Gedanken. Was hatte er getan?

Und doch merkte er, dass mit Benny etwas nicht stimmte. „Was'n los?", erkundigte er sich.

Benny drehte sich langsam zu seinem Freund um und schaute ihn entsetzt an.

„Das gibt es doch nicht. Ich habe auf Beckers Handy angerufen, zweimal. Zuerst dachte ich, ich hätte mich verwählt."

„Ja und?"

„Da hat sich nicht Becker, sondern die Polizei gemeldet."

„Was?"

„Ja, Mann! Die haben ihn hopsgenommen, glaube mir. So eine Scheiße und jetzt? Woher bekommen wir jetzt unser Geld für die Bibel?"

„Diese Scheißbibel interessiert mich nicht und das Geld auch nicht", begehrte Dirk auf.

„Ach nein? Und woher bekommen wir dann das Geld für unsere Pilotenausbildung? Glaubst du, die in der

Flugschule warten auf uns und unsere schönen Nasen? Das kostet richtig Asche, sage ich dir."

„Das interessiert mich im Moment nicht. Außerdem willst du Pilot werden und nicht ich, kapier das endlich! Ich bin froh, wenn ich heil aus der Nummer rauskomme."

„Wieso du?", wollte Benny wissen. „Ich habe doch meinen Alten umgebracht und nicht du!"

„Aber vielleicht meine Mutter?", flüsterte Dirk leise und blickte Benny fragend an.

Benny war zutiefst erschrocken. Keiner der beiden sprach ein Wort. Keiner bewegte sich. Minutenlang. Sie spürten nur das leichte Schaukeln des Schiffes, das vom Wind immer wieder in die Befestigungsseile gedrückt wurde. Manchmal war ein leichtes Knarren zu hören. Sonst war es still an Bord.

Dirk liefen die Tränen über das Gesicht. Nach einer Weile fragte Benny seinen Freund leise: „Dirk, was hast du getan?"

Dirk antwortete nicht.

Eine Zeit lang saßen sie sich schweigend gegenüber, bis plötzlich Leben in Benny kam.

„Und wenn, Dirk? Und wenn? Du bekommst bestimmt ..., wie heißt das schnell wieder? ... , ja genau, du bekommst bestimmt mildernde Umstände. Deine Mutter hat dich doch ..."

„Benny, halt die Klappe!"

Dirk stand auf, hob den Deckel der Sitzbank hoch und zog eine Wolldecke heraus.

„Ich schlafe heute Nacht hier. Was du machst, ist mir egal."

„Dirk!", Benny schaute ihn erschrocken an, „ich bleibe hier, wir sind doch Freunde!"

Er nahm sich auch eine Decke aus dem Fach und breitete sie auf der Sitzbank aus.

Wie es der Mutter jetzt wohl ging? Er wollte sie kurz anrufen, damit sie sich keine Sorgen machte.

Sie hatten alle Fakten, alles, was ihnen bisher bekannt war, an die Fensterscheibe geschrieben. Alle Eventualitäten besprochen. Draußen war es inzwischen dunkel geworden, was kein Wunder war, denn ein Blick auf ihr Handy zeigte Tomke, dass es mittlerweile nach 20 Uhr war.

Auch wenn Carsten den Verdächtigen Jan Becker am Nachmittag schon vernommen hatte, ließ Tomke ihn zwischendurch noch einmal vorführen. Sie wollte ihm ihre eigenen Fragen stellen. Mehr als eine Stunde saß sie mit ihm im Verhörraum, Carsten und Hajo im Zimmer davor, hinter der Spiegelscheibe.

Seit sie hier in Wittmund nun ein eigenständiges Kommissariat, ein sogenanntes „K" waren, hatte es einige Umbauarbeiten gegeben. Verdächtige mussten nicht mehr in die U-Haft nach Wilhelmshaven - und immer wieder zu Vernehmungen hierher gebracht werden - sie hatten in Wittmund einen eigenen, richtigen Vernehmungsraum und einige Büroräume zusätzlich bekommen. Die KTU war im Keller untergebracht und die Kollegen von der Spurensicherung hatten sich hier auch eine Nebenstelle einrichten können. Nur die Rechtsmedizin war weiterhin in Wilhelmshaven, was sich auch als sinnvoll erwies. So viel Mord und Totschlag gab es hier nun auch wieder nicht. Obwohl ...

Tomke stand auf und dehnte ihren Rücken.

„Lasst uns nochmals alles, was wir haben, zusammenfassen und dann Feierabend machen. Morgen ist auch noch ein Tag."

Die Kollegen nickten zustimmend.

„Also! Die Vernehmung, nein, die Vernehmungen von Becker haben uns nicht wirklich weitergebracht. Carstens nicht und meine auch nicht. Wir müssen uns etwas einfallen lassen.

Die Schrotkugeln im Skelett der beiden Gülleleichen zeigen, dass die beiden nicht, wie Becker behauptet ‚in die Güllegrube gefallen' sind. Hält der uns für doof? ‚Keine Ahnung, wie die da reingekommen sind'", äffte sie ihn nach. „Aber da lassen wir am besten die KTU ihre Arbeit machen, mit deren Ergebnissen kommen wir ein Stück weiter, da bin ich mir sicher.

Dass er mit dem Museumseinbruch und sicher auch mit dem Mord an diesem Frerichs etwas zu tun hat, ist klar. Die Verletzung an seinem Bauch zeigt das ganz deutlich. Nur mal so nebenbei, Röntgenuntersuchungen haben ergeben, dass Becker eine alte Verletzung durch Schrotkugeln an der Schulter hat. Was soll ich davon halten? Passt zu den Gülleleichen. Vielleicht ist da ein Streit eskaliert. Aber eines nach dem anderen. Das Blut auf der Etage des Museums ist seines, das wissen wir nun auch. Die Frage ist: Wo ist die Bibel? Und, für wen hat er sie gestohlen? Ich kann mir nicht vorstellen, dass er das Teil einfach auf gut Glück geklaut hat, ohne einen Käufer zu haben. Da bringen uns vielleicht die Einzelverbindungsnachweise seines Handys ein Stück weiter, wenn sie denn endlich kommen." Sie schaute fragend zu Hajo hinüber.

„Ist in Arbeit, ich kann sie nicht mehr als anfordern. Du weißt genau, dass das seinen Weg gehen muss. Ich habe es schon ganz dringend gemacht."

„Okay, weiter. Wegen der Museumsgeschichte haben wir ihn fest, das ist schon mal gut. Da wird ihn auch kein Anwalt so schnell herausholen. Für die beiden Leichen fehlen uns noch handfeste Beweise, aber nun zu der Vergiftung von Frau Gärtner. Das war er auch. Ich weiß nur noch nicht warum! Die Dose mit dem Rattengift, die wir in der Wohnung Gärtner gefunden haben, ist genau die, die ich im Hause Becker gesehen habe. Da bin ich mir zu einhundert Prozent sicher. Nur warum? Und da kommt jetzt Hajos Bauchgefühl ins Spiel."

„Nein, dass ich das noch erleben darf!" Hajo, der die ganze Zeit schweigend zugehört hatte, grinste breit und stand auf. Auch in Carsten kam Bewegung.

„Nachdem unsere Tomke nun ihre Ausführungen beendet hat", begann Carsten, „möchte ich noch einiges hinzufügen, bevor Hajos Bauchgefühl ins Spiel kommt. Frerichs, also unser Toter, und Jan Becker waren so etwas wie Freunde. Sie haben lange in der gleichen Firma gearbeitet. Lassen wir also die Familien und vor allem den Sohn von Frerichs nicht aus den Augen. Wir haben, wenn auch erst nach einem zweiten Anlauf, im Museum, in dieser alten Kapitänskajüte, Krümel von Knippkuchen und Colareste gefunden. Dafür, dass wir das finden mussten, muss die Spusi übrigens noch einen ausgeben.

Das kann von Besuchern sein, ist aber unwahrscheinlich. Viel wahrscheinlicher für mich ist, dass sich da jemand versteckt und sich mit diesem braunen Zuckerwasser und Keksen die Zeit vertrieben hat. Die beiden Einbrecher waren es sicher nicht, die haben die Alarmanlage stillgelegt und sind so munter und ungestört durch das Haus marschiert. Warum sollten sie sich also verstecken?"

„Und da kommt mein Bauchgefühl, aber auch cleveres Nachdenken ins Spiel", schaltete sich Hajo ein.

„He, ich bin noch nicht fertig", monierte Carsten.

„Lass mal, Carsten, das passt gerade so gut. Du darfst gleich wieder! Ich weiß zwar noch nicht warum, aber es könnte doch sein, dass diese beiden Jungs, Benny und Dirk, sich im Museum versteckt haben. Vielleicht ist es ja ganz banal und Benny hat ein Gespräch seines Stiefvaters belauscht, in dem es um den Raub ging und die beiden haben sich heimlich ins Museum geschlichen und dort versteckt."

„Mit Getränken und Weihnachtsgebäck? Ist das nicht zu weit hergeholt?", warf Tomke ein.

„Warum nicht? Jungs sind da ganz pragmatisch. Mir war es in diesem Alter auch immer ganz wichtig, etwas Essbares in der Nähe zu haben. Also? Aber lasst mich einfach mal weiterspinnen. Und ganz so weit hergeholt ist das nicht. Ich habe hier nämlich etwas, das die Kollegen gerade durchgegeben haben und meine These bestärkt."

Tomke und Carsten blickten überrascht auf.

„Vom Hausanschluss Frerichs wurde nach dem Tod des Vaters mit dem Hausanschluss Becker telefoniert."

Hajo hielt triumphierend einen Computerausdruck hoch.

„Wie bitte?" Tomke stand auf und nahm Hajo das Papier aus der Hand. „Das ist ja ..."

„Genau, das ist ja sehr eigenartig! Ich gehe jede Wette ein, dass Frau Frerichs es nicht war, die dort angerufen hat. Und ihre Mutter ebenso nicht."

„Aber wenn es der Junge war, was wollte er von Becker?", fragte Carsten nachdenklich.

„Das ist eine gute Frage und die werde ich morgen klären, wenn ich mir den Jungen vornehme." Hajo stockte kurz, als er hörte, dass sein Computer eine eingehende Mail ankündigte, ließ sich aber nicht beirren und sprach weiter.

„Da ist noch etwas. Auch wenn ‚unsere Tomke', wie Carsten so schön sagte, meint, dass Becker auch für den Giftmord an Frau Gärtner zuständig ist, glaube ich, dass man ihren Sohn Dirk nicht außer Betracht lassen darf. Inzwischen wissen wir, und die Wohnung zeigte es auch, dass Frau Gärtner schwere Alkoholikerin war. Das kann einen Jungen ziemlich fertig machen. Wir wissen nicht, was er alles hat durchmachen müssen. War es vielleicht eine Verzweiflungstat?", endete er und stand auf, um sein E-Mail-Konto zu kontrollieren.

Tomke schüttelte den Kopf.

„Das ist mir alles zu weit hergeholt, Jungs. Ich kann mir nicht vorstellen ..., aber gut, wir müssen allem nachgehen. Du, Hajo, sprichst morgen mit Benny und Dirk. Am besten gleich morgen früh, noch bevor sie zur Schule aufbrechen. Und du, Carsten, sei so gut und versuch die Ehefrau von Jan Becker aufzutreiben. Wenn sie noch lebt, was wir hoffen wollen, kann sie uns bestimmt einiges über ihren Mann sagen. Vielleicht ist sie ja wirklich, wie Becker behauptet, nur abgehauen. Was ich bei einem solchen Kotzbrocken durchaus verstehen könnte. Und jetzt ist aber endgültig Feierabend."

„Noch nicht ganz", stoppte Hajo ihren Aufbruch, „der Kreis schließt sich und ich sehe, dass ich gar nicht so falsch liege. Eben ist der Verbindungsnachweis von Beckers Handy gekommen. Es gibt einige Anrufe von Benjamin Eilts' Handy, der letzte heute Nachmittag, aber da lag das Handy schon bei uns auf dem Revier." Er beugte sich über seinen Schreibtisch zum Drucker hinüber und zog die ausgedruckte Liste heraus.

„Was will der Junge von Becker?", fragten Carsten und Tomke wie aus einem Munde.

Hajo drehte sich verwundert um und meinte: „Wenn ich es nicht besser wüsste, würde ich meinen, ihr seid ein altes Ehepaar."

„Eilts, stimmt ja. Der Junge heißt nicht Frerichs, sondern Eilts. Nach dem Mädchennamen seiner Mutter. Wir müssen wissen, was der Junge ... Nein, heute nicht mehr", bestimmte Tomke resolut, „Feierabend. Ich will endlich nach Hause."

„Ach Carsten", fiel Tomke dann ein, „wie geht es eigentlich Oma und Tant' Fienchen? Ich habe ein total schlechtes Gewissen, weil ich heute wieder nicht nach ihnen geschaut habe, obwohl ich in Caro war."

„Och, musst du nich', dat geit schon", zwinkerte er.

„Oh nein, ein Hesse versucht ostfriesisch, das geht ja gar nicht", zog sie ihn auf.

„Ärgere mich nicht, sonst sage ich ihnen, dass du sie total vergessen hast. Dann handelst du dir gewaltigen Ärger ein, wie ich die beiden kenne", lachte er und beantwortete dann ihre Frage: „Nein, es geht ihnen besser, wenn sich dann auch noch die ‚Darm-Influenza' beruhigt, sind sie bald wieder einsatzfähig."

„Die was? Wieso? Sie hatten doch eine ganz normale Erkältung. Wo haben die beiden sich das denn noch eingefangen?" Tomke schaute Carsten besorgt an.

Der tat betroffen und druckste herum. „Na, bei mir!"

„Wie das?"

„Ich habe es schon Michaela am Telefon erzählt und einen gewaltigen Anschiss bekommen ..., hihi, passt irgendwie ... Ich habe sie gestern mit ‚Handkäs mit Musik' und heißem Apfelwein verköstigt ..., ein ostfriesischer Magen verträgt das wohl nicht. Mehr sage ich nicht. Und jetzt gehe ich, muss nach den beiden sehen ...", und war auch schon aus der Tür. Tomke warf ihm einen Kugelschreiber nach und drehte sich zu Hajo um, der mit einem Lachanfall kämpfte.

„Ich glaube, ich rufe gleich mal an", überlegte Tomke.

„Nein, von zu Hause. Lass uns fahren. Mach das in Ruhe von zu Hause", forderte Hajo sie auf.

„Okay! Hast ja recht. Also los."

Auf dem Weg in ihre Wohnung besprachen sie noch, wie der nächste Tag ablaufen sollte und nahmen sich anschließend vor, heute nicht mehr über den Fall zu sprechen. Trotzdem zog Tomke ihr Handy aus der Tasche und gab Christof Gerdes in Wilhelmshaven einen kurzen Zwischenbericht.

Als das Telefon klingelte, sprang Greta Frerichs auf. Hoffentlich war das Benny.

„Mein Gott, Junge! Wo bist du? Geht es dir gut? Komm nach Hause, bitte!", begrüßte sie ihren Sohn. Das Display hatte ihr seine Nummer angezeigt.

„Mum, ich bin mit Dirk unterwegs. Wir sind auf Siebels Boot und da schlafen wir heute Nacht auch. Dirk geht es nicht gut, ich will ihn nicht alleine lassen."

„Aber ihr könnt doch auch hier, bei uns ..."

„Dirk will nicht. Lass uns bitte. Es ist alles okay."

„Benny, der Polizist war heute noch mal hier. Er will unbedingt mit euch sprechen. Du musst nach Hause kommen", bat sie ihn eindringlich. „Dirk kann doch mitkommen. Er kann bei uns bleiben, so lange er will. Sag ihm das."

„Ich sage es ihm, Mum! Aber heute Nacht bleiben wir hier. Ich verspreche dir, dass wir morgen zum Frühstück nach Hause kommen."

Greta Frerichs wollte ihren Sohn noch fragen, ob sie denn für heute etwas zu essen dabeihätten, aber er hatte das Gespräch schon weggedrückt.

Sie war verzweifelt. In was war ihr Sohn da hineingeraten? Sie hatte eine Entdeckung gemacht, die ihr keine Ruhe ließ. Er war immer ein guter Junge, ein richtiger Schatz. Nie hatte er ihr Ärger gemacht. Die Schule schaffte er bisher mit links, er rauchte und trank nicht, was für einen Sechzehnjährigen heutzutage nicht selbstverständlich war. Das einzige Problem war sein Vater, sein Stiefvater, aber der war doch nun tot. Ach Junge, mach mir keinen Kummer, dachte sie mit sorgenvoller Miene.

Ihre Mutter, die sie von ihrem Platz neben dem warmen Ofen mit halb geschlossenen Augen beobachtet hatte, meinte plötzlich leise: „Ja, so ist das, Greta, kleine Kinder, kleine Sorgen, große Kinder, große Sorgen. Mit den beiden Jungs stimmt etwas nicht. Ich hoffe, dass sie keine Dummheiten gemacht haben."

„Ach Mutter, wenn du wüsstest!"

„Ich weiß es, Kind, ich weiß es!"

Greta blickte ihre Mutter überrascht an. „Was weißt du, Mutter?"

„Ich war im Schuppen, Kartoffeln holen, da habe ich es bemerkt."

„Was?", fragte Greta ungläubig.

„Tu nich' so, du weißt doch genau, was ich meine. Die Dose! Sie ist weg. Es wäre mir gar nicht aufgefallen, wenn nicht das Unkrautspritzmittel, das wir im Frühjahr übrig hatten, auf dem Boden gelegen hätte. Ich dachte, die Katze hätte es umgeworfen, die verkriecht sich ja immer gerne in der Ecke, oben auf dem Schrank."

„Ja, ich weiß, wenn Hinnerk wieder einmal seine Wut an ihr ausgelassen hat."

„Dabei habe ich es bemerkt. Sie ist weg! Sie hatte immer ihren Platz in der Schublade hinten rechts. Die Lade stand ein wenig offen, was mich sehr verwundert hat. Ich habe hineingeschaut und ..."

„Wir hätten das Zeug nicht aufbewahren dürfen, ich mache mir schwere Vorwürfe." Greta stützte ihren Kopf in die Hände.

„Ja, ich weiß, aber wer denkt denn ..." Die alte Frau stöhnte leise. „... wer denkt denn auch an so was. Wie bist du denn darauf gekommen? Ich habe doch alles wieder aufgeräumt."

Greta hörte die Frage ihrer Mutter nicht, zu sehr war sie in Gedanken vertieft. „Mein Gott, man darf es sich gar nicht vorstellen", flüsterte sie.

„Greta", fragte ihre Mutter noch mal, „wie bist du darauf gekommen?"

„Ach, ich weiß nicht. Da war so ein Gefühl in mir. Dirk wirkte in der letzten Zeit häufig so bedrückt und verzweifelt. Als die Ärzte ihm am Telefon sagten, dass seine Mutter vergiftet worden sei, hatte ich so einen Gedanken und habe im Schuppen nachgesehen und bemerkt, dass die Dose weg ist. Wenn bloß nicht die Jungs ..., man darf es sich gar nicht vorstellen", stöhnte sie verzweifelt.

Plötzlich sprang sie auf.

„Ich muss den beiden etwas zum Essen bringen und eine Kanne Tee koche ich auch für sie. Die haben doch sicher Hunger."

„Weißt du denn, wo sie sind?"

Aber ihre Tochter antwortete nicht, sie war schon auf dem Weg in die Küche.

Johanna Eilts lehnte sich wieder zurück, schloss die Augen und flüsterte leise: „Ach ja, kleine Kinder, kleine Sorgen, große Kinder, große Sorgen."

Benny und Dirk waren echte ostfriesische Jungs. Sie sprachen nicht viel. Die Situation tat das Übrige.

Manchmal stellte Benny eine Frage, aber Dirk antwortete nicht oder nur ganz knapp. Er lag auf der gepolsterten Sitzbank, die Decke bis zu den Ohren hochgezogen.

Benny hatte sich auf die Bank gegenüber gesetzt und ebenfalls eine Decke um sich gelegt. Er war klirrend kalt auf dem Schiff. Der eisige Wind drang durch die einfachen Fenster. Sie hatten die Sonnenrollos heruntergelassen, um ein wenig mehr Schutz zu haben, aber das half nichts. Der Wintersturm zog derart durch die Fensterrahmen, dass sich die Rollos bewegten und hin und her wackelten. Es war dunkel auf dem Schiff und ruhig, fast totenstill. Draußen im Hafen allerdings war Leben. Der Wintermarkt im Museumshafen von Carolinensiel war trotz der Kälte inzwischen gut besucht.

Der Gedanke daran, dass Dirk seine Mutter vergiftet haben könnte, nahm immer mehr Gestalt in Benny an. Aber womit? Er hatte ihn gefragt und keine Antwort bekommen.

Seine Mutter hatte ihm gesagt, dass der Polizist noch mal da war. Wollte er zu ihm? Oder war er wegen Dirk da?

Wusste die Polizei schon etwas? „Vielleicht, dass ich meinen Vater die Treppe hinuntergestoßen habe?“, flüsterte er vor sich hin.

Jan Becker saß bei der Polizei. Hatte er etwas gesagt? Hatte Becker verraten, dass Dirk und er in der Nacht im Museum gewesen waren? Die Gedanken kreisten in seinem Kopf.

Immer wieder musste er an diese Nacht im Museum denken. An den Moment, als seine Hände auf den Brustkorb seines Stiefvaters trafen und dieser nach hinten stürzte. Plötzlich nichts mehr an den Händen zu fühlen, als er, für ihn wie in Zeitlupe, die Treppe rückwärts hinunterfiel, war furchtbar. Auch wenn er ihn hasste, sich immer wieder vorgestellt hatte, wie es sein könnte, wenn er nicht mehr da wäre, das hatte er nicht gewollt.

Plötzlich schreckte er hoch. Was war das? Auch Dirk saß plötzlich kerzengerade auf der Bank und horchte. Jemand war auf das Schiff gesprungen, und nun waren deutlich Schritte zu hören. Sie lauschten beide angespannt, was nun passieren würde. Kam gleich jemand herein? Der Eigner vielleicht? Becker konnte es nicht sein, überlegte Benny, der saß bei der Polizei. Oder? Wieder waren Schritte zu hören.

Leise Schritte, die vor dem Eingang hin und her gingen, als suchte jemand nach ihnen.

„Wer ist das?“, flüsterte Dirk, als jemand an die Scheibe klopfte.

„Pst!“ Benny hielt sich den Zeigefinger vor den Mund. „Ich weiß es nicht, leise. Warte!“

Benny hob ganz vorsichtig das Rollo zur Seite und spähte hinaus. Da stand jemand vor der Tür. Schlank, nicht sehr groß, mit dunkler Jacke und Mütze, mehr konnte er nicht sehen. Es klopfte wieder und die Person drehte sich ein wenig in seine Richtung. Als er erkannte, wer es war, atmete er auf. Er ließ einen erleichterten Seufzer hören.

„Meine Mum“, erklärte er in Dirks Richtung und verdrehte die Augen. „Was will die denn?“

Er rutschte aus der Bank und ging zur Tür. Als er sie öffnete, wollte Greta etwas sagen, aber er zog sie schnell in den dunklen Raum und schloss wieder ab.

„Mensch Mum, was willst du denn? Du hast uns erschreckt!“

„Ich habe euch etwas zu essen eingepackt. Hier!“

Sie hielt Benny einen Korb entgegen.

Als Benny genervt aufstöhnte, meinte sie: „Ihr habt doch sicher Hunger. Sonst vergeht keine Stunde, ohne dass du nach etwas Essbarem rufst. Tee habe ich auch mitgebracht und eine Flasche von eurer geliebten Cola. In der Box sind belegte Brote ...", und deutete auf ihre Mitbringsel.

„Wo ist denn Dirk?"

Greta Frerichs schaute sich um. Es war so dunkel in der Schiffskabine, dass sie ihn hinten auf der Bank nicht sehen konnte.

„Ich bin hier!", kam es gequält aus der Ecke. „Danke für die Brote, aber wir ..."

„Keine Widerrede, ihr müsst etwas essen und trinken", wurde Bennys Mutter energischer. „Wenn ihr schon nicht nach Hause kommt, dann bestehe ich darauf, dass ihr etwas esst. Ich kann euch vom Wintermarkt auch noch eine Bratwurst holen, oder Kibbeling von Ady ..."

„Nein!", riefen die beiden Jungs wie aus einem Mund. Am Ende würden sie noch auffallen, wenn Greta hier ein und aus ginge. Schließlich befanden sie sich ohne die Erlaubnis des Besitzers auf diesem Schiff.

Benny griff beschwichtigend ein. „Nein, lass mal, Mum. Danke für die Verpflegung. Wir haben eigentlich auch langsam Hunger, nicht wahr, Dirk? Danke, aber jetzt geh wieder, wir wollen alleine sein und Dirk muss nachdenken, wie es für ihn weitergeht. Morgen kommen wir nach Hause, versprochen."

Er nahm ihr den Korb ab. Wenn sie nur bloß endlich gehen würde!

„Jungs, macht keinen Blödsinn. Ich weiß nicht, was mit euch los ist, aber macht bitte keinen Blödsinn." Und in Dirks Richtung, der noch immer auf seiner Bank in der Ecke saß: „Dirk, nimm es dir nicht zu sehr zu Herzen, das mit deiner Mutter. Und", sie stockte kurz,

„wenn du etwas getan hast, was ... ich meine ...", Greta Frerichs stockte wieder und meinte dann mit fester Stimme: „Dirk, du bist nicht volljährig, bist fast noch ein Kind und hast viel durchgemacht. Das lässt sich alles erklären, glaube mir. Es gibt Anwälte und Psychologen, die dir helfen werden. Bestimmt. Aber du musst dir helfen lassen. Und noch eines, bei uns ist immer ein Zuhause für dich. Du bist doch schon lange wie ein zweiter Sohn für mich."

Sie wandte sich Benny zu: „Ich lasse euch für die Nacht hier auf dem Schiff, wenn ihr das unbedingt wollt. Aber morgen früh kommt ihr nach Hause. Der Polizist kommt und will euch befragen. Ihr müsst, wenn ihr nicht wollt, auch anschließend nicht in die Schule. Die ganze Angelegenheit ist Entschuldigung genug. Morgen um acht Uhr erwarte ich euch", endete sie mit einer Stimme, die keine Widerrede duldete.

Sie nahm Bennys Kopf zwischen ihre Hände und hauchte ihm einen Kuss auf die Stirn.

Als Benny die Tür hinter ihr zugeschoben hatte, flüsterte Dirk: „Die ist schon klasse, deine Mum." Plötzlich zuckte er zusammen. „Was hat sie denn damit gemeint? Weiß sie etwas?"

Benny schaute ihn fragend an. „Was meinst du?"

„Sie sagte doch etwas von ... wenn ich etwas getan hätte ... und ... durchgemacht ... und ... nicht volljährig, von Psychologen und Anwälten. Benny", schrie er auf, „sie weiß es!"

„Was?"

„Dass ich es war, das mit meiner Mutter, dass ich es war!"

Benny konnte sich nicht erklären, wie er darauf kam.

„Wie soll sie es denn wissen? Das kann doch gar nicht sein."

„Vielleicht hat sie entdeckt, dass die Dose weg ist?"

„Welche Dose? Dirk, du sprichst in Rätseln. Erzähle mir endlich, was du getan hast." Benny packte seinen Freund bei den Schultern und schüttelte ihn. „Mensch, sag endlich, was los ist!"

„Okay, ich erzähle es dir, aber bring den Korb mit, ich habe Hunger und Durst. Du nicht?"

Es dauerte lange, bis Dirk geendet hatte. Immer wieder kamen ihm die Tränen, zwischendurch schwieg er minutenlang. Einerseits war er entsetzt darüber, dass er überhaupt auf einen solchen Gedanken gekommen war, andererseits aber suchte er nach Erklärungen, vielleicht auch nach einer Entschuldigung.

„Ich habe es einfach nicht mehr ausgehalten. Das mit Mama wurde immer schlimmer. Sie hat mich ständig angemacht, dass ich ihr neue Flaschen besorgen soll. Schnaps und Pfefferminzbonbons, Schnaps und Pfefferminzbonbons, ich konnte es einfach nicht mehr hören. Zwischendurch hat sie mir immer wieder versprochen, dass sie damit aufhört und in eine Klinik geht, aber dann … Am schlimmsten war es, wenn sie einen Mann bei sich hatte, dann habe ich es gar nicht ausgehalten und bin raus, bin draußen rumgelaufen und erst zurück, wenn der Typ weg war. Als ich dann bei euch diese Dose mit dem Gift gefunden habe, war plötzlich der Gedanke in mir und ließ mich nicht mehr los. Ich habe sie auch nur mitnehmen wollen, erst mal, weil es so in meinem Kopf war. Hab sie einfach eingesteckt. Aber dann ... Ich bin schuld, dass sie tot ist!" Er schluchzte wieder heftig.

„Wo bei uns hast du denn diese Dose gefunden?", wollte Benny wissen.

„Im Schuppen, in einer Schublade. Ich weiß auch nicht, warum ...", schniefte er.

„Bei uns im Schuppen? Ich wusste gar nicht, dass es da so etwas gibt", meinte Benny verwundert. „Was wolltest du denn im Schuppen?", wollte er dann wissen.

„Ich, ich ...", Dirk stotterte und druckste herum, „ich habe die Bibel gesucht", gestand er dann.

„Aber ich habe dir doch gesagt, dass ich sie ins Museum zurückgebracht habe", begehrte Benny auf.

„Hast du nicht! Glaubst du denn, ich bin doof? Das habe ich dir damals schon nicht geglaubt und jetzt erst recht nicht. Womit erpresst du Becker denn, wenn du die Bibel nicht hast?", fauchte er böse und schlug seinem Freund gegen die Schulter.

Benny erschrak. So wütend hatte er Dirk noch nie gesehen.

Sollte er ihn einweihen? Konnte er es riskieren, dass Dirk das Versteck kannte?

„Bist du mein Freund oder nicht?", fragte Dirk leise von der Seite.

„Bist du mein Freund?", fragte Benny zurück.

Sie schauten sich lange an.

„Freunde!", meinte Benny dann. „Freunde für immer und ewig!", beschwor er ihn.

„Freunde!", schwor auch Dirk.

Benny rutschte auf der Bank ganz nah an Dirk heran und schaute sich vorsichtig um. Und als hätte er Angst, dass jemand ihn hören könnte, flüsterte er: „Ich habe sie versteckt."

„Wo?", fragte Dirk.

„Auf dem Ponton, unter dem schwimmenden Weihnachtsbaum im Hafen. Aber zu niemandem ein Wort. Wenn die Polizei Becker wieder laufen lässt, will er sie haben, ganz sicher. Bis dahin bleibt sie dort. Der soll dafür bezahlen."

„Lange kannst du sie dort aber nicht lassen", warf Dirk ein. „Wenn der Weihnachtsbaum abgebaut wird, musst du dir was anderes einfallen lassen. Ist ja wohl klar."

„Ja, aber das hat Zeit. Das wird vor dem 10. Januar nicht passieren. Das war doch schon immer so. Erst wenn die Weihnachtstouristen abgereist sind, kommt der Baum weg. Bis dahin muss Becker bezahlt haben."

Die beiden Freunde verfielen wieder in ein Schweigen. Jeder von ihnen hing seinen Gedanken nach. Dirk fühlte sich irgendwie besser, jetzt, wo er seinem Freund erzählt hatte, was passiert war. Aber sonst, sonst konnte er es niemandem erzählen. Er wollte nicht ins Gefängnis. Andererseits, vielleicht hatte Bennys Mutter ja recht und man würde ihn verstehen. Warum er das Gift mitgenommen hatte und warum er es zu Hause ... Er schüttelte sich und wollte nicht weiter darüber nachdenken. Aber er konnte die wiederkehrenden Gedanken nicht abschütteln. Sollte er vielleicht wirklich zu Benny und seiner Familie ziehen? Er hatte doch sonst niemanden. Einen Vater hatte er, ja! Aber der war vor langer Zeit schon abgehauen und hatte ihn bei der saufenden Mutter zurückgelassen. Manchmal, wenn seine Mutter besonders schlimm drauf war, hatte sie ihm vorgeworfen, dass er, Dirk, schließlich schuld sei, dass sein Vater sie vor Jahren verlassen hätte. Lange hatte er es geglaubt. Was konnte ein Kind auch anderes tun, als seiner Mutter zu glauben? „Besorg mir eine Flasche, damit ich es aushalte", hatte sie oft geschrien, wenn wieder einmal kein Geld im Haus war und ihn losgeschickt. „Schließlich bist du schuld, dass er weg ist." Dann ist er schon als ganz kleiner Knirps losgezogen und hat im Supermarkt Schnaps geklaut. Kaufen ging ja schließlich nicht. Schnaps und Pfefferminzbonbons. Irgendwann einmal hatte er ganz nebenbei wohl bei Greta Frerichs erwähnt, was seine Mutter behauptete und die hatte ihm erklärt, dass das nicht stimme. Er habe daran keine Schuld. Kinder hätten nie Schuld. „Egal was passiert", sprach sie damals eindringlich, „Kinder haben nie Schuld an dem, was wir Erwachsenen tun. Dafür sind wir ganz alleine verantwortlich. Merke dir das, Dirk!"

Damals war er vielleicht neun oder zehn Jahre alt gewesen, aber vergessen hatte er Gretas Worte nie.

Trotzdem ist er immer wieder losgezogen, nach Schnaps, Wein und Pfefferminzbonbons. Als er dann so alt war, dass er sich ein wenig Geld verdienen konnte, musste er die Sachen für seine Mutter nicht mehr klauen oder nur noch selten. Denn immer klappte auch das nicht. Plötzlich fiel ihm ein, dass er total vergessen hatte, den Anzeiger für Harlingerland auszutragen. Seit der Nacht im Museum hatte er es nicht mehr getan. Jetzt war er diesen Job auch los.

Benny hatte ganz andere Gedanken. Klar beschäftigte ihn das, was Dirk ihm erzählt hatte und sein Freund tat ihm auch wirklich sehr leid. Aber er hatte auch Sorgen. Andere. Nicht nur, dass er seinen Stiefvater die Treppe hinuntergestoßen hatte, nein, es gab auch noch das Problem mit der Bibel. Und konnte er seiner Mutter sagen, was er getan hatte? Vielleicht hatte sie ja Verständnis für Dirk und seine Tat. Aber hatte sie auch Verständnis für ihn? Was würde sie sagen, wenn sie erführe, dass er abhauen wollte? Dass er eigentlich nur deshalb in dieser Nacht im Museum war? Und das Geld für die Bibel! Das wollte er natürlich auch nicht abschreiben.

Beide Jungs saßen mit aufgestützten Köpfen auf der engen Bank unter Deck des Ausflugsdampfers. Tief in ihre Gedanken versunken.

Draußen im Museumshafen war es längst still geworden. Der Wintermarkt hatte geschlossen, die Weihnachtsmusik war verstummt und die Besucher nach Hause gegangen.

Benny gähnte und Dirk fiel ein. Sie waren beide sehr müde.

Dirk stand wortlos auf und holte zwei weitere Decken aus dem Innenleben der Sitzbänke und reichte eine davon Benny. „Lass uns schlafen. Ich glaube, morgen gibt es einiges zu erledigen. Deine Mutter sagte, dass der Polizeibeamte um acht Uhr bei euch ist und mit uns reden will. Dafür müssen wir ausgeschlafen sein."

Jeder von ihnen nahm seine beiden Decken und verzog sich auf eine der gepolsterten Bänke. Wenigstens das, dachte Benny. Trotz der zweiten Decke fror er erbärmlich.

Feierabend, Tacos und ein unangenehmes Telefongespräch

Sie hatten beide Hunger, wollten aber nicht schon wieder Pizza bestellen und auf belegte Brote hatte Tomke keine Lust. Irgendwie musste es etwas Warmes sein. Aber was? Als Hajo das Fahrzeug vor dem Haus parkte, überlegte Tomke noch immer, was man jetzt essen könnte. Wenn sie nach einem solchen Tag kalt essen musste, würde das ihre Laune nicht unbedingt heben. Tomke konnte, wenn sie nicht regelmäßig warmes Essen bekam, sehr ungemütlich werden. Essen gehen? Jetzt? Nein, das wollte sie auch nicht. Sich gemütlich irgendwo hinsetzen und etwas richtig Gutes essen, das wäre es. Aber nicht in einem Lokal, nicht zwischen fremden Menschen.

Sie seufzte laut. Außerdem musste sie ja auch noch mit Oma und Tant' Fienchen telefonieren. Und das alles mit leerem Magen? Ihre Stimmung sank von Minute zu Minute. Als sie auf das Haus zugingen, klingelte Tomkes Handy.

Ilka, las sie auf dem Display. „Meine Güte Ilka, von dir habe ich ja lange nichts mehr gehört", meldete sie sich.

„Mir geht es nicht anders, Tomke. Deshalb auch jetzt, so ganz spontan, mein Anruf. Einen Versuch ist es wert, dachte ich. Aber wahrscheinlich hast du wieder einmal keine Zeit und musst gruselige Mörder fangen."

„Wozu habe ich keine Zeit?", fragte Tomke erwartungsvoll, denn sie wagte nicht zu hoffen, was kommen könnte.

„Enrique lässt fragen, ob ihr Lust habt ..."

„Sprich nicht weiter Ilka", unterbrach sie ihre Freundin. „Sag nicht, dass Enrique seine wunderbaren Tacos gemacht hat?"

Tomke lief das Wasser im Mund zusammen. Enrique, der mexikanische Mann ihrer langjährigen Freundin Ilka, hatte immer mal wieder ganz spontan die Idee, seine berühmten mexikanischen Tacos zu machen. Was ja nicht wirklich die Kunst war, denn die Fladen bekam er fertig vom einem Händler für mexikanische Lebensmittel. Aber die Füllung! Wahrscheinlich hatte er wieder Stunden in der Küche gestanden und verschiedene Füllungen aus Gemüseeinlagen, Schafskäse, Soßen würzig bis feurig-scharf und vor allem sein sensationelles Bohnenmus gezaubert. Wenn er dann fast fertig war, durfte Ilka ein paar Freunde anrufen und zu einem spontanen Tacoabend einladen. Manchmal auch am späten Abend, wie heute.

„Es sei denn, der Weg hinaus zu uns auf den Hof ist dir heute Abend und um diese Zeit zu weit!", frotzelte Ilka, wusste sie doch, wie sehr Tomke die mexikanischen Gerichte ihres Mannes liebte.

„Zu weit!", rief die entsetzt; Hajo erschrak und blickte zu Tomke hinüber. Er hatte gar nicht richtig zugehört. Ob wohl wieder etwas passiert war? Ich will jetzt nicht mehr arbeiten, dachte er. Ich habe Hunger.

„Für eure Tacos würde ich noch viel weiter fahren, Ilka. Das weißt du. Und ja! Ich habe Zeit und Hajo natürlich auch", jubelte sie.

Tacos? Ilka? Hajo hoffte, dass es das war, woran er dachte. „Tacos?", rief er. „Wir kommen!"

„Du hast es gehört, Ilka. Wir sind unterwegs. In fünfzehn Minuten sind wir da."

Sie kehrten sofort um und gingen zurück zum Auto.

„Da bin ich aber froh, mein Schatz. Der Abend ist gerettet und ich muss nicht die hungrige Laune meiner Geliebten ertragen." Tomke schubste ihn an und knurrte: „Sag nicht Schatz zu mir, sonst muss ich immer an den Jungen vom Strand in Harlesiel denken."

Hajo schaute sie fragend an. Du sprichst wieder einmal in Rätseln, Tomke, dachte er.

Während der Fahrt nahm Tomke nochmals das Handy aus der Tasche und rief bei Oma und Tant' Fienchen an. Ein Blick auf die Uhr zeigte ihr, dass das jetzt gerade noch möglich war. Nach Carstens kurzer Andeutung von vorhin, erwartete sie eine gewaltige Schimpftirade. Aber Oma hatte sich wohl wieder erholt und meinte nur, dass es doch schon sehr bemerkenswert sei, dass Carsten sich um sie und ihre Schwester kümmern müsse. Michaela liege ja im Krankenhaus, der könne man keine Vorwürfe machen. Aber dass Tomke, ihre einzige Verwandte, nicht nach ihnen schaue, das ließe tief blicken. Da müsse so etwas ja passieren. Zum wiederholten Male drohte sie ihr mit Enterbung. Dass das nicht wirklich ernst gemeint war, wusste Tomke und trotzdem gab sie sich zerknirscht. Kurz darauf hatte Oma sich wieder beruhigt und erzählte mit dem ihr eigenen Humor, dass es doch von Vorteil sei, zwei Toiletten im Hause zu haben. Und ein Gutes habe die Aktion noch gehabt, sie hätten auf diese Weise eine Darmreinigung bekommen. Ob Tomke denn auch noch mit Tant' Fienchen sprechen wolle, fragte sie zum Schluss. „Nein, Oma. Besser nicht. Sonst bekomme ich von ihr die gleiche Abreibung noch mal. Geht es euch denn sonst besser, die Erkältung, meine ich."

„Das sage ich nicht. Komm vorbei und sieh selbst. Tschüss Kind, ich geh jetzt ins Bett."

Tomke schaute verblüfft auf ihr Handy. Oma hatte einfach aufgelegt.

Obwohl der Weg zum Hof ihrer Freundin im Dunkeln nicht leicht zu finden war, fuhr Hajo gerade dort vor. Von Weitem waren schon die Hunde zu hören, die wie immer freudig bellend angelaufen kamen.

Es war eben vor sieben Uhr[5], als Hajo „Swantje zwo" anwarf.

Tomke kam aus dem Bad und meinte: „Ich habe es mir anders überlegt, Hajo. Ich fahre mit dir nach Carolinensiel, du gehst zu den Frerichs' und mich setzt du bei Oma ab. Sonst sind die beiden mir bis in alle Ewigkeit böse."

Sie wollte nur einen starken Espresso trinken. Essen konnte sie jetzt noch nichts, zu sehr hatten sie in der Nacht bei Enriques Tacos zugeschlagen. Und spätestens bei Oma und Tant' Fienchen würde sie wieder zum Essen genötigt.

„Okay, dann setze ich dich da ab, treffe die beiden Jungs und hole dich von dort auch wieder. So mokt wi dat."

Er gab ihr einen Kuss auf die Nasenspitze, nahm seine Espressotasse und verschwand im Bad.

Kurz bevor sie losfahren wollten, klingelte das Telefon und Carsten teilte Tomke mit, dass er schon im Büro sei.

„Im Haus war es so still, da konnte ich nicht mehr schlafen. Marie würde jetzt sagen ‚Das ist ein Widerspruch in sich', aber es ist nun mal so. Wenn meine beiden Mädels nicht da sind, ich Maries Geplapper nicht höre, halte ich es im Haus nicht aus. Aber hier im Büro konnte ich schon etwas Sinnvolles tun und nachher gehe ich einer Spur nach, die sich gerade aufgetan hat. Vielleicht weiß ich, wo Beckers Frau ist. Ich bin durch einen

[5] Eben vor und eben nach, eine ostfriesische Bezeichnung für die Uhrzeit.

dummen Zufall darauf gekommen. Mehr später, wenn ihr auf dem Revier seid."

Tomke wollte etwas entgegnen, aber Carsten unterbrach sie: „Auf der anderen Leitung kommt ein Gespräch, ich muss Schluss machen", meinte er und drückte das Gespräch weg.

„Sag mal, was soll denn das? Das hat Oma gestern Abend erst mit mir gemacht. Haben die sich abgesprochen?"

„Da siehst du mal, wie das ist", rief Hajo aus der Küche. Und: „Wir können, bist du fertig, Frau?"

„Frau?", Tomke war entsetzt.

„Nun, Schatz darf ich ja nicht", meinte Hajo lakonisch und schob sie durch die Wohnungstür.

Tomke stöhnte gequält auf. Ich weiß genau, was Oma jetzt sagen würde, überlegte sie: „Tomke hat ihren Meister gefunden!"

Sie nahm Hajo den Autoschlüssel aus der Hand und entschied: „Ich fahre, Meister!"

In Carolinensiel nahm sie Omas Deichauffahrt mit Schwung, parkte vor der Garage und stieg grinsend aus.

Hajo rutschte stirnrunzelnd auf den Fahrersitz rüber. „Tomke wieder, das hätten wir auch einfacher haben können", brummte er leise und laut meinte er: „Grüß schön, ich fahre gleich weiter."

Sie zwinkerte ihm zu und zog ihren Schlüssel aus der Tasche, aber das war nicht nötig. Tant' Fienchen öffnete gerade mit einem Gesichtsausdruck die Tür, als wäre ein Unwetter mit Schlagregen angekündigt.

„Wie siehst du denn aus?", begrüßte Tomke sie und gab ihr einen Kuss auf die Nase.

„Ich muss die Mülltonnen gleich sauber machen, die Müllabfuhr war da."

Tant' Fienchen trug eine alte Jogginghose, die um ihren dünnen Körper schlackerte, eine graue Kapuzenjacke und darüber einen alten, verschlissenen Anorak. Die Kapuzen beider Kleidungsstücke trug sie übereinander, hatte sie tief ins Gesicht gezogen und vorne zugebunden. Ein Anblick zum Schreien. Es waren nur noch ihre Augen, die spitze Nase und der Mund zu sehen. Das, was jetzt noch an Gesicht zu erkennen war, ließ trotzdem den Schluss zu, dass ihr etwas über die Leber gelaufen war.

„Ich meine nicht deine Klamotten, das ist ja deine Arbeitskleidung, wenn du die Tonnen reinigst. Wat kiekst du so dröselig, wollte ich wissen."

„Wat soll schon?", fragte sie zurück.

„Nun sag schon!"

„Ach, deine Oma hat wieder was zu meckern. Nur weil ich die Tonnen sauber machen will. Aber jemand muss das doch machen."

Sie fuchtelte mit den Händen, als würde sie schon den Putzlappen schwingen.

„Was soll ich dazu sagen?", meinte Tomke resigniert. „Ich fand das noch nie für nötig, dass du jedes Mal, wenn die Müllabfuhr da war, dieses Ganzkörperkondom anziehst und in die Tonnen kletterst. Das ist doch nicht normal. Aber bitte, des Menschen Wille ist sein Himmelreich."

„Dat mut!", behauptete Tant' Fienchen und ging zur Straße, um die Mülltonnen in den Hof zu ziehen.

„Irgendwann fällst du mal rein in eine deiner Tonnen und bist verschwunden", lachte Tomke und ging ins Haus.

„Kannst deiner Oma ausrichten, ich frühstücke, wenn ich fertig bin", rief Fienchen ihr noch nach.

„Dass man dich auch mal wieder sieht!", wurde Tomke in der Küche begrüßt und bekam einen feuchten Schmatzer mitten ins Gesicht.

„Traumhafte Begrüßung, kann ich nur sagen. Ich kann auch wieder gehen. Erst Fienchen und nun du!"

„Sei bloß nicht so empfindlich", mahnte ihre Oma und schob sie auf die Sitzbank hinter dem Tisch. „Ich hab den Tee fertig, setz dich, Kind!"

Tomke rutschte hinter den großen Esstisch und fragte: „Wie geht es dir Oma? Dir und Tant' Fienchen."

„Besser. Viel besser. Vor allem, seit wir die Darmsanierung hinter uns haben", erzählte sie und lachte laut. „Zuerst habe ich mir ja Sorgen um Fienchen gemacht. So dünn wie sie ist. Aber auch ihr ist es gut bekommen. Das können wir wiederholen. Nur so schnell eben nicht!"

„Carsten hat ein schlechtes Gewissen", warf Tomke ein.

„Muss er nich' und das hab ich ihm gestern Abend auch gesagt", beschwichtigte Oma. „Alles ist gut."

Sie goss Tomke von dem schwarzen Tee ein und schob die Dose mit den Kluntjes über den Tisch. Wortlos ging sie zum Brotschrank.

„Oma, ich kann es nicht sehen", rief Tomke entsetzt aus, als die alte Dame den Brotlaib gegen ihre Brust drückte und mit dem Messer zwei dicke Scheiben abschnitt. Glatt wie mit der Maschine geschnitten. „Irgendwann hast du das Messer in der Brust, ich schwöre es dir", stöhnte Tomke.

„Dann kommst du und suchst den Mörder", meinte Oma trocken.

Sie ging in die Speisekammer und kam mit einem Holzbrett wieder, auf dem mehrere Dosen Wurst, ein Gurkenglas und selbst gemachte Marmelade standen.

„Wer soll das bitte essen, Oma?"

„Du! Und Hajo! Ich hoffe, er kommt auch gleich. Ist er noch draußen bei Fienchen?"

„Nein, er ist zu einer Vernehmung in die Wittmunder Straße gefahren. Er holt mich dann wieder ab."

„Aber nicht ohne anständiges Frühstück. Fienchen und ich haben auch noch nicht gefrühstückt. Ich rufe sie mal."

„Kannst du vergessen. Die klettert gerade in der Mülltonne herum."

Oma verdrehte die Augen. „Dabei hab ich ihr ausdrücklich ..."

„Keine Chance, kennst sie doch."

„Was macht dein Hajo denn in der Wittmunder?", wollte Oma wissen. „Ist es wegen dem Hinnerk?"

„Ja! Kanntest du ihn? Das muss ja ein richtiger Saukerl gewesen sein. Ich soll dich übrigens von seiner Schwiegermutter grüßen."

„Von der Johanna? Von der Johanna Eilts? Danke! Wie geht es ihr denn?"

„Na ja, sie sitzt in ihrem Sessel am Ofen. Ist wohl immer müde."

„Daran ist der Hinnerk schuld. Früher war die Johanna immer fit und flink wie ein Wiesel. Aber der Kerl hat ihr den ganzen Lebensmut und die Kraft genommen. Ich behaupte mal, der hat sie auch geschlagen und die Greta und den Jungen auch. Ein Glück für alle, dass er weg ist."

„Das darfst du so aber nicht sagen, Oma", mahnte Tomke.

„Ja, ich weiß, Frau Kommissarin, das willst du nicht hören. Aber der hat's verdient, das sage ich dir."

Sie wurde immer lauter. Ob es daran lag, dass sie sich so in Rage geredet hatte oder daran, dass ihr Hörgerät immer wieder piepste, war nicht zu erkennen. Tomke jedenfalls beschwor sie, doch nicht so zu schreien. „Ich höre noch gut, Oma."

„Noch!", konterte Oma trocken.

Sie erzählte ihrer Enkelin, was sie so alles über die Familie und vor allem über den „unmöglichen Kerl", den Hinnerk wusste. Dass er nicht nur einmal im betrunkenen Zustand auf dem Müllauto saß und in Schlangenlinien durch die Straßen gefahren sei. Mülltonnen habe er dabei umgerissen und viele Anwohner hätten sich über ihn beschwert.

„Und noch etwas“, nun senkte sie die Stimme und flüsterte fast, „die Kleine vom Bauer Berthold, die soll er vergewaltigt haben. Sagt man. Und nicht nur die!“

„Weißt du das genau?“, wollte Tomke wissen.

„Ich war nicht dabei, aber man erzählt sich das. Die Kleine hat es einer Kollegin erzählt, die sie danach wohl gefunden hatte. Später soll sie nie mehr darüber gesprochen haben. Jetzt sagt man, sie sei ein bisschen..., na du weißt schon ..., daneben halt. Hat das wohl nicht so ganz verkraftet. Sie lässt sich, heißt es, von ihrem Vater ins Büro fahren und abends wieder abholen. Ansonsten verlässt sie, seitdem das passiert ist, das Haus nicht mehr. Hat ihr wohl ziemlich zugesetzt.“

„Ist sie denn nicht zur Polizei gegangen und hat den Kerl angezeigt?“

Oma zuckte mit den Schultern.

„Hat sich wohl geschämt! Mehr weiß ich auch nicht.“

Tomke schüttelte den Kopf und griff nach einer Scheibe Brot. Sie nahm ein Wurstglas vom Brett und fragte: „Oldewurtel?“

„Was sonst?“, erklärte Oma. „Ist doch selbstverständlich. Seit Michaela und Carsten nebenan wohnen, komme ich da auch regelmäßig hin. Michaela nimmt mich mit oder ich schreibe ihr einen Zettel. Jetzt ist immer Vorrat im Haus. Nun iss, Kind! Schluss mit Schnack!“

Tomke trank ihren Tee und goss sich gleich noch einmal nach. Eigentlich mochte sie lieber Kaffee. Bei ihren beiden hier schmeckte der Tee aber doch immer wieder gut.

Tomke wollte gerade nach der verstorbenen Rieke Gärtner fragen, als die Tür aufging und Tant' Fienchen hereingeschossen kam. Den Anorak hatte sie draußen gelassen, er könnte ja die Wohnung verschmutzen, Jogginghose und Kapuzenshirt schlabberten alleine um sie herum.

„Fast sauber!“, rief sie zufrieden. „Wat mut, dat mut! Dat geit nich, dat die Tonnen nich geputzt sind.“

„Dann frühstücke jetzt mit uns!“, forderte Tomke sie auf und deutete auf den Platz neben sich.

„So?“, tat Fienchen entsetzt und deutete auf ihre Kleidung.

„Das wirst du nicht erleben“, erklärte Oma. „Jetzt geht sie sich erst waschen. Immer das gleiche Prozedere! Das kann dauern.“

Fienchen hob drohend den Finger: „Schnack nich, Schwester, ich bin auch noch nicht fertig. Muss gleich noch mal ran!“ Als Fienchen mit einer Zahnbürste in der Hand erneut durch die Küche Richtung Haustüre lief, schüttelte Oma den Kopf und meinte: „Jetzt geht sie auch noch mit der Zahnbürste ran.“

„Die Scharniere!“, rief Fienchen nur.

Tomke schaute ihr achselzuckend hinterher und machte einen neuen Versuch, nach Rieke Gärtner zu fragen.

„Ach ja, die Rieke“, seufzte Oma, „das ist so eine Geschichte! Jetzt ist der Junge, der Dirk, ganz alleine. Haben mir immer leidgetan, die Rieke und ihr Junge.“

„Das hat Frau Eilts auch gesagt. Was ist denn das für eine Sache mit der Rieke? Warum hat sie so getrunken?“

„Eine lange Geschichte, Kind. Eine sehr lange Geschichte. Ich ...“

Tomke horchte auf, denn draußen fuhr ein Auto vor.

„Das ist sicher Hajo. Warte bitte, bis er da ist“, bat sie, „dann kann er die Geschichte um die Rieke auch hören. Das kann sehr wichtig für uns sein.“

„Wieso, was habt ihr denn mit ihr zu tun?“

„Weißt du denn nicht, dass sie tot ist?“, fragte Tomke überrascht.

„Doch, aber ...“

„Sie wurde vergiftet, Oma."

„Nein! Der arme Junge!"

Diese Aufregung wurde unterbrochen, als von draußen aufgeregte Stimmen und Geschrei zu hören waren. Hajo kam lachend in die Küche und wurde von Oma herzlich begrüßt. Die beiden drückten und herzten sich, dass es fast nicht anzusehen war, wie Tomke immer behauptete.

„Ist das nun gut mit euch? Oder wollt ihr heiraten?"

Hajo setzte sich neben Tomke auf die Bank und gab ihr ebenfalls einen Kuss.

„Wir sind im Dienst", brummte sie.

Oma und Hajo grinsten sich an und riefen: „Sie nun wieder", wie aus einem Munde. Tomke musste lachen.

„Was war das denn für ein Geschrei eben vor der Tür?", wollte Oma wissen.

„Fettnapf lässt grüßen", grinste Hajo. „Fienchen war fast komplett in die gelbe Tonne gekrochen, da habe ich im Vorbeigehen den Deckel zugeklappt. Sollte ein Spaß sein, fand sie aber nicht lustig. Ist heute wieder Mülltonnenputztag?"

Oma tippte sich gegen die Stirn: „Ja, die spinnt, meine Schwester. Sag ich doch!"

Tomke wurde ungeduldig.

„Also, nun leg mal los, Oma. Was ist das für eine Geschichte um Rieke Gärtner? Nun ist Hajo da. Übrigens, was hast du denn im Hause Frerichs erfahren? Waren die Jungs da?", wollte sie wissen.

„Ja, später! Lass Oma jetzt erst mal erzählen, was sie über Frau Gärtner weiß. Das passt ganz gut."

Oma goss auch Hajo Tee ein und schnitt ihm Brote ab.

„Ihr esst, ich erzähle", beschloss sie.

Es dauerte eine ganze Weile, bis Oma die Geschichte von Rieke Gärtner berichtet hatte.

Diese sei vor Jahren hier in Carolinensiel im Urlaub gewesen. Damals hieß sie Ulrike Berghammer und kam aus

Bayern. In diesem Urlaub lernte sie Beert Gärtner kennen und die beiden wurden ein Paar. Ulrike wollte hier im Norden bleiben, aber ihre Eltern hatten anderes mit ihr vor. Sie sollte wohl deren Betrieb übernehmen.

„Einziges Kind und so!", erklärte Oma.

Aber Ulrike hätte sich geweigert und sei hiergeblieben. Beerts Eltern allerdings seien gegen die beiden gewesen, denn mit einer „Zugereisten" konnte man hier im Norden nichts anfangen. Die Gärtners, so erzählte Oma weiter, hätten Beert immer mehr zugesetzt, aber der blieb dabei und heiratete seine Ulrike. Dann kam Dirk. Den akzeptierten die Eltern, war er doch ihr einziger Enkel. Aus Ulrike wurde Rieke, von den Eltern verstoßen, von den Schwiegereltern nie akzeptiert und im Ort fasste sie auch nie richtig Fuß. Irgendwann fing sie dann an zu trinken, was am Anfang wohl keiner bemerkte. Als der kleine Dirk so circa fünf Jahre alt war, erzählte Oma weiter, seien dann hintereinander die beiden alten Gärtners gestorben und Beert stand mit dem Kind, der trinkenden Frau und wohl etlichen Schulden alleine da. Das habe er nicht verkraftet und sei weg. Wohin wusste Oma nicht. Johanna Eilts und ihre Tochter Greta hätten anfangs noch Kontakt zu Beert gehabt, der wohl bei ihnen immer mal nach Dirk fragte. Aber irgendwann hätten sie nichts mehr von ihm gehört, hätte Johanna ihr einmal auf dem Friedhof erzählt. Keiner wisse, wo Dirks Vater jetzt sei, endete Oma und atmete tief durch.

„Der arme Junge", seufzte sie zum Schluss. „Irgendwann fing das dann auch mit den Männern an, die sie wohl gegen Bezahlung ..., na, ihr wisst schon", winkte Oma ab.

„Es muss doch herauszufinden sein, wo der Vater steckt", meinte Hajo, „wenn nicht wir, wer dann?"

„Was aber nicht unser Hauptproblem ist", fand Tomke und stand auf.

„Komm, Hajo, wir müssen los, unterwegs kannst du mir ja erzählen, was es bei den Frerichs gab."

Sie wollten sich gerade von Oma verabschieden, als Tant' Fienchen hereinkam und sich beschwerte: „Wie, ihr wollt schon los?"

„Bist doch selbst schuld, wenn du Tonnen putzt, wenn die Kinder da sind!", erklärte Oma.

„Wat mut, dat mut! Und ich muss jetzt ins Bad", beschloss Fienchen und war auch schon verschwunden.

„Sag ich doch. Nach Tonnenputzaktion kommt jetzt die ‚Fienchenputzaktion'. Die spinnt, meine Schwester!"

Oma umarmte Tomke und Hajo, jeder bekam einen nassen Schmatzer auf die Wange und die Aufforderung mit, doch bald mal wiederzukommen. So lange wolle sie nicht wieder warten, meinte Oma vor der Tür. Fienchen war nicht zu sehen, sie hatte sich wohl tatsächlich ins Bad zurückgezogen.

„Auch gut!", entschied Tomke beleidigt. „Dann eben nicht!"

So war sie eben.

Benny hatte sich in der Nacht noch den Wecker in seinem Handy gestellt. Schließlich hatte er der Mutter versprochen, pünktlich um acht Uhr zu Hause zu sein. Um halb acht schaltete sich der Klingelton an und die beiden Jungs schreckten hoch. Obwohl es noch dunkel war, erfassten sie die Situation sofort. Benny hatte schlecht geschlafen. Dirk, wie er vermutete, auch, denn der hatte sich in der Nacht immer wieder auf der engen Bank umgedreht.

Es war kalt. „Saukalt!“, wie er bemerkte.

„Mann, ist mir kalt,“, stöhnte auch Dirk. „Ich kann mich kaum bewegen. Bei mir ist alles eingefroren.“

„Bei mir auch!“ Benny stand auf und legte die beiden Decken zusammen, die ihm nur wenig Schutz vor den eisigen Temperaturen auf dem Schiff gegeben hatten.

Dirk packte den Proviantkorb zusammen, den Greta Frerichs gestern Abend noch gebracht hatte und ließ seinen Blick durch das Schiff gleiten. Nichts durfte darauf hinweisen, dass jemand an Bord gewesen war. Sich vorsichtig umschauend, verließen sie ihr Versteck, zogen die Winterplane des Ausflugschiffes wieder zu und stiegen leise von Bord.

Auf der gegenüberliegenden Seite stand Achim auf seiner „Hoop op Zegen“ und beobachtete die beiden.

Was die Jungs wohl wieder anstellen?, dachte er.

In den Fenstern zur Straße brannte schon Licht, als Benny die Haustüre aufschloss. Er schob Dirk mit dem Proviantkorb vor sich her in die Diele und machte schnell die Tür zu. Dirk war zögerlich, verkrampft und wollte nicht so recht. Sicherlich hatte er Angst, was der Tag bringen würde. Benny nicht. Er wusste was zu tun wäre.

Im Haus war es mollig warm. Die beiden Frauen hatten den alten Ofen sicher über die Nacht durchgeheizt. Benny hatte von seiner Großmutter schon sehr früh diese einfache Technik gelernt und wusste genau, wie es funktionierte. Am Abend, bevor man zu Bett ging, wickelte man ein oder zwei Briketts in eine feuchte Zeitung und legte sie auf die noch vorhandene Glut. Der Ofen musste dann nur noch etwas auf „Zug" gestellt werden, dann glimmten die Briketts langsam vor sich hin und in der Früh war noch Glut vorhanden. Morgens wurde dann kurz geschürt und etwas Holz aufgelegt. Schon knisterte der Ofen wieder und verbreitete wohlige Wärme.

Als Greta Frerichs die Haustüre hörte, kam sie aus der Küche angelaufen.

„Da seid ihr ja. Gott sei Dank! Es ist gleich acht, der Kommissar kommt sicher bald. Aber ihr müsst nun erst einmal frühstücken. Zieht eure Jacken aus und setzt euch in die Stube, da ist es warm. Großmutter und ich haben auch noch nichts gegessen."

Sie nahm Dirk den Korb ab und dirigierte die beiden Jungs hinein.

„Was wollt ihr trinken?", rief sie aus der Küche. „Tee oder Kakao?"

„Cola!", riefen sie zurück. Greta musste lachen. Die beiden und ihre Cola. Nein, das gibt es nicht, dachte sie, nicht so früh am Morgen. Laut antwortete sie: „Nach Cola habe ich nicht gefragt! Tee oder Kakao?"

Benny stand auf und ging zu seiner Mutter. „Dann Tee!", antwortete er für Dirk mit. „Ist Großmutter noch nicht auf?", wollte er wissen und gab seiner Mutter einen Kuss – das musste Dirk ja nicht sehen.

„Doch, aufgestanden ist sie schon. Großmutter braucht eben nur immer länger im Bad. Das Alter, weißt du!"

Benny nickte und nahm sich eine Scheibe Wurst von der Platte, die seine Mutter herrichtete.

Sie strich ihrem Jungen über das Haar und fragte leise: „Geht es dir gut?“ Benny antwortete nicht, nickte wieder und ging zurück in die Stube. Beide vermieden das Thema der letzten Tage und vor allem der Nacht, als würden sie es dadurch abstreifen können. Trotzdem lag es wie eine zentnerschwere Last im Raum.

Greta brachte eine Platte mit Wurst und Käse, Nutella, zwei Marmeladengläser und Butter auf einem Tablett in die Stube und verteilte alles auf dem Tisch. „Geh und hol die Teekanne, Benny, sei so lieb. Die Tassen nehmen wir von hier. Wir wollen es ab sofort schön haben. Es wird in diesem Haus nie mehr aus alten Teepötten getrunken!“, beschloss sie mit fester Stimme.

Benny wusste sofort, was sie meinte. War die Zeit des Grauens nun endlich vorbei? Sicher! Und er hatte dafür gesorgt, aber das durfte er seiner Mutter nicht sagen. Noch nicht!

„Bring den Korb mit dem Graubrot mit, Benny. Er steht auf der Anrichte.“

Greta ging ins Bad, um nach ihrer Mutter zu schauen. Diese kämmte sich gerade durch das Haar und klagte: „Fertig, Kind. Es dauert immer länger mit mir. Hoffentlich hat das bald ein Ende.“

„Sag so was nicht, Mama! Das will ich nicht hören. Ab sofort haben wir ein anderes Leben und ich sage dir“, ihre Stimme senkte sich, „wenn ich je erfahren sollte, wer Hinnerk die Treppe hinuntergestoßen hat ...“, sie stockte kurz, „dem schreibe ich einen Dankesbrief.“

„Kind, versündige dich nicht“, antwortete ihre Mutter leise.

„Komm, Mama, lass uns frühstücken gehen, die Jungs sind da.“

Sie aßen zwar alle mit gutem Appetit, aber schweigsam. Bald würde der Kommissar kommen, das drückte auf die ohnehin schwermütige Stimmung.

„Dirk!", unterbrach Greta die Stille dann plötzlich mit energischer Stimme. „Dirk, es liegt jetzt gleich an dir, was du dem Kommissar erzählst. Aber willst du uns etwas sagen?"

Dirk zuckte mit den Schultern und schwieg.

„Wir haben festgestellt", sprach sie dann leise weiter, „dass in unserem Schuppen etwas fehlt! Solltest du es genommen haben, kannst, nein, musst du uns das sagen. Wenn du willst, werden wir es für uns behalten. Aber wir müssen es wissen. Niemand hat mehr Verständnis für dich als wir. Außerdem, wenn du nicht darüber sprichst, wird es dich dein ganzes Leben lang belasten. Und denke bitte daran, dass auch auf uns eine Last liegt."

Dirk zuckte wieder mit den Schultern und schwieg.

„Mein Junge", schaltete sich dann auch Johanna Eilts ein, „ du hast in deinem Leben schon sehr viel durchmachen müssen. Keiner wird dich deshalb verurteilen, wenn du etwas getan hast, was, was ..., was man einem Jungen wie dir nachsehen wird. Aber sprich darüber, sonst bringt es dich um."

Wieder war die Stube von Schweigen erfüllt. Minutenlang!

Plötzlich hob Dirk den Kopf und fragte in die Runde: „Darf ich denn trotzdem, ich meine, wenn ich ...", er brach ab.

„... bei uns bleiben?", vollendete Greta Frerichs seinen Satz.

Dirk nickte.

Greta stand auf, zog Dirk von seinem Stuhl hoch und nahm ihn in die Arme. „Ich werde alles, hörst du, alles dafür tun, dass du in Zukunft bei uns leben kannst. Das verspreche ich dir."

„Auch wenn ich ein Mörder bin?", fragte er kaum hörbar.

„Du bist kein Mörder", beruhigte Greta ihn und strich ihm über den Kopf.

Als sie sich wieder setzen wollte, klingelte es an der Haustüre.

„Das wird der Kommissar sein", vermutete Benny und stand auf.

„Ich mache auf!"

„Nein, du bleibst sitzen und frühstückst weiter. Ich gehe!", entschied Greta.

„Benny, hol noch eine Teetasse aus dem Schrank", forderte Johanna Eilts ihren Enkel auf. „Egal, wer kommt, Tee wird in diesem Haus immer angeboten."

Als Hajo in die Stube kam und die Runde am Frühstückstisch sah, nickte er anerkennend.

„Vollzählig!", stellte er fest, zog sich unaufgefordert einen Stuhl an den Tisch und setzte sich dazu.

„Stellen Sie Ihre Fragen, schnell", forderte Greta ihn auf, „und lassen Sie uns dann bitte in Ruhe. Sie sehen ja, dass wir frühstücken."

„Frau Frerichs, Ihr Mann wurde getötet und wir müssen diesen Mord aufklären. Das ist nun einmal so. Es haben sich da ein paar Dinge ergeben, die uns unklar sind." Greta Frerichs schenkte ihm Tee ein und schob die Tasse über den Tisch, sie zog die Augenbrauen hoch und fragte: „Also?"

„Wir wissen jetzt, warum Ihr Mann im Museum war. Seinen Komplizen haben wir verhaftet und fragen uns, warum du, Benny, mit ihm telefoniert hast?" Er schaute Benny unverblümt an.

„Was soll denn das? Mit wem?", brauste Bennys Mutter auf.

„Ganz ruhig, Frau Frerichs, lassen Sie Ihren Sohn bitte antworten."

Benny hatte den kurzen Moment des Wortwechsels zwischen seiner Mutter und Hajo genutzt, um sich zu überlegen, was er antworten könnte.

Dirk saß mit gesenktem Kopf am Tisch und hörte gespannt, aber auch erleichtert zu. Es ging gar nicht um ihn. Der Kommissar wollte Benny befragen.

„Mit wem soll ich denn telefoniert haben?", tat Benny unwissend.

„Mit Jan Becker und erzähle mir bitte nicht, dass du bei ihm Eier bestellen wolltest."

„Warum denn nicht? Ich ..."

„Weil wir Einzelverbindungsnachweise haben, die zeigen, dass du über das Festnetz und auch über das Handy mit Becker telefoniert hast. Teilweise mehrere Minuten. In der Zeit kannst du Eier kochen oder braten, aber zum Bestellen brauchst du nicht so lange. Oder?"

Greta Frerichs schüttelte den Kopf.

„Das glaube ich nicht! Was bitte, hätte mein Sohn mit diesem Becker zu tun?"

„Ich habe Ihren Sohn gefragt, Frau Frerichs. Also Benny?"

Benny war verwirrt. Was sollte er darauf antworten? Wie sollte er dem Kommissar erklären, was er mit Jan Becker zu tun hatte? Und vor allem seiner Mutter? Er wusste genau, was die von Becker hielt.

„Ich weiß auch nicht", begann er stockend, wollte er sich doch nicht verplappern, „ich dachte halt, weil er mit meinem Stiefvater immer, ... ich meine, weil die beiden ..., vielleicht wusste er etwas von der Sache im Museum, dachte ich." Benny suchte verzweifelt nach Worten.

„Okay", fuhr Hajo fort und ging in die Offensive. „Dann sage mir doch bitte, was du oder vielleicht, was ihr", er zeigte nun auch auf Dirk, „in dieser Nacht im Museum wolltet? Ihr wart doch dort, oder? Habt in der Kapitänskajüte gesessen, Knippkuchen gegessen und Cola getrunken? Habt ihr doch?"

Benny und Dirk schauten sich entsetzt an. Woher wusste er das?, schoss es beiden durch den Kopf. Benny musste seine Gedanken sortieren und hoffte gleichzeitig, dass Dirk dicht hielt. Aber der hatte andere Sorgen. Er war einfach nur froh, dass Hajo nichts von ihm wollte. Hoffentlich blieb das auch so.

„Wir waren doch nicht im Museum!", tat Benny dann entsetzt und gleichzeitig unschuldig. „Ich habe in dieser Nacht bei Dirk übernachtet, das habe ich Ihnen an dem Abend doch schon gesagt. Stimmt's, Dirk?"

Dirk nickte stumm.

„Ja, das hast du uns erzählt, richtig. Aber nachdem wir die Wohnung von Dirk und seiner Mutter gesehen haben, glauben wir euch das nicht. Weißt du, Benny, ich glaube einfach nicht, dass du in diesem Chaos übernachtest. Außerdem gab es dort gar kein Bett für dich. Nicht umsonst ist Dirk so oft hier, bei euch. Oder?"

Greta Frerichs, die dem Gespräch die ganze Zeit schweigend zugehört hatte, schaltete sich nun ein.

„Entschuldigung, was bitte sollen die Jungs nachts im Museum gewollt haben? Und wie sollen sie da hineingekommen sein? Das ist doch vollkommener Schwachsinn."

Sie schaute Hajo entsetzt an. Das konnte doch nicht sein? Fragend warf sie einen Blick auf Dirk und Benny, die mit hochgezogenen Schultern am Tisch saßen und dann zu ihrer Mutter hinüber. Johanna Eilts hatte die Augen geschlossen und murmelte leise: „Kleine Kinder, kleine Sorgen, große Kinder, große Sorgen."

„Nun, das werden wir ganz einfach klären. Kommt bitte heute Nachmittag zu uns aufs Kommissariat in Wittmund. Dort nehmen wir eure Fingerabdrücke, dann wissen wir mehr", startete Hajo den nächsten Vorstoß und merkte sofort, dass er ins Schwarze getroffen hatte.

Die beiden Jungs schreckten hoch. Nach einer kurzen Schrecksekunde brummte Benny: „Von mir aus!“ Langsam war ihm alles egal. Und wenn? Und wenn man feststellen würde, dass sie im Museum gewesen waren? Auch egal, dachte er. Wir haben die Bibel nicht geklaut und das mit dem Alten können sie mir auch nicht beweisen. Fingerabdrücke von seiner Jacke würden sie nicht nehmen können, das wusste er aus Krimis im Fernsehen.

Dirk sah das nicht so locker und rutschte immer tiefer in den Sitz seines Stuhles. Allerdings, so lange der Kommissar nicht nach ihm und dem Tod seiner Mutter fragte ...

„Wo die gestohlene Bibel sein könnte, wisst ihr nicht zufällig?“, schoss Hajo den nächsten Pfeil ab.

Beide schüttelten den Kopf.

„So, das genügt“, unterbrach Greta Frerichs die Befragung. „Wenn es unbedingt sein muss, kommen wir nachher auf das Kommissariat, aber jetzt ist Schluss. Wir haben alle eine aufregende Zeit und schlaflose Nächte hinter uns. Außerdem muss ich mich um die Beerdigung meines Mannes kümmern. Wann kann die denn stattfinden? Ich muss schließlich planen.“

„Das kann ich Ihnen vielleicht heute Nachmittag sagen. Bleibt Dirk bei Ihnen? Oder muss sich das Jugendamt um einen Platz bemühen?“ Greta nickte und schüttelte anschließend den Kopf. „Doch nicht das Jugendamt“, antwortete sie entsetzt.

„Wir versuchen übrigens, deinen Vater ausfindig zu machen, Dirk. Kannst du uns da irgendwie helfen?“

„Wieso denn der?“, war das Erste, was Dirk, seit Hajo im Haus war, sprach. „Den brauch ich nicht, hat sich die ganzen Jahre nicht gekümmert.“

„Doch Dirk, das muss! Schließlich bist du noch nicht volljährig und solange es irgendwo Angehörige gibt, müssen die verständigt werden“, erklärte ihm Hajo.

„Wenn du heute Nachmittag zu uns auf das Kommissariat kommst, wird ein Vertreter des Jugendamtes dabei sein, eben weil du noch nicht volljährig bist."

„Aber ich bin doch dabei", warf Greta Frerichs ein.

„Das reicht nicht, Frau Frerichs. Auch wenn Sie sich um Dirk kümmern, Sie sind keine Angehörige. Jemand vom Jugendamt muss dabei sein. So lange, bis wir Dirks Vater gefunden haben."

„Den will ich aber nicht", maulte Dirk los. „Ich bin sechzehn und fast erwachsen, ich kann das alleine. Ich musste schon immer alles ganz allein und ... ach Scheiße", brach er dann ab.

„Ich beantrage die Vormundschaft!", entschied Greta plötzlich. „Ich weiß, das geht. Außerdem darf Dirk mit seinen sechzehn Jahren darüber mitbestimmen. Lass mal, Dirk", versuchte sie den Jungen zu beruhigen, „wir machen das schon."

Hajo schwieg dazu. Er hatte Verständnis für die Situation und wollte sich nicht einmischen. Das war nicht seine Aufgabe. Er musste einen oder mehrere Mörder finden. Und einen Versuch wollte er noch starten. Einen Pfeil hatte er noch im Köcher und der musste abgeschossen werden. Alles Weitere würde sich später auf dem Revier ergeben.

„Dirk", wandte er sich im Gehen nochmals an den Jungen. „Was kannst du mir zu dem Gift sagen, an dem deine Mutter gestorben ist?"

Dirk schaute ihn entsetzt an. Er wurde kreidebleich, griff sich an den Magen und rannte Richtung Toilette.

„Nun ist es aber gut. Sind Sie verrückt? Wie können Sie den Jungen so erschrecken? Ich frage mich, ob Sie mit ihm auch so umgehen, wenn jemand vom Jugendamt dabei ist. Außerdem überlege ich mir, ob wir nicht einen Rechtsanwalt mitbringen sollten, wenn wir später zu Ihnen kommen."

Hajo hob beschwichtigend die Hand und drehte sich zur Tür.

„Das können Sie gerne tun, denn es ist Ihr gutes Recht. Vielen Dank für den Tee, Frau Frerichs. Wir sehen uns dann. Ist 16 Uhr für Sie in Ordnung?“

Greta nickte nur.

Hajo verabschiedete sich auch noch von Johanna Eilts, die inzwischen wieder in ihrem Sessel neben dem Bollerofen saß.

„Hol di, min Jung!“, meinte sie.

Auf dem Weg zu Tomke, Oma Jettchen und Tant' Fienchen dachte er über das Gespräch nach. Dass man ihm hier etwas verheimlichte, war Hajo klar. Was, würde er auch noch herausfinden.

Als Hajo Mertens das Haus verlassen hatte, räumten Greta Frerichs, Benny und Dirk gemeinsam den Frühstückstisch ab. Schweigend!

Anschließend mussten die beiden Jungs allerdings wieder am Tisch Platz nehmen. Greta bestand darauf!

„Habt ihr mir etwas zu sagen?", fragte Greta leise. Sie wollte ihre schlafende Mutter nicht wecken.

Doch aus der Ecke kam ein: „Musst nicht flüstern, ich schlafe nicht."

„Also?", fragte Greta abermals. „Was habt ihr mir zu sagen?" Plötzlich stutzte sie.

Auf Johanna Eilts Schoß lag der Anzeiger für Harlingerland mit einem großen Aufmacher über den Diebstahl der Bibel sowie den Tod von Hinnerk Frerichs.

Während sie alle am Tisch saßen, Benny und Dirk vor sich hinstarrten, blickte Greta erneut auf die Zeitung. Sie stand auf, fragte ihre Mutter: „Darf ich?", und griff danach, ohne die Antwort abzuwarten.

Außerdem gab es da einen Artikel über eine Frau, die unter mysteriösen Umständen an einer Vergiftung verstorben sei. Die Polizei ermittelt, hieß es.

„Seht ihr das?", wandte sie sich an die Jungs. „Wir sind in der Zeitung. Wir, Dirk und seine Mutter und natürlich der Diebstahl im Museum."

Als Bennys Blick auf die Überschrift in der Zeitung fiel, zuckte er zusammen.

Mord im Museum und *Finderlohn*! war hier zu lesen. Mehr interessierte ihn nicht. Er schaute seiner Mutter, die sich in den Artikel vertieft hatte, über die Schulter. Die Versicherung des Museums hatte eine nicht genannte Summe als Finderlohn für Hinweise zum Verbleib der Bibel ausgesetzt. In ihm gingen alle Alarmglocken an.

Finderlohn?, überlegte er. Sollte ich doch noch Glück haben? Wenn ich das Geld nicht von Becker bekomme, dann vielleicht einen Finderlohn. Schließlich habe ich die Bibel gefunden, irgendwie.

Den Gedanken daran musste er allerdings noch etwas zur Seite schieben, denn seine Mutter bestand auf einem Gespräch. Wusste sie etwas? Oder vermutete sie nur?

Unter dem Tisch trat er Dirk gegen den Fuß, schaute ihn fragend an und zuckte mit den Schultern, was wohl so viel heißen sollte wie: Was sollen wir tun?

Dirk verstand, zuckte aber ebenfalls mit den Schultern.

Benny überlegte fieberhaft.

Sollten sie der Mutter erzählen, was sich abgespielt hatte? Dann müsste er allerdings auch beichten, dass er abhauen wollte. Dass er das Leben hier im Haus mit dem tyrannischen Stiefvater nicht mehr ertragen konnte. Eigentlich war doch jetzt alles gut, der Stiefvater weg. Warum also alles noch mal hervorholen?

Greta Frerichs las aufgeregt immer wieder einige Passagen des Artikels laut, um dann schweigend weiterzulesen.

Danach faltete sie die Zeitung sorgfältig zusammen und legte sie zur Seite.

Sie blickte auf und fragte: „Also, was habt ihr mir zu sagen?“ Dirk und Benny schauten noch immer wortlos auf den Tisch.

„Eines ist doch klar, in einigen Punkten hat der Kommissar mit seinen Behauptungen recht. In der bewussten Nacht habt ihr nicht bei Dirk übernachtet. Ich habe euch gehört, als ihr sehr spät nach Hause gekommen seid. Ich habe auch gehört, dass du, Benny, noch mal weg bist und nach einer halben Stunde zurückgekommen bist. Du darfst nicht denken, nur weil ich dich nicht auf alles anspreche, merke ich nicht, was du tust. Eine Mutter merkt alles! Fast jedenfalls."

„Stimmt!", kam es leise aus dem Ohrensessel.

„Ich habe auch bemerkt, dass du einen Rucksack gepackt hattest. Allerdings erst, als du wieder zurück warst. Was hattet ihr vor? Das, was ich vermute?"

Benny nickte scheu. Nichts sagen war eine Sache, aber anlügen konnte er seine Mutter nicht. Vor allem nicht in dieser Angelegenheit.

„Mum, ich ..., es tut mir leid ...!", versuchte er eine Erklärung. Die Tränen liefen ihm über die Wangen.

„Lass mal, mein Junge." Sie strich ihm zärtlich über das Gesicht. „Es ist ja meine Schuld. Ich hätte den Kerl schon lange aus dem Haus werfen müssen. Mir muss es leid tun, mir! Wie konnte ich nur so lange zulassen, dass du unter ihm leidest? Entschuldige bitte, Benjamin. Bitte entschuldige."

Sie zog ihren Sohn an sich und nahm ihn fest in den Arm. Beide weinten lautlos.

Plötzlich regte sich Dirk. Ihm war die Situation unangenehm, er fühlte sich überflüssig und wollte die Stube verlassen.

Johanna Eilts allerdings hob ihren Gehstock und versperrte Dirk den Weg. Setz dich, deutete sie mit einer Bewegung des Stockes schweigend an.

Greta bemerkte es und wischte sich die Tränen aus dem Gesicht. „Entschuldige bitte, Dirk, dass wir dich in diese Situation gebracht haben, aber das musste jetzt raus. Nun ist es gut und wir müssen nach vorne schauen. Also, zum letzten Mal, was ist los? Was hattet ihr im Museum zu suchen und ... Dirk, was hast du mit dem Gift zu tun?"

Sie stand auf, holte aus der Küche eine Flasche mit Apfelsaftschorle und stellte sie energisch auf den Tisch.

„Raus mit der Sprache, eher verlässt keiner die Stube."

Benny wusste, dass es nun kein Entkommen gab. Sie mussten erklären.

„Soll ich?", fragte er leise zu seinem Freund hinüber. Der nickte.

„Nein!", protestierte Greta. „Ihr erzählt beide. Dirk, ich will, dass du dich an dem Gespräch beteiligst, verstehst du! Ihr müsst beide darüber sprechen."

So begann erst Benny sehr zögerlich zu reden, dann auch Dirk. Im Laufe des Gespräches wurden beide offener, überschlugen sich fast in ihren Ausführungen und es hatte den Anschein, als würden sie sich eine Last von der Seele reden. So war es wohl auch.

Beide erzählten, dass sie es zu Hause nicht mehr ausgehalten hätten, und weg, nur weg wollten.

Die Sache mit dem Gift erwähnte Dirk allerdings nur ganz kurz. Er habe die Dose im Schuppen gefunden und eingesteckt. Einfach so, ob er vorhatte, seine Mutter zu vergiften, ob er es wirklich getan hatte, darüber sprach er nicht. Greta ließ es erst einmal dabei. Er würde schon noch reden.

Die beiden Jungs berichteten über den Wunsch nach Amerika zu gehen, und warum sie sich vorher im Museum versteckten. Für den nächsten Tag, ganz früh am Morgen, hatten sie sich mit einem Lkw-Fahrer verabredet, der sie an der Brücke am Museumshafen auflesen sollte.

„Wenn wir vor sechs Uhr das Haus verlassen hätten, wäre dir das sicher aufgefallen und das wollten wir vermeiden", erklärte Benny. „Wir wussten nicht wohin, da fiel uns das Museum ein. Schließlich kennt Dirk sich dort aus."

So wollten sie nach Hamburg kommen. Dort dann auf ein Schiff, um als blinde Passagiere weiterzukommen. Greta schüttelte den Kopf.

Sie erzählten auch von den fürchterlichen Erlebnissen im Museum und davon, dass Benny seinen Stiefvater die Treppe hinuntergestoßen hatte.

„Mum“, meinte Benny am Ende noch flehentlich, „ich wollte das so nicht. Ich habe ihn weggestoßen, weil er sonst Dirk etwas getan hätte. Er war so brutal. Du hättest mal sehen sollen, wie er Becker das Messer in den ...“

„Es ist gut, mein Junge, es ist gut.“

Sie strich ihm tröstend über den Kopf.

„Es ist gut!“, versicherte sie erneut.

„Mum“, Benny schaute seine Mutter voller Verzweiflung an. „Muss ich das der Polizei alles erzählen? Bin ich ein Mörder?“

„Nein!“, kam es laut und klar aus dem Ohrensessel.

Die drei am Tisch schauten verwundert zu der alten Frau.

Die hatte sich in ihrem Sessel gerade gesetzt, nahm ihren Gehstock und schlug mit dessen Ende auf den Stubentisch.

„Nein und nochmals nein!“, rief sie energisch. „Du bist ein Held! Das war eine gute Tat. Du hast deinen Freund gerettet und die Menschheit von einem sehr bösen Monster befreit. Du bist kein Mörder!“

„Mama“, versuchte Greta ihre Mutter zu beruhigen. „Mama, bitte reg dich nicht auf. Wir überlegen jetzt gemeinsam, was zu tun ist.“

„Ihr sagt der Polizei nichts, der Makel wird immer auf ihm haften“, begehrte die alte Frau auf.

„Nein, Mama. Wenn Benny das so erklärt, wie er es eben hier erzählt hat, dann werden die entsprechenden Stellen erkennen, dass das ganz klar Notwehr war.“

„Und wenn nicht?“ Johanna hatte einen feuerroten Kopf. „Man weiß doch nie, was die Kerle auf den Ämtern so entscheiden. Weißt du noch, die Sache mit dem Kanal von Willi damals? Als er das Haus gekauft hat, hatte ihn niemand darüber informiert, dass er keinen eigenen Kanalanschluss hat. Und nur, weil der Hausverkäufer und der Makler vor Gericht gelogen und behauptet hatten, sie hätten Willi informiert, hat das Gericht ihnen geglaubt. Aussage stand gegen Aussage. Er musste einen eigenen Anschluss bauen und das hat ihn sehr viel Geld gekostet. Immer wieder hört man von Ungerechtigkeiten, Fehlurteilen und Justizirrtümern. Ich vertraue keiner Behörde mehr. Auch nicht der Polizei."

„Mama, das eine hat mit dem anderen doch nichts zu tun. Außerdem hast du selbst gesagt, dass die Kinder sprechen sollen, auch Dirk über das mit dem Gift. Weil sie es sonst ihr Leben lang mit sich tragen. Da müssen wir jetzt durch und wir schaffen das. Glaube mir."

„Du hast ja recht", seufzte die alte Frau in ihrem Sessel und lehnte sich erschöpft zurück. „Ach ja, kleine Kinder, kleine Sorgen, große Kinder ...", war noch leise zu hören, dann war sie wohl eingeschlafen.

Es war eben vor elf Uhr, als Tomke und Hajo, nach einem turbulenten Vormittag bei Oma, auf dem Revier ankamen.

Carsten erwartete sie schon ungeduldig, denn er hatte Jan Becker bereits gegen zehn Uhr im Verhörraum platziert und wollte seinen beiden Kollegen vor der Vernehmung den Erfolg seiner Recherchen des Vormittags mitteilen.

„Da seid ihr ja endlich", begrüßte er sie angespannt.

„Ist Becker schon da?", wollte Tomke wissen.

„Ja, seit einer Stunde. Alles wartet auf euch."

„Hat er schon einen Anwalt bestellt?"

„Nein, er sagt, er brauche keinen. Ich habe es aber an die Staatsanwaltschaft weitergegeben."

„Okay, dann lasst uns noch kurz absprechen, wie wir vorgehen. Ich will heute den Sack zumachen."

„Zehn Minuten", räumte Hajo ein und klopfte auf seine Uhr. „Dann bin ich raus aus der Nummer und habe etwas anderes vor. Das Verhör könnt ihr doch auch ohne mich übernehmen, oder? Ich will den Nachmittag mit den beiden Jungs vorbereiten, Berichte von Spurensicherung und KTU lesen. Vielleicht finde ich da doch noch Hinweise darauf, dass sie im Museum waren. Außerdem muss ich noch das Jugendamt informieren und versuchen, den Vater von Dirk Gärtner aufzutreiben. Aber vielleicht haben die vom Jugendamt in der Hinsicht schon Erfolg gehabt."

„Gut, dann los. Zuerst Carsten! Was hast du über Becker und seine Frau herausgefunden?"

„Unglaublich, sage ich euch. Einfach unglaublich. Dieser Becker hängt in beiden Fällen drin, das ist nun ganz sicher. Ich habe erfahren, dass er eine elektrotechnische Ausbildung hat und somit ohne Weiteres in der Lage ist, die Alarmanlage im Museum zu knacken. So viel zunächst dazu. Den Museumsfall überlasse ich jetzt fürs Erste euch, ich kümmere mich um den Fall der beiden toten Bauern. Somit also um Jan Becker und seine Frau! Als Erstes, sie lebt! Nach ihrer Leiche muss die Spusi nun nicht mehr suchen."

„Woher weißt du das?", unterbrach ihn Tomke.

„Nun, ich habe die Bankunterlagen von Becker, seiner Frau und die der beiden toten Bauern gecheckt. Anfangs dachte ich, ich spinne. Da sind ganz kuriose Dinge gelaufen.

Laut Rechtsmedizin liegen die beiden nicht erst seit gestern in der Jauche. Es ist sicher, dass sie vor mehr als einem Jahr ermordet und in die Güllegrube geworfen wurden. Das hat Manninga ganz klar festgestellt. Sein Bericht ist bei den Unterlagen. Einer der Toten hat übrigens Schrotkugeln im Brustkorb, beziehungsweise den Rippen, der andere im Rücken.

Nun ist es aber so, dass von den Bankkonten der beiden regelmäßig Geld abgehoben wurde. Zeitnah! Wie kann das sein?", fragte er in die Runde.

„Ich habe unseren jungen Kollegen Birger Schoof ausgeliehen und der hat sehr gute Arbeit geleistet. Wir haben die Geldautomaten überprüft, von denen jeweils die Beträge abgehoben wurden. Sie waren verstreut über ganz Niedersachsen, Hamburg, Bremen und so weiter. Nie von einem Bankschalter, sondern immer nur von den Automaten. Da diese alle kameraüberwacht sind, haben wir uns die entsprechenden Aufnahmen schicken lassen. Einige sind schon da und was glaubt ihr wohl, wer darauf zu sehen war?"

„Becker!", antworteten Hajo und Tomke synchron.

„Meistens, genau! Und in den letzten Tagen auch seine Frau! Und zwar in Varel. Darum weiß ich, dass sie lebt und auch wo. Sehr geschickt hat sie es nämlich nicht angestellt. Sie wohnt zur Zeit sogar in einem Hotel in Varel. Nachdem ich einige Häuser dort gecheckt habe, stieß ich auf ihren Namen. Bingo. Genau dort, fast neben dem Hotel, hat sie bei einer Bank auch die Geldkarte von Bauer Karl benutzt."

„Wann?", wollte Tomke wissen.

„Gestern, 18.45 Uhr! Heute Morgen dann die Karte von seinem Bruder Hinni."

„Hammer!", rief Hajo. „Dann haben die beiden also die ganze Zeit vom Geld der beiden Brüder gelebt!"

„Genau! Und es kommt noch schöner. Im letzten Jahr war meistens Jan Becker unterwegs, um Geld abzuheben. Das ist auf den Aufnahmen zu erkennen. Ganz regelmäßig und fast immer den gleichen Betrag. Manchmal, aber eher selten, auch seine Frau. Die beiden trugen Mützen und landwirtschaftliche Arbeitskleidung. Immer wurden 1.800 bis 2.200 Euro abgehoben, von jedem Konto, wohlgemerkt. Macht im Schnitt 4.000 Euro. Getarnt als Verkauf von bäuerlichen Erzeugnissen, haben sie jeden Monat so um die 2.000 Euro auf ihr eigenes Konto eingezahlt, um dann, clever wie sie sind, 1.500 Euro wieder auf das Konto des einen Bruders, also ihres Verpächters, zu überweisen. Das ist nämlich der vereinbarte Pachtbetrag für den Hof. Rundlauf, nennt man das wohl. So floss immer Geld und keinem fiel etwas auf", endete Carsten.

Hajo beugte sich nach vorne und fragte: „Hatten beide Brüder denn sonst noch regelmäßige Einkünfte?"

„Ja!"

Carsten blätterte in seinen Unterlagen.

„Beide hatten eine nicht allzu große Rente, aber zusätzliche Einkünfte aus verpachteten Flächen, Ackerland und Parkplätzen in der ganzen Gegend. Da kam schon einiges zusammen. Einige Male wurden von dem sauberen Pärchen auch größere Beträge abgehoben. Wie viel genau das war, müssen wir noch prüfen. Da sitzt übrigens Birger dran."

„Raffiniert!" Tomke nickte anerkennend. „Raffiniert, kann ich da nur sagen. Aber auch saubere Arbeit von dir und natürlich von Birger. Wo ist der überhaupt?"

„Der sitzt mit seinem Laptop seit einer Stunde bei Becker und recherchiert dort weiter. Ich wollte Becker nicht alleine lassen und einen weiteren Kollegen hat mir der Revierleiter nicht abstellen wollen. Also macht das Birger mit", lachte er.

„Der Junge hat sich ‚nen Bommel ans Knie gefreut', als ich ihn fragte, ob er mir helfen wolle. Ich glaube, der würde auch drei Jobs gleichzeitig machen."

„Was ist mit Beckers Frau?", fragte Tomke weiter.

„Ich habe die Kollegen aus Varel gebeten, sie in ihrem Hotel aufzusuchen, ich hoffe, dass sie noch dort ist. Jedenfalls hat sie sich ganz offiziell angemeldet und, wie mir der Portier sagte, für sechs weitere Tage reserviert. Sie müsste also noch vor Ort sein. Wahrscheinlich ist sie sich ihrer Sache ganz sicher. Ich warte jeden Moment auf Vollstreckung", grinste er und deutete auf das Telefon.

„Hast du Becker schon irgendwie über den neuen Stand in Kenntnis gesetzt?", wollte Tomke wissen.

„Bin ich Anfänger?", brauste Carsten auf. „Den lassen wir jetzt ganz glasklar gegen die Wand laufen. Bisher glaubt er, wir haben ihn wegen des Museumsfalles verhaftet. Seine Bauchverletzung habe ich ihm als Beweis vorgelegt. Über den Fund in der Güllegrube weiß er noch nichts. Ich glaube außerdem nicht, dass seine Frau die beiden Brüder erschossen hat. Das war er, da bin ich mir sicher. Wenn wir sie hier haben und damit konfrontieren, wird sie schon reden. Vielleicht erfahren wir dann auch etwas über die Waffe. So, wie Becker über seine Frau geredet hat, sind die beiden sich schon lange nicht mehr grün, die wird uns schon etwas erzählen. Wenn es etwas zu erzählen gibt", warf er dann noch ein.

Tomke sprang auf.

„Gut! Wie geht es weiter? Hajo wartet auf Benny Eilts und Dirk Gärtner und bereitet deren Befragung vor. Denke aber bitte daran, erst zu beginnen, wenn jemand vom Jugendamt dabei ist. Du weißt, so eine offizielle Geschichte hier im Haus ist etwas anderes als die Befragung bei den Frerichs. Carsten wartet auf Frau Becker und bleibt an den Gülleleichen. Dann gehe ich jetzt zu Herrn Becker und nehme ihn mir wegen des Museumsfalles vor. Erst einmal! Auch wenn es mich fürchterlich reizt, ihn zu den beiden Leichen in seiner Güllegrube zu vernehmen, halte ich mich da raus. Viel Erfolg, Jungs."

„Jawoll Chef", salutierten beide mit ernstem Gesicht und fielen dann in ein schallendes Gelächter.

„Blödmänner!" Tomke tippte sich gegen die Stirn.

Einige Minuten später betrat sie den Verhörraum mit drei Kaffeetassen in der Hand. Unter ihrem Arm steckte die Ermittlungsakte, die Carsten ihr im Gehen noch zugereicht hatte. Berichte der KTU, der Spurensicherung und des Rechtsmediziners waren darin abgeheftet. Außerdem alles, was an Vernehmungsprotokollen und anderen Hinweisen vorhanden war. Unterwegs überflog Tomke die bisherigen Ergebnisse. Carsten hatte Becker am Morgen gleich zum Polizeiarzt geschickt, der die Verletzung am Bauch feststellte und fachmännisch versorgte. Bei dieser Untersuchung entdeckte er auch, dass Becker eine alte, schlecht versorgte Verletzung durch Schrotkugeln an der Schulter hatte.

Jetzt warf sie die Akte wortlos auf den Tisch, reichte Birger Schoof, der noch immer mit seinem Laptop beschäftigt war, eine der Tassen und bat ihn, als stiller Zuhörer an der Vernehmung des Verdächtigen teilzunehmen und sich Notizen zu machen.

„Vier Ohren hören mehr als zwei", meinte sie leise, „wenn dir etwas auffällt, sag es mir anschließend. Ansonsten hör' gut zu!"

Eine weitere Tasse stellte sie vor Becker hin und setzte sich mit ihrer eigenen ihm gegenüber an den Tisch.

Sie lehnte sich in ihrem Stuhl zurück und nahm genüsslich einen Schluck. Becker schaute sie ungehalten an. Er war unsicher und gereizt. Plötzlich legte er los: „Was wollen Sie eigentlich von mir?", brüllte er los. „Ich ..."

„Moment, einen Moment bitte, Herr Becker."

Sie drückte auf die Aufnahmetaste des Bandgerätes in der Mitte des Tisches und sprach monoton in das Gerät: „Vernehmung des Jan Becker zum Einbruchdiebstahl im Deutschen Sielhafenmuseum, außerdem Mordverdacht an Hinnerk Frerichs. Anwesend sind Kriminalhauptkommissarin Tomke Evers, Polizeikommissar Birger Schoof sowie der Verdächtige Jan Becker." Dann deutete sie ihm an, dass er nun weitersprechen könne.

„Ja, bitte? Was wollten Sie sagen? Es soll doch alles seine Ordnung haben, nicht wahr? Jetzt dürfen Sie, Herr Becker."

Becker schob die Kaffeetasse von sich weg und beugte sich über den Tisch in Richtung des Aufnahmegerätes.

„Was wollen Sie denn von mir? Ich habe nichts gemacht. Warum bin ich hier?"

Tomke ging nicht darauf ein und antwortete mit einer Gegenfrage, während sie in der Ermittlungsakte blätterte.

„Sie sind ausgebildeter Elektriker, Herr Becker?"

„Wenn Sie einen Handwerker suchen, Frau Kommissar, sind Sie bei mir an der falschen Adresse. Ich bin Landwirt. Das wissen Sie doch. Allerdings", er lehnte sich grinsend zurück und wippte mit dem Stuhl, „wenn

Sie es nötig haben, mein Starkstromkabel habe ich immer dabei."

Tomke reagierte auf seine anmaßende Äußerung nicht, obwohl sie das Gefühl hatte, ihm eine reinhauen zu müssen. Unbeirrt fuhr sie fort.

„Dann können Sie doch sicher eine Alarmanlage außer Betrieb setzen, Herr Becker, stimmt's? Für einen Elektriker, nein, ich lese hier in meinen Unterlagen, Sie sind sogar Elektrotechniker, ist das doch sicher kein Problem."

„Welche Alarmanlage?", tat er unwissend.

In ihm arbeitete es. Die Bullette ist wegen des Museums hier, überlegte er. Das ist gut. Die beiden Alten in der Gülle können sie mir nicht nachweisen, niemals. Nicht, solange Regina weg ist und hoffentlich auch bleibt. Und mit ihr das Gewehr. Die beiden kann doch jeder da reingeworfen haben, was weiß ich denn?

„Ach, Herr Becker", holte Tomke ihn aus seinen hoffnungsvollen Gedanken zurück, „lassen Sie mal. So weit waren Sie doch schon mit meinem Kollegen. Steht alles hier drin", sie deutete auf die Akte. Tomke sprach mit fester Stimme, ruhig und langsam. Fast provozierend langsam.

„Im Museum haben wir Ihre Fingerabdrücke und Ihr Blut gefunden. Die Verletzung an Ihrem Bauch spricht auch dafür. Sie wurden ganz sicher nicht, wie Sie meinem Kollegen gestern sagten, von ihrem Bullen getreten. Am Cuttermesser Ihres Komplizen Frerichs befindet sich ebenfalls Ihr Blut. An seiner Kleidung hat die Spurensicherung Fasern von Ihrer Kleidung gefunden. Wie kommen die da wohl hin? Also, was soll das denn? Die Zeit können wir uns doch sparen!"

Sie schaute ihn unverwandt an.

„Die Anklage wird fürs Erste lauten: Einbruchdiebstahl im ‚Groot Hus' und Mord an Ihrem Komplizen Hinnerk Frerichs. Die Beweislage ist klar und sehr deutlich. Mal sehen, was noch dazukommt."

Tomke machte eine kurze Pause, im Verhörraum hätte man eine Stecknadel fallen hören können.

Becker schwieg.

„Hat es Streit gegeben?", wollte sie dann wissen. „Wollte einer von Ihnen beiden die Beute für sich alleine haben? Haben Sie darum gestritten? Frerichs hat Ihnen dabei sein Messer in den Bauch gerammt und Sie haben ihn dann die Treppe hinuntergestoßen. So war es doch, oder?"

„Nein!", schrie Becker plötzlich, „so war es nicht." Becker war total aufgebracht. „Es war genau anders!"

„Wie anders?", fragte Tomke nach.

Das wäre ja ein Ding, argwöhnte Becker in sich hinein. Wegen der beiden Alten kriegen sie mich nicht und für etwas, was ich nicht getan habe, soll ...

Wieder unterbrach Tomke seine Gedanken und wiederholte: „Wie anders, Herr Becker?"

„Na anders eben. Er hat mich angegriffen! Der Blödmann wollte im Museum noch andere Sachen abgreifen, aber das war gegen die Abmachung. Dann hat er mir sein Messer in den Bauch gerammt. Einfach so. Es hat mich umgehauen und ich muss mit dem Kopf auf den Boden geknallt sein. Irgendwann bin ich dann in der hintersten Ecke wieder zu mir gekommen. Hier und hier", er deutete auf seinen Hinterkopf und den Bauch, „war alles voller Blut. Als ich abhauen wollte, bin ich im Treppenhaus über den toten Hinnerk gestolpert. Mann, habe ich mich erschrocken. Ich wollte nur noch weg."

„Dann geben Sie den Einbruch also zu?"

„Ja, verdammt! Aber nur den Einbruch. Mit dem Hinnerk habe ich nichts gemacht. Nichts! Das müssen Sie mir glauben", wurde er dann weinerlich. „Zum Teil gehört die Bibel doch sowieso mir", behauptete er und fing an zu jammern, dass seine Verwandten das teure Stück gegen seinen Willen dem Museum überlassen hätten.

Tomke schwenkte um und wechselte die Strategie. Er ist kurz vor dem Zusammenbruch, ich habe ihn, erkannte sie. In Sachen Verhörtechnik war sie ein Profi und wusste genau, wie man einen Verdächtigen anfassen musste.

„Wo ist die Bibel?“, fragte sie dann etwas leiser.

„Die habe ich nicht! Als ich zu mir gekommen bin, war sie weg. Ehrlich! Aber unten, im großen Vorraum des Museums, war jemand und ich bin hinterher. Vorsichtig, hatte ja keine Ahnung, was mich erwartet. Sind im Klo aus dem Fenster geklettert.“

„Wer?“, Tomke horchte auf.

„Zwei Männer!“, log er und Tomke sah es sofort in seinen Augen. Bisher war sein Blick klar und geradeaus. Jetzt plötzlich flackerten seine Augen, er fing an zu zwinkern und schaute an ihr vorbei.

„Die sind aus dem Fenster, aber so schnell konnte ich nicht nach, hatte schließlich die Verletzung am Bauch und die hat höllisch geschmerzt, sage ich Ihnen.“

Bis jetzt, überlegte Tomke, hat er die Wahrheit gesagt. Warum lügt er plötzlich? Als er von den beiden Männern anfing, zuckten seine Augen. Was verschweigt er? Waren es keine Männer? In ihr arbeitete es. Frauen? Nein! Hatte Hajo eventuell recht und die beiden Jungs waren in dieser Nacht im Museum? Aber wieso?

Tomke und Jan Becker saßen sich schweigend gegenüber. Beiden rasten die Gedanken in Sekundenschnelle durch den Kopf.

Becker wollte nicht verraten, dass es die beiden Jungen waren, die er gesehen hatte. Er hatte nur den Einbruch zugegeben, eigentlich war er ja schließlich der Geschädigte, überlegte er. Er war verletzt, die Bibel war weg und das mit Hinnerk durften sie ihm nicht anhängen. Sicher müssten sie ihn bald freilassen. Wenn er hier herauskommen würde, was ihm als sicher erschien, dann könnte er sich die Bibel zurückholen.

Hatte Becker die Jungs gesehen, als diese mit der Bibel aus dem Fenster geklettert sind?, überlegte Tomke indes. Aber was sollen die dort gewollt haben? Trotzdem, der Gedanke wurde immer wahrscheinlicher. Das würde auch die Telefon- und Handynummern auf Beckers Einzelverbindungsnachweis erklären.

Tomke wagte einen Vorstoß, sie wollte Becker überraschen.

Sie klopfte mit dem Zeigefinger auf ein Blatt in der Ermittlungsakte und hielt den Blick darauf, als würde sie von dort ablesen: „Es waren Dirk Gärtner und Benny Eilts, die aus dem Fenster geklettert sind. Mitsamt der Bibel. Deshalb haben Sie auch telefonischen Kontakt mit den beiden aufgenommen."

Becker wurde aschfahl. Woher wusste die Bullette das?, schoss es ihm durch den Kopf. Haben die beiden Rotzlöffel gequatscht?

Ich habe ihn, wusste Tomke nun. Ich habe ihn. Aus der Nummer kommt er nicht mehr raus.

„Hinnerks Sohn und der Balg von der versoffenen Nutte? Wer sagt denn so was?", fragte er kopfschüttelnd.

„Woher kennen Sie denn Frau Gärtner?", lenkte Tomke plötzlich ab.

„Bei der holt Mann sich, was Mann zu Hause nicht bekommt. Ist doch bekannt. Ich nicht, hab ich nicht nötig."

„Aber die Bibel, die wollten Sie dort holen!"

„Quatsch! Ich weiß nicht, wo die Bibel ist!"

„Doch, Sie haben die beiden Jungs gesehen, als diese aus dem Fenster des Museums geklettert sind, zusammen mit der Bibel. Plötzlich war es weg, das teure Stück. Alle Mühe, alle Vorbereitungen umsonst. Dann auch noch Ihre Verletzung am Bauch, der tote Frerichs. Sollte das alles vergebens gewesen sein? Diese Bibel wollten Sie zurückhaben, unbedingt. Deshalb der telefonische Kontakt, mehrmals. Ist das so? Jedoch wollten die beiden das teure Stück nicht herausrücken. Darum mussten Sie ihnen einen Besuch abstatten. Aber Dirk war nicht da und Frau Gärtner wusste von nichts. Sie allerdings haben ihr das nicht geglaubt. War es so?"

„Nein, die kenne ich doch gar nicht, ich weiß noch nicht einmal, wo die alte Nutte wohnt."

„Das werden wir ja schnellstens feststellen, denn unsere KTU prüft gerade die Fingerabdrücke, die wir in Frau Gärtners Wohnung gefunden haben. Es gibt nämlich auch einen Fall Gärtner. Frau Gärtner wurde getötet, vergiftet", fuhr Tomke unbeirrt fort. „Mit Rattengift, Herr Becker. Rattengift, das ich in Ihrem Haus gesehen habe."

Sie ließ nicht locker und schoss die nächste Fragensalve nach. „Wo ist das Gift? Sie haben es verschwinden lassen, stimmt's? Haben Sie Frau Gärtner damit vergiftet? Warum?"

Tomke stand auf und ging um den Tisch herum. Ganz nah bei Becker stützte sie sich mit der Hand darauf ab und beugte sich zu ihm hinunter.

„Am Hals von Frau Gärtner hat die Rechtsmedizin eine Schnittverletzung gefunden. Von einem Messer! Von Ihrem Messer? Das werden wir nachprüfen. Wir untersuchen alle Ihre Messer und auch die im Hause Gärtner, irgendetwas werden wir finden, ich verspreche es Ihnen."

Sie ging an den Telefonapparat im Verhörraum und tat, als wählte sie eine Nummer.

Birger Schoof, der die ganze Zeit schweigend und unbeweglich in der Ecke gesessen hatte, wurde unruhig und schüttelte den Kopf. Er schaute ihr mit offenem Mund zu.

„Moin Kollege", sprach sie dann in den Apparat. „Konntet ihr schon alle Fingerabdrücke aus der Wohnung Gärtner zuordnen?" Sie tat, als würde sie auf eine

Antwort warten und fragte nach einer kurzen Pause mit Blick auf Jan Becker: „Und am Messer war ...? Ach nee, wat moi! Danke Kollegen. Vielen Dank, das wollte ich hören."

„Ja, Herr Becker, das ist natürlich ..."

Becker unterbrach sie mit einem Stöhnen und wurde hörbar kleinlauter.

„Ja, okay, ich war bei der Schlampe. Aber ich habe ihr nichts getan, ich war nur dort zum ..., na, Sie wissen schon, Frau Kommissarin. Wenn ihr Weiber euch nicht so anstellen würdet, müssten wir ..."

„Sie tun mir aber leid, Herr Becker. So schlimm ist es?", meinte Tomke spöttisch. „Gerade sagten Sie noch, dies nicht nötig zu haben. Was haben Sie Frau Gärtner denn für ihre Dienste bezahlt?"

„'nen Fuffi, Frau Kommissarin. Hat alles etwas länger gedauert, man hat ja seine Ansprüche", antwortete er und lachte meckernd. Becker hatte wohl wieder Oberwasser bekommen. Aber Tomke hakte nach.

„Einen Schein, mehrere Scheine oder in Münzen?", fragte sie und blätterte wieder in der Akte.

Jan Becker schaute sie unsicher an. Was wollte die blöde Tante, wie kam er aus dieser Nummer wieder raus? Er musste etwas sagen und behauptete: „'nen glatten Fuffi habe ich auf den Tisch des Hauses gelegt. Einen braunen Schein."

„Dann wundert es mich aber, dass wir dort kein Geld gefunden haben. Weder einen braunen noch andere Scheine. Wir haben die Wohnung sehr zeitnah untersucht. Nix, Herr Becker!"

„Da sehen wir mal wieder, wie schlecht die Welt ist, hat sicher jemand eingesteckt. Oder ihr Balg, dieser Dirk, hat den Schein genommen."

„Und die Verletzung am Hals von Frau Gärtner? Die stammt dann sicher ..."

„Ja, Frau Kommissarin. Man hat halt so seine Vorlieben, ... wenn man schon dabei ist. Aber ich habe sie nur leicht geritzt. Das Messer haben Sie sicher bei meinen Sachen gefunden." Er wand sich wie ein Fisch auf dem Trockenen. „Wenn ich Ihnen das alles so freiwillig erzähle, springt doch sicher etwas für mich heraus, strafmildernd nennt man das wohl, oder Frau Kommissarin? Sagt man doch!"

„Freiwillig? Sie erzählen mir lediglich das, was ich schon weiß und Ihnen vorgelegt habe. Obwohl Fingerabdrücke und Messer ...", Tomke grinste ihn an.

„Schlampe!", fauchte Becker.

„Kollege Schoof, das haben wir überhört, nicht wahr? Es kommt schon schlimm genug für Herrn Becker. Wir wollen mal nicht so sein."

Schoof saß in der Ecke und gab ein leichtes Raunen von sich.

Diese Evers war ein richtiges Aas. Noch nie hatte er an einer solchen Vernehmung teilgenommen. Das war eine Lehrstunde vom Feinsten, dachte er.

Tomke klappte die Ermittlungsakte zu und stand auf.

„Das war's, vorerst. Sie dürfen in Ihr Einraum-Appartement zurück. Wenn Sie auf mich hören, nehmen Sie sich jetzt besser doch einen Anwalt. Das sieht nicht gut aus für Sie, wirklich nicht."

Sie zählte an den Fingern ab: „Einbruchdiebstahl, Mord oder zumindest Totschlag an Ihrem Komplizen, die Sache mit Frau Gärtner. Das gibt einige Jährchen, glauben Sie mir."

Wieder protestierte Becker.

„Ich hab die Scheißbibel nicht und basta! Das letzte Mal habe ich sie gesehen, als ich sie in den Alukoffer gepackt und die Luft rausgelassen habe. Danach hat ..."

Aber Tomke ging dazwischen, denn es juckte sie nun doch, den Fall mit den beiden Bauern zu erwähnen. „Außerdem wird mein Kollege sich noch mal mit Ihnen unterhalten wollen. Das Versteck in der Güllegrube war gut, aber nicht gut genug."

Becker riss die Augen auf und sackte auf seinem Stuhl zusammen.

Tomke wies Birger Schoof an, Becker zurück in seine Zelle zu bringen und ihn dort nochmals auf die Möglichkeit eines Rechtsbeistandes aufmerksam zu machen. Sollte er ablehnen, müsse er das schriftlich bestätigen.

Als sie den Vernehmungsraum verließ, hatte sie das Gefühl, trotz des erfolgreichen Verhörs etwas übersehen oder überhört zu haben.

Aber was?

Auf dem Weg zurück in ihr Büro zog Tomke ihr Handy aus der Tasche. Sie hatte es für die Vernehmung stumm geschaltet, nun blinkte es und zeigte eingegangene Anrufe an. Egal! Zuerst wollte sie Christof Gerdes anrufen, um ihn über den neuesten Stand im Museumsfall zu informieren.

Gerdes meldete sich sofort.

„Tomke, schön, dass Sie endlich zurückrufen. Ich habe eine Erfolgsmeldung für Sie." Sie schenkte es sich, ihm zu erklären, dass sie seine Anrufe gar nicht gesehen hatte und legte gleich los: „Zuerst ich, Chef, es geht auch ganz schnell."

Kurz erklärte sie ihm, was sich in der letzten Stunde bei der Vernehmung abgespielt hatte. „Ich lasse das Band mit der Aufnahme gleich abtippen, schreibe noch ein paar Bemerkungen dazu und maile es Ihnen zu", versprach sie.

„Dann darf ich jetzt?", fragte Gerdes schmunzelnd.

„Ja, schießen Sie los."

„Es geht um Maries Entführung. Wir haben ein Foto von der schwarzen Limousine", hörte sie ihn sagen, als sie an ihrem Büro angekommen war.

Sie trat ein und bat Gerdes: „Moment, ich komme gerade ins Büro. Die Kollegen Schmied und Mertens sollten mithören, ich schalte auf Lautsprecher."

Sie drückte die Taste und meinte: „So, nun aber!"

„Darf ich nun endlich?" Gerdes wurde langsam ungehalten. „Also, wir haben ein Blitzerfoto von Ihrer Frau, Herr Schmied."

„Bravo! Und?", kommentierte dieser.

„Aber nicht nur von ihr, sondern auch von einer schwarzen Limousine, die den Wagen Ihrer Frau verfolgte."

„Das ist doch Quatsch!", rief Carsten durch den Raum. „Die schwarze Limousine, die Michaela und Marie verfolgte, wurde doch von Ihnen bestellt. Das waren die vom LKA. Was soll das denn?"

Carsten tippte sich gegen die Stirn.

Auch Tomke und Hajo schüttelten den Kopf und schauten sich fragend an.

„Hinterher, Kollege Schmied, hinterher. Diese Aufnahmen allerdings stammen von einem Datum vor der Entführung Maries! Was sagt uns das?"

„Die waren schon länger an den beiden dran und haben nur den richtigen Zeitpunkt abgepasst", murmelte Tomke. „Konnte man denn etwas erkennen? Kennzeichen des Wagens oder das Gesicht des Fahrers?"

„Das Kennzeichen war natürlich falsch", antwortete Gerdes. „Aber das Gesicht des Beifahrers konnten wir zuordnen. Ihre ehemaligen Kollegen aus Frankfurt haben den Mann erkannt."

„Ein Kunde!", stieß Carsten hervor.

„Nein, Schmied, ein Kollege!"

Entsetzt schauten sich die drei Kommissare an.

Gleichzeitig fiel Tomke schlagartig ein, was ihr am Ende des Verhörs mit Becker aufgefallen war. Der Koffer! Becker hatte von einem Alukoffer gesprochen. Da war doch dieser Alukoffer im Treppenhaus des Museums. Sie hatten damals vermutet, dass der Notarzt ihn vergessen hatte. War das der Koffer mit der Bibel? Ihr wurde ganz heiß. Sie hatten den Koffer bei der Einsatzleitstelle der Rettungsstelle abgegeben und nie mehr etwas davon gehört ...

Da werde ich gleich mal anrufen, beschloss sie.

Nachdem Greta, Benny und Dirk zusammen gesprochen hatten, saß Dirk Gärtner noch eine Weile unbeweglich am Tisch in der Stube.

Greta Frerichs redete immer wieder mit ihm. Bat ihn, weiter über seine Mutter, das Gift und das, was zu Hause geschehen sei, zu sprechen. Nur so könne er die Last von sich nehmen. Er sei doch noch nicht volljährig und sicher hätte jeder Richter Verständnis für ihn ... Immer wieder erklärte sie ihm all das, was sie schon seit Tagen immer wieder versucht hatte, ihm begreiflich zu machen.

Dirk reagierte nicht.

Er saß schweigend am Tisch und starrte vor sich hin.

Zwischendurch telefonierte Greta, regelte die Beerdigung ihres Mannes, erledigte einige Hausarbeiten. Alles wie in Trance, nicht wirklich bewusst, eher wie ferngesteuert. Es fiel ihr schwer, sich zu konzentrieren. Nach einer Weile kam sie in die Stube zurück und fand Dirk nicht mehr an dem Platz, an dem er seit dem Morgen wie festgewachsen gesessen hatte. Johanna Eilts, die wie immer in ihrem großen Sessel neben dem Ofen saß, gab ihr ein Zeichen mit der Hand und deutete auf ihre Knie. Greta ging einige Schritte um den schweren, geflochtenen Stuhl am Esstisch herum und sah, dass Dirk zu Johannas Füßen saß, den Kopf auf deren Schoß gelegt hatte und lautlos weinte. Lass ihn, deutete Johanna an und streichelte ihm immer wieder über den Kopf.

Benny hatte sich zwischenzeitlich mit dem Anzeiger für Harlingerland in sein Zimmer zurückgezogen und den Bericht über den Einbruch in das Sielhafenmuseum gelesen. Die Tatsache, dass die Versicherung einen Finderlohn für die Bibel ausgelobt hatte, ließ ihm keine Ruhe.

„Das wäre es doch", hoffte er.

„Das sind sicher zehn Prozent", nahm er an. „Bei dem Wert der Bibel wären das 50.000 Euro! Das ist mehr, als wir jemals von Becker bekommen hätten und dann noch auf ganz legalem Weg. Jetzt muss ich es nur noch geschickt anstellen und der Polizei erklären, wie ich an den Koffer mit der Bibel gekommen bin."

„Ich werde ihn finden", kam ihm plötzlich die Idee. „Dort wo er jetzt ist, werde ich ihn einfach finden."

Schließlich hatte Achim, der Skipper, ihn vor einigen Tagen bereits dabei beobachtet, als er auf dem Ponton des schwimmenden Weihnachtsbaumes war. Ihm hatte er erzählt, dass er dort war, um einmal ungestört zu sein. Und wenn es jetzt wieder hinginge, könnte er doch zufällig ...

„Das ist es!", rief er laut und hielt sich schnell die Hand vor den Mund. Die Mutter durfte ihn nicht hören. Er hatte ihr fast alles erzählt, aber eben nur fast.

Das war sein Ding und er alleine musste es durchziehen.

Ein Blick auf die Uhr zeigte ihm, dass es eben nach zehn Uhr war. „Dirk sitzt wohl immer noch in der Stube und Mum ist beschäftigt", überlegte er.

Gegen die eisige Kälte mit einer dicken Jacke, Mütze und Handschuhen gewappnet, verließ er das Haus.

„Bin gleich wieder zurück", rief er seiner Mutter in der Küche zu. Doch bevor diese ihm antworten konnte, war er schon weg.

Er musste jetzt einen klaren Kopf behalten und alles gut durchdenken. Wie sollte er der Polizei den plötzlichen Fund erklären? Zufall, ganz klar Zufall. Warum nicht? Er fuhr in den Museumshafen, ließ sein Fahrrad neben der Brücke ins Gras fallen und rutschte den Deichhang hinunter. Der Hafen war leer. Keiner war zu sehen. Kein Skipper und auch nicht sein Freund Achim. Er stieg in Achims Ruderboot, machte es los und stieß sich mit dem Ruder ab. Am Ponton befestigte er es und krabbelte unter den Weihnachtsbaum. Gut versteckt unter den Zweigen stand der Alukoffer noch an seinem Platz. Aber, sollte er ihn wirklich heute schon mitnehmen, wenn sie am Nachmittag auf das Polizeirevier fuhren? Würde man ihm diesen Zufall glauben? Besser wäre es sicher, wenn er damit noch ein oder zwei Tage warten würde. Ja, entschied er. Es wäre glaubhafter, wenn er ihn erst in den nächsten Tagen finden und abgeben würde. Sorgfältig schob er die Zweige wieder zurecht und fuhr zurück ans Ufer. Er schaute sich vorsichtig um, aber niemand hatte ihn beobachtet.

Oder?

Als er den Deich zu seinem Fahrrad hochkletterte, stand Achim in der Kajüte seines Schiffes und schüttelte den Kopf. „Was der Junge nur immer wieder beim Baum will?“

Wer?", flüsterte Carsten gefährlich leise. „Welcher Scheißkerl war das?"

Christof Gerdes, der noch immer an Tomkes Handy war, versuchte ihn zu beruhigen.

„Darüber kann und darf ich im Moment noch nichts sagen. Eigentlich habe ich auch gar nichts erzählt. Allerdings wollte ich Sie ein wenig vorwarnen. Also bitte, Schmied, bleiben Sie ruhig. Das LKA und die Kollegen aus Frankfurt sind unterwegs und werden in Kürze bei Ihnen eintreffen. Kein Wort darüber, dass Sie schon etwas wissen. Klar?"

„Gut, in Ordnung, Chef. Ich versuche es."

„Ihr Wort? Oder muss ich bereuen, dass ich es Ihnen gesagt habe?"

„Nein, ist schon okay! Ich sage nichts!"

Nachdem das Telefongespräch geendet hatte, herrschte einige Minuten Sprachlosigkeit im Raum.

Carsten fand als Erster wieder Worte und sagte leise: „Auwald! Ich behaupte mal, dass es Auwald war."

„Meinst du damit den Kollegen aus Frankfurt?", wollte Tomke wissen. „Wie kommst du darauf?"

„Mehrere Dinge sind es, die mich das vermuten lassen. Er war mir damals und einigen Kollegen übrigens auch, schon lange sehr suspekt. Sein Auftreten, seine Reisen, ein großes Auto und überhaupt seine ganze, großspurige Art. Seinen Lebensstil hat er uns damals mit einer Erbschaft erklärt. Tatsächlich war zu unserer gemeinsamen Zeit seine Großmutter verstorben, er behauptete, dass sie ihm einiges hinterlassen hätte. Keiner hat es nachgeprüft, warum auch. Bevor Maren und ich geheiratet haben, machte er immer wieder den Versuch, bei ihr zu landen. Sie aber hat ihn abblitzen lassen. Wir waren Kollegen, wisst ihr? Maren war damals auf einem anderen Revier in Frankfurt. Sie erzählte mir, dass er, obwohl wir schon zusammen waren, immer wieder versuchte, an sie heranzukommen. Aufgehört hat das wohl erst, als unsere Nina zur Welt kam und Maren nicht mehr arbeitete."

Wieder war einige Zeit Schweigen im Raum.

„Wenn er es ist und wenn er auch hinter dem Tod von Maren und Nina steckt", sprach Carsten mehr zu sich selbst, „dann bring ich ihn um!"

Das Telefon auf Hajos Schreibtisch holte alle drei wieder aus ihren Gedanken zurück.

Eine Mitarbeiterin des Jugendamtes wurde ihm angekündigt und Hajo verließ das Büro.

„Carsten!", wandte sich Tomke nun an ihren Kollegen. „Muss ich jetzt zu dir sagen, dass du keinen Blödsinn machen sollst? Auch wenn es dieser Kollege war, und auch wenn er mit dem Tod deiner ersten Frau und deiner Tochter zu tun hat, bitte denke daran, dass du wieder eine Familie hat. Michaela, Marie und das Baby, das unterwegs ist. Du kannst niemanden zurückholen, aber du kannst neues und viel schlimmeres Unheil anrichten. Das ist es nicht wert."

Die Befragung von Dirk und Benny verlief enttäuschend. Jedenfalls für Hajo Mertens. Er hatte sich mehr erhofft.

Dirk hatte die meiste Zeit geschwiegen. Nur als Hajo und Frau von Benischhaus, die Sozialarbeiterin des Jugendamtes, anmerkten, dass man nun dringend Dirks Vater ausfindig machen müsse, begehrte der Junge auf. Er lehnte jeden Kontakt mit seinem Vater ab, wurde sogar richtig ausfallend, als die beiden Erwachsenen ihn von der Sinnhaftigkeit zu überzeugen versuchten. Er habe noch nie ein wirkliches Zuhause gehabt, erklärte

Dirk trotzig und brauche das jetzt, wo er doch in zwei Jahren volljährig würde, auch nicht. Sein Vater habe ihn mit der saufenden Mutter alleine gelassen, das würde er ihm nie verzeihen. Außerdem wäre er bei den Frerichs' doch gut untergebracht, die würden ihn aufnehmen und dort wolle er bleiben.

Ansonsten schwieg Dirk. Weder zum Tode seiner Mutter noch zum Einbruch im Museum machte er irgendwelche Aussagen. Er starrte nur stumm vor sich hin.

Benny war zwar redseliger, zu sagen hatte er allerdings nichts. Er beantwortete Hajo alle seine Fragen, aber nichts von dem, was er sagte, brachte den Kommissar weiter.

Beide Jungs stritten vehement ab, in der besagten Nacht im Museum gewesen zu sein.

„Gut!", beschloss Hajo, „dann nehmen wir jetzt noch eure Fingerabdrücke und das übliche Prozedere, dann könnt ihr wieder nach Hause gehen."

Nun wurde Greta Frerichs aktiv, die während der ganzen Zeit schweigend im Raum gesessen hatte.

„Ich denke, dass das nicht nötig ist", warf sie ein. „Welchen Grund haben Sie, von zwei Minderjährigen Fingerabdrücke zu nehmen? So einfach geht das nicht. Vielleicht hätte ich wirklich einen Anwalt mitbringen sollen. Was sagen Sie dazu, Frau von Benischhaus?", suchte sie Unterstützung bei der Sozialarbeiterin.

Hajo ging dazwischen: „Wenn die beiden nicht im Museum waren, werden wir auch nichts finden, oder? Aber da wir einen begründeten Verdacht haben, können wir auch auf einen richterlichen Beschluss warten. Das dauert einen Moment, wenn Sie so lange warten wollen?" Er deutete an, dass sich alle nochmals setzen sollten. Greta Frerichs zuckte mit den Schultern und gab sich geschlagen. „Also gut, dann machen Sie es halt, damit endlich Ruhe ist."

Sie schaute ungehalten zu der Sozialarbeiterin hinüber. Von ihr hatte sie sich etwas mehr Unterstützung versprochen. Wenigstens hatte diese nichts dagegen, dass Dirk für die nächste Zeit bei ihnen leben durfte. „Einer weiteren Prüfung vorbehalten", wie sie mit hochgezogenen Augenbrauen dennoch bemerkte. Egal, Dirk musste nun endlich mal zur Ruhe kommen. Nun stand die Beerdigung seiner Mutter vor der Tür und das ausgerechnet vor Weihnachten. Es würde keine leichte Zeit werden.

Hajo bestellte einen Kollegen, der die beiden Jungs zur Abnahme der Fingerabdrücke mitnahm. Unterwegs flüsterte Dirk seinem Freund zu: „Jetzt wissen sie es gleich!"

„Was?"

„Dass wir im Museum und in dieser Kapitänskajüte waren."

„Wir waren doch vorige Woche dort, wegen des Referates zu deinem Berufspraktikum. Hast du das vergessen?", flüsterte Benny zurück und zwinkerte ihm zu. „Da waren wir auch in dieser Kajüte."

Dirk schaute seinen Freund überrascht an. Wie cool und abgeklärt er war! Benny würde sicher mal ein guter Pilot werden. Das wusste Dirk nun.

Vernehmungen, Berichte, Telefonate und Protokolle.

Sie hatten noch bis spät in den Abend zu tun. Erst gegen neun Uhr fanden sie ein Ende und beschlossen, für heute die Arbeit zu beenden.

Carsten war bedrückt, die Sache mit dem Frankfurter Kollegen beschäftigte ihn sehr. Nun, morgen würde er mehr erfahren.

Er gestand Tomke, dass er nun die Wohnung noch etwas auf Vordermann bringen müsse, denn morgen käme schließlich Michaela wieder nach Hause. Ihr und dem Baby ginge es gut, alles sei im grünen Bereich.

Tomke grinste in sich hinein und sagte nichts dazu; sie wollte Oma und Tant' Fienchen die Überraschung nicht verderben. Am Nachmittag hatte sie kurz mit Oma telefoniert, die ihr erklärte, dass sie und Fienchen nun rübergingen, um zu schummeln.[6]

Ein Mann alleine zu Hause, das könne ja nicht gut gehen. „Die arme Michaela", meinte Oma, „kommt nach Hause und muss gleich die Wohnung putzen. Dat geit nich. Michaela ist immer für uns da, nun sind wir dran." Das war klar und deutlich und duldete keinen Widerspruch.

Auf dem Weg zum Auto zog Tomke ihr Handy aus der Tasche und betrachtete es. Hajo, der das aus den Augenwinkeln beobachtete, meinte spöttisch: „Du kannst noch so sehnsüchtig auf das Telefon schauen, heute ruft Ilka nicht an. Schon wieder Tacos is' nich'!"

„Blödmann!", lachte Tomke. „Ich überlege, ob ich uns eine Pizza bestellen soll. Wir könnten vorbeifahren und sie direkt abholen."

„Gute Idee! Ich nehme die Tonno und einen gemischten Salat mit Thunfisch."

Tomke wählte die Nummer der Pizzeria und gab die Bestellung auf.

„Und eine Flasche der Hausmarke", merkte Hajo noch an.

Tomke nickte. „Dat mut!"

„Und?", fragte Hajo, als Tomke geendet hatte.

Tomke wusste, was er meinte. „Funfezehneminute, wie immer!", grinste sie.

[6] Ein ostfriesischer Ausdruck für putzen.

„Na, der wird sich wundern, wenn wir in zwei Minuten auf der Matte stehen", gab Hajo lachend zurück.

Als er den Motor abstellte, meinte Tomke: „Lass uns hier im Auto warten. Es ist gerade so schön ruhig. Keine Menschenseele auf der Straße, kein Auto, nichts."

Hajo gab ihr einen Kuss. „Moment! Ich bin gleich wieder da."

„Was ist denn nun ... oh Mann!" Tomke verzog das Gesicht. Einen Moment später kam er zurück und hatte eine Flasche Rotwein und zwei Gläser dabei.

„So wartet es sich doch besser, oder?"

Er wartete Tomkes Antwort nicht ab und knackte den Verschluss der Flasche.

Sie schoben ihre Sitze bis zum Anschlag zurück, legten die Beine auf das Armaturenbrett und tranken genüsslich und wortlos.

„Wenn jetzt die Kollegen von der Streife kommen ...", sinnierte Tomke, „... verhaften wir sie!", vollendete Hajo den Satz.

Sie alberten und kicherten, malten sich aus, wie das sein würde. Zwei mit Handschellen gefesselte Streifenpolizisten auf dem Rücksitz von Kripobeamten, die Pizza essend und Rotwein trinkend durch die Gegend fuhren. Natürlich mit Blaulicht auf dem Wagendach und heruntergelassenem Fenster. Sie lachten und johlten bei der Vorstellung. „Besser als mit heruntergelassener Hose!", setzte Tomke noch einen drauf und konnte sich gar nicht beruhigen.

Kurze Zeit später klopfte es heftig an das Wagenfenster.

Als sie sahen, dass Alfredo, ein Mitarbeiter der Pizzeria, mit fragendem Gesichtsausdruck am Auto stand und hineinspähte, ging die nächste Lachattacke los.

Alfredo schob kopfschüttelnd die beiden Pizzen durch das Fenster, Tomke zahlte und ließ die Scheibe wieder hochfahren.

Dann reichte sie Hajo seine Pizza und als sie sich dabei ansahen, prusteten sie wieder los.

„Aua, ich kann nicht mehr." Tomke hielt sich den Bauch.

„Wie kann man nur so albern sein?", keuchte Hajo.

Tomke klappte den Pizzadeckel hoch und griff sich ein Stück.

„Heiß, verdammt", fluchte sie.

„Das ist gut", beschloss Hajo. „Wir essen jetzt hier, heiß und lecker. Die Flasche Roten leeren wir zu Hause, ein Glas reicht. Wir sind schließlich von der Polizei!"

„Ich habe lange nicht mehr so gelacht", erklärte Tomke später, als sie auf der Couch lagen und die Reste des Rotweins vernichteten. „Ich habe noch immer Bauchschmerzen."

Einige Zeit schwiegen sie. Jeder hing seinen Gedanken nach. Irgendwann betrachtete Hajo Tomke dann von der Seite. Sie schaut so traurig aus, ging es ihm durch den Kopf. Was ist denn los? Bis vor Kurzen haben wir noch so gelacht. Ob ich sie fragen soll? Was geht wohl in ihr vor? Weinte sie?

„Tomke, weinst du?", fragte er nach einer Weile.

„Nein, ich denke nach."

„Worüber?"

„Ob es ein Fehler war, kein Kind zu haben. In mir ist manchmal so eine Sehnsucht."

„Ja?"

„Ja, wenn ich Marie sehe und erlebe, wenn ich an Michaelas Schwangerschaft denke. Wenn ich sie sehe, mit dem wachsenden Bäuchlein. Wenn ich an mein Patenkind denke. Das macht mich gerade so traurig."

„Hast du mir nicht gesagt, dass du nie ein Kind wolltest? Dass du dir dein Leben anders vorstellst, vorgestellt hast und leben willst?"

„Ja, hab ich, aber ..."

„Warum weinst du dann dem nach, was du in Wirklichkeit gar nicht haben willst?"

„Ich weiß nicht!"

„Was wäre, wenn du ein Kind hättest? Würdest du dann deinem Beruf, deinen beruflichen Ambitionen nachweinen?"

„Ich weiß nicht, Hajo. Es ist nur gerade so ein Gefühl. Sicher geht das schnell wieder vorbei."

„Ich liebe dich, Tomke. So wie du bist. Ob mit oder ohne Kind!"

„Ich weiß Hajo, das tut so gut!"

Sie lagen noch eine Weile eng aneinandergekuschelt auf der Couch, bis Hajo plötzlich auffuhr und rief: „Und komm mir bloß nicht mit einem Kind nach Hause!"

„Genau ... so lange du deine Füße unter meinen Tisch ...", kicherte Tomke.

Sie verbrachten die halbe Nacht auf ihrer Couch. Lachend, redend und sich zwischendurch liebend. Hajo holte noch eine Flasche Rotwein, die sie fast austranken. Erst gegen zwei Uhr fanden sie den Weg ins Bett.

Die Nacht war wieder einmal sehr kurz, aber Hajo topfit und ausgeschlafen.

Auf dem Weg zum Kommissariat hatte er sich gefragt, ob die Ergebnisse der Fingerabdrücke und Speichelproben nun endlich vorlagen. Am gestrigen Tag konnte das nicht mehr festgestellt werden, da es bei den Kriminaltechnikern einen Stromausfall gegeben hatte. Der sollte nun aber behoben sein.

Es war heute ein wunderbarer klarer Himmel und wenn es auch noch dunkel war, konnte man doch erkennen, dass der Tag schön zu werden schien, obwohl der Wetterbericht seit Tagen schwere Stürme ankündigte.

Tomke hatte nach dem Aufstehen die Nase aus der Balkontüre gesteckt und beschlossen, vor der Arbeit eine Runde zu laufen und dann direkt ins Büro zu fahren.

Sie bat Hajo: „Nimm eine Tasche mit meinen Sachen mit, dann dusche ich dort."

Hajo schüttelte den Kopf.

„Du willst doch nicht im Dunklen laufen?"

„Doch, das habe ich in Wilhelmshaven auch immer gemacht, kein Problem."

Tomke beschloss, Tomke setzte um, wie immer.

Was sollte er da noch sagen?

So machte er sich alleine auf ins Büro und fuhr dort erwartungsvoll gleich seinen Computer hoch. In den Mails fand er den fehlenden Bericht der KTU.

Es überflog die ausführliche Beschreibung. Ein Satz war ihm wichtig.

„Die Fingerabdrücke von Benny Eilts und Dirk Gärtner finden sich unter denen, die die Spurensicherung in der Kapitänskajüte des Sielhafenmuseums entnommen hat", las er dort und dass die Untersuchung der DNA-Spuren an den Krümeln der Knippkuchen noch etwas dauern würde.

„Yes! Ich habe es gewusst. Diese kleinen Dreckskerle haben mich die ganze Zeit angelogen. Von wegen bei Dirk übernachtet", rief er aus.

Gleichzeitig wurde er nachdenklich und lehnte sich in seinem Stuhl zurück. Ja, sie waren dort! Aber, dass sie mit dem Diebstahl der Bibel und gar mit dem Mord an Hinnerk Frerichs etwas zu tun haben sollten, konnte er sich beim besten Willen nicht vorstellen. Da muss noch etwas anderes gewesen sein. Aber was? Wenn die beiden doch nur endlich reden würden!

Hajo griff zum Hörer und wählte die Nummer von Greta Frerichs.

Als er ihr das Ergebnis der Untersuchung mitteilte, war es für eine Weile sehr still am anderen Ende.

„Hallo, Frau Frerichs, sind Sie noch da?"

„Ja", war leise zu vernehmen. „Ja, ich bin noch da. Wann sollen wir kommen?" Greta war klar, dass die Jungs nun reden müssten, jetzt würde auch sie darauf bestehen. „Sonst wird doch alles noch schlimmer", überlegte sie.

„Nun, ich möchte die Ergebnisse der DNA-Untersuchung abwarten, damit wir wissen, ob die Knippkuchen auch von Benny und Dirk stammen. Deshalb reicht es, wenn Sie morgen kommen. Gleich um neun Uhr, wenn's recht ist. Zur Schule gehen sie ja im Moment nicht, oder?"

„Nein, ich habe sie beurlauben lassen, beziehungsweise Benny. Die Dame vom Jugendamt hat das für Dirk genehmigt. Es ist nicht mehr lange bis zu den Weihnachtsferien."

„Gut, dann seien Sie morgen bitte um neun Uhr mit beiden Jungs hier bei uns. Ich informiere Frau von Benischhaus, damit sie dabei ist."

„Ja, wir kommen." Gretas Stimme war leise und müde. Hajo konnte sie kaum verstehen.

„Eine Bitte habe ich aber noch, Herr Kommissar", meinte sie dann etwas entschlossener. „Wenn Sie mit dieser Frau von Benischhaus sprechen, bitte überzeugen Sie sie davon, dass Dirk bei uns bleiben kann. Woanders würde er kaputt gehen. Da bin ich mir sicher."

„Ich versuche es, Frau Frerichs. Mal sehen, was ich tun kann. Ich denke schließlich auch, dass das eine gute Lösung wäre. Also dann, bis morgen."

Hajo legte auf und schaute auf die Uhr. Wo Carsten wohl blieb? Die Kollegen vom LKA aus Hannover würden sicher bald eintreffen. Die Frankfurter waren schon im Haus, er war ihnen bei seinem Eintreffen im Flur begegnet.

„Na, Kollege Kamikaze", hatte einer von ihnen Hajo grinsend begrüßt.

„Ich wünsche euch auch einen schönen Tag", antwortete Hajo und tippte sich an die nicht vorhandene Mütze.

Die sollten sich mal schön zurückhalten. Man hätte sie als Betroffene und vor allem Carsten nur informieren müssen, dann wäre die Aktion nicht nötig gewesen.

Von Christof Gerdes hatten sie alle drei einen fürchterlichen Anschiss bekommen, weil sie in einer eigensinnigen und unverzeihlichen Aktion, wie er es nannte, das Fahrzeug der LKA-Leute gestoppt und diese aus dem Wagen gezerrt hatten. Dass sie zum Schutz von Michaela und Marie abgestellt waren, konnte ja keiner ahnen.

Anschließend hatten Carsten und Gerdes sich wie zwei wütende Stiere gegenübergestanden und angeschrien.

„Sie haben die Gesundheit meiner schwangeren Frau aufs Spiel gesetzt. Sie hätte das Baby verlieren können", brüllte er.

„Nein, ich habe sie beschützen lassen!", brüllte Gerdes zurück.

„Woher sollten wir das wissen?“, kam es dann von Carsten.

So ging das eine Weile, bis Tomke sich einschaltete und die beiden sich endlich beruhigten. Hajo musste lachen, wenn er an die Situation dachte. Gerdes hatte dann Carsten, Hajo und Tomke noch einen heftigen Einlauf verpasst, wie er es nannte. Der Einwand der beiden Männer, dass Tomke doch an der Aktion gar nicht beteiligt gewesen sei, wischte Gerdes mit einer Handbewegung weg. „Ich kenne meine Pappenheimer“, hatte er gebrummt.

Aber auch an Marie, die während der Aktion damals auf dem Rücksitz gesessen hatte, musste Carsten nun denken. Sie war der Knaller.

Kaum war alles vorbei, die verhafteten Kollegen wieder von den Handschellen befreit, kletterte sie aus dem Fahrzeug und meinte: „Ich wollte das die ganze Zeit sagen! Die Männer, die mich entführt haben, sahen anders aus!“

Die Erinnerung daran ließ ihn schmunzeln. Es war aufregend, hatte aber auch irgendwie Spaß gemacht.

Er stand auf und holte sich aus seinen Erinnerungen zurück.

Carsten war noch immer nicht da. Plötzlich schlug er sich gegen den Kopf. „Stimmt ja, der holt heute Michaela aus dem Krankenhaus ab.“

Er war alleine im Büro und würde es wohl die nächste Stunde auch bleiben. „Was soll's“, überlegte er, „dann kann ich in Ruhe meine Dinge machen.“

Benny wusste nicht, wie es weitergehen sollte.

Die Polizei hatte den Beweis, dass Dirk und er im Museum gewesen waren. Na und? Dann waren sie eben für das Referat noch mal dort. Sie müssten ihnen schon das Gegenteil beweisen.

Seine Mutter allerdings wollte unbedingt, dass er die Sache aufklärte, alles erzählte, und sie würde keine Ruhe geben, das war klar. Aber sollte er das tun? Wenn er bei der Polizei zugeben würde, dass er in dieser Nacht damals im Museum war, konnte er dann immer noch behaupten, dass er die Bibel gefunden hatte?

Warum nicht? Zufall. So etwas gab es doch.

Heute war eine klarer Morgen mit Sternenhimmel und es wurde schon früher hell als sonst. Ob er den Koffer jetzt holte? Besser nicht. Achim würde ihn sicher sehen und Fragen stellen. Er musste bis zum Abend warten. Das wäre auch nicht das Problem, denn er musste ihn ja erst am nächsten Morgen haben, wenn sie zur Polizei fuhren. Nur, wo sollte er ihn über Nacht aufbewahren? Wie konnte er der Mutter erklären, dass er ihn „zufällig" gefunden hatte? Nun, es waren ja noch einige Stunden Zeit, es würde ihm schon etwas einfallen.

Benny verbrachte den Tag meist in seinem Zimmer. Zwischendurch half er Dirk, sich in der kleinen Stube, die Greta immer als Nähzimmer genutzt hatte, einzurichten. Sie holten das zusammengeklappte Gästebett vom Dachboden und stellten es auf. Ein kleines Regal und der zweitürige Schrank, gefüllt mit Nähzeug und Stoffen, waren schnell ausgeräumt.

Greta reinigte alles, nahm die Gardinen ab und putzte das Fenster.

„Die werfe ich schnell in die Waschmaschine, dann riechen sie wieder gut", beschloss sie.

Wann hatte seine Mutter das letzte Mal Gardinen gewaschen?

„Wir können ein paar Möbel aus eurer Wohnung holten", hatte Greta Dirk angeboten. Aber der wollte nichts von dort. Vielleicht später, überlegte Greta, wenn etwas Zeit vergangen ist. Jetzt hat er ja erst einmal, was er braucht.

Dirk war glücklich in seinem kleinen Reich. Es war hell und sauber, die Bettwäsche roch frisch gewaschen und er musste keine Angst mehr haben, dass seine Mutter betrunken hereingetorkelt kam. Hier musste er nicht verschwinden, weil irgendwelche fremden Männer an der Tür klingelten. Er war froh und gleichzeitig traurig und entsetzt. Wie konnte er nur froh sein, dass sie tot war? Seine Mutter war tot! Und er war schuld! Es war zwar ein ganz fürchterliches Leben mit ihr gewesen, aber jetzt, jetzt war er ganz alleine. Er hatte Greta, Johanna und Benny, klar. Aber eine wirkliche Familie hatte er nicht. Nicht mehr. Außer seinem Vater, aber der konnte ihm gestohlen bleiben. Er legte sich das Kopfkissen übers Gesicht und roch daran. Ganz fest griff er das Kissen und drückte es sich auf das Gesicht. Ob man sich damit wohl selbst ersticken konnte? Er fühlte sich so alleine und alles war so weit weg. Wie konnte er weiterleben? Mit dieser Schuld weiterleben? Wenn er nicht diese Dose ...

Heftig schluchzend drehte er sich um und zog sich die Bettdecke über den Kopf.

Gegen Mittag klopfte Greta an seine Tür. Sie brachte die Gardinen und bat ihn, ihr dabei zu helfen, sie wieder aufzuhängen. Es war ein unbeschreiblicher Geruch, der sich dabei in seinem Zimmer ausbreitete. Frisch und sauber, wie im Sommer, wenn man den ganzen Tag das Fenster geöffnet hatte. Nie mehr, schwor er sich, nie mehr möchte ich in einem Raum leben, in dem es anders riecht. Nie mehr. Wieder warf er sich auf sein Bett und roch am Kissen. Wie ein Süchtiger sog er den Duft ein.

Kurz darauf rief Greta zum Mittagessen.

„Benny, Dirk, essen kommen. Bringt euch bitte was zum Trinken mit."

Als Dirk seinem Freund Benny in der Diele begegnete, klopfte dieser ihm auf die Schulter und meinte: „Willkommen bei den Frerichs, Kumpel. Komm, wir rocken das schon."

So herrlich klar und sonnig der Morgen begonnen hatte, so sehr hatte sich das Wetter nun geändert. An der Küste war das keine Besonderheit. Wetterwechsel, egal in welche Richtung, kannte man hier. Seit der Mittagsstunde stürmte es und zwar gewaltig. Es war auflaufendes Wasser, der Wind kam von Nord, was nichts Gutes verhieß. Man müsste an der Küste mit orkanartigen Stürmen rechnen, kam es durch das Radio.

Der Fährverkehr nach Wangerooge und Spiekeroog wurde eingestellt, Eisregen und eine Sturmflut waren angekündigt.

„Winter eben", meinte Johanna Eilts beim Essen.

„Ja, das ist aber schon vor einigen Tagen vorhergesagt worden", bestätigte Greta. „Hoffentlich wird es nicht allzu schlimm. Beim letzten schweren Sturm hat es einige Verletzte gegeben, weißt du noch, Mutter? Damals hat es doch diesen Wohnwagen von der Kupplung eines Autos geweht. In der Kurve vor Friedrich-Augustengroden. Das sah komisch aus. Alles flog durch die Gegend, sogar das Klo hat es damals aus dem Wagen gerissen."

„Ja, Kind, das war schlimm. Ich hätte damals nicht gedacht, dass wir heil nach Hause kommen."

„Und diese Frau", schaltete sich Benny lachend ein. „Diese Frau, die das Auto gefahren hat, ist total hektisch hinter jedem Gegenstand, der sich aus dem Wohnwagen verabschiedet hatte, hergelaufen." Er kicherte.

„Lach nicht, Benny, die arme Frau war total außer sich. Ich glaube, sie hatte einen Schock."

Der Regen prasselte gegen das Fenster und plötzlich wurde es dunkel.

Eine Strandkorbabdeckung, die sich bei irgendjemandem aus der Nachbarschaft gelöst hatte, hing an der Scheibe.

Es kam noch schlimmer!

Im Laufe der nächsten Stunden nahm der Sturm gewaltig zu. Eine hohe Eibe hinter dem Haus verlor ihre Krone, der Sturm knickte sie einfach ab. Volle Mülltonnen wehte er um. Gelbe Säcke, die Nachbarn für die Müllabfuhr gestapelt hatten, flogen durch die Gegend. Der Regen nahm zu und peitschte unaufhörlich gegen die Scheiben. Es pfiff ums Haus, dass einem Angst werden konnte.

„Es werden noch schlimme Stunden werden“, prophezeite Johanna Eilts.

Irgendwann am Nachmittag, Benny und Dirk saßen bei einem Computerspiel, war plötzlich die Feuerwehr zu hören. Sie sprangen auf und liefen zum Stubenfenster, das zur Straße hinausging.

Es war heute wieder früh dunkel geworden und so konnten sie sehen, dass das Blaulicht aus Richtung Museumshafen kam.

„In die Wittmunder fahren sie nicht, das Blaulicht steht am Hafen still“, rief Benny seiner Mutter zu, die in der Küche zugange war.

„Im Hafen muss etwas passiert sein.“

„Hoffentlich ist der Baum nicht umgefallen“, antwortete seine Mutter.

Benny fuhr der Schreck in alle Glieder. Er wurde kreidebleich. Wenn das wirklich passiert war, dann war der Koffer mit der Bibel in Gefahr. Er musste zum Hafen.

„Dirk, wir müssen da hin“, beschwor er seinen Freund. „Wir müssen nachsehen, was mit dem Koffer ist!“

Die Mutter würde sie bei diesem Wetter sicher nicht gehen lassen. So griffen sie sich heimlich ihre Jacken von der Garderobe und verließen das Haus durch die Hintertür.

„Wir sind wieder in meinem Zimmer, Computerspiel!", hatte Benny seiner Mutter noch zugerufen, was so viel heißen sollte wie: Wir wollen nicht gestört werden.

Gegen den schweren Sturm aus Nord liefen sie in den Museumshafen. Und dann sahen sie das Chaos.

Der riesige Weihnachtsbaum lag im Wasser. Der starke Wind musste die Seile zerrissen haben, das Floß, auf dem er stand, schwamm alleine in der Harle. Trotz des Unwetters waren viele Menschen vor Ort. Nicht nur die Leute von der Feuerwehr, sondern auch Schaulustige. Hinter sich vernahm Benny eine Stimme, die lakonisch meinte: „Jetzt ist es wirklich ein schwimmender Weihnachtsbaum."

Die Bibel war unwiederbringlich verloren. Das wusste Benny nun. Nix mit Lösegeld!

Scheiße!

Bei diesen Temperaturen konnte er nicht in die Harle springen und sie wieder hochholen. Das ging gar nicht! War sie in dem Aluminiumkoffer sicher? Wenn er luftdicht war, dann war er doch sicher auch wasserdicht. Diese Hoffnung bestand. Trotzdem, hier im Winter tauchen? Wie sollte das gehen ohne Taucheranzug, er würde erbärmlich absaufen bei dieser Kälte. Und überhaupt, irgendjemand würde ihn bestimmt sehen.

„Okay!", machte er sich Mut, „dann finde ich sie eben im Sommer. Das ist vielleicht auch glaubhafter. Meinen Finderlohn hole ich mir, so oder so!"

Er zog seinen Freund am Arm.

Doch Dirk reagierte nicht, er sah den Feuerwehrleuten gebannt bei dem Versuch zu, den Baum zu sichern.

Benny zog noch einmal, kräftiger.

„Komm, lass uns gehen. Hier können wir nichts tun."

Gemeinsam liefen sie nach Hause. Nun hatten sie den Sturm im Rücken.

Schon früh am Morgen war Carsten im Krankenhaus, um Michaela nach Hause zu holen. Er war zu früh.

Der Arzt wollte Michaela noch einmal sehen, bevor sie gehen durfte. Aber jetzt war er noch auf Visite und das konnte dauern.

Sie riefen bei Gesche an und wollten Marie mitteilen, dass sie morgen auf die Insel kommen würden, um sie abzuholen.

„Übermorgen!", meinte Marie, „morgen geht nicht!"

„Warum denn nicht?", wollte Michaela wissen.

Die war enttäuscht, hatte sie sich doch so sehr gefreut, ihre kleine Maus endlich wiedersehen zu dürfen.

„Warum willst du denn nicht nach Hause?"

„Mama", meinte Marie mit einem gedehnten Seufzer, „ich will ja, aber ich kann nicht. Wir haben etwas vor, Gesche und ich."

„Was denn?"

„Wir gehen zum ‚Lebendigen Adventskalender!'"

„Aha!" Michaela hatte das Handy auf „laut" gestellt und schaute Carsten, der mithören konnte, fragend an. Carsten zuckte mit den Schultern.

„Wir backen heute Kekse dafür und morgen kochen wir Kinderpunsch und dann packen wir alles ein und gehen in die alte Inselkirche zum Chörchen. Dann singen wir und essen Kekse und trinken Tee. Gesche hat es mir versprochen, Mama, darf ich nicht?", rief sie dann entsetzt aus.

„Warte mal", hörte Michaela aus dem Hintergrund Gesches Stimme.

Gesche hatte sich den Telefonhörer gegriffen. „Moin Michaela, ich bin es. Wenn du nichts dagegen hast, dann lass sie noch einen Tag länger bei uns. Sie freut sich schon so und du weißt doch selbst, wie wunderschön es bei uns auf der Insel in der Vorweihnachtszeit ist. Wir gehen in die kleine Kirche, sitzen zusammen, klönen, singen. Es ist eine tolle Einstimmung auf Weihnachten. Zur Zeit sind wir beiden Mädels übrigens feste am Backen."

„Ja Mama, bitte!", rief Marie aus dem Hintergrund.

„Okay, okay", lachte Michaela nun, „ich hab's verstanden und wünsche euch ganz viel Spaß. Aber eine Bedingung habe ich", erklärte sie dann in ernstem Ton.

„Welche?", fragte Marie vorsichtig, die wieder den Telefonhörer genommen hatte.

„Ihr müsst uns von euren leckeren Keksen etwas aufheben. Ich will sie alle probieren und Carsten auch."

„Und für meine Deichomas und für Tomke und für Hajo bringe ich auch welche mit, versprochen", jubelte Marie. „Ich drücke und knuddele dich und Carsten auch und unser Baby ..."

Marie war total aufgedreht. Michaela versuchte sie zu beruhigen und Gesche schaltete sich auch ein. Sie beendeten das Gespräch mit der Verabredung, dass Michaela und Carsten am Freitag herüberkommen wollten, um Marie abzuholen.

Carsten und Michaela mussten nun über ihre aufgeregte kleine Tochter lachen. Unbemerkt war der Stationsarzt ins Zimmer getreten und näherte sich Michaelas Bett.

„Ich sehe, es geht Ihnen gut. Dann bleibt mir ja nichts anderes übrig, als Sie nach Hause zu entlassen", schmunzelte Dr. Vetter. „Die Untersuchungen sind abgeschlossen und alles ist sehr zufriedenstellend. Ich bitte Sie nur, sich nicht mehr solchen Aufregungen auszusetzen. Aber ich weiß, das ist leichter gesagt als getan, wenn einem etwas derart Schreckliches widerfährt. Zu den regelmäßigen Untersuchungen gehen Sie zu Ihrem Gynäkologen, ich möchte Sie hier erst wieder zur Entbindung sehen."

Michaela strahlte.

Carsten half ihr, die wenigen Dinge einzupacken, die sie dabeihatte und dann verließen sie das Krankenhaus.

Auf dem Nachhauseweg erzählte er Michaela, dass Oma und Tant' Fienchen gestern zum „Schummeln" im Haus waren, sie solle sich also nicht wundern, dass es überall blitzte und blinkte.

„Es ist schade", meinte Michaela, als sie vor dem Haus vorfuhren, „dass die Maus nicht da ist. Aber vielleicht kann ich die Zeit auch nutzen, um ein paar Weihnachtsvorbereitungen zu treffen."

„Aber übertreibe es nicht. Du weißt, was ..."

„Carsten, ich bin schwanger und nicht krank und schon gar nicht pflegebedürftig."

„Na, ich weiß nicht", grinste Carsten, „so ein klein wenig Spezialpflege wäre doch jetzt vielleicht angebracht." Er schaute auf die Uhr. „Ich könnte noch so ein Stündchen ...", dann klingelte sein Handy.

„... ins Büro fahren", vollendete Michaela lachend den Satz.

Gegen zehn Uhr war Tomke im Büro eingetroffen.

Sie hatte eine Runde von zehn Kilometern gedreht, die sich, wie sie zu Carsten meinte, bei diesem Wind dann doch wie das Doppelte angefühlt hatte. Als sie sich überlegt hatte zu joggen, war noch alles gut. Nach kaum zwei Kilometern fing der Sturm an.

„Und ob du es mir glaubst oder nicht, egal in welche Richtung ich lief, ich hatte nur Gegenwind."

Anschließend hatte sie in den Personalräumen geduscht und frische Kleidung angezogen.

Nun steckte sie derart voller Energie, dass sie das Gefühl hatte, Bäume ausreißen zu können. Das sagte sie Hajo auch und gleichzeitig legte sie los: „Wir sollten unbedingt herausfinden, in wessen Auftrag Jan Becker diese Bibel gestohlen hat. Der hat doch sicher auf Bestellung gearbeitet. Wir müssen uns dringend nochmals mit dieser Erbengemeinschaft beschäftigen, eventuell erfahren wir dort etwas. Sind eigentlich die endgültigen Untersuchungsergebnisse von Manninga da? Wo bleibt nur Carsten und was ist mit Birger Schoof? Der könnte uns doch gute Dienste leisten. Ach so, und hat die Spusi endlich die fehlenden Dosen mit dem Rattengift gefunden ...?"

Hier unterbrach Hajo ihren Redeschwall.

„Tomke, du hast nur das Gefühl, Bäume ausreißen zu können. Du musst es nicht tun. Mach mal sachte. Es läuft auch, ohne dass du hier jeden wie die Sau durchs Dorf treibst. Manningas Bericht liegt übrigens auf deinem Rechner und die KTU hat auch geliefert."

Sie zog sich an ihren Computer zurück. Hajo hatte ja recht. Eines nach dem anderen.

Plötzlich wurde die Bürotür aufgestoßen und Gerdes marschierte herein.

„Wo ist Schmied?“, bollerte er los.

„Kommt gleich. Er holt seine Frau vom Krankenhaus ab.“

„Frankfurt und Hannover sind da, nur der Kollege Schmied fehlt! Rufen Sie ihn an, ich brauche ihn sofort hier. Es ist jetzt einwandfrei geklärt, dass der Kollege auf dem Blitzerfoto ein ‚Leck‘ ist. Schmied muss dazu aussagen. Die Frankfurter wollen nach Möglichkeit heute wieder zurück. Maries Entführer haben die Gegend mit Sicherheit verlassen, hier können die Kollegen also nichts mehr tun.“

Tomke verdrehte die Augen, griff zum Telefon und wählte die Kurzwahl von Carstens Handy. Nach ein paar Sätzen rief sie Gerdes zu: „Ist unterwegs“, wandte sich wieder, wie Hajo auch, ihrem Computer zu und vertiefte sich in die Berichte. Gerdes klopfte kopfschüttelnd auf seine Armbanduhr und stürmte aus dem Büro. Keine zwei Minuten später wurden sie erneut unterbrochen. Regina Becker wurde gebracht. Zwei Kollegen aus Varel hatten sie nach mehreren Versuchen in ihrem Hotelzimmer angetroffen und nun nach Wittmund gefahren.

„Der Kollege Schmied hat um Lieferung gebeten“, meinte der eine grinsend, „hier ist sie. Bitte den Empfang zu bestätigen.“

Tomke stand auf.

„Danke, Kollege. Sehr witzig. Trotzdem vielen Dank für die prompte Lieferung.“ Und zu Frau Becker gewandt: „Nehmen Sie doch Platz, Frau Becker, das kann jetzt etwas dauern.“

Die Vernehmung dauerte tatsächlich mehrere Stunden. Carsten, der zwischenzeitlich einmal hereinschaute, verzog das Gesicht, als er erfuhr, wer da gerade vernommen wurde. Zu gerne hätte er es selbst getan, aber er hatte ja eine andere Verabredung.

Anfänglich noch sehr zurückhaltend, manchmal auch zickig und aufbrausend, erzählte Regina Becker dann doch alles, was Tomke und Hajo wissen wollten.

Sie erklärte, warum sie vom Hof abgehauen war. Von den Eskapaden ihres Mannes, dass er immer wieder krumme Dinger drehte und oft mit diesem Hinnerk Frerichs unterwegs gewesen sei. „Den kann ich auf den Tod nicht leiden, diesen fiesen Kerl", meinte sie zwischendurch.

„Müssen Sie auch nicht mehr, das hat sich nun erledigt, das mit dem Tod meine ich."

Regina schaute sie fragend an.

„Herr Frerichs ist tot, vermutlich von Ihrem Mann ermordet, aber das ist ein anderer Fall."

„Na, dann hat er ja wenigstens einmal etwas Gutes getan", murmelte die Becker.

Tomke schüttelte den Kopf und forderte sie auf, dort weiterzuerzählen, wo sie gerade stehen geblieben waren.

So erfuhren sie, dass ihr Mann die beiden Brüder damals mit der Schrotflinte erschossen und in die Güllegrube geworfen hatte. Ihr selbst hätte er gedroht, dass sie dort auch landen würde, wenn sie nur ein Wort darüber verlieren würde. Sie erzählte von der Pacht, die sie dem einen Bruder immer wieder schuldig bleiben mussten, aber eben nur, weil Jan, ihr Mann, den Hof nicht richtig bewirtschaftete. Zwischendurch sei er immer mal wieder für ein, zwei Tage verschwunden gewesen und sie hätte alle Arbeit übernehmen müssen. Als dann die Brüder gemeinsam ankamen und die fehlende Pacht einforderten, habe ein Wort das andere ergeben und ihr Mann in seiner Rage nach dem Gewehr gegriffen. „Es gab ein Handgemenge", erzählte sie, „bei dem sich ein Schuss löste und ihn an der Schulter traf." Da sei ihr Mann ausgerastet und habe auf die beiden geschossen. Der eine wurde direkt in die Brust getroffen und der andere von hinten in den Rücken, was das Ganze in ihren Augen noch schlimmer machte. Erst waren die beiden nur verletzt, dann habe er aber nachgeladen und gezielt auf sie geschossen. „Ich war geschockt", erzählte sie, „panisch und geschockt." Anschließend habe er die beiden Männer in der Güllegrube „entsorgt" und das Gewehr versteckt. ‚Kein Wort!', hat er mir gedroht, ‚sonst hole ich das Gewehr und knalle dich ab.'"

Immer wenn er unterwegs gewesen sei, habe sie das Haus nach dem Gewehr durchsucht und es dann auch gefunden. Als sie vor einigen Tagen dann weg sei, habe sie es mitgenommen.

„Meine Lebensversicherung!".

Was Regina Becker erzählte, erschien Tomke glaubhaft. Immer wieder hatte sie während deren Bericht Augenkontakt mit Hajo und sie nickten sich zu. Einiges war auch durch die Berichte von Spusi, KTU und Manninga von der Rechtsmedizin bestätigt.

Nach einer kurzen Unterbrechung, in der sich alle ein wenig erfrischten, etwas aßen und tranken, kam dann natürlich auch noch die Sache mit dem veruntreuten Geld zur Sprache.

Regina Becker meinte, dass dies irgendwie zum Selbstläufer wurde und ganz einfach war. Je reibungsloser es klappte, umso sicher fühlten sie sich dabei. Deshalb habe sie auch geglaubt, dass das alles so weitergehen könne und sie selbst sich auch am Konto der Brüder bedienen könne. Sie habe ja sonst kein Geld.

„Auch eine Lösung", brummte Hajo.

„Ihnen ist klar, dass wir Sie hierbehalten müssen, Frau Becker?" fragte er dann an sie gewandt.

„Ihren Mann haben wir schon verhaftet, er hat erkannt, dass er nun doch einen Anwalt braucht, was ich Ihnen auch raten würde. Kennen Sie einen, oder müssen wir Ihnen behilflich sein? Sie haben auch das Recht auf einen Pflichtverteidiger."

Regina Becker war entsetzt. Damit hatte sie nicht gerechnet.

Doch Hajo erklärte ihr, dass die Veruntreuung des Geldes nicht der einzige Anklagepunkt sei. Es müsse geprüft werden, ob man sie nicht auch wegen Beihilfe zum zweifachen Mord und/oder Vertuschung einer Straftat anklagen würde. Aber das müssten Staatsanwaltschaft und Richter entscheiden.

Tomke nahm den Telefonhörer auf und bat eine uniformierte Kollegin, Frau Becker abzuholen und in eine Zelle zu bringen.

„Yes!", triumphierte Tomke. „Wir haben ihn. Mit dieser Aussage haben wir ihn. Da kommt er nicht mehr raus. Und aus dem Gefängnis kommt er auch nicht mehr raus, dieser Widerling."

„Der Becker glaube ich sogar, dass sie am Mord von Hinni und Karl nicht beteiligt war", räumte Hajo ein.

Plötzlich schlug er sich gegen den Kopf.

„Wir haben etwas vergessen. Sie muss uns sagen, wo das Gewehr ist, das brauchen wir doch dringend als Beweismittel."

„Hinterher!", munterte Tomke ihn auf. „Weit kann sie ja nicht sein."

Als er kurz darauf zurückkam, streckte er den Daumen in die Höhe.

„Ich habe zwei uniformierte Kollegen losgeschickt, das Gewehr zu holen."

Es entstand eine längere Pause, in der beide nicht sprachen. Tomke schaute gedankenverloren aus dem Fenster, wie es ihre Art war, wenn sie etwas beschäftigte. Hajo hatte sich in seinen Computer vertieft. Dicht dabei stand sein Laptop. Es schien, als würde er irgendwelche Vergleiche anstellen.

Dann ergriff Tomke das Wort.

Sie malte mit der rechten Hand einen Haken in die Luft. „Erledigt! Erledigt! Erledigt!", rief sie dabei aus.

„Bitte?" Hajo schaute auf.

„Der Einbruch in das Museum - erledigt! Der Mord an Hinnerk Frerichs - erledigt! Der Mord an den beiden Bauern - erledigt!"

Hajo wiegte den Kopf hin und her.

„Bleibt trotzdem noch einiges zu tun. Wo ist die Bibel?", zählte er auf. „Wer ist der Auftraggeber? Wer hat Rieke Gärtner getötet und wo sind die verschwundenen Giftdosen? Haben diese überhaupt etwas damit zu tun, oder ist das Zufall? Und für mich stellt sich noch immer die Frage: Was haben Benny und Dirk mit dem Museum zu tun? Oh Mann, mein Kopf brummt, ich muss mal raus an die Luft."

„Ich komme mit!" Tomke sprang auf. „Lass uns zur Küste fahren und den Sturm genießen. Ich liebe das."

Hajo nahm seine Jacke vom Stuhl, als sein Computer eine eingehende Mail ankündigte.

„Was denn noch?", murmelte er und las.

„Zwischen Neuharlingersiel und Esens, ziemlich weit außerhalb, ist ein Haus in die Luft geflogen, war wohl ein Gasunfall; aber das ist zur Zeit nicht unser Ding, da ist die Feuerwehr dran. Ich hoffe, dass es ein Gasunfall war. Wir haben genug zu tun", erzählte er Tomke dann auf dem Weg zum Ausgang.

Als sie das Gebäude verließen, traf sie eine Windböe voll gegen die Brust und sie mussten sich aneinander festhalten.

„Das ist zu heftig, lass uns hierbleiben", schrie Hajo gegen den Sturm. Er wollte umkehren. Es war wirklich unvernünftig, jetzt bei diesem Wetter ohne Not durch die Gegend zu fahren.

Aber Tomke zog ihn weiter.

„Quatsch, dat geit! Wir sind doch Kinder der Küste, wie Marie sagt." Tomke wollte unbedingt los.

Das war keine gute Entscheidung. Der Wind von Nord stand auf der Frontscheibe und hielt die Scheibenwischer fest, sodass sie sich nicht bewegten und die Wassermassen, die vom Himmel kamen, nicht wegwischen konnten. Es war nichts zu sehen. Äste lagen überall auf der Straße sowie andere Dinge, die von ihren Besitzern nicht rechtzeitig gesichert worden waren.

Obwohl es noch Tag war, hatte sich der Himmel verdunkelt, als wäre es späte Nacht. Am letzten Kreisel von Wittmund fuhren sie wieder zurück.

„Doch kein Kind von der Küste?", grinste Hajo von der Seite.

„Doch, ich schon. Nur dieses Auto nicht!" Sie schlug auf das Lenkrad. „Bayerische Erzeugnisse halten scheinbar die Kraft des Nordens nicht aus."

„Mist!", meinte sie weiter, „Ich wollte doch endlich mal wieder die Intensität meiner Heimat spüren."

„Wenn dir ein Ziegel auf den Kopf fällt, kannst du das auch hier in Wittmund. Dafür brauchst du nicht raus an die Küste", antwortete Hajo lakonisch.

„Blödmann", raunte Tomke nur.

„Siehste!", bemerkte Hajo kurze Zeit später mit einem Blick in die News auf seinem Laptop. „In Clinsiel ist der Weihnachtsbaum umgefallen. Sei froh, dass du nicht dort warst, hätte 'ne dicke Beule gegeben."

„Blödmann!", wiederholte Tomke.

Sie waren sich sicher! Carsten und seine beiden Kollegen aus Frankfurt bestätigten, dass der zweite Mann auf dem Foto ein Kollege war. Peter Auwald, wie Carsten vermutet hatte.

„Ich sage euch, der steckt auch hinter dem Flugzeugabsturz, er hat Maren und Nina getötet. Dieser Mistkerl, diese Drecksau. Wenn ich den in die Finger bekomme, den bringe ich um. Und jetzt vergreift er sich auch noch an Marie!", begehrte er wütend auf, aber seine Stimme wurde zum Ende immer brüchiger.

„Warum? Warum macht er das?"

„Nun, wir wissen jetzt, dass Sie durch Ihre Ermittlungsarbeiten in Frankfurt mitten in ein Wespennest aus Drogenhandel, Prostitution und Autoschieberei getroffen haben. Auwald hat das mitbekommen und seine Auftraggeber informiert. Diese mussten handeln", erklärte Gerdes. „Ich stehe mit Ihrem ehemaligen Chef dort in ständiger Verbindung."

„Aber wieso ich? Versteht mich bitte nicht falsch", rief er entsetzt in die Runde. „Jeder andere Kollege war doch genauso daran beteiligt."

Ben Rüster, einer der Kollegen aus Frankfurt, meinte plötzlich: „Hast du dich nicht gewundert, warum die ganze Truppe ausgetauscht wurde? Von der Truppe von damals waren nur noch Auwald und du dabei."

„Ja, und?" Carsten schaute ihn fragend an. Plötzlich erkannte er den Hintergrund der Frage.

„Ihr glaubt doch nicht ..., du willst doch nicht etwa andeuten, dass ich ...! Spinnt ihr? Ich ein Spitzel, ein Maulwurf, ein Verräter? Dann hätte ich ja auch das Flugzeug mit meiner Familie ..." Carsten sprang auf und wollte seinem Kollegen an den Hals gehen, doch die anderen hielten ihn zurück.

„Du musst zugeben, dass das mit den angeblichen Drohungen gegen dich damals recht, nun, wie soll ich sagen, eigentümlich war. Erst sagst du nichts, dann kommst du plötzlich mit solch absurden Verdächtigungen an. Es sah schon so aus, als hättest ..."

„Als hätte ich das selbst arrangiert? Dann habe ich also auch den Absturz meiner Familie arrangiert? Habt ihr sie noch alle?"

„Das Leck konnte nur Auwald oder eben du sein. Nun wissen wir es, also reg dich ab", versuchte Rüster ihn zu beruhigen.

„Arschlöcher!", fauchte Carsten. Und leise: „Ich bring ihn um, den Scheißkerl!"

Gerdes, der die ganze Zeit schweigend dabeigesessen hatte, schaltete sich ein. „Nun mal sachte, Schmied. Das habe ich überhört. Sonst sind Sie raus und für die nächste Zeit suspendiert." Er blickte in die Runde.

„Ich würde sagen", Gerdes stand auf, „Sie gehen zurück an die Arbeit, unterstützen Ihre Kollegen in den offenen Fällen und überlassen alles andere den Kollegen aus Frankfurt und Hannover."

Sein Tonfall ließ keine Widerrede zu.

Carsten stand auf, er verließ den Raum grußlos und kopfschüttelnd.

Es war gut, dass Tomke und Hajo nicht nach Carolinensiel gefahren waren, denn kurz nach ihrer Rückkehr bekam Tomke von der Spusi die Nachricht, dass man nach weiterem intensiven Suchen und kurz vor Abbruch der Arbeit wegen des starken Sturmes, in der Güllegrube des Bauern Jan Becker zwei Dosen Rattengift gefunden habe. Diese würden nun zur Untersuchung der Kriminaltechnik und dem Labor übergeben.

„Also doch!", triumphierte Tomke. „Becker hat also auch Rieke Gärtner ermordet. Dieses widerliche Schwein! Den nehme ich mir gleich vor. Kommst du mit?"

Sie griff nach dem Telefonhörer und arrangierte, dass man Becker abermals in den Verhörraum brachte.

Hajo lehnte ab. Er wollte noch eine andere Spur verfolgen.

„Nimm Birger mit", schlug er vor. „Der freut sich, ich bin mir sicher!"

Tomke stieß an der Bürotür mit Carsten zusammen, der nach wie vor wütend und aufgebracht war.

„Was ist los?", fragte sie und hielt ihn am Arm fest.

Beckers Vernehmung musste warten, was war mit Carsten passiert? Tomke zog ihn am Arm an seinen Schreibtisch und deutete an, dass er sich setzen solle.

„Na? Was ist passiert?"

Carsten starrte vor sich hin. In ihm arbeitete es, er hatte das Gefühl, jeden Moment zu explodieren. Tomke zog sich einen Stuhl heran und setzte sich dicht vor ihn. Hajo hatte die Situation auch erkannt und kam um seinen Schreibtisch herum.

„Carsten, bitte", bat Tomke eindringlich.

„Auwald?", fragte sie dann.

Carsten nickte und dann brach es aus ihm heraus.

„Er war es tatsächlich", stieß er hervor. „Diese verdammte Drecksau, dieses Kollegenschwein war es. Er hat zusammen mit einem Frankfurter Ganoven Marie entführt. Er ist das Leck in der Abteilung gewesen und er hat auch meine Familie getötet."

„Warum?", fragte Tomke. „Das Leck, gut! Aber warum soll er denn diesen Absturz arrangiert und deine Familie getötet haben?"

„Weil er von dieser Verbrecherbande den Auftrag bekommen hat mich auszuschalten und weil er eine hinterlistige, niederträchtige Sau ist. Dann hat er allerdings nicht mich, sondern meine Familie getötet. Er hat mir Maren und Nina nie gegönnt und diesen Auftrag sicher mit Freude ausgeführt."

Er schluchzte auf und brach in Tränen aus.

„Ich weiß nicht, wie ich damit fertigwerden soll. Ich bin schuld! Meine Arbeit ist schuld, dass die beiden tot sind. Ich bin schuld, dass Marie entführt wurde, Michaela so entsetzlich leiden musste und dadurch unser Baby hätte verlieren können. Ich bin schuld! Wie soll ich damit weiterleben? Was passiert als Nächstes?"

Tomke und Hajo schauten sich an und verstanden sich wortlos.

Reden lassen, wussten sie. Das musste nun alles raus. Carsten hatte lange genug geschwiegen oder nur bruchstückhaft erzählt. Er musste endlich alles rauslassen, damit er es verarbeiten konnte. Nur so war das möglich.

Sie hörten ihm lange zu und unterbrachen ihn nur selten.

Tomke verließ zwischendurch das Büro, um Kaffee zu holen. Sie steckte ihr Handy ein. Unterwegs wählte sie die Nummer von Michaela.

„Jetzt weißt du schon mal grob Bescheid und bist vorbereitet. Wir Frauen sind doch stärker, als die Herren meinen und vor allem müssen wir zusammenhalten", endete sie, wischte über das Display und steckte ihr Handy in die Hosentasche.

Tomke brachte für alle Kaffee und sie redeten noch eine Weile.

Nach knapp einer Stunde klingelte das Telefon und einer der Kollegen fragte nach, ob man den Verdächtigen Becker vergessen habe. Seit einer Stunde warte dieser nun schon im Verhörraum.

„Ja, gleich!“, antwortete Tomke nur. Carsten war jetzt wichtiger.

„Willst du nach Hause? Oder geht es dir besser, wenn du hier bei der Arbeit bleibst?“

Carsten überlegte nicht lange. Er entschied: „Ich fahre nach Hause und rede mit Michaela. Ich muss ihr die Sache erklären. Das braucht Zeit, denn ich will sie in ihrem Zustand nicht überfordern, die Aufregungen der letzten Tage waren schon sehr viel für sie und das Baby! Außerdem ist es im Moment vielleicht ganz passend, dass Marie nicht da ist, die Gelegenheit muss ich nutzen, sie soll das alles nicht mitbekommen.“

„Okay, mach das, aber Michaela ist stärker als du denkst, glaube mir.“

Sie verabschiedete Carsten mit einer Umarmung und bat ihn, Michaela von ihr zu grüßen.

„Von mir auch!“, rief Hajo ihm nach.

Tomke griff sich die Ermittlungsakte Becker, sie hatte den Bericht der Spusi ausgedruckt und abgeheftet und machte sich auf den Weg in den Verhörraum. Unterwegs bat sie den Chef der uniformierten Kollegen, ihr Birger Schoof für eine Stunde auszuleihen.

„Ungern“, brummte der.

Die erneute Vernehmung von Jan Becker verlief erfolglos. Becker gestand zwar nach einigem Leugnen, die alten Giftdosen in die Grube geworfen zu haben, aber nur, um sie loszuwerden, weil das Zeug inzwischen verboten war. Mit dem Tod von Rieke Gärtner habe er nichts zu tun.

„Ach, Herr Becker“, räumte Tomke plötzlich ein, „darauf kommt es doch nun auch nicht mehr an. Habe ich Ihnen eigentlich erzählt, dass wir Ihre Frau gefunden haben? Lebendig und bei bester Gesundheit. Wir haben uns mit ihr unterhalten und dabei so einiges erfahren.

Zu all den bisherigen Anklagepunkten kommt jetzt auch noch ein zweifacher Mord hinzu. Des Weiteren Diebstahl der EC-Karten zum Zwecke des Betruges und/oder Veruntreuung, schauen wir mal. Das gibt so was von lebenslänglich, Herr Becker, lebenslänglicher geht nicht! Machen Sie reinen Tisch. Das hilft, glauben Sie mir."

Sie stand auf und ließ einen sprachlosen Jan Becker zurück.

Birger Schoof gab sie ein Zeichen, Becker in seine Zelle zurückzubringen.

Ein Blick auf die Uhr zeigte ihr, dass es schon wieder später Nachmittag war. Sie wollte noch die Unterlagen für die Staatsanwaltschaft fertig machen und dann nach Hause fahren. Es war genug für heute. Hoffentlich sah Hajo das ebenso.

Carsten fuhr mit gemischten Gefühlen nach Hause. Wie sollte er Michaela das alles erzählen? Sie durfte sich nicht aufregen. Nur gut, dass Marie noch bei Gesche auf Spiekeroog war. So waren sie ungestört.

Das Gespräch verlief anders als gedacht. Michaela nahm ihn in den Arm und sie redeten und redeten. Sie konnte seine Trauer so gut nachvollziehen, hatte sie doch fast zur gleichen Zeit damals ihren Mann verloren.

„Lass die Trauer, die nun wieder hochkommt, zu und glaube bloß nicht, dass ich deshalb eifersüchtig bin. Wir haben beide geliebte Menschen verloren und nur weil wir jetzt das Glück haben, gemeinsam wieder glücklich zu sein, haben wir sie doch nicht vergessen. Wenn ab und an Traurigkeit aufkommt, dann lassen wir es geschehen, gemeinsam. Wir haben das alles beide noch nicht wirklich verarbeitet. Vielleicht hat uns der der da oben", sie deutete gen Himmel, „deshalb zusammengebracht. Sicher hat er sich etwas dabei gedacht."

„Er oder Marie, unser kleiner Engel, wer weiß ...", schmunzelte Carsten.

Sie redeten noch lange und beschlossen, doch schon am nächsten Tag auf die Insel zu fahren und einen Tag dort zu bleiben. Michaela fragte bei ihrer Schwägerin an, ob sie einen Schlafplatz für sie habe.

Gesche versprach, ihnen die Ferienwohnung herzurichten, im Moment seien noch keine Gäste da, erst ab nächste Woche sei sie belegt.

Sie vereinbarten, dass Gesche Marie nichts erzählen solle, Michaela und Carsten wollten sie überraschen.

„Sicher, die wird sich freuen!", meinte Gesche. „Dann gehen wir alle zusammen zum ‚Lebendigen Adventskalender'."

„Hoffentlich lässt der Sturm nach, sonst geht gar nichts", beendete Michaela das Gespräch.

Sie schaute auf den Fahrplan der Fähre.

„Wenn alles klappt, können wir die um 11.15 Uhr nehmen", informierte sie Carsten dann.

Der nahm das Telefon und rief auf dem Kommissariat an. Christof Gerdes war schon auf dem Weg nach Wilhelmshaven, aber Tomke, die er gerade noch erreicht hatte, meinte: „Mach nur, hier ist fast alles aufgeklärt, den Rest schaffen wir sicher morgen. Und in der Sache Frankfurt und Maries Entführung darfst du sowieso nichts machen. Also, macht euch eine schöne Zeit."

Am nächsten Morgen erschienen Greta Frerichs, Benny und Dirk pünktlich auf dem Kommissariat. Nur Frau von Benischhaus ließ etwas auf sich warten. Abgehetzt und schlecht gelaunt kam sie dann zehn Minuten zu spät, mit einem Mann im Schlepptau.

„Wenn der bleibt, gehe ich!" Dirk hatte, obwohl er ihn schon seit fast zehn Jahren nicht mehr gesehen hatte, seinen Vater sofort wiedererkannt.

„Das entscheidest nicht du!", blaffte die Benischhaus.

„Doch, der Junge kann das schon mitentscheiden, und das sollten Sie wissen."

Hajo passte der Tonfall der Benischhaus nicht, hatte er sich doch erhofft, heute mehr von den beiden Jungs zu erfahren. Jetzt, mit dem verhassten Vater im Raum, würde der Junge nicht reden.

Hajo wollte noch einen Versuch starten. Tomke war sich zwar sicher, dass die Fälle alle geklärt waren, Becker war für sie der Übeltäter, aber Hajo war davon nicht ganz überzeugt.

Etliche der Fingerabdrücke in der Kapitänskajüte und, wie er nun erfahren hatte, auch auf dem Fensterrahmen der Toilette im Museum, stammten von Benny und Dirk. Mit dieser Tatsache und damit, dass die DNA an den Kekskrümeln auch ihre war, wollte er die Jungs nun konfrontieren.

Er hatte die Berichte gleich als er ins Büro kam auf seinem Rechner.

„Bingo!, wusste ich's doch!", war seine Reaktion.

Er legte sich zurecht, wie er die Jungs mit dem neuen Erkenntnisstand überraschen wollte, aber Greta Frerichs machte ihm einen Strich durch die Rechnung.

„Dirk und Benny wollen Ihnen etwas erzählen, Herr Kommissar", begann sie entschieden. „Nun mal los, erzählt dem Kommissar, was ihr mir erzählt habt."

Anfangs drucksten die beiden noch etwas herum, aber dann erzählten sie Hajo, was sich im Museum abgespielt und was sie dazu gebracht hatte, überhaupt dort zu sein. Es hatte den Anschein, als würden sie sich zum zweiten Mal eine Last von der Seele reden. Zuerst bei Greta und nun bei Hajo.

Nur von der Bibel erzählten sie nichts. Benny hatte Dirk beschworen, dass sie nichts davon sagen sollten. Er wollte sie im Frühjahr, wenn das Wasser nicht mehr so kalt war, vom Grund der Harle holen.

Bei seinen Erzählungen über den Stoß gegen die Brust seines Stiefvaters war Benny zunächst etwas zögerlich.

„Ich hab das so nicht gewollt, der sollte nur Dirk in Ruhe lassen. Ich hatte Angst, er tut ihm was", erzählte er. Alle Anwesenden im Raum nahmen ihm das ohne Zweifel ab. Fast, bis auf die Mitarbeiterin des Jugendamtes.

Sie meinte, dass die Zustände im Hause Frerichs nun doch genauer überprüft werden müssten und Dirk unter diesen Umständen auf keinen Fall dort bleiben könne.

Damit hatte sie aber etwas losgetreten.

Greta ging wie eine Löwin auf sie los. Dirk und Benny protestierten ebenfalls lautstark und selbst Dirks Vater, der die ganze Zeit schweigend im Raum gesessen hatte, schaltete sich ein. Auch Hajo, der die Familie Frerichs nun schon mehrmals besucht hatte und wusste, dass Dirk keinen besseren Platz finden könnte, redete auf sie ein.

„Gut!", meinte die Benischhaus dann spitz und stand auf. „Ich werde es auf dem Amt klären und Ihnen meine Entscheidung zukommen lassen." Danach rauschte sie ab.

„Wird sie jetzt etwas gegen uns unternehmen?", fragte Greta entsetzt.

Beert Gärtner schaltete sich leise, aber bestimmt ein: „Wenn Dirk nicht zu mir will, dann werde ich vor dem Amt befürworten, dass er bei dir bleibt, Greta. Das bin ich meinem Jungen schuldig."

Greta schaute ihn dankbar an.

Hajo hatte aber noch etwas, das er unbedingt klären wollte. Unvermittelt fragte er Dirk: „Wie war das mit deiner Mutter, Dirk? Meine Kollegin beschuldigt Jan Becker, auch sie ermordet zu haben. Was weißt du? Hast du etwas mitbekommen? War es vielleicht doch ganz anders?"

Dirk schaute ängstlich zu Greta. Die schloss die Augen und nickte ihm aufmunternd zu. „Rede, mein Junge", sollte das heißen.

Hajo setzte nach und fragte: „Müssen wir Jan Becker auch wegen des Mordes an deiner Mutter anklagen?"

Benny meinte lakonisch: „Da kommt es doch jetzt auch nicht mehr drauf an. In den Knast geht er doch sowieso."

„Benny, bitte!", ermahnte Greta ihren Sohn. „Lass Dirk reden."

„Ich kenne Becker", begann Dirk ganz leise. „Der war manchmal bei meiner Mutter, zum ..., zum ..."

„Zum Poppen, sag's nur, weiß doch jeder im Ort. Das pfeifen die Spatzen von den Dächern. Der und noch etliche andere", meinte Beert Gärtner bissig und erntete von seinem Sohn dafür einen giftigen Blick.

„Also manchmal war er da, ja", fuhr er fort. „An dem Tag auch. Aber nicht deswegen. Er hat herumgebrüllt und nach der Bibel gefragt, aber als er weg ist, hat Mama noch gelebt. Sie hatte nur eine Schnittwunde am Hals." Er unterbrach kurz und schaute in die Runde.

„Was ist passiert, Dirk", wollte Hajo wissen.

„Ich war in meinem Zimmer und bin durch das Fenster raus", sprach er dann stockend weiter. „Wollte es nicht hören. Bin weg, aber nach ein paar Minuten zurück, weil ich Angst hatte, dass er wegen der Bibel, weil doch ..." Benny schaute ihn entsetzt an und Dirk brach ab.

„Becker war weg und dann ist meine Mutter auf mich los! Ich sei schuld, nur ich! Immer wieder die alte Leier. Ich solle ihr etwas zum Trinken besorgen und Pfefferminz, sie brauche unbedingt Pfefferminz, nachher käme noch ein guter Bekannter." Er stöhnte auf. „Diese guten Bekannten kenne ich. Dann fiel mir die Dose ein!"

Hajo wurde hellhörig.

„Welche Dose, Dirk?"

Mit einem scheuen Blick auf Greta flüsterte er kaum hörbar: „Die ich bei Greta mitgenommen habe. Das ist alles meine Schuld. Greta kann nichts dazu. Ich habe sie einfach mitgenommen."

Hajo blickte fragend zu Greta Frerichs.

„Wir hatten im Schuppen, ganz hinten im Schrank noch eine Dose Rattengift versteckt, ganz alt und, na ja, auf alle Fälle ... ich hatte schon fast vergessen, dass sie dort noch lag, meine ich."

„Die hast du genommen, Dirk?", wollte Hajo wissen.

„Ja!"

„Warum?"

„Ich weiß nicht, einfach so", antwortete der Junge verzweifelt. „Ich weiß es nicht!"

„Wolltest du deine Mutter damit töten?"

„Nein!", schrie er auf, „ich weiß auch nicht. Es war alles so schlimm, immer wieder, ich habe sie einfach nur mitgenommen."

„Und wann hast du deiner Mutter das Gift gegeben? Und wie?"

Hajo wollte es nun wissen.

„Ich habe es auf die Fensterbank draußen im Hof gelegt, als ich weg bin, um ihr Schnaps und Pfefferminz zu holen. Als ich zurückkam, lag Mama in der Küche und hatte Schaum vorm Mund. Dann habe ich den Notarzt angerufen."

„Ach Junge!", stieß Greta hervor, „dann hast du ja gar nicht ..."

„Doch!", flüsterte Dirk, „ich bin schuld! Wie immer."

Greta stand auf und nahm ihn in die Arme. Sein Vater brach in Tränen aus.

„Genau wird sich das sicher nicht klären lassen", stellte Hajo einige Tage später fest, als er mit Tomke und Carsten den abschließenden Bericht verfasste.

Sie ließen die Fälle Revue passieren, und versuchten dabei, einige Ungereimtheiten, die es doch noch gab, zu klären.

„Der Junge hat zwar das Zeug mit nach Hause genommen, aber verabreicht hat er es seiner Mutter wohl nicht. Ob sie die Dose in ihrem Wahn als Pfefferminzdose angesehen hat, wird man wohl nie erfahren. Die KTU hat mir und übrigens erst sehr spät mitgeteilt, dass an der im Hause Gärtner gefundenen Rattengiftdose die Fingerabdrücke von Dirk und auch von Rieke Gärtner waren. Diese Schlafmützen."

„Lass mal", beschwichtigte Tomke, „es hat sich ja alles geklärt und die Kollegen hatten nun wirklich sehr viel zu tun. Außerdem gab es da ja auch noch diesen Stromausfall, da ist dann wohl einiges durcheinander gegangen. Ich bin auf jeden Fall gespannt, wie das für diesen Jan Becker ausgeht.

Übrig geblieben ist der Doppelmord, der Einbruch und die Sache mit den EC-Karten. Reicht auch für lebenslänglich. Seine Frau kommt wohl mit einer Bewährungsstrafe davon. Die beiden Jungs haben sicher nichts zu befürchten. Bei Benny war das ganz klar Notwehr und Dirk, nun ich denke, dem kann man keine Absicht unterstellen, er ist einfach ein verzweifelter Junge, der ohne zu überlegen die Giftdose mitgenommen hat. Hoffentlich verkraftet er das alles."

Carsten schaltete sich ein und meinte: „Wir haben eine gute Psychologin für Marie gefunden. Allerdings habe ich das Gefühl, dass es nur einige wenige Sitzungen geben wird. Sie hat bisher keine Auffälligkeiten bei ihr festgestellt. Scheinbar hat sie die ganze Geschichte um die Entführung gut verarbeitet. Ich gebe Greta Frerichs mal ihre Telefonnummer. Vielleicht kann sie sich ja auch Dirks Seele annehmen."

„Mach das", stimmte Tomke zu. „Der Museumsleiter hat übrigens heute wieder angerufen und nach der Bibel gefragt. Wo die wohl ist? Becker behauptet ja steif und fest, die Jungs hätten sie mitgenommen, nachdem er dann endlich zugegeben hatte, dass es nicht zwei Männer waren, die das Museum durch das Toilettenfenster verlassen haben. Die Jungs behaupten, sie nicht zu haben. Ob diese Bibel wohl jemals wieder auftaucht?"

Sie sprachen alles noch ganz genau durch und entschieden dann, wer welchen Bericht schrieb.

Drei Fälle, drei Berichte, hatte Tomke achselzuckend gemeint.

Carsten fing plötzlich an zu lachen.

„Und wer hat dich jetzt gebissen?" wollte Tomke wissen.

„Ich muss gerade an unsere Rückfahrt von Spiekeroog denken. Marie hat sich da wieder einen geleistet."

„Oh, hör bloß auf, die Hinfahrt mit uns war wirklich auch sehr unterhaltsam. Ich habe dabei fast meine Übelkeit vergessen."

„Gutes Kind!", grunzte Hajo im Hintergrund.

Tomke hob drohend die Hand und fragte: „Was war denn bei euch?"

„Auf der Fähre war ein Mann im Rollstuhl. Marie schaute ständig zu ihm rüber und wir sahen das Malheur schon kommen."

„Und?"

„Irgendwann stand sie dann auf und ging zu ihm hin. Michaela tat, als bekäme sie das nicht mit und schaute aus dem Fenster."

„Wie Tomke", grunzte es aus Hajos Richtung.

„Marie stellte sich vor ihn hin und betrachtete das Gefährt, in dem er saß. Hightech sage ich nur.

Plötzlich fragte sie: Bist du behindert?

Der Rollifahrer meinte nur kurz: Ja!

Marie weiter: Wo?

Der Mann: An den Beinen!

Marie ließ nicht locker und fragte: Immer?

Der Mann wieder: Blöde Frage, nee, nur manchmal!

Daraufhin Marie: Bist du teilzeitbehindert?

Der Rollifahrer war so verdutzt, dass er erst mal nichts sagen konnte und dann laut loslachte.

Den Rest der Überfahrt setzte er Marie auf seine Beine und sie rasten durch die Gänge. Gut, dass kaum Passagiere an Bord waren. Es war ein toller junger Mann, wir waren uns sofort sympathisch. Wenn er das nächste Mal an der Küste ist, wird er uns besuchen. Aber Marie, ich kann euch sagen, das ist eine Nummer."

„Was ich bestätigen kann", kam es von Hajo. „Was wir mit ihr erlebt haben, wird ewig unser Geheimnis bleiben, nicht wahr, Tomke?"

„Klar! Wir petzen doch nicht!", bestätigte sie.

Es waren nur noch wenige Tage bis Weihnachten. Im Hause Schmied herrschte täglich neue Aufregung, denn Marie, die zwar offiziell nicht mehr an den Weihnachtsmann und das Christkind glaubte, konnte die Zeit bis Heiligabend nicht abwarten.

Zwei Tage vor Weihnachten war sie plötzlich sehr beschäftigt und tat geheimnisvoll.

Die Gespräche um das, was mit Carstens Familie passiert war, hatte sie zwar nicht mitbekommen, aber ab und zu waren doch die Namen Maren und Nina gefallen.

Michaela saß kurz vor Weihnachten im Haus nebenan beim Tee mit Oma und Tant' Fienchen und meinte: „Vielleicht sollten wir ein kleines Grab für Maren und Nina gestalten. Ich könnte bei der Friedhofsverwaltung ja mal nachfragen, ob so etwas geht. Einen Platz, zu dem er immer mal gehen kann. Ich weiß, wie schlimm es ist, kein Grab für einen geliebten Menschen zu haben, mein Mann ist auf See geblieben." Michaela war so in das Gespräch mit Oma und Tant' Fienchen vertieft, dass sie nicht bemerkte, dass Marie in der Tür stand und zuhörte.

„Aber Marie und ich haben wenigstens noch die ökumenische Schiffsandacht im Hafen von Carolinensiel, kein Grab, aber wenigstens das. Da ist man mit anderen Betroffenen zusammen in der Erinnerung an verunglückte Menschen auf See."

Danach war Marie kaum ansprechbar.

„Ich habe zu tun, es ist bald Weihnachten!", meinte sie nur.

Keiner bekam mit, was sie tat, wenn sie im Garten verschwand. Nur Jettchen, ihre „Deichoma", hatte etwas be-

Benny auf dem Weg zurück zu Dirk

merkt. Sie warf ab und an einen schmunzelnden Blick hinter das Haus. Am „Heiligen Morgen", wie Oma den Vormittag des 24. Dezember immer nannte, nahm sie Marie an die Hand und ging mit ihr los. „Komm Kind, lass uns drei kleine Pflanzen holen. Bei Scheidemann gibt es wunderschöne Alpenveilchen."

Wenige Stunden später, als das Christkind „geliefert" hatte, (Maries Ausdruck für die Bescherung) und noch bevor Marie ihre Geschenke auspackte, führte sie ihre Eltern in den Garten.

Die beiden „Deichomas", Tomke und Hajo, die mit ihnen das Weihnachtsfest feierten, mussten im Haus bleiben.

Obwohl es schon fast dunkel war, konnten Michaela und Carsten sehen, welches Geheimnis Marie in den letzten Tagen hatte.

Ganz hinten im Garten, dort wo der Deich in das Feld abfiel, hatte Marie drei große Steine drapiert, jeden einzelnen bemalt und die Namen Nina, Maren und Papa darauf geschrieben. Vor jedem Stein war ein rosa Alpenveilchen eingepflanzt.

„Jetzt können wir sie immer besuchen und müssen nicht zum Friedhof gehen, nicht wahr?", meinte sie strahlend.

Michaela und Carsten schauten sich an. Tränen liefen ihnen über das Gesicht. Gab es ein schöneres Weihnachtsgeschenk als dieses Kind?

Wie sie die schweren Steine dort an diesen Platz bekommen hatte, wollte Marie nicht verraten.

Einige Tage später, zwischen Weihnachten und Silvester, wollten sie ein kleines Fest mit den Nachbarn feiern. Schließlich waren sie hier in der Straße neu zugezogen, und es wurde Zeit, sich endlich offiziell vorzustellen. Außerdem sollte es ein Dankeschön dafür sein, dass die Anwohner so zahlreich bei der Suche nach Marie geholfen hatten.

Marie war begeistert. Michaela auch, aber dann doch weniger, als Carsten ihr offenbarte, dass an diesem Abend „Handkäs' mit Musik" angeboten werden sollte.

Michaela und Marie schauten einander an und schüttelten sich.

„Ihr wisst einfach nicht, was gut ist!", beschloss Carsten. Fast hätten sie darüber ihren ersten richtigen Streit bekommen.

Als er dann nachgab und sich überreden ließ, auch noch heiße Würstchen anzubieten, waren alle zufrieden.

Michaela und Marie liefen von Haus zu Haus, die Einladungen waren schnell ausgesprochen. Überall wurden sie gefragt, ob man etwas mitbringen solle, aber Michaela verneinte. Für Essen und Trinken sei gesorgt, meinte sie und Oma und Tant' Fienchen würden als süßen Abschluss Knippkuchen anbieten.

Auch Anne, die Nachbarin von schräg gegenüber, fragte: „Kinder, soll ich etwas mitbringen? Ich kann einen Kuchen backen", schlug sie halb singend vor.

Michaela wollte auch hier wieder ablehnen, aber Marie war schneller.

„Himmelstort', Tante Anne", seufzte sie. „Du darfst eine Himmelstort' backen, die liiiiebe ich!"

Michaela wollte protestieren, aber Anne meinte nur: „Die sollst du haben, Deern."

Am nächsten Tag gegen Abend fanden sich alle ein. Auch Tomke und Hajo waren gekommen. Es wurde eine sehr lustige und gemütliche Veranstaltung. Carsten hatte das Carport neben der Garage ausgeräumt und Stühle und einige Stehtische aufgestellt. Marie suchte alle Decken zusammen, die sie im Haus und nebenan finden konnte. In der Ecke standen ein Wasserkocher und etliche Flaschen Grog, Tassen und Gläser, außerdem eine Kanne mit heißem Apfelsaft. (Heißen Apfelwein konnte Michaela verhindern).

Jeder durfte zugreifen und alle taten es. Sie aßen und tranken, es wurden Lieder von der Küste gesungen, nur Weihnachtslieder nicht, davon hatten sie in den letzten Wochen alle genug gehört. Die Nachbarn, Oma und Fienchen erzählten Anekdoten von früher.

Irgendwann klingelte Tomkes Handy.

Christof Gerdes war dran. Er fragte, ob sie wisse, wo der Kollege Schmied sei, er versuche schon seit Stunden, ihn zu erreichen.

„Ja", meinte Tomke und schaute fragend zu Carsten.

Gerdes forderte sie auf, Carsten augenblicklich zu ihm nach Wilhelmshaven zu schicken.

„Warum? Wir feiern hier, was ist denn passiert?", wollte Tomke wissen.

„Auwald ist tot aufgefunden worden. Das muss Schmied mir erklären. Ich will ihn sofort sehen."

„Was?", rief sie ins Telefon, „ wieso ...", aber Gerdes hatte schon aufgelegt.

Tomke strich über das Display und steckte ihr Handy weg.

Als Carsten Tomkes Blick sah, wusste er, dass der gemütliche Teil vorbei war ...

Rezept: Carstens mörderisch guter „Handkäs mit Musik“

(für 4 Personen)

Man benötigt für die Tat:
4 Packungen Handkäse (Harzer Käse)
1 Gemüsezwiebel
1 Apfel

Außerdem das Tatzubehör:
100 ml Essig
100 ml Sonnenblumenöl
100 ml Apfelwein (oder 200 ml Apfelsaft)
100 ml Apfelsaft
Salz, Pfeffer, Kümmelpulver
Tatzubehör gut vermischen

Tatwaffe:
scharfes Messer

Der Tathergang:
Die Rollen des Käses trennen und in eine breite Schüssel legen. Gemüsezwiebel und Apfel mit der Tatwaffe kleinschneiden und über den Käse geben.
Das gemischte Tatzubehör darübergeben.
Alles mindestens 3 Stunden im Kühlschrank aufbewahren. 1 Stunde vor dem Verzehr aus dem Kühlschrank nehmen. Dazu reicht man Butterbrot und Apfelwein

Schmeckt besser als die Polizei erlaubt.
Aber Achtung! Es kann örtlich zu Verpuffungen kommen.

Rezept: Oma Jettchens ostfriesische Knippkuchen

(für 4 Personen)

Man benötigt für die Tat:
1 Pfund Mehl
½ Pfund Margarine
½ Pfund Zucker
4 Eier
1 Päckch. Vanillezucker
1 Päckch. Kardamom
1 Prise Salz

Das Tatwerkzeug:
1 große Schüssel
1 hölzernen Kochlöffel
1 Hörncheneisen oder Knippeisen
1 mittelgroßen Trichter
und mörderische Kraft!

Man begehe die Tat folgendermaßen:
Die Margarine weich werden lassen, Eier dazugeben und gut verrühren, Zucker, Vanillezucker, Salz und Kardamom dazu und ebenfalls gut verrühren. Ab sofort nur noch den Holzlöffel für die weitere Tat benutzen. Damit wird jetzt das Mehl untergerührt, langsam und sorgfältig. Je langsamer und sorgfältiger man rührt, umso besser wird der Teig. Zum Schluss ist es Schwerstarbeit. Den Teig nun zu einer großen Kugel formen und über Nacht im Kühlschrank aufbewahren. Am nächsten Tag aus der großen Kugel viele kleine, circa 3 cm, dicke Kugeln formen. Die Kugeln im heißen Hörncheneisen flach ausbacken und sofort heiß in den Trichter fallen lassen.

Dadurch formen sich schöne, dünne Tüten, die Knipp-kuchen eben.

Guten Appetit!
Danke an Adda Straub für das Rezept

„Himmelstort' von Tante Anne"

Man benötigt für die Tat:
3 Eigelb und 1 ganzes Ei (3 Eiweiß für später separat in eine Schüssel geben)
100 g Mehl
2 Teelöffel Backpulver
125 g Zucker
1 Päckchen Vanillezucker

Alles bis auf das Eiweiß zu einem Teig verrühren und in eine 26er Form geben und glattstreichen. Die 3 Eiweiße steifschlagen (nicht erschlagen) und langsam 8 gehäufte Esslöffel Zucker unterheben. Diese Masse wie Wolken auf dem Kuchenteig verteilen und bei 180° für 35 Minuten backen. Danach die Ofentür einen Spalt öffnen und den Kuchen im Ofen erkalten lassen.
Den kalten Kuchen mit der Tatwaffe, einem langen Messer, quer durchschneiden (so, dass am Baiser noch etwas Kuchenmasse ist) und das Unterteil mit 500 g Himbeeren belegen. 2 Beutel roten Tortenguss mit 1/2 Liter Saft aufkochen und über die Himbeeren geben. Erkalten lassen. 2 Becher Sahne mit 2 Esslöffeln Zucker und 2 Päckchen Sahnesteif aufschlagen, auf das Obst geben, die Baiserdecke wieder draufsetzen. Mit gerösteten Mandeln dekorieren. Kalt stellen.

Guten Appetit! Achtung, macht süchtig!
Danke an Anne Hallen für das Rezept

Im Verlag CW Niemeyer bereits erschienen ...

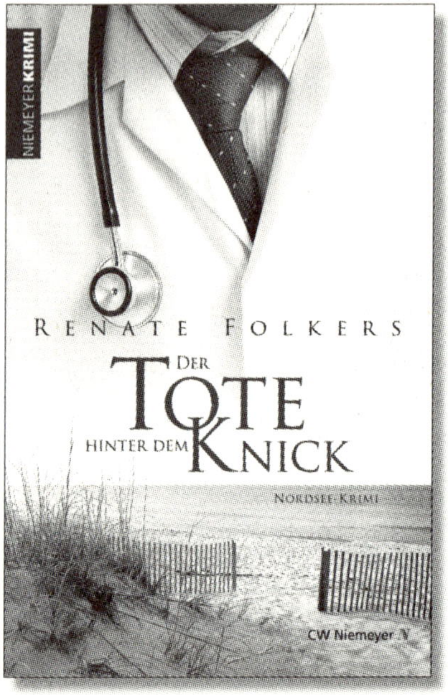

Wer ist der Tote, der in Schobüll hinter dem Knick gefunden wird? Nichts lässt zunächst auf die Identität des Mannes schließen. Nane Lüders, Hauptermittler der Kripo Husum, findet heraus, dass es sich um den Hamburger Arzt Leander Hagedorn handelt. Viele hatten ein begründetes Interesse, den Arzt loswerden zu wollen. In einem Sumpf menschlicher Abgründe waten die Ermittler, denn Hagedorn stand nicht nur auf der Gehaltsliste der Pharmaindustrie.

Renate Folkers. Der Tote hinter dem Knick
328 Seiten. Paperback. ISBN 978-3-8271-9515-9
E-Book 978-3-8271-9659-0 (Pdf)
978-3-8271-9859-4 (Epub)

Krimis finden Sie unter ...